침묵의 비망록

침묵의 비망록

고시홍 장편소설

도화

차례

제1부

기억의 머들*

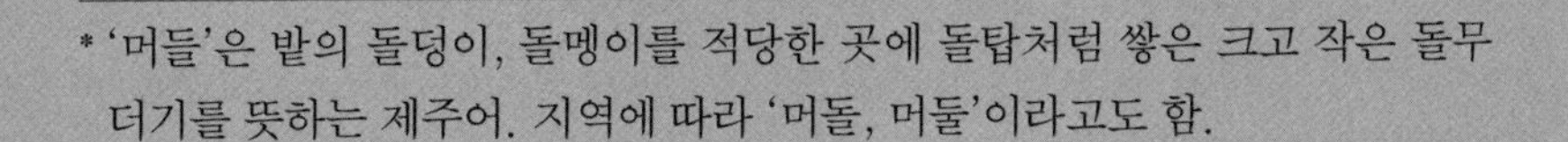

* '머들'은 밭의 돌덩이, 돌멩이를 적당한 곳에 돌탑처럼 쌓은 크고 작은 돌무더기를 뜻하는 제주어. 지역에 따라 '머돌, 머둘'이라고도 함.

김장수는 여든 번째 생일을 맞아 야릇한 감정에 빠졌다. 신묘년 생일인 음력 섣달 열아흐레와 2012년 1월 12일 송령이골 무장대 합장묘 추모일이 겹쳤다. 절묘한 우연이면서 운명인 듯싶었다.

“언제까지 폭도 귀신들 종손 노릇을 헐 거고?”

아내가 따로 챙겼던 제물을 송철의 배낭에 챙기며 넋두리했다. 아내는 추모제가 시작된 이후 줄곧 문전제門前祭 준비를 하듯 제물을 마련해 왔다.

“내년부턴 제가 알아서 준비할게요.”

송철이 눈웃음을 지으며 받아넘겼다.

“참 좋은 세상이여. 옛날 같으민 빨갱이 종내기 취급을 당헐 건디….”

“또, 또…. 그 폭도, 빨갱이 소리!”

김장수가 외투를 걸치며 역정을 냈다. 사람들은 대부분 이제나저제나 ‘산사람’이라 칭하는데 아내는 ‘폭도, 빨갱이’이란 호칭을 고집했다. 처갓집에는 사태 당시 희생자가 없는데도 그랬다.

"그렇다고 빨갱이가 노랑개가 되멍 검둥개가 됩네까. 멍석이 덕석이주…."

아내가 '그게 그거'라며 눈을 흘겼다.

"저렇게 말귀를 못 알아들으니 내 참 답답해서…."

끄으응끄으응….

옆에 엎드려 있던 명명이命名伊가 갑자기 상체를 끌어올리며 배앓이 소리를 냈다. 입씨름 분위기일 때 내는 경고음이었다.

"명명아. 싸우는 거 아니여."

아내가 명명이를 물끄러미 쳐다보며 미소를 지었다.

명명이는 수화手話 같은 몸짓, 소리로 속내를 드러내곤 했다. 눈동자와 표정, 혓바닥, 꼬리가 언어였다. 산책, 배고픔, 뒤 마려움, 아픔, 낯선 얼굴 등등에 따라 신호음과 몸짓이 달랐다. 족보가 없는 똥개인데도 그랬다.

'5·16 혁명'이 일어나던 해 가을, 대정읍 지역의 어느 국민학교에 근무할 당시 6학년 담임을 맡은 학생 가정을 방문했을 때였다.

"이제 막 젖 뗀 강생이들인디 한 마리 기념으로 안앙갑서."

금방 5일장에 내다팔 것들이라 했다. 호의를 거절할 수도 없고 난감했다. 토벌군 총탄에 절명한 똥개 '멍멍이'가 도피 생활의 비상식량이 된 이후로 개를 기르지 않았다. 보신탕도 입에 대지 않았다. 초혼招魂 같은 피울음과 몸짓의 환청, 환영 때문이었다.

한참 망설이던 김장수는 눈에 밟히는 암캉아지 한 마리를 혁명 전리품처럼 안고 나왔다. 그리고 '명명이命名伊'이란 이름을 붙여 집에서 키우기 시작했다. 살아 숨 쉬는 기억의 기념물이었다. 그동안 낳은 강아지들은 아내가 5일장에 내다팔거나 동네 사람들에게 분양했다. 지금 명명이는 사람으로 치면 80대 노인이 된 수캐다. 마지막 암캐가 낳은 새끼 중 하나였다. 어미는 강아지들이 젖을 뗄 무렵에 죽었다.

열한 시가 가까워지고 있었다. 김장수도 송철을 따라 집을 나섰다. 무장대 묘역과는 삼백여 미터 거리였다. 봄날처럼 화창한 날씨였다. 둔덕에 다다르자 넉시오름 너머 수평선이 호수처럼 다가왔다. 소형 차량이 겨우 지나다니는 좁은 길가에 승용차들이 즐비해 있었다. 들길과 안댁집 동네, 교회로 나가는 갈림길 모퉁이였다. 묘역의 웅달진 돌담 밑에는 잔설이 깔려 있었다.

"선생님. 이리 오세요."

볕받이에 모여 섰던 참배객들이 무덤 앞으로 다가섰다. 합장묘 앞에는 조촐한 제물이 비닐깔개에 진열돼 있었다.

"난 올해부턴 삼헌관에서 빠지겠네."

추모제가 시작된 이후 줄곧 초헌관으로 추대됐다. 하지만 이제 무장대 묘역에서 한 발짝 뒤로 물러서기로 마음먹었다.

"아니, 왜요?"

"그 정도면 여기 '김장수 공덕비'를 세울 만하네."

어리둥절한 표정들이었다. 하지만 더 이상 이유를 캐묻지 않았다.

송철의 집사로 조촐한 위령제가 시작됐다. 1949년 1월 12일 이른바 '의귀리 전투'에서 산화한 오십여 유격대원의 넋을 달래는, '까마귀 몰른 식게(제사)' 같은 추모제였다. 서울의 제주 출신 재야인사 몇몇이 숨어서 '까마귀 몰른 식게' 같은 추모제를 지내다가 정보기관에 끌려가 곤욕을 치렀다는 일화逸話도 전한다. 1980년대 후반 제2의 4·3진상규명 운동이 시작될 무렵이었다.

추모제는 제문 낭독, 삼헌관의 헌작獻酌, 합동 묵념으로 십여 분 만에 끝났다. 참석자들은 열대엿 명이었다. 마을 주민은 김장수와 아들 송철뿐이었다. 까마귀들이 음복하는 묘역의 소나무로 모여들었다. 땅바닥으로 내려와 참배객이 모여앉은 주위를 맴도는 녀석들도 있었다. 합장묘 추모제가 까마귀들에게는 소문난 잔치가 된 모양이었다.

"선생님. 오늘 추모제를 농담 삼아 '까마귀 몰른 식게'라 하는데 무슨 뜻인지 모르겠어요."

김장수 옆에 앉은 중년 여인이 미소를 머금으며 물었다.

"조촐한 제사란 의미예요. 유교식 제법에서는 제를 지내고 나서 진설했던 제물을 숭늉그릇[祭器]에 잡식해 지붕 위로 휙 흩뿌리는데… 이게 저승차사 같은 까마귀 먹이가 되는 겁니다. 그런데 메 한 그릇 갱 한 그릇 정도로 끝나는 제삿날에는 까마귀들도 제사를 지낸 사실을 모른다는 데서 생긴 말인 듯해요."

제사를 모시는 제주祭主의 부모, 조부모, 증조부모, 고조부모에 따라 '큰식게', '작은식게'라 하는 말과 같은 맥락이었다. 그리고 어린 나이에 죽은 목숨은 제사를 지내지 않았다. 막내 여동생도 그랬다.

"저승차사도 모르는 제사란 뜻도 되겠네요."

"어쨌거나 이승에 남은 유족들도 모르는 추념일이라 아쉽네."

김장수는 묵묵히 참배객끼리 오가는 대화를 귓가로 흘렸다.

4·3 유적지인데도 당국에서는 외면하는 상황이다. 아니, 유적지로 인정하지 않고 있다. 유일한 폭도 무덤이라는 것 때문이었다. 다른 곳은 유적지 운영경비를 지원받고 있다.

"유해 발굴을 시도할 묘책은 없을까."

"그건 시기상조라 생각해요. 무장대를 바라보는 관점이 다르기도 하거니와 유족 찾기가 선행된 다음 문제죠."

남북통일이 된 후에나 가능하다는 목소리로 들렸다. 문득 호치민 어록이 생각났다. '베트남 통일을 위해서라면 악마와도 손을 잡겠다.'

김장수는 종이컵에 담긴 음복주를 단순에 들이켜고 자리에서 일어났다. 뒤늦게 전화벨 소리를 확인했다.

"급히 의논할 일이 있어서 전화했네."

김평도가 거두절미하고 당장 만나자고 했다. 용건은 말하지 않았다.

"그러지 말고 이리 오게나."

그의 선친도 이곳 무연묘 주인공들과 동지였을 터였다.

"벼룩도 낯짝이 있지…. 편찬위원장 감투를 벗으면 좌고우면하지 않고 참배하겠네."

그는 서둘러 전화를 끊었다. 주민센터에 마련된 마을지 편찬실에서 기다리겠다고 말했다. 착 가라앉은 목소리가 마음을 짐짐하게 했다. 김장수가 두 살 위였지만 너나들이하는 친구로 늙었다. 국민학교, 중학교 동창이었다.

김장수는 일행을 뒤로하고 묘역을 나섰다. 명명이는 까마귀들과 숨바꼭질을 하듯 소나무 주위를 맴돌고 있었다. 걸음을 옮길 때마다 수평선이 마을 풍경 뒤로 가라앉았다. 좁은 길가의 귤밭 돌담 밑에는 흰 눈이 쌓여 있었다.

학교 운동장에 접한 주민센터까지는 산책로의 절반 거리였다. 수망리로 나가는 2차선 포장도로를 가로질러 안댁집 동네로 들어섰다. 장원 형과 점박이 선생의 몸짓과 목소리가 교차하는 환시, 환청 지대였다. 교회 십자가가 점점 다가왔다. 안댁집 동네의 남쪽으로는 교회, 학교, 넉시오름이 철탑처럼 이어졌다. 학교와 교회는 얼추 이백여 미터, 교회와 안댁집까지는 사백여 미터 거리였다.

김장수는 잰걸음으로 마을지 편찬실로 들어섰다.

창가에서 통화를 마친 김평도가 난롯가로 다가왔다. 침통한 표정이었다.

“실은 돌발상황이 생겨서 급히 만나자고 했네.”

“무슨 일인데?”

평소 과묵하고 무표정한 그가 아니었다.

“아무래도 자네가 똥막대기를 떠맡아야겠네.”

“똥막대기라니?”

김장수가 의아해하며 헛웃음을 지었다.

“사삼 부분이 펑크가 났어.”

모레 마을 정기총회 때 필진 변경 사항을 공지해야 한다고 했다. 혹시나 했는데 역시나였다. 최종 편찬계획이 통과된 지 반년이 지났다.

“사삼사태가 빠진 마을지는 생각할 수 없는 일이고….”

그동안 몇 차례 마을지 편찬이 시도됐지만 갑론을박으로 끝났다. 좀 더 사삼사건 진상규명의 추이를 지켜보자는 중론에 따른 것이다. 우여곡절 끝에 다시 마을향토지 편찬에 착수한 것은 작년이었다.

그동안 편찬위원장이 원고 집필을 부탁해도 김장수는 완강히 거절했다. 대신 외부 전문가를 추천했는데 갑자기 돌발상황으로 끝났다. 그 뒤 김장수가 추천한 사람도 집필을 거부하는 상황에 이른 것이다.

'참한 동네 새각시 놔두고 굳이 외지에서 신붓감을 찾느냐'는 주변 반응도 한몫한 듯했다. 마을 출신 중에도 4·3 부분을 집필할 만한 사람들이 많았다. 하지만 역사학 전공의 대학교수, 중등교원은 약속이나 한 듯이 집필을 거절했다. 집필위원으로 거명된 사람들은 몇몇 자문위원들이 반대했다. '민중항쟁'을 주장하는 종북좌파 성향이라는 이유였다.

"모두가 꺼리는 상황이라면 어쩔 수 없겠네마는…."

김장수는 뜨거운 물잔을 불어대며 목을 축였다. '젠장맞을. 귀빠진 날 선물이 똥막대기라니….' 하는 속마음이 목울대를 타고 내려갔다. 똥돼지를 기르던 시절에는 큰일을 보는 돗통시 디딜팡 옆에 똥막대기가 비치돼 있었다. 머리에 똥을 뒤집어쓴 돼지 접근을 가로막는 진압봉이었다. 1960년대까지만 해도 제주 출신 병사는 군대에서 '똥돼지'로 통했다 한다.

"무거운 짐을 짊어지워 미안하고 고맙네."

"아니야. 괜한 마음고생 시켜 미안하네."

"솔직히 나도 편찬위원장 감투를 벗어던지고 싶네. 내 부친의 이력까지 들먹이며 책이 제대로 나오겠느냐고 뒤에서 호박씨 까는 통에…. 제헌국회의원 선거 당일 밤부터 시도 때도 없이 서청단원들이 집에 들이닥치는 바람에 가족들은 이웃집과 인근 내창으로 숨어다니면서 위기를 넘겼고, 성인이 된 후에도 평생 창살 없는 감옥살이를 한 인생이 원통하고 따분하지만 내 부친을 원망해 본 적이 없네. 부친이 자랑스럽지도 않지만 부끄러운 존재로 여기지도 않아…."

그의 부친은 5·10 선거를 거부한 7인의 청년 중 한 사람이었다.

"헌데, 갑자기 양민조 교수가 집필을 거절한 이유가 뭔데?"

누군가가 뒤에서 해코지한 게 아닌가 하는 의구심을 떨칠 수 없었다.

"양 교수가 소장으로 있는 연구소에서 그의 고향 마을 사삼사태를 채록해 얼마 전에 나온 학회지에 실었는데… 당시 마을의 주둔군 뒷바라지를 했던 여성의 유족이 반발하고 나선 여파 때문인 듯하네."

치욕스러운 이름을 까발렸다며 학회지를 수거해 폐기하라는 소동이 벌어졌다는 것이다.

남의 일 같지 않았다.

설날 오후가 되자 아들도 며느리, 고1과 중3이 될 손주를 태우고 제주시로 떠났다. 눈발이 멈춘 상태였다.

집 안은 오늘따라 더욱 적막감에 젖었다.

송철은 대학을 졸업하면서부터 고향의 밀감나무를 가꾸기 시작했고, 결혼한 뒤에도 며느리와 손주가 터를 잡은 제주시를 넘나들며 더부살이하듯 함께 지내고 있다.

김장수는 차례를 지내고 남은 술병과 명절퇴물을 챙겼다. 감기 기운 때문에 음복주를 자제하고 있었다. 술잔을 앞에 놓고 신문을 펼쳐 굵은 활자들만 훑어나갔다.

'임진년 용의 해, 설 연휴 동장군 심술로 항공편 지연…. 한파와 빙판길로 교통사고 잇따라…. 80일 앞으로 다가온 4·11 제19대 국회의원 선거 열기 후끈…. 민심이 모이고 흩어지는 설 연휴, 선거와 경제가 제주 민심의 풍향계로 작동…. 도민들은 수년째 갈등을 겪고 있는 강정해군기지 건설, 신공항 건설 문제 등 지역 현안 시급히 해결돼야 한다고 한목소리…. 해군기지 건설 문제를 백지화시켜 제주를 생태 평화의 섬인 비무장지대로 지정할 수 있는 법, 제도를 만들겠다고 포문….'

"올해랑 우영팟 무덤을 이장헐 생각헙서."

아내는 텃밭의 합장묘가 폭도 무덤을 찾는 사람들 구경거리가 돼 부끄럽다며 혀를 찼다. 어머니가 살았을 때부터 고부姑婦가 맞장구를 치며 중언부언하던 이야기였다.

수십 년 전 어머니 육성이 텔레비전 영상을 타고 흘렀다. '장수야. 영험헌 점쟁이뿐만 아니라 우리 절간 스님도 우영팟디 합장묘를 천리[移葬]허랜 권햄저. 느(너)가 헛것이 보이고 헛소리가 들리는 증세도 그날 한날한시에 억울허게 죽은 어른들을 곁에 차앉아서 그런 거라 허멍….'

그리고 아내는 큰아들이 월남전에서 전사한 것을 집터 탓으로 돌리기도 했다.

"올해 청명엔 묘역을 단장해 위령비를 세울 참이니 그리 알아요."

무덤 주변 귤나무들을 더러 뽑아내고 무장대 묘역에 방치된 산담을 골라다가 굽돌을 놓을 작정이었다. 비문은 오래전에 준비돼 있다.

"아이구 참. 잘 허민 송령이골에 또 관광명소가 생길로구나양."

아내가 헛웃음을 지으며 비아냥거렸다.

하지만 김장수는 진짜 속마음은 밝히지 않았다. 4·3 유적지 푯말을 깃대처럼 세우는 꿈이었다. 그 당시 지형지물들은 더러 지워졌어도 옷귀 마을 최초의 집단 학살터로 보존하고팠다. 사삼사태가 일어나기 이전 13가호의 송령이골에서는 유일하게 옛 보금자리로 돌아와 둥지를 튼 곳이다. 그 이후 개축하면서도 처음 터를 잡았을 때의 주춧돌, 댓돌은 그대로 사용했다.

김장수는 불콰한 얼굴로 우영팟 합장묘 앞에 섰다. 삶이 고달플 때는 녹슬어가는 악몽의 칼날을 벼리며 마음을 추스르는 휴게소이기도 했다. 송철의 시구절을 곱씹기도 하는…. '아무런 이유 없이 억울하게 죽은 것이 아니라 죽어서 아무런 이유가 없어져 버린 것이 억울한 것이다.'

마을이 견벽청야堅壁淸野의 초토화 광풍에 휩싸인 것은 1948년 무자년 늦가을이었다. 특히 그해 11월 7일, 음력 시월 초이렛날은 평생 김장수를 '4·3 자폐아'로 가둬 놓았다.

그날은 아침부터 바람 한 점 없이 따사로운 햇살이 쏟아지고 있었다.

"아무래도 고뿔이 아닌 것 닮안 큰일이여."

어머니가 징징거리는 막내 여동생을 걱정했다.

그리고 부엌에서 조반을 먹는데 아버지가 귀가했다.

"영장헐 택일은 나시냐?"

할머니가 장례 치를 날을 물었다. 지난봄까지 이장이었던 장춘이 형이 어제 새벽 '산사람'들에게 사살당한 게 사실이었다. 백부 큰아들로 4촌들 중 가장 연장자였다.

"일단 토롱土壟하고 왔수다."

아버지 뒤를 따라 할아버지가 지팡이를 짚고 들어섰다.

"얼른 모다들엉 허던 일 마치고 소까이[疏開]헐 준비들 허라."

할아버지가 산듸(밭벼) 탈곡을 서두르라고 재촉했다. 장수는 '모다들엉'이란 말이 귀에 거슬렸다. '모여들어…무리지어…떼지어…합심하여 두들겨패다, 짓밟다'는 말로 재생됐다. 툭하면 아이들에게 두들겨맞던 광경들이 떠올랐다. 그리고 토벌대가 닥치는 대로 '모둠치기'로 총질을 해대고 있다는 괴담이 들리는 시국이었다.

송령이골 사람들은 대부분 동네를 떠난 상태였다.

밭벼 이삭도 도리깨로 마당질하면 손쉬울 텐데, 할아버지는 보리 이삭을 훑이는 보리클(그네)로 탈곡하기를 고집했다. 짚이 손상되지 않게 하기 위해서였다. 어제는 옆집에서 보리클 한 대를 더 갖다가 온 가족이 모여들어 이삭 훑이기를 하는 중이었다. 볏짚 대용의 산　짚은 할아버지, 아버지에게 농한기의 소일거리였다. 할아버지는 멍석을, 아버지는 맥(멱서리)을 결었다.

밭벼나 보리 이삭 훑이기는 보리클 한 대에 두 사람이 들어야 수월했다. 한 사람은 한 줌씩 이삭이 달린 낟가리를 집어올리고, 한 사람은 그것을 넘겨받으며 참빗살 같은 쇠꼬챙이 틀에 물려 잡아당기며 낟알을 떨어냈다. 나머지 가족들은 뒤처리를 거들었다.

할아버지와 아버지가 해변으로 갈까, 산으로 갈까 하는 이야기로 작업을 진행했다.

"죄지은 것도 없는데 도피해 다니면 오히려 의심받을 수 있고 당분간 더 기다려 봅주. 해변마을이 안전하다는 토벌대 말을 믿었다가 목숨을 잃은 사람들도 있다고 허니…."

아버지가 토벌대 말은 콩으로 메주를 쑨대도 믿어서는 안 된다고 했다.

"중산간 사름들은 해안마을로 내려가도 폭도들과 한 종내기로 취급헌댄들 허지만… 작살질을 당허는 물괴기 신세가 돼도 바닷가로 떠나게. 어차피 산으로 올라도 언제 야개기(모가지)가 꿩코, 지다리(오소리)코에 걸려들지 모를 목숨이여….”

할아버지는 어디로 도피하든 토벌대 올가미에서 벗어날 수 없다면서 해안마을에 소개疏開할 장소도 물색해 뒀다고 했다.

“죽고 사는 건 복질복이라 쳐도 산으로 도피해야 비상식량을 마련허는 불편을 덜 수 있수다…. 더구나 육지 경찰과 서북청년단원들에겐 애기어멍이든 비바리(처녀)든 눈에 꽂히는 젊은 여자들이 익은 음식 신세라마씀.”

익은 음식이나 다름없는 누나를 생각해서라도 미친개 같은 군경 토벌대가 진을 치고 있는 바닷가 마을은 꺼림칙하다고 했다.

“나허고 할망은 막둥이 데령 해변으로 가고 나머진 산으로 가는 것도 좋기여마는….”

“그렇게 협주. 뭉치면 죽고 흩어져야 살아남는 세상이니….”

장금이 누나는 장수와 두 살 터울이지만 당장 시집을 가도 될 만큼 조숙했다. 예쁘고, 상냥하고, 애교가 넘치고, 부지런하고, 눈치 빠르고, 약아빠지고, 새침데기였다. 집안 어른들은 전생에 여우였을 거라고 놀려댔다. 집안 대소사 때 만나는 장원 형이 누나에게 건네는 첫마디는 ‘아이구, 우리 장금이 공주….’였다. 그만큼 눈독을 들이는 청년들이 많았다.

해가 중천으로 떠올랐다. 밭벼 이삭을 훑이는 작업은 거의 끝나가는데 어깨가 결리고 싫증이 났다.

“세경바레지 말고 빨리빨리 허라.”

아버지가 또 한눈팔지 말라고 타박했다. 장수는 여전히 먼 하늘로 시선을 던진 채 손에 쥐었던 낟가리를 아버지에게 건넸다.

“아니… 저기에 무슨 숭시가 난 거 닮다.”

아버지도 잠시 일손을 멈췄다. 수망리 쪽에서는 더욱 거센 불길과 연기가 뭉게구름처럼 피어올랐다.

웡웡웡…. 갑자기 동네에서 개 짖는 소리가 날아들었다. 덩달아 부엌문 앞에 앉았던 멍멍이가 꼬리를 팽팽하게 감아올리며 컹컹 짖어댔다. 마당에서 밭벼 훑이기를 하던 가족들도 손길을 멈추고 올레 어귀를 바라봤다. 무장 군인들이 학교로 나가는 갈림길에서 올레로 들어섰다. ‘노랑개’ 세 명이었다. 모두 젊디젊었다. 순간 누나의 실팍한 엉덩이에 시선이 꽂혔다. 장수는 부엌으로 달려들어 설거지하던 누나를 땔감으로 쌓아놓은 건초더미 속으로 떼밀었다. 그리고 두 여동생을 잡아끌어 그 위에 앉혔다.

웡웡웡! 멍멍이가 이빨을 드러내며 군인들 앞을 가로막았다.

“개새끼가 지랄허네. 겁대가리 없이….”

군인 하나가 멍멍이를 향해 방아쇠를 당겼다. 화약 냄새가 성냥개비 불꽃으로 피어올랐다. 우우우…. 올레 어귀에 나자빠진 멍멍이가 몸을 비틀며 비명을 삼켰다. 장수는 부엌채에 딸린 헛간 입구에 주저앉아 군인들을 멍하니 지켜봤다.

“아직도 소개하지 않은 이유가 뭐얏!”

군인 하나가 눈을 부라렸다. 육지 사람 말투였다.

“오늘까지 산듸 탈곡을 끝내 뒤 내일은 떠날 거우다.”

아버지가 상체를 움츠리며 떠듬거렸다.

“이 갈옷인지 뭔지 하는 게 폭도 제복이잖아.”

다른 군인 한 놈이 물색 고운 아버지의 갈적삼 자락을 총구로 휘저었다. 황톳빛이 감도는 새 갈옷을 빨갱이 복장이라고 억지를 썼다.

“집이 사라져야 미련이 없을 모양이네.”

군인 하나가 라이터를 꺼내며 짚단을 집어들었다.

“이러지 말고 말로 허십서.”

아버지가 군인을 막아섰다.

“이 자식이 누구한테 명령이얏!”

타앙! 타앙! 총성이 불을 뿜었고, 아버지가 두 팔로 가슴을 끌어안으며 짚 위로 넘어졌다.

피가 빗물처럼 번지기 시작했다.

“이 백정 놈아. 왜 아무 죄 읏인 사름에게 총질이냐.”

할머니가 군인에게 달려드는 순간 다시 총성이 메아리쳤다. 침묵과 정적감이 회오리쳤다. 뭐라 입을 오물거리던 할머니가 숨을 거뒀다.

그런데 줄곧 집 안을 기웃거리던 군인이 헛간 입구에 걸려 있던 콩깍지 모양의 낫집을 집었다.

“흐음. 이거 폭도들 무기잖아.”

군인 입가에 야릇한 미소가 번졌다. 기다란 나무 손잡이 끝에 꽂아 사용하는 낫날에는 녹이 슬어 있었다. 할아버지가 헛간 횃대에서 기다란 낫자루를 꺼냈다.

“그건 여기 꽂아서 촐(꼴)을 베거나 소분掃墳 때만 사용허는 낫날이우다.”

할아버지가 다리를 살짝 벌리고, 선 자세에서 반원을 그리며 낫질하는 시늉을 했다.

"가져강 제주 사름들안티 물어보십서…. 기영허고 백성들 지키라고 육지에서 들여보낸 군인들인디… 이런 법이 어디 있수꽈? 이런 법이…."

할아버지가 울먹거리며 짚더미에 널브러진 아버지, 할머니를 가리켰다.

"뭐, 법? 늙은이라 봐주려 했는데…. 이게 빨갱이들을 소탕하는 우리 법이야."

다시 총성이 울렸다. 할아버지가 총성을 품고 짚더미로 쓰러졌다. 마른하늘에 날벼락이었다.

마당을 나서던 노랑개 셋이 부엌 안을 기웃거렸다. 두 여동생이 젖강아지처럼 부둥켜안고 있었다.

"너 이름이 뭐야?"

낫집을 든 군인이 도끼눈으로 장수를 쏘아봤다.

"김장수요."

"몇 살야?"

"여얼네… 사알입니다."

엉겁결에 나이를 두 살 줄였다. 하지만 그들은 더 이상 캐묻지 않았다. 또래들보다 키가 작고 깡마른 덕을 봤다. 덩치가 큰 아이들도 청년들처럼 토벌대의 표적이었다.

"네 이름처럼 장수해라."

"이 정도로 끝난 걸 고맙게 생각해."

군인들이 어머니와 장수에게 눈을 부라리며 이죽거렸다. 헛것에 씌운 정신병자들 같았다. 도둑처럼 나타나 난리굿을 벌인 노랑개 세 마리가 유유히 마당에서 사라졌다.

장수는 오줌이 고인 고무신을 벗었다. 바짓가랑이가 젖은 빨래처럼 축축했다.

"무정헌 하늘님아, 하늘님아…."

어머니가 실성한 사람처럼 가슴팍을 주먹질하며 안거리로 들어갔다. 장수는 여전히 먼 하늘만 쳐다봤다. 손전등 같은 햇발에 눈이 부셨다. 넉시오름 부근에서는 여전히 비명과 화염이 뒤섞이며 솟구쳤다. 그나마 송령이골 동네는 온전했다.

"우선 이거라도 덮어드리라."

어머니가 옷가지들을 마당으로 내던졌다. 아버지, 할머니, 할아버지가 입던 한복이며 갈옷, 한여름에 입고 덮는 삼베옷, 홑이불들이었다. 장수와 누나는 짚 더미에 널브러진 시신들을 반듯하게 눕히며 덮개로 가렸다.

어머니는 고소리술 한 대접을 맹물 마시듯 비우고 시체들 옆에 곯아떨어졌다.

"우선 준비하게."

장수가 멀거니 누나 얼굴을 쳐다봤다.

"뭘?"

"그럼, 이대로 둔 채 떠날 거냐?"

누나가 마당에 널브러진 시신들을 턱짓했다.

"우리가 어떻게?"

"우선 봉분 만들 테역(잔디)이라도 장만해 두게."

호미(낫), 갈래죽(삽), 곡괭이, 지게, 삼태기를 헛간에서 꺼냈다.

그리고 선묘와 주인을 알 수 없는 무덤들이 있는 빈터에서 뗏장을 캐며 우평팟으로 날랐다. 빨랫줄을 받치고 있던 왕대나무, 할아버지와 아버지가 마련했던 새끼줄로 들것도 만들었다. 시신을 우영팟으로 옮길 상여였다. 군인들의 총구에서 뿜어낸 총성이 초혼招魂이었다.

어머니는 해가 서녘 하늘로 기울 무렵에야 일어났다.

"모다들엉 저승길로 모시도록 허게."

입살이 보살이라 하던가. 할아버지의 '모다들엉'이란 입김이 잡귀를 불러들여 난장판이 됐다는 생각이 들었다.

어머니가 한참 우영팟을 맴돌며 묘터를 물색했다. 며칠 전 고구마를 캐낸 빈터였다.

"여기가 좋지 않겠어요?"

장수가 놈삐(무), 갯나물이 무성한 지점을 발로 찍었다. 속살 깊은 땅이 명당자리라 생각했다. 저만치 마을 한복판의 넉시오름이 한눈에 들어오는 곳이기도 했다.

"거긴 물골이라서 안 된다. 여기 우영담 구석에 붙영 구덩이를 파라."

어머니가 막대기로 땅바닥에 금을 그었다. 돌담 줄기에 붙여 남북으로 네모지고 길쭉한 모습이었다.

누나와 땅을 파기 시작했다. 곡괭이질, 삽질을 할 때마다 고구마 같은 돌멩이들이 걸려 나왔다.

해가 초가지붕 너머로 잠겼다. 온몸이 가쁜 숨과 땀으로 곤죽이 됐다.

"밥부터 먹게."

누나가 수건으로 땀을 훔치며 자리를 떴다. 점심을 거른 상태였다. 장수는 땅바닥에 벌렁 드러누웠다. 저절로 눈이 감겼다. 그런데 어머니가 누군가와 속살거리는 소리가 들렸다. 장수는 발딱 몸을 일으켜 부엌채로 살금살금 다가갔다. 막내를 업은 어머니가 헛간에서 웬 두 남자와 마주 서 있었다. 남자는 얼굴에 검정 칠을 하고 있었다.

"노랑개들이 마을에 불을 지르고 떠난 뒤에야 변을 당한 정보를 접했어요."

장원 형네 안댁집을 시작으로 마을 중심가는 잿더미가 됐다고 했다. 변두리 외딴 부락만 제외하고….

"그런데 장수는요?"

도깨비에 홀린 기분이었다. 장수가 동굴 같은 헛간으로 몸을 디밀었다.

"선생니임…."

점박이 선생 이마의 사마귀는 보이지 않았다.

"네 소식은 종종 듣고 있었다. 멀리서 지켜본 적도 있고…."

점박이 선생과 동행한 청년이 중단된 구덩이를 파서 봉분을 만들었다.

"최고 비상식량인데 그냥 파묻기 아깝잖아."

점박이 선생과 낯선 청년이 죽은 멍멍이를 해체하기 시작했다. 몸통과 다리만 도려내고 나머지는 무덤 옆에 파묻었다.

"그럼, 새벽에…. 만약 우리가 나타나지 않아도 일단 그곳으로 출발하세요."

"내 살아생전에 이 은공을 갚아질 건가…."

어머니가 흐느끼는 소리로 말했다. 장수는 점박이 선생에게서 얻어들은 '각골난망刻骨難忘, 결초보은結草報恩'이란 말을 떠올렸다. 점박이 선생과 청년이 어둠 속으로 사라졌다.

가족들이 배례를 하는 것으로 장례를 마쳤다. 그러나 아무도 호곡號哭하지 않았다. 마지막으로 어머니가 봉분 앞에 무릎을 꿇고 두 손을 모았다.

“아바님, 어머님… 그리고 서방님아. 앞으로랑 여기가 우리 며느리와 손주들, 내 각시와 새끼들이 사는 집인가 해서 뒤돌아보지 마십서. 이승에서 있었던 억울허고 칭원헌 일들일랑 구름으로 날려버리고 좋은 데로 가서 기다렴십서….”

장수는 한나절 동안 쌓였던 침묵, 울분의 눈물샘이 낙숫물처럼 볼을 타고 흘렀다. 아버지, 할머니, 할아버지가 유언처럼 지상에 남긴 말꼭지가 각혈처럼 묻어나왔다. ‘말[語], 백정白丁, 법法….’ 장수는 어금니를 꽉 깨물었다. ‘언젠가는 기어코 원수를 갚을 거야.’

살아남은 가족이 모여앉아 소금물에 손가락을 담그며 조밥으로 주먹밥부터 만들었다. 그리고 비상식량, 솥단지와 식기, 간단한 침구와 옷가지 등 행장을 챙겼다. 자기 옷은 각자 최대한 껴입고 출발하기로 했다. 나머지 물건들은 큰구들로 모았다. 장수는 학습장과 연필부터 옷보따리에 넣었다.

“야, 도 닦으러 입산허냐.”

누나가 등 뒤에 서 있었다.

“산에서 심심할 거 같아서….”

“나도 심심풀이 노리갯감을 준비해야지.”

막내는 밤새껏 어머니 품에 안긴 채 아기처럼 칭얼거렸다.

닭 울음이 어둠을 갈라냈다. 도피 생활을 할 짐을 나눠 짊어졌다.

"그냥 우리 집에서 살아요."

막내가 훌쩍거리며 버티었다.

"그럼, 너 혼자 집에서 죽든살든 해."

누나가 막내를 쏘아붙였다. 검은 그림자들이 올레 모퉁이에 서 있었다. 모두 짐을 짊어지고 있었다. 거구의 그림자가 바투 다가왔다. 장원 형이었다.

"먼저 출발허라."

어머니가 막내와 집에 남겠다고 했다.

"장숙이를 내 배낭 위에 앉히세요."

장원 형이 막내를 목말 태우고 앞장섰다. 어머니와 누나, 여동생, 장수가 뒤를 따랐다. 다른 사람들은 앞뒤로 나눠 걸었다.

송령이골을 벗어나 좁다란 굽잇길로 들어섰다. 솔잎 같은 바람살이 따가웠다. 자꾸만 발에 걸리는 돌부리와 돌멩이가 걸음을 더디게 했다.

"안댁집 동네도 불탔댄 허던데 어머님넨 어떵 되시니?"

어머니의 거친 숨소리가 좁은 들길로 흩어졌다.

"걱정 않아도 될 겁니다."

장원 형은 이내 입을 다물었다.

수망리로 나가는 들길에 다다랐다. 쌍묘가 있는 농로의 갈림길 모퉁이였다. 장원 형이 산담에 몸을 엎으며 긴 숨을 내쉬었다. 목말을 태웠던 막내도 산담 위로 내려졌다. 형 일행은 이내 밤바다 같은 들판으로 사라졌다. 엊저녁에 점박이 선생과 동행했던 청년만 남았다. 청년이 막내를 어깨 위로 무등을 태웠다.

"꼬마야. 내 목을 꼭 껴안아라."

점박이 선생이 청년의 배낭을 같이 짊어지고 출발했다. 형 일행이 떠난 방향의 왼쪽 길이었다. 막내의 두 다리를 목덜미에 얹은 청년의 숨소리가 물이랑을 지으며 너울졌다.

"장수야. 다시 학교로 돌아갈 날이 머잖을 테니 글동냥 꿈을 버리면 안 돼."

'선생님은 학교를 떠나 입산한 이유가 뭐예요….' 하는 궁금증이 소용돌이쳤다. 우우꾹꾹우우꾹꾹. 멀리서 정체 모를 들짐승 울음이 점점 가까이 들려왔다. 여름날의 매미 울음 같았다.

지난여름 방학을 며칠 앞둔 때였다. 막 교문을 나서는데 정문 앞을 서성이던 청년 셋이 다가왔다.

"너희 학교에 오성윤 선생님이라고 계시지?"

"오성윤 선생님요?"

옆에 있던 동무가 고개를 갸웃거리며 장수를 쳐다봤다.

"야, 멍청아. 우리 점박이 선생님이잖아…."

이마에 팥알 같은 사마귀가 있어서 붙여진 별명이었다. 학교에서는 물론 주민들까지도 이름보다 별명으로 통했다.

"그러면 부탁 하나 해도 될까."

"이 애가 육학년 반장이에요."

동무가 장수를 턱짓했다.

"내일 학교에 가거든 오 선생님에게 남로당을 아느냐고 여쭤봐라…."

청년들은 이내 중앙동 네거리에서 장판거리를 따라 잰걸음을 놓았다.

장수는 다음 날 등교하자마자 점박이 선생을 찾아갔다. 반장이 매일 하는 일이기도 했다.

"선생님, 남로당이 뭐예요?"

점박이 선생이 당황해하며 장수를 데리고 교무실 밖으로 나왔다.

"왜 남로당 얘길 하는 거냐."

장수가 어제 청년들을 만난 자초지종을 얘기했다.

"그딴 건 몰라도 돼."

그리고 여름방학을 며칠 앞둔 종례 시간이었다. 점박이 선생의 이야기가 지루하게 이어졌다.

"어쩌면 일학기 수료식과 방학 선언을 하는 날은 내가 출근하지 못할 수도 있겠는데… 방학 동안에도 방학 과제는 물론 일기 쓰는 일을 게을리하지 말거라. 특히 지금 풍전등화 같은 사태의 이야기들을 머들처럼 쌓아둬라. 돌멩이 같은 말꼭지들만 적어둬도 먼 훗날 제군들이 아방과 어멍, 하르방과 할망이 됐을 적에는 소중한 보물이 될 테니….
그리고 쥐구멍에도 볕 들 날 있다는 새옹지마塞翁之馬, 전화위복이란 말을 소처럼 되새김질하기 바란다…."

그게 오륙학년 합반교실에서의 마지막 작별 인사였다.

그날 이후 여름방학이 선언될 때까지도 담임교사는 출근하지 않았다. 일학년에서 사학년까지는 교실 하나씩 차지해서 공부했고, 점박이 선생이 담임을 맡은 오륙학년은 한 교실에서 복식수업을 하고 있었다. 다른 학년 교사와 교장이 교대로 들어와 칠판에 과제를 내줬다. 하루 두어 시간은 운동장에서 시간을 보내다가 오전 수업으로 귀가하곤 했다. '우리 선생님은 언제부터 나와요?' 하는 아이들의 질문에 김남경 교장은 '며칠만 더 기다려 보자꾸나.' 하는 대답만 되풀이했다.

허허벌판을 가로질러 곶자왈 지대 들머리에 다다랐다. 목말을 태우고 있던 청년이 막내 여동생을 내려놨다.

"이젠 장수… 네가 가장이야."

점박이 선생이 장수를 껴안으며 등을 도닥거렸다. 어머니는 어젯밤 '이젠 장수, 느(너)가 내 기둥서방이여.' 했다.

점박이 선생은 귀엣말을 남기고 벌판에서 멀어져갔다. 들판에 방치된 우마牛馬가 된 기분이었다.

동녘 하늘에 숯불 같은 햇발이 퍼지기 시작했다. 하지만 마음에 혹 안기는 은신처는 잡히지 않았다. 괜찮은 도피처다 싶은 곳에는 이미 터를 잡은 사람들이 '이 근처에는 오지 맙서….' 하고 손사래 치며 접근을 막았다. 숲속으로 들어갈수록 바람살이 맵짰다. 거센 물결을 가르듯 잡목 숲을 헤쳐 나갔다. 파도 같은 바람결이 억새 벌판으로 미끄러졌다. 구름벽 사이로 보름달 같은 해가 드러났다. 계곡을 끼고 앙상한 수목과 소나무 사이로 집채 같은 바위가 보였다.

바위 옆에 짐을 부려놓았다. 손등이 털 뜯긴 닭처럼 벌겋게 독이 올라 있었다.

"우선 여기서 지내도록 허게."

어머니가 조밥으로 만든 주먹밥과 고기적 크기의 개고기 한 점씩을 손바닥에 얹었다. 삶은 개고기 절반은 점박이 선생 일행이 가져갔다.

조밥에 섞인 돌소금(막소금)이 모래알처럼 씹혔다. 그래도 허기虛飢

가 '곤밥에 괴깃국'이었다. 하지만 간에 기별도 안 갔다. 장수가 질구덕 속에 든 보자기를 훔쳐보며 어머니 눈치를 살폈다.

"주먹밥 하나만 더…."

"안 돼! 조냥해야지. 우리가 소풍 왔냐…."

누나가 절약해야 한다며 어머니 손을 가로막았다.

"언제 어떵 될지 모를 목숨 먹당 죽게."

어머니가 다시 주먹밥과 개고기 한 조각씩을 내밀었다.

"됐어요!"

장수는 누나를 곁눈질하며 낫을 들고 일어섰다. 그리고 화풀이하듯 누렇게 말라붙은 억새 밑둥치를 발길로 짓누르기 시작했다. 키를 넘기는 억새들이 부드득부드득 이빨 가는 소리를 내며 드러누웠다. 허연 꽃가루들이 눈송이처럼 흩날렸다. 누나와 드러누운 억새 밑둥치를 베어내 작은구들 넓이의 공간을 마련했다. 그리고 억새와 나뭇가지로 고깔처럼 맞대며 칡줄기로 엮었다. 납작 엎드려야 드나들 수 있는 출입구는 억새로 가렸다. 바로 옆은 계곡이었다. 물 걱정은 하지 않아도 됐다.

까마귀들이 우짖는 소리에 눈을 떴다. 밤새껏 정체를 알 수 없는 짐승 울음과 추위로 잠을 설쳤다. 조반도 어제처럼 조밥으로 만든 주먹밥 하나씩이었다. 냄비에 끓인 계곡물로 허기를 채웠다. 막내는 여전히 한밤중이었다.

"밤새낭 기침을 해대고 몸이 불덩어리여서 큰일났저."

어머니가 막내 여동생의 이마를 쓰다듬었다.

장수는 낚싯줄 같은 철사를 꺼냈다. 꿩코였다. 꿩의 밑밥으로 삼을 메주콩도 챙겨왔다. 작년까지만 해도 가을, 겨울에는 동무들과 꿩코를 만들어 꿩사냥을 하러 돌아다녔다.

"난 오늘의 운세나 봐야지."

어머니 옆에 있던 누나가 화투장을 한 장씩 외투 위로 벌이기 시작했다.

"허엇, 지금 제정신가?"

"신경안정제마씀."

누나는 화투장을 나열해가며 오늘의 운수를 보는 데 몰입했다. 장수는 움막에서 나와 주위를 두리번거렸다. 아직 토벌대 걱정은 하지 않아도 될 듯싶었다.

"멀리 돌아댕기지 말라…."

어머니 목소리를 귓가로 흘리며 걸음을 옮겼다. 참새, 까마귀가 무리를 지어 어지럽게 날아다녔다. 계곡 가장자리의 중간중간에 나뭇가지를 꺾어 표시하며 억새 숲을 더듬어 나갔다. 푸드득…. 꿔엉꿔엉! 장끼 한 마리가 비명을 지르며 계곡께로 날아갔다. 꿩코를 설치한 곳에는 콩알을 여남은 방울씩 밑밥으로 떨어뜨렸다. 갑자기 몇 발의 총성이 희미하게 들렸다. 바다가 보이는 마을 쪽에서였다. 서둘러 발길을 되돌렸다. 가슴이 두근거렸다.

잰걸음을 놓던 장수는 야하! 하고 탄성을 지르며 걸음을 멈췄다. 볼레낭(보리수나무) 군락지였다. 앙상한 볼레낭에는 빨갛게 익은 팥알 크기의 볼레만 자락자락 매달려 있었다. 손으로 볼레를 훑어내며 입으로 가져갔다. 시큼하고 달콤한 침샘이 솟구쳤다. 외투 호주머니마다 볼레로 채웠다. 얼어붙은 손바닥이 가시에 찔렸으나 아픈 줄 몰랐다.

그렇게 낮과 밤이 뒤바뀐 나날이 반복됐다. 산중에는 늦게 해가 솟고 일찍 저물었다. 반나절은 움막에 드러누워 시간을 보내다가 해거름이 되면 일어나 다음 끼니를 준비하곤 했다. 장수는 꿩코를 설치한 지점을 돌아보며 칡뿌리도 비상식량으로 챙겼다. 하지만 올가미에 걸려든 꿩은 없었다. 볼레낭 군락지에서 볼레를 따고 돌아오는 게 유일한 수확이었다. 온 가족이 볼레를 너무 먹어 며칠씩 변을 보지 못하는 소동도 있었다.

그런데 밤새껏 뼛속을 파고드는 추위, 배고픔, 정체 모를 짐승의 소리, 막내의 기침 소리와 흐느낌, 월경통을 하는 누나의 배앓이에 시달리다 아침을 맞이한 어느 날이었다. 느닷없이 정체불명의 청년들 예닐곱이 불쑥 움막에 나타났다. 모두 배낭, 바랑을 짊어지고 있었다. 한 사람만 철모에 군화를 신은 군인 복장에 총을 둘러메고 있었다. 철창을 든 나머지는 방한모에 외투, 경찰복 상의, 평상복에 단화나 고무신, 짚신에 각반 차림이었다.

어머니가 억새 위에 무릎을 꿇고 두 손을 비벼댔다.

“그저 목숨만 살려줍서. 열흘 전의 토벌군들에게 우리 서방이영 시부모님이 총질당허고 나서….”

“우린 보급투쟁을 끝내고 돌아가는 길이오.”

‘산사람’들이었다. 장원 형과 점박이 선생, 그리고 정체불명의 청년이 눈가를 스쳤다.

“여긴 사냥개들에게 발각되기 쉬우니 저기 보이는 오름 쪽으로 이동하는 게 안전할 거요.”

그들은 이내 움막에서 떠났다.

장수 가족도 서둘러 행장을 챙겨 산사람이 뜬구름 가리키듯이 했던 '저기 보이는 오름'을 향해서 잰걸음을 했다. 몸이 잠기는 바닷물 같은 억새밭, 관목 숲을 지나고 계곡을 건너서 수목이 우거진 비탈을 기어올랐다. 발밑에 잔솔과 바위가 어우러진 함박 같은 평지가 나타났다. 그 너머는 키 작은 잡목과 바위들이 뒤엉킨 야트막한 봉우리였다.

"이제사 보난 수망리 먼모루 동산 지경 닮다."

봄철 풋고사리를 꺾으러 다닐 때 지나다녔던 곳이라 했다. 어머니를 따라 등짐을 부려놓고 앉아 숨을 골랐다. 등때기에 땀기가 축축이 배어 있었다.

"이거 무슨 소리지?"

누나가 중얼거리며 상체를 움츠렸다. 따악! 따악! 일정한 간격을 두고 몇 차례 둔탁한 소리가 들리더니 바위 위로 웬 노인이 얼굴을 내밀었다.

"어디서 옵데가?"

노인이 속삭이듯 물었다.

"옷귀에서 올라왔수다마는…."

어머니가 노인에게 바투 다가갔다.

"옷깃을 스쳐도 인연인디… 따라옵서."

노인을 따라 가슴까지 차오르는 조릿대 군락지를 헤쳐 나갔다. 헐벗은 낙엽수, 소나무와 구상나무들이 듬성듬성 서 있었다. 눈이 쌓인 계곡 가장자리 바위와 숲 틈으로 허물어지다 남은 돌담 줄기가 이어졌다. 장수는 이끼로 뒤덮인 돌담을 바라보며 걸음을 늦췄다. 앞서 걷던 노인이 등을 돌렸다.

"저 돌담은 옛날 목마장 시절에 쌓았던 상잣담이여…."

한라산에 방목한 말들이 곶자왈 지대로 들어가는 것을 방비하기 위해서였다고 말했다. 장수는 계속 호기심이 발동했다.

"저기 돗통시처럼 보이는 돌담은요?"

"그건 숯가마 터여."

최근까지도 인근 마을 사람들이 산에 묵으면서 숯을 구웠다고 했다.

낙엽이 쌓인 땅바닥이 빙판처럼 미끄러웠다. 엉덩방아를 찧으며 이끼 낀 돌담으로 에둘러진 숯가마 터에 도착했다. 공동 취사장이라 했다. 작은 무쇠솥, 맷돌도 보였는데 솔가지와 앙상한 덤불로 하늘을 가리고 있었다.

"잠시 여기서 기다렵시라."

노인이 장수 가족을 남겨두고 벼랑 같은 암벽께로 사라졌다. 숲 사이로 움막들이 보였다. 언뜻 보기에는 덩굴이 뒤덮인 관목숲이었다.

좀 있으니 사람들이 모여들었다. 어머니와 알은체하는 사람도 있었다. 대부분 젖먹이를 안은 젊은 아주머니, 서너 살에서 여남은 살짜리 어린애, 중년 여인과 노인이었다. 장수 또래는 눈에 띄지 않았다.

"같이 지낼 새 가족이 있어서 모이도록 했저."

노인이 모인 사람들에게 장수 가족을 소개했다. 대부분 이웃한 중산간 마을인 수망리, 한남리 주민들이었다. 남자들만 남은 뒤 노인이 입을 열었다.

"여기는 아침마다 모여 회의허는 곳이니 장수도 내일부터 참석허라. 낮에 망보는 일도 같이허고…."

토벌작전 시간을 가늠해서 낮에는 남자들이 한 사람씩 돌아가며 오름 꼭대기에서 망을 본다고 했다. 남자는 열 명도 채 안 되었는데 노인이 가장 연장자였다. 장수 또래도 없었다.

“조캐가 거처를 정허도록 거들어주라.”

노인이 ‘조캐’라고 했던 남자 혼자 남았다. 아까부터 어머니와 고개를 끄덕이며 대화를 나누던 현 씨 아저씨였다. 아버지 연배로 보였다.

“내가 처음 은신처로 정하려던 곳이 있으니 따라오라.”

장수와 누나는 낫을 들고 아저씨를 따라나섰다. 집채 같은 기암괴석으로 벼랑을 이룬 앞에 다다랐다. 노송들과 낙엽수가 우거진 옆은 앙상한 덩굴 숲이었다.

“여기 벽장 같은 궤는 너무 좁고… 이 암벽을 축대로 삼아서 거처를 마련해라.”

“궤는 부엌 겸 내 숙소로 할게요.”

바위그늘 같은 명당을 버리기가 아까웠다.

“그것도 좋기여.”

아저씨가 고개를 끄덕이며 잔잔한 미소를 지었다. 조릿대와 나뭇가지, 억새, 칡줄기로 지붕과 바람막이를 만들고 바닥에는 낙엽을 깐 위에 억새로 덮었다. 아저씨는 짐을 운반하는 것까지 거들었다.

“오라버님. 내 살아생전에 이 은공을 갚을 날이 올 건가야양.”

어머니 눈시울에 이슬이 맺혔다.

“삼추운. 고맙수다.”

누나가 생글생글 웃으며 허리를 굽혔다. 마을을 떠난 후 처음 대하는 해맑은 낯바닥이었다.

“훤칠헌 키에 곱드글락헌 얼굴이며… 며느리로 삼고 싶구나마는….”

갑자기 아저씨 얼굴에 그늘이 졌다. 며느리 짝이 될 아들 이야기는 꺼내지 않았다.

“내일은 내가 망보기 순번인데 말벗도 헐 겸 조캐도 같이 가게.”

“예, 알았수다.”

장수는 이튿날 아침 햇발이 오름 등성이로 떠오르자 아저씨와 동행해 망보기에 나섰다. 자작나무가 우거진 바위 사이로 이어진 비탈에는 복수초들이 꽃망울을 머금고 있었다.

오름 꼭대기의 잔솔 바위틈에 자리잡았다. 남쪽 해안마을과 수평선이 희미하게 들어왔다. 지난 추석 때까지만 해도 마을에서는 넉시오름 꼭대기에 올라 ‘빗개’를 섰다. 아이들이 토벌대가 들고남을 알리는 보초병이었다. 토벌대가 나타나면 대나무에 매단 깃발을 눕히며 마을 사람들에게 신호를 보내곤 했다.

“옷귀 경주김씨는 우리 수망리에 뿌릴 두고 있는데 조캐는 어느 가지고?”

종갓집 직계인지 차손 방계傍系인지 물었다.

“차손 가지마씀.”

할아버지는 장수가 한문서당에 들어가자마자 족보 보는 법부터 가르쳤다.

“김장원 씨하곤 어떤 사이고?”

“사촌 형님입니다.”

아저씨가 눈을 치뜨며 놀란 표정을 지었다. 장수는 어깨가 으쓱해지면서도 서글펐다.

"김장원 씨는 면서기로 있으면서도 일본 유학 꿈을 버리지 않았던 걸로 아는데…."

난세를 만나 아까운 인재가 들짐승으로 내몰렸다고 했다. 아저씨는 의귀교에 근무했던 교사 이름들도 기억하고 있었다.

"우리 수망리에는 지난여름까지만 해도 폭도들과 내통자로 지목받은 청년이 희생됐을 뿐 별다른 주민 피해가 없었는데 십일월이 되자 토벌대가 밤낮 마을 주변에 낮도깨비처럼 출몰하더구나. 지난 초엿새날 새벽에는 갑자기 군인들이 마을에 들이닥쳐 목장으로 가던 아이와 두 남자 어른하고 또 수망리 처갓집에 식게(제사)를 먹고 돌아가던 의귀리 오 아무개를 총살했고…. 다음 날 아홉 시경에는 다시 토벌대가 몰려들자 가족을 데리고 잠시 몸을 피했다가 돌아와 보니 집이 몽땅 불탔더구나…."

그날 토벌대는 이웃마을 한남리도 덮쳐 마을을 불 지르고 주민들을 학살했다고 덧붙였다. 토벌군이 장수의 아버지, 할머니, 할아버지를 총살하고 마을에 불을 지른 날이었다.

"처음엔 '사리물궤' 근처에 은신처를 정해서 몇몇 사람들과 지냈저. 계곡을 따라 숲이 우거져 으슥한 곳이었지만 맞은편 목장지대에서 수색작전을 하는 토벌대가 자주 눈에 띄어 이곳으로 옮겼는데… 어머님이 마을로 내려가자고 조르는 통에 고민이여…."

일단 남원지서에 가서 자수해야 하는데 그다음 일은 염라대왕밖에 모른다고 했다.

아저씨가 치매기 있는 노모가 걱정이라며 찐 고구마 반쪽을 장수에게 건넸다. 집을 나온 이후는 좁쌀을 끓여 하루 한 끼로 연명하고 있었다.

장수는 다음 날 아침 회합 자리에서 혼자 망보기를 자청하고 나섰다. 추위와 배고픔, 공포감을 달래기 위해서였다.

봄 날씨처럼 따사로운 햇살이 부서졌다. 장수는 바위틈에 은신해 수색작전을 펼치는 토벌대가 된 기분으로 이[虱], 서캐 사냥에 들어갔다. 벌겋게 핏독이 오른 이들을 엄지가락 손톱에 맞물리며 학살했다. 핏방울이 번질 때마다 야릇한 쾌감을 느꼈다. 실밥에 박힌 서캐들을 박음질하듯 앞니로 닥닥 짓이겨댔다. 서캐들이 흙먼지가 돼 토벌대의 몸속으로 파고들었으면 하는 망상을 하면서…. 그러다가 깜빡 잠이 들었다. '장수야. 심으레 왐저. 얼른 곱으라….' 누군가의 목소리가 소나기처럼 쏟아졌다. 장수는 어딘가로 내달리다 넘어지며 비명을 내질렀다. 눈을 떴다. '잡으러 온다, 숨으라'는 환청이 윙윙거리는데 갑자기 총성이 메아리쳤다. 바위 옆 잔솔 뒤로 몸을 숨겨 사위를 두리번거렸다. 저만치 노랑개들이 억새밭 들판에서 그물질하듯 움직이는 모습이 보였다. 돌멩이를 거머쥐어 위험 신호를 보낼 준비를 했다. 하지만 그들은 허공으로 총질을 할 뿐 밀림지대로 들어서지 않았다. 그리고 줄행랑을 치던 황갈색 소 한 마리가 억새밭으로 곤두박질쳤다. 처음 은신했던 움막에서 멀지 않은 지점이었다. 장수는 미끄럼을 타듯 오름 꼭대기에서 내려왔다.

아저씨가 은신처를 돌며 남자들을 동원했다. 돔베칼(도마칼)과 가마니를 준비하고 출발했다.

"어둡기 전에 빨리 갔다 와야 해요."

장수가 앞장섰다. 줄달음을 쳐서 현장에 도착했다. 까마귀 떼가 널브러진 소 주위에 진을 치고 있었다. 늙은 암소가 말방울 같은 눈깔을 끔벅이며 숨을 할딱거렸다. 억새밭에 핏물이 고여 있었다. 어른들이 달려들어 도마칼로 소 목덜미를 내리찍었다.

용천수처럼 솟구치던 핏줄기가 누그러졌다. 가죽을 벗겨내고 몸통을 해체하는 손놀림이 빨라졌다. 장수도 거들었다. 모두가 피젱이(백정)가 됐다. 살코기 부위만 도막내며 가마니에 나눠 담았다. 은신처로 돌아가 식솔 숫자에 따라 배분하기로 했다.

"내장은 들짐승에게 보시報施하고 가되 간이랑 여기서 처리허게."

쇠간은 시력의 보약이라 했다.

"소금이 있으면 금상첨화인데…."

"혹시나 해서 미리 준비핸 왔수다."

누군가 갈옷 호주머니에서 돌소금(막소금)을 꺼냈다. 쇠간을 도마칼로 자르며 나눠 먹기 시작했다. 서로 핏물로 얼룩진 얼굴을 쳐다보며 흐뭇한 표정을 지었다.

그날 아침에도 여느 때처럼 대표들이 회의장에 모였다. 노인이 가족들의 건강 상태는 어떤지, 비상식량은 어떤지 똑같은 애로사항을 물었다. 모두 건강에는 이상이 없다고들 했다. 장수는 막내 여동생이 계속 열병에 시달리는 말을 하지 않았다.

비상식량을 구하러 마을로 내려갈 날짜를 의논하기 시작했다.

"비상식량만큼은 남자가 없는 가족도 있으니 날을 잡아 같이 마을에 내려갔다 오기로 허게. 그리고…."

"삼춘 잠시만…. 저기 봅서."

누군가 노인의 말을 가로막으며 턱을 치켜올렸다. 대엿 명의 사내들이 자작나무 숲에서 나와 족제비처럼 쪼르르 둔덕을 내려섰다. 모두 등짐을 지고 있었다. 산사람들이었다. 이곳으로 온 후 종종 보급투쟁을 하고 귀환하는 산사람들과 조우했다. 그때마다 다른 얼굴들이었다. 하지만 그들은 들짐승처럼 숨어 지내는 도피자들을 해치지 않았다.

"곧 의귀국민학교에 개집을 지을 모양이니 조심들 하시오."

의귀국민학교에 토벌대가 주둔한다는 소식이었다.

"조금만 참고 기다리시오…."

머잖아 인민들 세상이 될 것이라 했다. 그들은 이내 계곡 숲으로 사라졌다.

"갯담에 갇힌 물괴기 신세가 될 판이네."

누군가가 긴 한숨을 내쉬었다. 갯담은 밀물에 몰려들었다가 썰물 때 빠져나가지 못한 물고기들을 잡는 거대한 돌담그물이었다.

"오늘 밤에 당장 마을에 내려갔다 오게."

"들쥐 생활을 청산허고 하산해 자수협주."

"그 문젠 차차 의논해서 결정하도록 허게."

노인이 긴 한숨을 내쉬며 허공을 바라봤다.

해거름이 됐다. 장수와 누나도 일행을 따라 은신처를 출발했다. 현씨 아저씨도 동행했다. 서녘 하늘의 하현달을 등불 삼아 곶자왈을 벗어났다. 뜀박질하듯 들판을 가로질러 들길로 접어들었다. 앞장선 어른들의 이야기가 가쁜 숨결을 따라 이어졌다.

"그날 가 봤더니 마을이 폭탄 맞은 꼴이 됐더라고. 지난달 이십팔일 새벽에 폭도들이 위미리와 남원리를 습격해서 불 질르고 주민을 산으로 납치해 간 거라. 그러자 토벌대는 민보단원들까지 동원해서 그 앙갚음으로 남원으로 소개해 있던 중산간 마을 사람들을 끌어다가 총살헌 후에 중산간 마을로 올라와 남아 있던 가옥들까지 몽땅 방화하고 인근에 피신했던 노약자와 어린애들까지 닥치는 대로 꿩사냥질을 했다더군….”

그동안 비상식량을 구하러 마을에 갔다 온 사람인 듯했다.

그리고 며칠 뒤였다. 장수는 다시 누렇게 말라붙은 쑥잎으로 발목 부위를 천으로 빙빙 감아 매듭을 지었다. 그날 비상식량을 구하러 송령이골 집에 잠입했다가 잿더미에 묻힌 문짝 못에 다친 상처였다. 발목의 부기는 많이 가라앉아 있었다.

장수는 불편한 다리를 끌고 혼자 머무는 움막 밖으로 나왔다. 함박눈을 뒤집어쓴 구상나무, 자작나무, 소나무 가지들이 하얀 눈꽃나무로 변해 있었다. 앙상한 낙엽수 가지들이 숫돌에 벼린 낫날 같았다.

“장숙아, 장숙아…. 아이구, 내 새끼….”

어머니의 흐느낌이 멎었다.

“그만 진정헙서. 죽은 애기 코 잡는다고 살아납니까….”

누나가 어머니 품에서 죽은 여동생을 빼앗아 업었다. 장수도 누나를 따라 계곡으로 내려섰다. 계곡은 하얀 눈길로 변해 있었다. 무릎이 잠기는 눈길을 따라 맨땅이 드러난 곳을 기웃거렸다. 아름드리 소나무 뒤로 작은 동굴이 보였다.

“일단 저기 숨겨두게. 눈 속에 파묻을 수도 없고….”

누나가 거친 숨을 몰아쉬며 벼랑으로 고개를 쳐들었다.

장수가 앞장서서 야트막한 동굴로 들어섰다. 순간 등골이 오싹했다. 분명 시체였다. 잠시 눈을 감아 호흡을 가다듬고 나서 앞으로 바투

다가갔다. 시체 네 구는 군인 복장과 평상복 차림이었다. 옆에는 총 한 자루와 죽창이 보였다. 장수는 시체를 밀쳐내 군용외투부터 벗겨냈다. 군화는 벗기다가 말았다. 군화 끈이 꽁꽁 얼어붙어 있었다.

누나가 여동생을 동굴 바닥에 내려놓고 흐느끼기 시작했다.

김장수는 산책로를 따라 귀가하다가 동혁의 전화를 받았다. 송령이 골 무장대 묘역 모퉁이에서였다.

"삼춘. 우선 전화로 세배드립니다."

"동혁이 조캐는 올해 고희에 날 건가."

"그러게요. 어느새 저도 삼춘허고 같이 늙어가네요."

"그러잖아도 형수님께 세배도 드릴 겸 제주시로 넘어갈 예정이네."

"그러실까 봐 미리 전화를 드리는 건데… 실은 어머님이 대학병원 응급실에 입원 중입니다."

동혁의 가라앉은 목소리에 긴 한숨이 묻어나왔다.

"아니, 왜?"

"구정舊正 사나흘 전 친구네 집에 가다가 넘어졌대요."

갑자기 골목에서 나타난 승용차를 피하려다 일어난 돌발사고라 했다. 형수가 고스톱동아리와 동전 따먹기로 소일한다는 이야기는 들었다.

"오른쪽 팔목과 엉치에 실금이 생겼을 뿐 머리 손상은 없어 천만다행에요."

"충격이 클 텐데 걱정이구나."

육신의 상처가 마음의 병으로 전이될까 염려됐다.

"나중에 일반병실로 옮긴 뒤 연락드릴게요."

정현숙 형수는 새해 아흔두 살에 났다. 예전 그대로의 총기聰氣를 지니고 있지만 귀가 절벽이었다. 그래도 한사코 보청기 끼는 것을 거부한다고 했다. 남편을 닮은 여장부 기질은 여전했다. 혼자 안댁집을 지키다가 대엿 해 전에 아들을 따라 제주시로 거처를 옮겼다.

김장수는 어린 시절부터 장원 형을 4촌이 아닌, 형제가 많은 집안의 맏형처럼 따르며 자랐다. 형수 또한 장수를 형과 한 탯줄에서 태어난 시동생으로 품었다. 그렇게 희로애락을 같이하며 '인민의 시체를 넘고 넘어' 구사일생했다.

"그건 그렇고 사삼 집필을 떠맡게 돼 마음고생이 크겠네요."

"무거운 짐 진 자들아 다 내게로 오라 했잖은가…."

외부 인사가 기피하는 '4·3 똥막대기'를 스틱으로 삼아야 하는 것이 운명인 듯싶었다.

"집안의 치부恥部를 드러내야 하니 그렇죠."

"형님은 망명도생해 '산사람'이 된 죄밖에 없고 지금도 그 죗값을 치르고 있네. 그리고 작은 허물을 노출하는 건 치부恥部가 아니라 치유治癒 행위라 생각하게…."

'내 치부를 내보이고 나니 한결 마음이 홀가분허우다….' 김장수가 평생 부적처럼 가슴에 품고 있는 송 이장의 고백이었다.

송 이장과의 만남은 운명적이었다.

김장수가 1978년 표선국민학교에 부임해 6학년 담임을 맡던 해였다.

제2대 통일주체국민회의 대의원 선거일을 앞둔 5월이 되자 오후 일과는 가정방문으로 때웠다. 교사들이 투표 계도啓導 요원으로 내몰렸다. 서구적 민주주의보다는 한국적 민주주의가 한국인의 몸에 걸맞은 옷이다, 반공만이 우리의 살길이다, 박정희 대통령 각하를 구국의 영도자로 받들자는 선거운동이었다. 날마다 '한국적 민주주의' 묘목을 심는 식목일이었다. 학생을 통해 이미 홍보물이 나갔어도 교사들은 '계도활동 일지'를 작성하며 교감 전결을 받아야 했다.

그런데 어느 날 늦은 점심을 먹으러 단골식당에 다다랐을 때였다.

"김장수 선생님, 오랜만이우다."

송 이장이었다. 경찰로 있다가 '5·16 혁명' 직후 축첩蓄妾 공무원으로 사표를 냈다는 이야기를 들었다. 그의 손주 남매도 표선교에 재학하고 있었다.

"이장단 회의를 마치고 나오다가 선생님 뒤를 밟고 따라왔수다."

그렇지 않아도 언제 술 한잔하려던 참이라 했다.

"가정방문에 나섰다가 이제야 점심을 먹으려구요."

두 사람은 바닷가가 들어오는 창가 구석에 마주앉았다. 손님은 단둘이었다. 김장수는 금간 유리창 귀퉁이를 가린 노랑 바탕의 대의원 선거 홍보 포스터를 물끄러미 쳐다봤다. '국민주권 행사하여 평화통일 이룩하자!!' 그 밑에는 비둘기 한 마리가 부메랑 같은 월계관 속에서 비상하고 있었다.

"이번 투표율에 따라 새마을 지원사업이 차등 지원된다 해서 미칠 쿠다."

이장들도 선생님들처럼 비상동원령이 내려졌다는 것이다.

새마을운동 후일담을 화제로 소주 한 병을 비웠다.

"실은 나도 산사람에서 검둥개가 됐수다."

송 이장이 정수리에 얹었던 새마을운동 모자를 식탁으로 내려놓았다.

"뭐라구요?"

김장수는 갑자기 주먹질을 당한 것처럼 머리가 띵했다.

"김장수 선생님이 김장원 씨 사촌동생이란 사실을 알고 놀랐수다. 장원 씨 아드님이 용케 연좌제 그물에서 빠져나와 공무원을 하는 것도 그렇고…."

"그럼, 원래 고향이 남원면 쪽인가요?"

"예. 신흥2리 '노린백이골'이란 자연부락이 본가인데 경찰복을 입으면서 처갓집 마을에 정착해십주."

그가 밀담하듯 낮은 소리로 삼십 년 전의 기억을 이어갔다. 이덕구가 사령관이 된 이후라고 했다.

"그 당시 남원면과 표선면 면의원장인 김장원 동지와 생사를 같이 할 때 나는 죽창 제작을 담당했는데 자기네 마을을 잘 봐달라며 일본도日本刀며 노랑개들의 단검을 뇌물로 바치는 곳도 있습데다…."

"대장장이로요?"

김장수는 대장장이에서 순경으로 변신한 게 믿기지 않았다.

"중학교 일학년을 중퇴하고 불미간(대장간) 일을 배우다가 입산헌 때라마씀."

송 이장이 한숨을 내쉬고 나서 술잔을 비웠다.

"어느 날 밤에 보급투쟁에 나갔던 대원들이 길가 천막에 마련된 경찰 빈소를 습격한 사실을 자랑했는데… 김장원 동지가 '검둥개가 비록 인민의 주구走狗일지언정 그런 행위는 민주부락 인민들까지 우리에게 적개심을 조장하는 일이에요….' 하며 질책헙디다…. 그래도 대원들은 고개를 푹 숙인 채 말이 없더니 죽창을 만들 왕대나무를 베러 떠나는 일행 사이에서 '김장원 저 새끼, 앗아불카….' 허는 목소리가 들렸어도 더 이상 불상사는 일어나지 않았수다. 허지만 면당 책임자까지 죽여버릴까 허는 소리가 벌겋게 달군 철창처럼 가슴에 박히는 바람에 며칠 뒤 하산해 귀순해십주. 그 이후 한 달포 토벌대 안내자로 사냥개 노릇을 하다가 어찌어찌 운 좋게 경찰복으로 갈아입으면서 이름도 개명改名하고…."

김장수는 '앗아불카… 앗아버릴까… 죽여버릴까'를 되새김하며 송이장에게 술잔을 내밀었다.

"김장원 동지하고는 언제 헤어진 겁니까."

"토벌군이 의귀국민학교에 주둔할 무렵이우다."

가족이 도피 생활을 하던 때와 겹치는 시기였다.

"그런데 왜 산에 오르게 됐는지 궁금하군요."

그때였다. 주인 할머니가 굽은 허리를 도닥거리며 다가왔다.

"이장님. 그만 일어납서. 비치룹지(부끄럽지) 아니 해영… 간에 붙었다 쓸개에 붙었다 헌 애길 자랑햄수꽈."

"그럼… 내 애긴 여기까지로 헙주."

그가 기다렸다는 듯이 먼저 자리에서 일어났다.

"조캐야. 아이덜 가르치는 선생이 대낮에 그런 얘기허당 무슨 꼴을 당헐지 모르난 조심허라."

주인 할머니는 지금도 사삼사태 때처럼 사냥꾼이 설치는 세상이라 했다.

김장수가 외상장부를 작성하고 식당을 나왔다. 송 이장이 백사장에 접한 마을길에 서 있었다.

"앞의 보이는 백사장을 넓은 모래밭이란 뜻으로 '한모살'이라 허는데… 사태 당시엔 피가 마를 날이 없어서… 억울하고 원통한 '한恨모살'이 된 거라마씀. 특히 가시리, 토산리 주민들을 이곳으로 몰고 와서 멜 거리듯 했수게."

멸치 떼를 그물로 건져 올리듯 집단학살을 했다는 것이다.

"십이월 중순 무렵엔 소개된 웃토산 주민들을 향사에 모아놓고 십팔 세부터 사십 세까지의 남자들을 분리하고 나서… 여자들에게는 달을 쳐다보라고 하면서 젊고 예쁜 여자만 골라내 당시 수용소였던 표선국민학교에 감금해 몹쓸짓을 저지른 다음 이곳에서 총살시키기도 했고…."

당시 거울 같은 밝은 달 속의 여자들은 누나 또래들인 듯했다.

김장수는 자취방으로 돌아와 그의 알곡 같은 기억을 노트에 모았다. 그게 4·3 탐색의 원표元標였다.

그 뒤부터는 한 학교에서 2년 반 이상 근무한 적이 없었다. 도심지에서 벗어난 작은 학교, 산남 지역의 오지奧地로 보내달라고 교장에게 부탁하곤 했다. 다른 교사들이 기피하는 지역이었다. 그 때문에 교육청과 학교 현장에서는 '문제교사'로 낙인찍혔다. 하지만 개의치 않았다. 가정방문 과정에 일제 때와 사삼사태 이야기를 듣는 것을 위안으로 삼았다. 학부형은 대부분 홀어멍(과부)이거나 할망이었다. 그 바람에 용공분자 의혹으로 지서에 불려간 적도 있었다. 그게 더욱 4·3 미치광이가 되게 충동질했다. 하지만 장원 형의 야반도주 이후 종적을 추적하는 것은 엄두를 내지 못했다.

김장수는 동혁의 전화를 받고 열흘쯤 뒤에야 대학병원 외과병동을 찾았다.

"계속 응급실에 있다가 어제야 2인실로 옮겼어요."

동혁을 따라 병실로 들어서서 다리를 깁스한 형수 손을 잡았다.

"나 죽엉 일포日晡 날이나 오잰 헙데강?"

형수가 이승에서의 마지막 환송 의례를 치르는 날에 오려 했느냐며 곱게 눈을 흘겼다.

"천년만년 거주하실 곳이 극락인지 천당인지는 정하십데가?"

김장수가 등 뒤에 서 있는 동혁을 돌아보며 미소를 지었다.

"어디든 동혁이 아방 간 곳으로 찾아가쿠다. 훤칠헌 키에 대쪽 같은 성깔이어도 바당 같은 마음에 배짱이 두둑허고, 과묵한 성격이라신디…. 하이고…. 그때 시아바님이 옆에 붙잡아 살림을 맡기겠다고 와달을 부리지 않아시민 세겟것들신디 개죽음은 당허지 않아실 걸…."

중부님이 야기부려 장원 형의 일본 유학을 가로막는 바람에 사삼사태 때 육짓것들에게 총살당했다는 넋두리였다. 김장수는 창밖을 바라보며 '세겟것, 육짓것'이란 말을 곱씹었다. 오래전부터 전승되는 제주 토박이의 언어였다. 외지인에 대한 반감과 선망羨望, 멸시와 경계, 원한이 조합된 감정의 암유였다.

다큐멘터리 재방송 같은 사설을 늘어놓던 형수가 슬그머니 김장수의 손을 잡았다.

"동혁의 아방은 스물대여섯 청춘에 그렇게 됐주마는… 당시 기억은 아무리 세월이 흘러도 마음에 칡불리로 남았수다. 나도 언제 어떻게 될지 모른 몸이고 죽기 전의 세상에 알려사 허겠다고 마음을 고쳐먹었수다…."

기억의 칡뿌리란 말이 임종을 앞둔 유언처럼 들렸다. 내 눈에 흙이 들어가기 전에는 동혁의 아방 이야긴 입에 자물쇠를 채워야 한다던 형수였다.

"잘 생각하셨수다."

형수가 먼저 마음을 열어줘서 홀가분한 마음으로 판도라 상자로 남은 자료를 정리하게 됐다.

"잠깐만요. 우리 교회 권사님들이 오셨어요."

늙수그레한 여인들 대엿이 들어섰다. 병실이 꽉 찼다.

그녀들이 손가방에서 성경, 찬송가를 꺼냈다.

"형수님. 몸조리 잘 하십서."

김장수는 나중에 들르겠다는 인사로 기도를 대신했다.

"삼춘. 일층 커피숍에서 기다리고 계십서. 차나 한잔하게…."

김장수는 커피숍에 앉아 응급실 앞에 있는 앰뷸런스를 멀거니 쳐다봤다. 담요에 덮인 물체가 이동식 침대에서 앰뷸런스 안으로 사라졌다. 화병과 행려병자, 치매로 고생하다가 세상을 하직한 어머니 초상이 어른거렸다.

동혁이 권사 일행을 배웅하고 커피숍에 동석했다.

"이윤철 씨가 작년 4월 3일에 소천召天해 이곳 충혼묘지에 안장됐다는군요. 미리 알았으면 문상이라도 했을 텐데…."

"4월 3일에?"

김장수가 찻잔을 내려놓으며 재차 확인했다.

"나도 너무 기막힌 우연이라 거듭 확인했어요."

문병 왔던 한 분이 충남 출신인데 이윤철 씨 가족과 절친이라 했다.

"제주섬과는 운명적 악연이로군."

"실은 그날 만난 후 몇 달이 지나 꿀 한 병을 준비해 자택을 방문했는데 입원 중이라 해서 그냥 발길을 돌렸거든요."

문병까지 할 용기는 없었다고 했다. 금시초문이었다.

"원수를 사랑하라는 신앙심의 발로였나?"

동혁에게는 분노의 대상일 법했다. 김장수에게는 원수 같은 은인이었다.

이윤철 씨 소식을 접한 것은 재작년 4월 부활절 무렵이었다. 혼자 늦은 점심을 먹는데 며칠째 제주시에 머물던 송철이 집에 들어서자마자 심문하듯 물었다.

"2연대 병사 이윤철이란 사람 기억하시죠?"

김장수는 갑자기 오목가슴이 저렸다.

"그 사람은 왜?"

송철이 유인물을 내밀었다. 후배 기자가 4·3특집으로 내보내려다 불발된 기사라 했다. 자세한 내막은 밝히지 않았다. 김장수는 아들이 건넨 출력물로 눈길을 돌렸다. A4용지 두 장 분량이었다.

'어느 노병老兵의 비망록에 감춰진 참과 거짓'이란 제목이었다.

제주4·3사건 제62주년을 맞이해 사건 당시 제9연대와 교체돼 들어와 토벌작전을 주도한 제2연대 병사의 회고담을 특집으로 싣는다…. 이윤철 씨는 여순사건과 제주4·3 진압작전을 거쳐 6·25전쟁에 참전했다가 1953년 휴전협정 무렵 상이용사로 명예제대를 한 노병老兵이다. 그리고 제대할 때까지 7여 년 동안 자신의 병영일지를 메모한 군사수첩이 수십 권일 정도다.

여기에서는 제주 주둔 당시, 특히 그가 소속됐던 제2연대 제1대대 2중대 이야기를 중심으로 정리했다…. (조진희 기자)

1948년 12월 1일 이승만 대통령 각하가 대전에 있는 2연대를 방문했다. 국내외 시국時局에 대한 연설이 한 시간 넘게 이어졌다. 마지막으로 '오늘 여순사건 진압에 혁혁한 공을 세운 가장 든든하고 신뢰하는 충남의 2연대 본부를 방문한 이유는 하루속히 제주도에 들어가 반도叛徒들의 만행으로 신음하는 동포를 구출해 달라는 말씀을 드리기 위해서입니다….'로 대통령 각하의 말씀이 끝났다. 그리고 12월 16일 오후 제2연대 선발대원 130명이 해군함정 307호로 제주에 도착했다.

"항구 주변의 인가들이며 돌담 축대 위에 굵은 밧줄로 바둑판처럼 엮인 초가지붕들이 신기했어요. 선착장을 벗어나자 남녀 주민들이 연도에 나와 환영했는데 갈색 무명옷 차림들이어서 딴 나라에 온 기분이었습니다. 제주읍내의 자갈밭 같은 중심가를 따라 군가를 부르며 행군해 본부가 있는 제주농업학교에 군장을 풀었어요. 그런데 제주읍에서 성산포로 이동하던 제3대대가 반도叛徒들 습격으로 수많은 병력이 손실되고 무기와 보급품도 탈취당하는 바람에 나머지 부대는 선편으로 제주항에서 애월, 한림, 모슬포, 중문, 서귀포 포구에 들르며 병력 배치를 마쳤어요."

제1대대는 서귀포, 제2대대는 모슬포, 그리고 서북청년단원 수백 명이 편입된 제3대대는 성산포에 배치됐다. 제1대대 제1중대는 중문, 제2중대는 남원면 의귀리, 제3중대는 법정동法井洞, 제4중대는 중대 본부와 함께 서귀국민학교에 주둔했다.

이윤철 병사가 소속된 제2중대는 12월 26일 남원면 중산간 마을의 의귀국민학교에 도착했다. 3개 소대가 중대 단위였고 1개 소대는 3개 분대로 편성됐는데 그 당시 분대원 구성은 12명이었다. 제3소대는 표선으로 파견되고 의귀교에는 제1, 2소대 70여 명만 주둔했다.

이윤철 병사는 이곳에 주둔하면서 처음으로 군의 말단 책임자인 분대장이 되었다.

"설재련 중대장님은 내가 신병 시절에 소대장이었고 장민우 선임 소대장님은 하사관학교 입교 당시 동기였어요. 6개월 과정의 군사교육을 받는 도중 여순반란 진압에 동원되기도 했는데 보통학교 학력의 나는 하사 진급에 그쳤고, 중학교 졸업자인 장 소대장님은 그 뒤 육군사관학교에서 교육을 받고 소위로 임관된 겁니다. 그 당시 규정이 그랬어요. 그때 한이 병영일지에 집착하게 만들었는지 모릅니다. 아무튼 중대장님의 왼팔이 된 내가 중대 살림살이 실무 책임자가 됐어요. 학교 중심의 지적도를 놓고 주민 대표의 설명을 들으며 작전지도까지 내 손으로 작성했는데 허허벌판의 농로 주변은 대부분 '임林'이었고, 틈틈이 '전田'과 '묘墓'들이었던 걸로 기억해요."

그는 지금 오래전 제주에 정착한 아들 가족과 여생을 보내기 시작했다.

"제주는 내 뼈가 묻힐 제2의 고향으로 여기 충혼묘지에 묻히는 게 마지막 소원에요."

기자가 '현의합장묘', '송령이골 무장대 묘역'의 산 증인인 이윤철 씨에게 인터뷰를 마무리하는 화두를 던졌다.

"선생님이 소속된 2중대가 의귀교에 주둔했다가 태흥1리로 이동하기까지 25일 동안 수많은 인근 주민들이 무고하게 희생된 것으로 드러나고 있는데요… 이에 대해 한말씀해 주시죠."

그가 갑자기 침통한 표정을 지었다.

"무슨 얘긴지 알겠어요. 아들 내외가 제주에 내려와 여생을 보내라고 했을 때 좀 망설였던 건 내 사삼 전력 때문이었어요. 특히 의귀리 집단 희생자들을 놓고서 이러쿵저러쿵 엉뚱한 소리가 난무하는 모양인데 우리들은 오직 통비분자들을 처단했을 뿐이에요. 다만 우리가 무장대 습격으로 죽은 시체들을 제대로 수습하지 못한 채 떠난 건 도의적 책임이 있어요. 하지만 학교 근처의 매장지에서 어린애, 여자들 유해까지 나온 걸 가지고 토벌군이 산에 도피한 사람들을 닥치는 대로 붙잡아 현장에서 총살하고, 보복 학살한 때문이라는데 그건 왓샤부대, 반도들 만행으로 그리된 거예요. 우리가 왜 민간인들을 그 앞에 끌고 가서 죽였겠어요. 우리들은 오직 빨갱이 소굴로 전락한 제주섬을 지킨 죄밖에 없어요. 그렇게 사태의 진상을 날조하고 왜곡하는 건 죄악이에요. 그러면서 일본을 향해 과거사에 대해 진심 어린 사과를 해라, 역사를 왜곡하지 말라는 등 핏대를 세우는 건 모순 아닌가요. 지난번 대통령이 국가 권력의 폭력으로 희생된 사삼 유족들 운운하며 일방적으로 국민을 대신해 사과하던데 그건 화해와 상생의 길이 아니에요…."

인터뷰 기사에 등장한 이윤철 씨는 누나의 죽음에 대해 한마디도 없었다. 당시 열아홉 살 누나는 태흥1리로 이동하는 2중대를 따라갔다. 학교에 주둔했던 부대가 제주를 떠날 때까지 뒷바라지할 작정이라 했다. 그 뒤 행적은 알아볼 길이 없었다. 누나와 생이별한 몇 달 뒤에 남원지서에서 누나 시체를 인수해 가라는 연락을 받은 게 전부였다. 하지만 '왜'라고 반문하지 못한 채 침묵의 세월에 묻혔다. 어쨌거나 비밀의 열쇠는 그가 쥐고 있음을 확인했다. 제1소대장이 장민우라는 이름도 되살렸다.

김장수는 송철을 통해 이윤철 씨 연락처부터 알아냈다. 그의 아들은 오래전부터 제주에 정착해서 식당을 운영한다고 했다. 그러나 이윤철 씨와 전화 연결이 되지 않았다. '지금은 통화를 할 수 없으니 나중에….', '지금은 전원이 꺼져 있으니 나중에….'라는 공허한 메시지 음성으로 차단되기 일쑤였다. 십여 차례 통화를 시도했지만 거듭 불발로 끝났다. 고의적인 거부반응이 분명했다. 그러다가 어렵사리 이윤철 씨 아들과 전화 연결이 됐다.

"아버님께 김장수란 사람이 잠깐 뵙고 싶다고 전해 주세요."

이윤철 분대장과의 인연도 대충 설명했다.

"일단 말씀드려 볼게요."

기자들 전화에 시달려서 통화가 안 된 사실도 알았다. 그리고 다음 날 아침, 이윤철 씨 전화를 받았다.

"김장수 선생님 반가워요. 실은 제주에 내려오자마자 당시 잿더미가 됐던 의귀 마을을 찾아가 학교 주변만 대충 둘러보고 그냥 발길을 돌렸어요….”

“언제 시간을 좀 내주셨으면 하는데요?”

“그렇게 해요. 이왕이면 김동혁 장로님도 동석했으면 좋겠네요.”

“제 조카도요?”

김장수가 의아해하며 반문했다.

“자세한 얘긴 그날 말씀드리죠.”

이윤철 씨가 밭은기침 소리를 내며 말문을 닫았다. 약속 날짜와 시간, 장소를 정한 뒤였다.

김장수는 통화를 끝내자마자 동혁에게 전화를 걸었다.

“우리 김장원 형님도 부활하실지 모르겠구나.”

“삼촌은 아직도 늙은 청년인데 벌써 치매에 걸리면 안 되는데요.”

동혁의 묵직한 육성에 웃음소리가 묻어나왔다. 김장수는 자초지종을 설명했다. 형수에게는 이런 사실을 귀띔하지 말라고 하면서….

“저는 좀 늦어질지 모르겠어요.”

동혁은 교회부터 들렀다가 약속 장소로 나오겠다고 했다.

사흘 뒤, 마침내 이윤철 씨를 만났다. 그의 자택 근처 호텔 커피숍에서였다. 육십여 년 만의 해후였다. 청년 이윤철 병사와 김장수 꼬마 병사가 노인이 되고서…. 상전벽해가 된 제주 이야기로 어색한 분위기를 달랬다.

늦게 도착한 동혁이 이윤철 씨에게 허리를 깊숙이 숙였다.

“김장원 씨 아들 김동혁이라 합니다.”

“김 장로님도 육십여 년 전의 그 청년과 판박이군요.”

이윤철 씨가 동혁의 손을 잡은 채 빤히 쳐다봤다.

김장수는 묵묵히 두 사람의 대화를 듣기만 했다. 오직 누나의 죽음이 궁금할 뿐이었다.

"그런데 하느님도 사람 차별을 하나 봐요."

이윤철 씨는 여전히 동혁에게서 시선을 거두지 않았다.

"무슨 말씀이신지?"

"폭도 두목 아들이 어떻게 공무원이 됐는지 불가사의하잖아요."

"그런 분들 몫까지 기도하며 살아가는데 가끔은 '내가 뭘 잘못했길래 이런 속죄의식에 갇혀 살지?' 하고 자문하기도 해요. 군에 있을 때 갑자기 방첩대로 선발된 적이 있었는데… 이건 아니다 싶어 '실은 제 부친이 제주사삼사건 당시 이러이러한 사람이었습니다' 하고 실토했더니 다음 날 없던 일로 넘어가더군요…."

이윤철 씨가 짧은 통화를 끝내며 입을 열었다.

"장로님은 초대 사삼사업소장까지 지내셨다고 하던데… 사삼평화공원을 두고 폭도공원이란 말이 나올 법하네요."

잠시 어색한 침묵이 흘렀다. 이윤철 씨가 정원으로 눈길을 돌렸다. 분수대에서 우산살 같은 물줄기가 뿜어나오고 있었다. 잠시 뒤 그가 긴 한숨을 내쉬고 나서 말문을 열었다.

"우리 중대는 1949년 1월 20일 태흥1리로 주둔지를 옮겼다가 3월 28일 지금 5·16도로에 근접한 토평리 마을 북쪽 '산냇도'란 곳으로 이동했는데 민가와 떨어진 산간이었어요. 그런데 주둔지를 옮기자마자 내가 특무공작대 대장으로 지명된 겁니다. 부대원 칠팔 명과 특별관리하던 일반인 외에 세 명의 처녀도 공작대에 끌어들여 며칠 동안 신호국민학교 교장에게 제주사투리 지도부터 받았어요. 그렇게 도민 흉내를 내기 위한 준비까지 마치고 반도叛徒 복장으로 위장해 물영아리오름 중턱에 숙영지를 정했어요. 부대원이 수색작전을 하는 동안 일반인 공작원과 김장금 아가씨를 비롯한 세 처녀는 주변 동정을 탐색하며 취사를 전담했고…."

그는 특무공작대가 작전을 벌인 무용담을 장황하게 늘어놓았다. 남원면 투쟁위원회 소탕을 비롯해 1949년 5월 26일 남원면당 아지트 소탕작전 과정에 대해서….

"헌데 제 누이가 그곳에서 무장대에게 희생된 게 이해가 안 되는군요."

김장수가 침통한 표정을 지으며 이윤철 씨를 응시했다.

"내 탓이지요. 김장금 아가씨하고는 한 다섯 달 동안 부대에서 고락을 함께하면서 정이 들었는데…."

이윤철 씨가 고개를 숙이며 탄식조로 말했다.

"중대본부 지원으로 면당아지트 소탕전이 성공리에 끝나고 대대장님을 비롯해 서귀포경찰서장, 종군기자, 우리 대대 보도요원들이 현장에 도착했는데 폭도 사상자 명단과 얼굴을 대조하며 전황 설명을 하던 나는 김장금 씨가 스물네 명의 반도 사망자에 낀 사실을 알고 혼겁했어요. 난 급히 한 명은 소탕전 과정에 무장대 총격에 사망한 것이라고 둘러댔지요. 분명 여성 공작원들은 소탕작전에 돌입하기 직전에 근처 안전지대로 대피시켰는데 김장금 씨가 면당책 일당이 은신한 동굴에서 십여 미터 전방 지점에서 피거품을 물고 가시덩굴에 엎어져 있던 겁니다…."

그 뒤 누나 시신만 빼내 남원지서에 연락하도록 했다는 것이다.

이윤철 씨가 다시 커피 한 잔을 주문했다.

"뭔가 불길한 예감이 들어 그날 나머지 두 아가씨 공작원을 은밀히 만나 추궁했더니… 어느 날 낮에 김장금이 보따리를 들고 사라졌다가 돌아오는 걸 목격했대요…. 우연히 부근 계곡에서 사촌 오라버님을 만났다면서 '제발 못 본 걸로 해달라'고 눈물로 호소하기도 하고 자칫 자기네 목숨도 위태로울 것 같아 비밀로 간직하기로 약속했단 겁니다…."

"그 장소가 어디쯤 되는지 기억하십니까."

"남원리 지경이란 기억밖에 없어요. 우리가 공작 활동의 숙영지로 삼은 물영아리오름에서 그리 멀지 않은 곳이지요."

세 사람은 잠시 침묵에 빠졌다.

"결국 사촌 남매가 그날 서로 총질을 해댄 셈이군요."

김장수가 먹먹한 심경을 추스르며 이윤철 씨를 응시했다.

"전과戰果 기록이란 게 그래요. 당시 제주 폭동 진압에 나섰던 수뇌부들 회고록도 그렇지만 주민들 기억도 아전인수 격으로 왜곡된 이야기가 많을 거요…."

전사戰史에는 정사正史가 존재하지 않는다는 말도 덧붙였다.

"김장원 씨는 그 뒤 어떻게 됐나요."

묵도하는 자세로 있던 동혁이 물었다.

"당시 연대본부에서는 각 중대에 정보과 요원들을 파견하고 있었는데 그날 생포된 여덟 명과 노획물도 그들에게 인계됐어요. 그 뒤 행적은 우리가 알 바 아니기도 했고…."

어느새 한 시간 반이 지나고 있었다. 김장수가 마지막 궁금증을 꺼냈다.

“그 후로도 계속 그곳에 주둔했다가 철수했나요.”

“그렇지 않아요. 장돌뱅이처럼 여러 군데로 옮겨다녔어요. 우리 중대본부는 반도叛徒 사령관 이덕구가 사살된 며칠 뒤 서귀포 천지연폭포 해변에 새로 막사를 구축하고 나서 한라산 정상에 ‘평정기념비’를 세웠어요. 2연대 마지막 잔류 병력은 8월 5일 제주읍 관덕정 마당에서 거행된 ‘제주도공비소탕 축하대회’에 참가한 후 8월 14일 인천항으로 출항했는데… 원래는 13일 출발 예정이었어요.”

갑자기 낯선 얼굴들이 시끌벅적하게 옆자리로 몰려들었다. 일본인 관광객인 듯했다. 어느새 커피숍은 단체 손님으로 자리가 꽉 차 있었다. 대화를 이어갈 분위기가 아니었고 더 들을 비밀도 없었다.

그런데 이윤철 씨가 들고 왔던 검은 비닐봉지 하나를 김장수에게 슬며시 내밀었다.

“이건 김장금 씨를 대신해 유족에게 기념품으로 전하려 했던 거예요.”

제주를 떠난 뒤 고향에 보관했던 것인데 전쟁통에도 무사했다고 했다.

‘김장금 기념품?’ 김장수가 의아해하며 내용물을 꺼냈다. 검정 표지의 갸름한 책자였다. 한가운데는 거미줄 같은 등고선에 갇힌 제주도, 상단에는 ‘第二聯隊濟州駐屯記 사진첩’이란 글자가 음각돼 있었다. 잠시 자리를 떴던 이윤철 씨가 다가왔다.

김장수는 다시 책자를 비닐봉투 속으로 집어넣었다.

“고맙습니다. 그런데 혹시 그날 생포자 명단을 알 수 없을까요.”

"어딘가에 기록돼 있을 거요."

이윤철 씨가 고개를 끄덕이며 짧게 말했다.

호텔에서 점심 식사를 마치고 작별 인사를 나눴다. 김장수는 그가 호텔 모퉁이로 사라질 때까지 한참 뒤에서 지켜봤다. 육십여 년 전, 은신 생활을 하던 기억이 무성영화 장면으로 되살아났다….

여동생이 숨줄을 놓자 어머니는 '한라산 신령님이 데려간 셈 치자, 빨갱이 새끼로 개죽음당한 것보다 백번 낫다.'는 넋두리로 통곡을 대신했어도 간헐적으로 정체불명의 들짐승 소리를 토해냈다.

그런데 집단 은신처에서 지내던 노부부와 현 씨 아저씨가 치매로 산중을 헤매던 노모를 데리고 몰래 하산했다. 그 이후에는 아침 회합, 망보는 일도 없어졌다. 몇몇 사람들도 은신처를 떠날 낌새였다.

"장수야. 걸어지크냐?"

"괜찮긴 한데…."

장수가 속내의를 찢어 붕대처럼 감은 발목을 내려다봤다. 상처 부위는 진물이 나고 덧난 상태였지만 통증은 가셨다.

"여기선 밤낮 장숙이가 눈에 밟혀 못 살키여…."

일단 장소를 옮긴 다음에 자수를 하든지 이판사판 결정하자고 했다. 장수는 속으로 '그럴 거면 진작 해변 마을로 소개하지 왜 산에 들어온 거예요?' 했다.

"일단 처음 은신처로 옮기도록 해."

누나가 먼저 행장을 챙기기 시작했다. '산사람' 시체에서 벗겨왔던 군용외투는 장수가 묵던 그늘자리 같은 공간에 버렸다. 서둘러 그동안

이웃사촌으로 지냈던 사람들 몰래 은신처를 나섰다. 칼바람을 헤치며 낙엽수가 우거진 비탈을 내려왔다. 겨울 바다 같은 계곡을 넘고 곶자왈을 벗어나 억새 들판에 다다랐다. 다행히 처음 은신처였던 억새 움막은 온전한 상태였다.

"우리 집의 온 기분이여."

어머니가 움막에 짐을 부려놓으며 한숨을 내쉬었다. 모두 짐꾸러미를 등받이로 삼아 퍼질러앉았다. 수면睡眠 같은 침묵이 흘렀다. 피로감과 배고픔, 뼛속을 파고드는 추위가 파도처럼 전신을 덮쳤다. 저절로 눈이 감겼다.

그런데 이튿날 아침이었다. 어디선가 두런두런 말소리가 바람에 실려왔다. '소대장님. 저기 쥐구멍이 보이는데요….' 장수가 발딱 상체를 비틀어 움막 억새 틈에다 동공을 들이댔다. 무장 군인들이 옆으로 나란히 갈서서 다가오고 있었다. 앞이 캄캄했다. '이제 끝장났구나….'

"이 반도叛徒 새끼들 손들고 나왓!"

갑자기 전마선 같은 움막이 뒤집히고 군인이 다짜고짜 가족들에게 발길질하며 개머리판을 휘둘렀다. 가족이 두 손을 머리에 얹고 나와 눈밭에 무릎을 꿇었다. 군홧발들이 움직일 때마다 가족들의 낙인 같은 발자국이 뭉개졌다.

"소대장님. 이거 보세요."

군인의 손에 장수의 일기장이 들려 있었다. 일기장을 훑어보는 소대장 얼굴에 야릇한 미소가 번졌다. 닭살 같은 손등으로 눈물, 콧물을 훔치던 어머니가 고개를 하늘로 쳐들었다.

"대장 선생님. 그저 목숨만 살려 줍서. 지난 음력 시월 초이렛날 군인들이 집의 달려들언 아무 죄 엇인 남편과 시부모님을 총질헌 바람에 산에 숨어지내단 자수허래 가는 길이우다. 그리고 폭도들이 자기네 말을 듣지 않자 우리 아들 발목을 철창으로 찔러 도망쳤고… 막내딸도 그놈들 때문에 대엿새 전의 넋난 죽고마씀….”

어머니가 상처 난 장수 발목을 들어보였다.

“잔말 말고 그동안 숨어 지낸 곳을 바른대로 말해.”

소대장이란 군인이 어머니를 성난 개처럼 노려봤다. 장원 형 또래로 보이는 육짓사람 말씨였다.

“예, 예. 곱았던(숨었던) 곳을 사실대로 말씀드리크매 우리가 말했다는 건 비밀로 해줍서. 기영허고 난 여기서 죽어도 좋수다마는 내 새끼들은 살려주키엔 약속해 줍서,”

“야, 이년아. 지금 우리하고 흥정하려는 거야, 뭐야.”

소대장 옆에 있던 군인의 개머리판이 허공으로 치솟았다.

“그만해. 우리 지원군 역할을 할 사람들이야.”

소대장이 손사래를 치며 무릎을 꿇고 있는 누나에게 시선을 돌렸다. 순간 누나가 몸을 일으키며 소대장에게 다가섰다.

“소대장님. 평생 종년 노릇을 하며 그 은공을 갚을 테니 제발 우리 가족들 목숨일랑 건드리지 마세요. 제발요….”

“허엇! 맹랑한 아가씨네. 폭도 희생물로 삼기엔 너무 아깝기도 하고….”

“저기 보이는 내창에서 곧장 오름 쪽으로 올라간 곳이우다. 마흔 명 가까이 살다가 더러 하산했주마는 아직도 하영 남아 있수다.”

소대장이 누나에게 ‘하영’이 무슨 뜻이냐고 반문했고, 장수가 재빨리 '많이'라고 대답했다.

"우린 이 길을 따라 올라왔는데, 이 아가씨가 가리킨 지점은 열한 시 방향의 저 계곡 너머 숲 뒤로 보이는 능선이야."

"저들 중에 누군가를 앞장세워야 하지 않을까요."

"오히려 장애물이 돼."

소대장이 군인의 말문을 차단했다.

"일단 저 세 명을 연행하도록 해. 이윤철 분대장에겐 미리 연락해 둘 테니까…."

소대장이 '첫 지형정찰에 대성과인데….' 하며 누나가 가리킨 오름 방향으로 몸을 비틀었다.

가족이 두 감시병과 함께 들길을 따라 마을로 하산하기 시작했다. 억새 벌판에 도피자들 같은 소, 말 모습이 언뜻언뜻 스쳤다.

"그 사람들을 학교에라도 끌려오민 어떵 얼굴을 대허코…."

어머니가 귀엣말처럼 중얼거렸다. 뻔뻔스러운 거짓말에 대한 죄책감보다 '밀세다리'란 눈총을 더 걱정하는 눈치였다.

"어차피 사태가 끝날 때까지 숨어 지낼 순 없잖우꽈. 오히려 숭[凶]이 복이 될 수도 있고마씀."

누나는 소대장의 약속을 철석같이 믿는 모양이었다. 장수는 비망록 같은 일기장에 메모한 형과 점박이 선생 이름이 마음에 걸렸다. 학습장을 절반으로 잘라서 철한 일기장은 암호 기록에 불과하긴 했다.

굽이 잦은 농로를 돌아나오자 송령이골 동네가 품에 안기듯 다가왔다. 집을 떠난 지 사십여 일 사이에 동네는 잿더미가 돼 있었다. '집집마다 기르던 개와 닭, 똥돼지, 소들은 어디로 갔을까.'

송령이골 들머리를 벗어나 의귀천 갓길로 들어섰다. 넉시오름이 시야에 잡혔다.

장수는 계속 주위를 두리번거리며 걸음을 옮겼다. 마을길과 학교 주변의 나무들이 몽당빗자루가 돼 있었고, 운동장 남쪽의 외담 줄기는 정문까지 겹담으로 손질돼 있었다. 밑돌 주위에 흩어져 있는 날선 돌조각들이 수선화, 키 작은 동백나무들 틈에 박혀 있었다.

정문에는 가시철망이 얼기설기 휘감긴 무쇠삼각대가 가로놓여 있었다. 총을 멘 보초병 앞을 지나 운동장으로 들어섰다.

꺄악꺄악! 주위에서 까마귀 울음이 날아왔다. 장수는 고양이처럼 동공을 굴리며 주위를 훑었다. 학교 건물 사이로 분주히 움직이는 군인들이 보였다. 본관 건물 지붕에도 무장군인이 있었다. 그 앞에는 가늘고 긴 쇳덩어리가 돌출돼 있었다. 기와지붕이 와르르 무너질 것만 같았다. 운동장 구석에 세워진 원두막 같은 보초막도 낯설었다. 중앙현관 입구에도 총을 멘 보초병이 서 있었다. 군인 뒤를 따라 교실동 동쪽 별동으로 향했다. 북쪽 공간은 교장관사, 남쪽 공간은 창고로 쓰이던 건물이었다. 관사 출입문은 유리창이 달린 밀문, 창고는 널빤지의 여닫이였는데 각목과 쇠창살로 바뀌어 있었다. 보초병이 누나에게 미소를 흘리며 창고 출입문을 열었다.

"첫 사냥감이네."

창고 땅바닥에는 멍석이 깔려 있었다.

"하이고, 나도 몰르켜. 너네들 좃 꿀리는 대로 허라."

어머니가 멍석 위로 벌렁 드러누워 나비잠을 자는 자세로 눈을 감았다. 장수는 천장에 맞닿은 벽면의 쟁반만한 환풍구를 멍하니 바라봤다. 뱃속에서 꼬르륵 소리가 방귀처럼 뿜어나왔다. 추위와 배고픔이 공포감을 삼켰다.

"야, 그 사람들 끌어냇!"

갑자기 건물 밖에서 사나운 목청이 들렸다. 모골이 송연했다.

'출입통제구역' 입간판이 세워진 현관 입구에 서 있는 군인 앞에 끌려나왔다. 작달막한 키에 오동통한 몸집이었다.

"네가 김장금이로군."

군인을 따라 교실동 서쪽 모퉁이로 향했다. 차디찬 바람살이 몰려들었다. 출입구 안으로 들어서자 따스한 열기와 음식 냄새가 뒤엉겼다. 가마솥 아궁이 앞에 있던 세 여자와 시선이 마주쳤다. 낯익은 심방 모녀와 낯선 할머니였다.

"김장금, 너만 따라오고 둘은 잠시 여기서 기다려."

누나가 분대장을 따라 복도를 잇는 돌계단 위로 올라섰다. 복도 한복판에는 마주 잇대어 붙인 책걸상들이 놓여 있었다. 양초를 칠해 반들반들 윤이 흐르던 마룻바닥이 아니었다. 동무들과 선생님 얼굴들이 바람개비처럼 어른거렸다.

서쪽 1학년 교실과 복도의 절반은 마룻바닥이 절단돼 있었다. 복도 유리창도 사라지고 문틀만 남았다. 그리고 땅바닥이 드러난 교실은 벽을 따라 커다란 가마솥, 크고 작은 무쇠솥들이 즐비하게 차지한 정제로 변했다. 절반의 마룻바닥 칸막이에는 수많은 알루미늄 식판들과 놋쇠그릇, 식재료들이 보였다. 장수는 복도 바닥에 있는 땔감 위에 주저앉았다. 돌받침대 위에 얹힌 두 개의 드럼통에는 나무뚜껑이 덮여 있고 밑에는 꼭지가 달려 있었다. 뚜껑은 마룻바닥을 뜯어낸 판자인 듯했다. 심방 딸이 복도 벽으로 다가와 누룽지를 어머니에게 건네고 돌아섰다. 양순심 누나도 장금이 누나처럼 예뻤다.

어머니가 누룽지 조각을 입에 넣으며 심방과 속닥거렸다.

"성님은 어떵해연 여기서 부엌살림 험이우꽈?"

심방이 숨비질하듯 긴 한숨을 내쉬었다.

"토벌대가 벌떼추룩 모여들언 마지막 남은 집들까지 불을 지르고 간 후엔 들고넹이 신세로 지내신디 군인들이 학교에 주둔헌 뒷날부터 태흥리, 남원리 주민들을 동원해연 남쪽 울담을 허물며 성담으로 개축하는 작업을 시작했저…. 면장님과 해안마을 이장들이 나선 중산간 마을에 숨어 지내던 사름들도 자수허민 과거를 불문에 붙이겠다고 중대장님과 약속했댄 말을 믿언 우리도 공사에 참여해신디…."

심방이 다시 도마질을 시작하며 말끝을 이었다.

"우린 첫날 오전만 축성 작업에 가담허고 곧장 취사 당번으로 뽑현 들어왔저…."

취사병 대신 조리를 담당하며 식량, 부식 사정을 이윤철 분대장에게 보고한다는 것이다.

"충청도 양반이라더니… 심성 고운 분들 만나서 다행이여."

"저 분대장님이 여기선 힘이 센 사람이로구나양."

"자세한 건 모르고 군인들 살림 담당자인디… 중대장님허곤 육지에서부터 가근한 사이랜 해라."

병사들이 말발굽 같은 소리를 내며 현관 동쪽 교실로 사라졌다. 오륙학년 합반교실이었다. 그리고 잠시 뒤에 장수가 마지막으로 호출되었다.

병사가 안내한 교실로 들어섰다. 옛 3학년 교실이었다. 양쪽 출입구의 벽을 경계로 칸막이가 돼 있었다. 좌우의 벽 모퉁이로 외쪽문이 보였다. 그런데 옆 방에서 대화가 이어졌다. 산에서 만난 그 소대장과 이윤철 분대장 목소리였다.

"간발의 차이로 남원지서에서 먼저 선수 쳤지만 우리와 합동작전으로 입을 맞췄어. 아무튼 김장금 가족 공로가 지대하니 그렇게 조처해. 어차피 선무공작도 병행해야 할 거고…."

장수가 소대장실로 들어섰다.

"이제 네 가족의 운명은 이게 좌우할 거야. 하지만 누가 이걸 일기장이라 하겠어?"

폭도들과의 암호문이 아니냐며 눈을 부라렸다.

"하늘에 맹세코 그렇지 않습니다."

장수가 큰 소리로 변명했다.

"…."

소대장이 만년필로 일기장 날짜 앞에 점을 찍어나갔다.

"저기 앉아서 여기 표시된 날짜 내용을 일목요연하게 풀어서 적어."

소대장이 누런 갱지와 연필을 내밀고 나서 자리를 떴다.

장수는 소대장이 지적한 내용을 붓글씨 쓰듯 또박또박 해서체로 적어 나갔다. 단기 4281년 11월 7일부터 특별한 날에만 '노랑개 3마리… 점박이, 청년…억새 움막…흰 눈밭의 빨간 볼레, 똥구멍 소동…산사람…면모루 은신처…망보기…소 잡기…12월 26일 학교 노랑개집…비상식량…폭설, 막내 여동생 동굴….' 하는 기억의 뿌리였다.

'점박이, 청년', '산사람'이 유일한 거짓말이었다. '점박이, 청년'은,

'도피 생활을 떠나던 날 들판에서 만난 낯선 청년이 이마에 흰 점이 박힌 적다마赤多馬를 붙잡아줘서 여동생이 타고 갔다….'로, '산사람'은 '비상식량인 쇠고기 육포를 강탈해 가려는 것을 내가 말리자 폭도 한 사람이 철창으로 내 발등을 찔렀다….'로 포장했다. 나머지는 기억을 사실대로 풀어냈다. 갱지 앞뒷면을 꽉 채웠다. 속이 후련했다. 비상식량을 구하러 마을에 내려갔다가 생긴 '발등 부상'이 생략된 것은 천만다행이었다.

장수는 작성된 종이를 소대장 테이블에 놓았다. 테이블에 부착된 '組織及兵營配置圖'가 호기심을 자극했다. 학교 평면도를 이용한 것이었다. 중대장실-소대장실-인사계, 정보계, 작전계, 병기계, 통신계, 위병계, 의병계, 보급계, 취사계-통신실, 홍보실-보급품 보관실-취사장, 식당…. 교실 두 개는 내무반이며 맨 서쪽 교실은 취사장, 옆 두 교실의 널따란 복도는 식당이었다. 내무반 외의 교실 공간은 칸이 나눠 있었다. 숙직실은 여자 취사담당 숙소, 교장관사 공간은 병기고, 창고는 주민수용실이었다.

그 옆에는 악보를 곁들인 3절까지의 '제2연대가' 프린트물도 있었다. 장수는 제1절 가사부터 암기에 들어갔다.

우리는 二聯隊 勇士 씩씩한 國防軍
自由와 定義의 총칼을 들고서
燦然한 우리 겨레 한데 뭉쳐서
久遠한 새 나라를 建設하자 建設 建設
거룩한 나라 建設은 우리의 使命일세 우리 使命일세

"아직도 다 안 됐어!?"

소대장이 손목시계를 들여다보며 들어섰다. 장수는 얼른 마룻바닥에 무릎을 꿇고 고개를 숙였다. 긴 침묵이 흘렀다.

"작문 실력이 탁월한 데다 아주 명필인데."

소대장의 입가, 눈가에 비늘 같은 미소가 번졌다.

"그런데 이건 뭐야?"

장수가 '제2연대가'를 암기해 옮겨적던 종이였다.

"심심풀이로… 암기한 걸 쓰던 중이었습니다."

"참 맹랑한 녀석이군. 그새 이 가사를 다 암기했단 말이지? 한글도 모르는 병사들이 수두룩한데…."

소대장이 화랑담배를 꺼내 물었다. 장수는 움츠렸던 상체를 펴며 길게 숨을 내쉬었다.

"너 혹시 필경筆耕할 수 있겠어? 가리방을 받쳐 등사원지에 철필로…."

"예, 자신 있어요."

점박이 선생이 담임을 맡은 오륙학년 때의 학습지, 방학과제는 장수가 필경하기도 했다.

이윤철 분대장을 따라 소대장실을 나왔다.

"넌 오늘부터 무등병 군속으로 여기서 지내기로 확정됐어. 그냥 부대 잔심부름꾼이라 생각해."

누나도 학교에서 같이 숙식하며 취사를 담당한다고 했다. 어머니도 학교에 남으려 했지만 거절당했다. 당분간은 송령이골로 돌아갈 수도 없었다.

"엄마, 처음엔 나 혼자 남기로 했던 거예요. 일단 태홍1리에 가서 지냄십서…."

어머니가 군인들과 드럼통들이 있는 트럭 짐칸에 올랐다. 다른 연행자들은 보이지 않았다.

장수는 누나 일행과 취사담당 숙소인 숙직실에 들어가 옷을 입은 채 드러누웠다.

휘릭! 휘리릭휘리릭…!

장수는 기상을 알리는 호루라기 소리에 발딱 몸을 일으켰다. 숙직실의 작은 벽시계가 다섯 시를 가리키고 있었다. 단기 4281년 12월 31일 새벽이었다. 음력 섣달 초이틀이었다.

장수는 평상복을 입은 위에 누나가 손질한 군복을 입었다. 소매와 바짓가랑이를 빙떡처럼 말아서 박음질한 것이다. 군모는 딱 맞았다. 정말 병사가 된 기분이었다. 누나가 장수를 물끄러미 바라봤다.

"분대장님 말씀 명심해라."

나막신 같은 군화를 끌고 숙직실을 나섰다. 깜깜했다. 군인들이 군가를 부르며 운동장을 돌고 있었다.

이윤철 분대장을 따라 병사들이 조식早食 중인 복도 식당으로 갔다.

"오늘부터 우리와 병영 생활을 함께하며 잔심부름을 할 김장수 무등병이니 얼굴을 잘 익혀 두세요…."

이윤철 분대장의 일과에 대한 설명이 끝났다. 장수는 취사장에서 누나 일행과 아침을 먹었다. 오랜만에 되찾은 행복이었다.

무장군인들이 열을 지어 정문을 빠져나갔다. 장수는 취사장 뒤치다꺼리를 거들고 나서 홍보실로 걸음을 옮겼다. 아침나절은 홍보실 잡무를 돕는 일이 우선이었다. 조심스레 외쪽문을 노크하고 들어섰다. 3학년 교실을 칸막이한 곳이었다.

"어, 김장수 꼬마병사…."

군인이 양면괘지 사이에 묵지를 끼워놓고 뭔가를 작성하고 있었다. 훤칠한 키에 부리부리한 동공, '윤경학'이란 명찰이 시선을 사로잡았다. 장수보다 서너 살 위로 보이는 앳된 얼굴이었다.

"네 얘기 들었어…. 네 총명한 두뇌와 누나의 미모가 생명의 밑천인 셈이네."

그가 장수를 위아래로 훑어보며 말했다. 문득 점박이 선생에게 얻어들은 경국지색傾國之色이란 말이 생각났다.

"우선 여기 한자들은 괄호 속에 한글로 독음을 달며 필경부터 해."

프린트된 '연대장 통솔방침', '제2연대가' 견본을 건네받았다. 국한문혼용체였다. 내용은 이미 머릿속에 저장돼 있었다. 장수는 길게 호흡하고 나서 원지를 철판 위에 얹었다. 그리고 붓글씨를 쓰듯 철필을 움직이기 시작했다. 바늘 같은 철필 끝을 따라 격자무늬의 철판에서 글자들이 드러났다. 글자에 묻어나는 사각거림이 점박이 선생, 동무들의 환영, 환청이 됐다. 가장 애를 먹었던 연대가 악보까지 무사히 마쳤다.

"검토해 주십쇼."

윤경학 병사가 한참 필사된 원지를 견본과 대조했다.

"야아, 대단한데…. 딱 한 군데 옥에 티가 있는데 수정액은 아직 갖추지 못해서 어쩌지?"

그가 흐뭇한 얼굴로 잘못된 글자를 지적했다.

"걱정 마세요."

장수는 침착하게 완성된 등사원지를 양면괘지 위에 올려놓아 틀린 글자를 철필 손잡이 끝의 뭉툭한 부분으로 조심스레 지우고, 엄지가락 손톱을 지우개로 삼아 살살 문질렀다. 그리고 지워진 글자 칸에 오자誤字를 수정했다.

"놀랍군. 넌 필경사로도 먹고살겠어."

"그런데 부탁이 있는데요."

"부탁?"

"프린트 용지하고 연필 한 자루만…."

하루 일과를 메모하는 기록장으로 사용하겠다고 둘러댔다. 암호 같은 '일기'란 말은 꺼낼 수 없었다.

"군용수첩 여분이 있지만 그걸 내줄 수는 없고 이걸 사용해…."

윤경학 병사가 집어준 갱지를 송곳과 문서철 끈으로 철했다.

"앞으로 필요한 거 있으면 얘기해."

장수가 거듭 머리를 조아리고 나서다가 등을 돌렸다.

"뭐라고 불러야 해요?"

"그냥 윤 병사님으로 부르면 돼."

장수는 식당 복도를 빗질하고 밖으로 나왔다. 몸에 날개가 달린 기분이었다. 참새, 까마귀들이 무리 지어 활공하고 있었다.

원목으로 지은 원두막 같은 초소를 지키는 군인을 곁눈질하며 변소 건물로 향했다. 북쪽 울타리는 예전 그대로 외담 상태였다. 돌담 밑의 수선화, 중턱이 잘린 동백나무들 위로 차디찬 바람살이 회오리쳤다.

돌담 줄기를 따라 잔설이 낙엽처럼 쌓여 있었다. 몽당연필 같은 대빗자루를 들고 변소 건물로 들어가다가 등을 돌렸다. 숙직실 건물과 변소 건물 사이 돌담께로 다가갔다. 쓰레기소각장 옆에 섰다. 동백나무 사이의 돌담이 이상했다. 고목 등걸 같은 부분이 돌멩이로 메꿔져 있었다. 메줏덩이 같은 돌멩이들이 없으면 어른이 드나들 수 있을 구멍이었다. 돌담 앞에 떨어진 돌멩이를 주워 구멍을 메꾸고 돌담을 따라 갔다. 다시 돌멩이로 감춰진 닮은꼴의 구멍 흔적이 보였다. 변소 청소를 하면서 '그전부터 그랬을 테지' 하고 말았다. 불길한 예감을 진동하는 지린내와 함께 빗자루로 쓸어내렸다.

교장관사와 창고가 있는 건물 주위와 운동장을 돌며 오물을 자루에 주워담았다. 본관 건물 북쪽 뒷술 방향과 서북쪽 모퉁이, 한남리로 나가는 길가에도 초소가 보였다.

청소를 마치고 야적된 땔감을 취사장으로 옮겼다. 잇바디가 문풍지처럼 달달 떨렸다. 취사장에 들어가 가마솥 아궁이 앞에 앉았다. 여자들이 음식 장만을 하느라 분주히 움직였다.

누나가 가마솥 무쇠뚜껑을 옆으로 밀쳐냈다. 뜨거운 김이 안개처럼 피어올랐다. 설익은 보리쌀, 팥이 뒤섞여 있었다. 뜸을 들인 뒤 곤쌀을 넣고 물을 맞추면 반재기밥이 된다. 경조사나 특별한 날에만 곤밥 대신 특식으로 제공되는 밥이었다.

"변소 청소용 물통이 있으면 좋겠는데…."

장수가 혼잣말처럼 중얼거렸다.

"변소 청소허는 물엔 독약 걱정하지 않아도 되난 이윤철 분대장님께 말씀드려 보긴 허라마는…."

심방 아주머니가 삽으로 가마솥의 설익은 보리쌀과 팥을 뒤섞었다.

"물에 독약요?"

"밥 짓고 설거지허는 허드렛물은 물론이고 빨래허는 것도 군인들이 실어온 물만 사용해야 헌다."

군인들이 남원리 바닷가의 용천수, 남원국민학교나 남원중학교 우물을 차로 운반해 온다고 했다. 마을 사람들은 조상대대로 의귀천의 크고 작은 물웅덩이를 식수원으로 이용했다. 물허벅으로 길어다가 식수, 허드렛물로 썼다. 집집마다 빗물을 받아두는 촘항들도 있었다. 작년 5월 응원대가 안댁집에 몰려들어 난장판을 벌이던 광경이 어른거렸다.

오후가 되자 수색작전에 출동했던 군인들이 늙은 밧갈쉐(부림소) 한 마리를 끌고 돌아왔다. 그리고 몇몇 장병들이 소를 정문 맞은편 의귀천으로 끌고가서 해체 작업에 들어갔다. 장수도 소 잡는 작업을 거들었다. 도피 생활을 할 때처럼….

병사들이 항고를 들고 모여들었다.

"야, 야. 그 보약 같은 피를 흘리지 마."

"한 모금씩만 마시라구."

병사들이 앞다투며 생피를 마셨다. 억새밭에 널브러진 소 주위에 모였던 얼굴들이 이마를 스쳤다.

군인들이 취사장에 모여들어 가마솥과 크고 작은 무쇠솥에서 고기를 삶았다.

복도 식당에서는 밤늦게까지 술판이 벌어졌다. 그렇게 망년회가 끝났다. 덕분에 장수도 쇠고기를 배가 뽕뽕하게 먹었다. 술도 몇 보시 들이켰다. 병사들과 뒤치다꺼리를 마치고 잠자리로 돌아왔다. 취사장 마룻바닥 구석 창가였다.

장수는 머리맡의 비상용 손전등을 켜 의무병이 챙겨준 비상약품 상자를 끌어당겼다. 상처 부위에는 새살이 돋고 동상 흔적도 거의 아물었다. 장수는 전신을 군용담요로 멍석말이하듯 빙빙 감고 잠을 청했다.

취사담당 여자들의 두런거리는 인기척에 눈을 떴다. 단기 4282년 1월 1일 아침이 밝았다. '양력멩질', '왜놈멩질' 날이었다. 일제 때는 '음력멩질'을 지내지 못하게 했다.

밖으로 나왔다. 별이 총총했다. 어둠의 거미줄을 걷어내며 화장실로 향했다. 성벽 같은 교실동과 돌담 사이는 칼바람이 몰아치는 골짜기였다. 그런데 막 소변대 앞에 섰을 때였다. 변소 환풍구 너머로 서너 개의 검은 그림자가 학교에 접한 밭의 울담을 따라 안댁집 동네 쪽으로 사라졌다. 문득 이윤철 분대장의 육성이 솟구쳤다. '만약 조금이라도 이상한 점이 발견되면 즉시 내게 보고해….' 하지만 괜히 긁어 부스럼을 만들 일이 아니라고 마음을 다독거렸다.

먼저 사병들이 아침 조식을 끝냈다. 새해 첫날이어서 정찰偵察에 나가지 않는다고 했다.

설거지가 끝날 무렵 사람들이 모여들었다. 여자들은 질구덕을 짊어지고, 남자들은 보따리를 들고 있었다. 취사장 마룻바닥에 짐을 풀었다. 술춘은 이미 학교에 도착해 있었다. 횟감, 생복, 소라, 해삼, 삶은 문어, 돼지고기, 닭고기, 빙떡, 능금과 밀감…. 여자들이 차례상 준비하듯 그릇에 나눠 담았다. 스물대엿 명의 위문단 일행도 중대장, 소대장,

분대장들과 복도 식탁에 마주앉았다.

"순심이랑 장금이도 합석허라."

남원면 부녀회장이 속삭이듯 말하며 복도 식당으로 자리를 옮겼다. 장수와 심방, 할머니가 복도로 내치다 남은 음식을 옆에 놓고 가마솥 아궁이 앞에 앉았다. 장수는 먹거리보다 식당에서 들리는 얼굴 없는 목소리에 더 관심이 쏠렸다.

면장이 신년하례 방문단 일행을 소개하는 말이 들렸다. 면 관내 경찰후원회장, 교장과 학교후원회, 이장과 부녀회 대표들이었다. 청년회 임원은 없었다.

면장의 인사말이 시작됐다.

"먼저 기축년 양력설을 맞이해 오직 불철주야 사태 진압에 헌신하고 계시는 설재련 중대장님과 소대장님, 분대장님을 비롯한 칠십여 주둔군 장병들에게 거듭 감사 말씀드립니다. 육십갑자로는 아직 묵은해인 무자년 쥐띠해인데… 불가佛家에서는, 소는 1천 개의 눈과 1천 개의 손으로 중생을 구제하는 천수보살이 인간의 그릇된 눈과 손을 바로잡으려고 인간세상에 내려온 우신牛神이라 합니다마는… 북조선 사주를 받은 남로당이 통일된 하나의 조선 건국을 빙자해 단정單政, 단선單選을 거부하는 책동으로 눈뜬 봉사 같은 도민들을 온갖 감언이설로 도탄에 빠뜨렸습니다. 무자년은 온갖 전염병을 옮기고 식량을 축내는 쥐 같은 폭도들의 난동으로 제주섬이 아수라장이 됨은 물론 모처럼 광복을 맞이한 조선반도를 백척간두의 위기 상황으로 몰아넣었는데 2연대 병사를 비롯한 경찰토벌대, 그리고 목숨을 걸고 월남한 서북청년회, 마을의 민보단원 모두가 빨갱이를 소탕하는 천수보살의 후예라고 생각합니다. 모처럼 마련된 신년하례 자리니 소찬을 드시면서 군민이 일심동체가 돼 하루빨리 예전의 평화로운 제주섬을 되찾는 데 따른 소견들을 허심탄회하게 교환했으면 합니다….”

싸락눈 같은 박수갈채가 멎었다. 중대장이 ‘건배 제의에 앞서…. 으흠, 으흠’ 하며 헛기침을 토해냈다.

“이심전심이랄까요, 면장님이 제 마음까지 훔친 감이 있지만 거기에 굳이 사족을 붙인다면… 면장님 말마따나 지난 12월 26일 우리가 쥐잡기 소탕전을 전개하기 위해 여기에 주둔하기 전까지 이 학교는 반도들의 제주혁명군 제4지구 본부였습니다. 중산간에 자리잡은 의귀리, 한남리, 수망리는 빨치산 손아귀에 있었는데 그만큼 독버섯 같은 세포조직과 통비분자들 입김이 거셌다는 얘깁니다. 반도들은 자기들에게 우호적인 중산간 마을을 민주부락이라 하고 비우호적인 마을을 반동부락으로 낙인찍어 온갖 만행을 자행하고 있어요. 제주도에는 일제강점기부터 사회주의 내지 공산주의 물을 먹은 항일운동가들이 많았는데 해방 이후에는 조선의 자주독립 탈을 쓰고 활개를 치는 바람에 제주 인민의 칠팔 할이 빨갱이가 됐어요. 게다가 사돈에 팔촌, 마을 주민 모두가 삼촌, 조카라는 뿌리 깊은 권당眷黨 의식으로 옥석을 가리기 어려워 토벌작전에 더욱 장애가 되고 있습니다. 시행착오의 한 요인이기도 하고요…. 건배사가 너무 길어졌는데… 그럼 대한민국의 영명英名하신 이승만 대통령 각하와 우리 모두의 강녕과 행운을 기원하는 건배를 제의할 테니 내가 ‘대한민국’ 하면 여러분은 ‘만세삼창’으로 화답해 주세요.”

대한미인국~ 만세! 만세! 만세! 우렁찬 박수에 이어 화기애애한 목소리가 개울물처럼 흘러나왔다.

"충청도 양반 세계에서 온 군인이랜 허니 한시름 놓았수다."

여자 목소리였다.

"빨갱이가 어떤 뿔 돋은 짐승인지 몰르는 무지렁이들이니 불쌍히 여겨 줍서."

"자자, 그런 얘기 그만허고 덕담이나 나누도록 협주."

대화가 끊기고 술잔을 권하는 소리로 바뀌었다. 간간이 두 누나의 간드러진 목소리, 웃음소리도 뒤섞였다.

"헌데 들판에 주인 없는 소와 말들이 많아서 놀랐어요."

"들짐승이 아니라 임자들이 있는 것들마씀. 개돼지, 닭들까지 세상을 잘못 만나 천방지축 돌아댕겸수게."

여자의 뚝배기 같은 목소리였다.

"그렇군요."

"…."

"육고기에 질렸던 참인데 싱싱한 해산물로 신년맞이 축배를 드네요."

"요건 북바리, 요건 광어, 요건 옥돔, 우럭인 거 닮수다."

"눈보라 치는 한겨울인데도 바다에 들어가서 작업을 한다니 제주 여인들은 철인鐵人이네요."

"면 관내 열대엿 마을에서 상잠녀들 동원해 이승과 저승을 왔닥갔닥 허멍 잡아들인 거우다."

부녀회장의 걸걸한 목소리였다.

"학교 축성 작업에 나선 여성들이 돌덩이를 등짐으로 나르는 모습은 육지에서는 보지 못하는 진풍경이었어요. 이 자리에 여자 이장이 홍일점으로 합석한 것도 그렇고요…. 그런 의미에서 한 잔 받으시죠."

"아이구, 소대장님 고맙수다. 이미 서너 보시 들이싸신디 술 취해영 광질해짐 직허우다마는…."

여자 이장의 육성이 이어졌다.

"내친 김에 한말씀드리쿠다. 들짐승 같은 산사름에다 저승차사 같은 검둥개와 노랑개, 서북청년인지 남북청년인지 허는 사름들이 마을에 불 질르고 물애기, 코흘리개, 등 굽은 늙은이, 병든 사름들까지 폭도로 내몰리는 바람에 산으로 곱곡(숨고) 바당 동네로 가리삭삭 삐어져 죽은목숨으로 살고 있수다. 우리 마을엔 이장을 헐 만한 남자들이 씨멸족이라서 면장님이 억지로 이장 감투를 씌운 거라마씀. 과부 설움 과부가 안다고… 중대장님 태손땅도 진도라고 들어신디 제주섬 백성들을 불쌍히 여겨 줍서. 불알 찬 놈이라고 모두 빨갱이가 아니라마씀."

"무슨 말씀인지 잘 알았어요."

"자자, 사태 얘긴 그만헙서. 내가 노래 한 곡조 불르쿠다…."

"오늘은 이 정도로 합시다."

중대장의 한마디에 여자의 노랫가락은 '낙양성 십리허에 높고 낮은 저 무덤은…'에서 뚝 끊겼다. 살얼음판 같은 분위기였지만 무사히 위로연이 끝났다.

위문단 일행이 썰물처럼 빠져나갔다. 장금, 순심 누나도 함께였다. 운동장에서는 병사들이 축구, 족구, 배구를 하느라 신바람이 났다.

두 누나는 석식 시간이 지나도 돌아오지 않았다.

1월 2일 아침 점호시간에는 장수도 장병들의 '제2연대가' 합창을 따라 콧노래를 흥얼거렸다.

그런데 갑자기 소대장 호출을 받았다.

"발 상처는 어때?"

소대장의 첫마디였다. 장수는 울컥 뜨거운 김이 목울대로 솟구쳤다. 거듭 평생 두 분의 은혜를 잊지 않으리라 다짐했다.

"덕분에 거의 나았습니다."

"다행이군. 새로운 임무를 부여하려는데… 이건 극비사항인데 말야…. 극비極祕가 무슨 말인지 알겠어?"

"매우 중요한 비밀이란 뜻입니다."

"그럼 됐어. 자세한 건 이윤철 분대장님 지시에 따르도록…."

소대장실을 나왔다.

기다리고 있던 이윤철 분대장이 나직한 소리로 입을 열었다.

"오늘부터 본격적인 토벌작전에 돌입하게 되면 네 가족처럼 산에 은신해 있는 도피자들이 연행될 텐데 너도 밤 열한 시까지는 도피자 행세를 하다가 네 잠자리로 돌아오면 돼…."

이윤철 분대장의 세세한 보충 설명을 듣고서야 무슨 뜻인지 알았다.

군인들이 수색작전에 출동했다.

장수는 매일 첫날과 같은 일과로 한나절을 보냈다. 홍보실에 들러 문서 작성과 프린트 일을 돕고 청소를 했다. 그리고 부대가 귀환할 무렵이면 군복과 군화를 벗고 누나의 목도리로 복면하듯 안면을 가려 잔류 연행자들과 창고로 들어갔다. 밤 말을 엿듣는 한 마리 쥐가 됐다. 날이 밝으면 석방돼 해안마을 어딘가로 떠날 사람들이었다.

그날도 산에서 연행된 수십 명이 조회대 앞의 땅바닥에 줄을 지어

앉았다. 대부분 노인과 아이들, 젖먹이를 업거나 안은 엄마들이었다. 장수도 사병의 눈짓에 따라 슬그머니 그들 꽁무니에 앉았다.

군인들이 갈퀴눈으로 연행자들 틈으로 들어섰다. '고개 똑바로 들어 봣! 남편은 어디 갔어!? 아들은 어딨어!? 폭도들 만난 적 있지!? ….' 낚시질하듯 짧은 질문과 응답이 오갔다. 군인들의 주먹질, 발길질에 먼지 같은 신음, 비명이 자갈처럼 운동장에 깔렸다. '스무 살에서 마흔 살까진 이리 나와….' 병아리 감별하듯 선별된 사람들로 새로운 열이 생겼다. 그 기준은 알 수 없었다.

해가 질 무렵 따로 생긴 줄에 있던 사람들이 열을 지어 정문으로 향했다. 고양이 소리 같은 아기 울음이 정문 밖으로 사라졌다. 남원지서로 인계되는 사람들이었다. 그곳에서 다시 선과選果 작업을 하듯 성분 조사를 하며 현장에서 총살되거나 인근 바닷가 함바집 주거지로 빠지고 나머지는 서귀포로 이송된다고 들었다.

그렇게 똑같은 낮과 밤이 되풀이됐다. 날이 갈수록 학교로 연행된 도피자들이 점점 늘었다. 얼추 오륙십 명이 될 때도 있었다. 하지만 '극비사항'이 될 만한 정보는 얻지 못했다.

그런데 도피자로 위장한 염탐꾼이 된 지 여드레째 되는 1월 9일이었다. 장수도 연행자들이 수용된 창고의 맨 뒤에 앉아 고개를 숙였다.

"너, 감장수 맞지?"

바로 앞에 있던 녀석이 고개를 뒤로 돌리며 알은체했다.

"…."

"나, 한남리 양지남…."

5학년 때 학교를 그만둔 녀석이었다. 얼굴이 화끈거렸다. 그러나 장수는 침묵으로 일관했다.

"저 앞에 김석일도 어멍하고 동생이랑 앉아 있어. 아방은 오늘 숨어 있던 현장에서 도망치다가 총살됐대."

점점 심장이 파도처럼 요동쳤다. 김석일은 한문서당 학동 때부터 육학년 일학기까지 한 교실에서 공부하던 녀석이었다. 장수는 속으로 '잘콴다리(잘코사니)…' 하고 쾌재를 부리며 이를 앙다물었다. 원수 같은 동무였다. '모둠치기'의 주범이었다. 온갖 놀이 때마다 장수에게 딴지를 걸거나 동무들을 꼬드겨 싸움을 붙이곤 했다. 말타기, 곱을락(숨바꼭질), 다마치기(구슬치기), 팽이치기, 제기차기, 장기와 꼰(고누) 두기…. 죄가 있다면 녀석보다 덩치가 작지만 글공부를 잘하고, 계절 따라 먹고 입을 걱정이 없는 집안에서 태어난 것뿐이다.

장수는 김석일의 뻐드렁니를 떠올리며 평정심을 찾으려 안간힘썼다. '자기 목숨을 위해선 부모 형제도 안면몰수하는 세상에 내가 뭐 어쨌다고?'

행운과 불운은 빛과 그림자였다. 점박이 선생의 코시롱하고(구수하고) 걸쭉한 목소리가 귓가에 낙숫물처럼 떨어졌다.

'오늘 애기할 새옹지마塞翁之馬란 말은 변방 노인의 말이란 뜻이야. 변방은 국경 주변 지역이란 뜻이고…. 어느 날 어떤 하르방이 질루던 말이 도망가 버렸어. 그러자 이웃 주민들이 참 애석허게 됐다면서 위로허는 거라. 그러자 말 주인은 꼭 기영(그렇게) 생각헐 건 아니여. 이게 오히려 복이 될지 누게가 알아? 하며 남의 일추룩 심드렁하게 받아넘기는 거야. 그런데 몇 달 이시난, 도망갔던 말이 암말 한 마리를 데리고 함께 돌아왔어. 사람들이 복이 저절로 굴러들었다고 부러워허자

이 하르방은, 복이 오히려 화禍가 될 수도 이시난 지꺼질(기뻐할) 일만도 아닐 거라고 말해신디… 얼마 후에는 그 하르방 아덜이 집에 새로 들어온 말을 타단 땅바닥에 털어젼 그만 다리몽둥이가 부러지는 불상사를 당헌 거라. 마을 사름덜이 기영해도 목숨은 건져시난 불행 중 다행이우다, 허며 위로헌단 말이여. 그러자 하르방은, 몰르는 소리들 허지 말라, 이게 복이 될지 알아저? 하며 심드렁허게 대꾸했어. 기영헌디 얼마 엇언 전쟁이 나니까 아덜 또래의 젊은이들은 전쟁터로 나갔주마는 하르방 아덜은 다리 벵신이라서 전쟁터에 나가지 않아도 되었잰 헌 이야기에서 새옹지마는 전화위복轉禍爲福이랜 뜻으로 쓰이게 된 거야….'

점박이 선생은 교과서 내용 외에 일주일에 두세 꼭지의 고사성어에 담긴 옛날이야기를 들려주곤 했다. 점박이 선생은 불나방 같은 아이들을 불러들이는 등불 같은 존재였다.

장수는 파도에 휩쓸려 허우적대는 꿈에서 깼다. 1월 10일 새벽이었다. 머리맡의 손전등부터 찾았다.

"이 빨갱이 새끼들, 빨리 움직이지 못해!"

유리창에 달라붙어 창고 건물 쪽으로 시선을 꺾었다. 창고에 갇혔던 사람들이 무장군인들과 함께 정문 밖으로 사라졌다. 그리고 변소에서 엉덩이를 까고 앉았을 때 딱총 같은 총성이 들렸다. 학교에서 2백여 미터 거리의 '동녘 밭' 부근에서였다. 경찰출장소 바로 옆이었다. 소름이 끼쳤다.

취사장에서는 식사 준비가 한창이었다.

"누나, 무서워."

"미친놈. 개돼지며 소 잡는 거 구경 안 해 봤냐."

누나가 엉뚱한 소리를 내뱉으며 장수를 쏘아봤다.

"밤에 창고에 들어가는 일을 그만두게 해줘."

"알았으니까 앙작하지 마…."

어린애처럼 엄살부리지 말고 기다리라고 퉁박았다. 장수는 취사장 벽에 걸린 그물 같은 거미줄을 멍하니 쳐다봤다.

그날 밤부터 가짜 연행자 행세로 염탐꾼이 되지 않아도 됐다. 양지남, 김석일 이름도 기억에서 지웠다.

다음 날도 같은 일거리로 하루를 보냈다. 밤이 되자 더욱 콧물과 미열이 심했다. 온몸이 쑤시고 한기가 뼛속을 파고들어 고상고상 잠을 이루지 못했다. 군용담요 밖으로 얼굴을 내밀고 창가로 몸을 뒤챘다. 뿌연 유리창 너머 넉시오름이 창문 그림자로 다가왔다. 구름발이 흙더미 무너지듯 바람에 밀려갔다. 장수도 구름에 실려 허공을 날다가 설풋 잠이 들었다. 마룻장을 울리는 군화 소리에 눈을 떴다. 군인들이 무장하고 운동장에 집결하고 있었다. 1월 12일 새벽 네 시 반이 지나고 있었다. 전에 없는 일이었지만 다시 드러누워 담요를 뒤집어썼다.

그런데 막 잠이 들려는데 갑자기 무엇엔가 몸이 짓눌렸다. 눈을 떴다. 장수 몸을 덮친 정체불명의 그림자가 손으로 장수의 입을 틀어막았다.

"장수야, 나야…."

점박이 선생이 귀엣말을 하며 다짜고짜 장수를 밑으로 끌어내렸다.

"이 밑에 꼼짝 말고 있어…."

점박이 선생은 이내 자취를 감췄다. 또 한 명의 무장군인과 함께….

머리가 도화지처럼 하얬다. 장수는 순식간에 동굴 속의 박쥐가 됐다. 마루 밑에 숨어서 '하나, 둘, 셋, 넷, 다섯….' 하며 불안감을 잠재웠다. 좀 있으니 창밖에 불빛이 치솟고 괴성 같은 고함이 진동했다.

"주구走狗를 추방하라!"

"인민을 구출하자!"

함성이 메아리쳤다.

"전원 사격 책임구역으로 이동하라!"

운동장에 집결했던 장병들이 흩어지는 순간 총성이 빗발쳤다. 유리창이 무너지고 기왓장이 낙하하는 소리가 고막을 찢었다. 취사장의 식판, 식기들이 총탄에 날아가고 우박 같은 총알이 무쇠솥에 튕겨나갔다. 장수는 더욱 벽쪽으로 몸을 움직여 뱀처럼 똬리를 틀었다. 삐이삐이삐아…. 무전실에서 들리는 금속음이 비명과 총성에 묻혔다.

"반도들의 병기고 접근을 저지하라!"

비명과 괴성, 총성이 더욱 거세졌다.

"중대장님, 상황이 위급합니다. 기관총 사격을 허락해 주십쇼."

이윤철 분대장의 목소리였다.

"기관총이 설치된 지붕으로 올라가는 건 무리야."

"걱정 마십쇼. 반도들 손에 죽느니 차라리 싸우다 죽겠습니다."

"알았네…."

다시 총격전이 지속됐다.

"지붕으로 노랑개 한 마리 올라간다!"

"사다리를 타격하라!"

총성과 고성이 기왓장들과 함께 낙하했다. 조금 있으니 교실동 지붕의 토치카에서 기관총 소리가 따다닥따다닥! 내리꽂히기 시작했다. 북쪽 돌담 부근에서 비명, 신음이 흩어졌다.

"북쪽은 완전히 전멸됐다! 서쪽 퇴로를 차단하라!"

이윤철 분대장의 소 울음 같은 육성이었다.

한참 기관총 소리가 고막을 찌르더니 총성이 멎었다.

"반도들이 섬멸됐다!"

"이윤철 전우 만세!"

'이윤철 만세' 소리가 진동했다.

장수는 도마뱀처럼 엉금엉금 기어서 마루 밑에서 몸을 끌어냈다. 바지가 오줌에 지려 있었다. 조심스레 밖으로 나왔다. 조명탄 불빛이 하늘을 수놓고 있었다. 교실동 모퉁이로 몸을 꺾었다. 얼어붙은 땅바닥에는 핏자국과 유리 조각, 기와 조각으로 뒤엉겨 있었다. 숙직실, 변소 건물에 이르는 통로의 울담 부근에는 피범벅이 된 시체들이 옷가지들처럼 널브러져 있고 담장 밑굽에 남은 흰 눈에는 핏물이 붉은 단풍잎처럼 깔려 있었다. 퉤퉤! 장수는 침을 내뱉으며 변소로 줄달음쳤다. 숙직실, 변소 건물은 온전한 상태였다.

얼마 없어 총을 멘 군인들이 밤새 창고에 갇혔던 사람들을 끌어내 포박했다. 노인, 부녀자, 어린애들이었다. 아기를 업은 여인도 보였다. 그들 행렬이 정문에서 지워졌다. 동녘 하늘에 붉은 기운이 돌고 있었다.

"이 개백정 놈의 나라 폭삭 망해 불라!"

중앙동 네거리 쪽에서 여자의 불꽃 같은 저주의 육성이 새벽 공기를 갈랐다. 그리고 조금 있으니 '학교 동녘 밭'에서 총성이 메아리치기 시작했다. 1월 10일과 똑같은 장소였다. 열나흘 상현달이 너울 같은 구름 속에서 자맥질하고 있었다. 그렇게 1월 12일 해가 떠올랐다.

서귀포에서 출동했던 응원대가 생포된 무장대원을 포승으로 결박하고 철수했다. 그 뒤에는 '보도' 완장을 찬 군인들이 현장 사진을 찍고 떠났다.

본관 건물의 창문이 남김없이 박살 나고, 취사장은 쓰레기소각장이 돼 있었다.

병사들이 군인들 시체 네 구만 가려내며 운동장 서쪽 돌담께로 옮겼다.

"새벽에 폭도들이 학교를 습격했단 소식을 듣고 방문했습니다."

태흥국민학교 학교후원회 일행이었다. 남자 두 명, 여자 네 명이었다. 십여 일 전, 신년하례회 위문단으로 동행했던 사람도 있었다.

"놈들과 교전에서 우리 전우들 넷이 전사했지만 폭도 다수를 사살하고 열네 명을 생포하는 혁혁한 전과를 올렸는데… 저 뒤에 가서 한번 둘러보시죠."

장민우 1소대장이 본관 뒤쪽을 가리켰다.

"아, 예에…."

학교후원회장이 따로 떨어져 있는 위문단 일행에게 다가갔다.

"남자 분만 다녀옵서."

여자들이 몸을 움츠리며 뒤물러섰다.

장수도 두 남자 뒤를 따라갔다. 가슴이 두근거렸다. 시체 전시장을 관람하듯 천천히 몸을 옮겨갔다.

유격대 시신들은 모두 국방군 복장이었다. 정수리와 안면, 가슴과 복부, 옆구리, 팔다리 부위에는 빨간 동백꽃, 채송화, 장미꽃, 백일홍, 가시엉겅퀴 꽃잎 같은 핏물로 엉겨 있었다. 돌멩이로 메꿔져 있던 담 구멍에 다리를 걸친 채 죽은 사람도 있었다. 장수가 미심쩍은 눈길로 응시했던 바로 그곳이었다. 누구는 중턱이 무너진 돌담 위에 상체를 얹힌 채, 누구는 두 손으로 돌담구멍을 거머쥔 채, 누구는 얼어붙은 땅바닥에 얼굴을 처박은 채, 누구는 엎어져 두 손으로 땅바닥을 움켜잡은 채, 누구는 피거품을 물고 눈을 부릅뜬 채, 누구는 철모로 얼굴을 가린 채, 누구는 하늘을 향해 고주망태가 된 몸짓으로, 누구는 돌담을 가슴에 끌어안거나 돌덩이에 짓눌린 채, 누구는 울담에 기대 고개를 숙인 채…. 보리싹이 돋아난 땅바닥에서 몸부림쳤을 듯한 흔적들도 보였다. 일단 점박이 선생 모습이 보이지 않아 안도했다.

장수가 멍하니 시체 주변을 지켜보고 있는데 이윤철 분대장이 나타났다. 삽과 곡괭이를 든 남자들 예닐곱이 뒤따르고 있었다. 남원리 민보단원이라 했다.

"폭도 시체들을 이 밭에다 적당히 구덩이를 파 처리하시오."

이윤철 분대장이 울담에 접한 북녘 밭을 턱짓했다. 학교 울담을 따라 동서로 길쭉한 지형의 널따란 보리밭이었다. 살이 깊고 낮음에 따라 연초록빛이 짙고 옅었다. 대부분 땅거죽이 얕은 암반 지대인 빌레왓이었다.

"너도 같이 거들어. 이런 비상시엔 눈치껏 행동해야지."

이윤철 분대장이 장수 어깨를 툭 치고 사라졌다.

"예, 분대장님."

장수는 비로소 안도의 숨을 내쉬었다. 민보단원들이 앞장서서 밭으로 들어섰다. 위문단의 두 남자도 외투를 벗고 나섰다. 장수는 황급히 취사장 땔감 옆의 쌀가마니로 들것을 만들었다.

"씨발, 좆같네. 언제까지 쩡바치들 사냥개가 돼얄 건지…."

"어허허. 베룩이 물어도 속솜…."

구덩이를 파던 다른 청년이 함구하라고 했다.

"거기 서서 구경만 말고 시체들을 가까이 운반협서."

장수는 학교후원회장, 동행한 남자와 시체를 들것으로 옮기기 시작했다. 작년 11월 7일 이후 칠십여 일 만에 다시 손에 피를 묻히게 됐다.

그런데 학교후원회장이 갑자기 주위를 힐끗 둘러보고 나서 무릎을 꿇었다. 숙직실 건물 맞은편 돌담에 기댄 채 먼 하늘을 바라보는 듯한 시체 앞이었다.

"이런 변이 있나…."

"우선 이거부터 옮기자."

학교후원회장이 주먹으로 눈두덩을 찍으며 장수를 쳐다봤다.

"옷귀 마을인데… 모르크냐?"

장수는 고개를 가로저었다. 안면이 있는 것 같았지만 피범벅이 된 모습이라 확실치 않았다.

"삼십에… 삼칠은 이십일하고 하나면 오십이. 자, 이 정도면 됐어. 공간이 좁으면 대충 쌓아놓고 흙으로 감장하자구."

"소대장님 말씀으론 아흔여섯 명이라니까 두 개는 더 파야 할 것 같은데?"

학교후원회장이 동행한 남자와 장수를 번갈아봤다.

"아까 우리가 파악한 건 쉰둘이던데 무슨 소리 헙니까."

"어이, 꼬마 병사. 빨리 가서 확인하고 와."

빼드렁니 청년이 장수를 쏘아봤다. 장수는 나막신 같은 군화를 끌며 이윤철 분대장에게 달려갔다.

"시체는 아흔여섯이 아니라 쉰둘인데요?"

"으음… 그래?"

이윤철 분대장이 장민우 소대장과 뭐라 대화를 나누고 돌아왔다.

"알았어. 그런데 이건 비밀이야."

이런 사실이 알려지면 총살이라고 말했다.

아무도 무장대 시체의 숫자에 대해 따지지 않은 채 시체들이 구덩이로 내려지기 시작했다.

"가만… 가만. 저 사람은 몸을 꼼지락거리는 거 보니 목숨이 붙어 있는 거 아닌가."

위문단 일행의 남자였다.

"어차피 환생하지 못헐 거니 모른 척헙서."

목숨이 붙어 있는 것 같다는 시체를 먼저 웅덩이로 내던졌다. 그런데 마지막 시체 한 구가 남았을 때였다. 학교후원회장이 오열하며 나직한 소리로 입을 열었다.

"내 누님 아들인데… 맨 위로 얹어줍서…."

피범벅이 된 청년의 목에는 탄띠가 휘감겨 있었다. 모두 후원회장의 소망을 침묵으로 받아들였다. 동쪽 세 번째 무덤이었다.

일행은 세 개의 봉분에 누렇게 빛바랜 뗏장을 입히고 갯벌 같은 보리밭을 나왔다.

그날은 토벌작전에 출동하지 않았다. 난장판이 된 건물을 보수하며 하루를 보냈다. 해안마을 남자들도 동원돼 망가진 유리창을 널판으로 땜질하고 무너진 초소를 복구했다. 그날 식사는 해안마을에서 준비해 온 음식으로 때웠다.

운동장 서쪽에는 장작을 초가집처럼 쌓아놓았다. 그런데 갑자기 총성이 쏟아졌다. 무리를 지어 장판거리로 사라지던 소가 의귀천으로 곤두박질쳤다. 정문 맞은편이었다. 장병들이 몰려들어 의귀천 건너 공터에서 소를 잡기 시작했다.

해가 졌다. 섣달 열나흘 달이 대낮처럼 밝았다. 새벽 총격전에서 사망한 네 명의 군인이 장작더미 위로 옮겨졌다. 그리고 간단한 의식이 끝나고 다비식을 하듯 화장이 시작됐다.

장병들은 의귀천 둔덕의 빈터에 모닥불을 피워놓고 밤새껏 술판을 벌였다. '제2연대가', 군가를 반복하며 합창했다. 장수도 옆에서 잔심부름하며 같이 어울렸다. 장병들과 술을 대작하고 화랑담배를 피웠다.

그 이후에도 군인들은 여전히 토벌작전에서 돌아오며 들판의 소를 끌고 와 잡아먹기 일쑤였다. 정문 맞은편의 의귀천은 핏물이 마를 날이 없었다. 산에서 잡은 꿩이며 주인을 잃은 닭들은 기본 찬거리였다. 그들은 두 발, 네 발 달린 짐승의 생피를 마시며 행복한 미소를 지었다. 짐승의 생피를 보약처럼 마시는 게 신기했다. 장수도 계속 장병들 옆에서 백정의 하수인이 됐다.

언젠가는 수색작전을 마치고 돌아오다가 창고에 저장해둔 큰 드럼통 대엿 개의 꿀을 몽땅 갖다가 소속 부대에까지 선심을 쓰기도 했다. 그날 밤에는 꿀을 과식한 몇몇 병사들의 광란으로 의사까지 다녀갔다.

"생꿀 원액을 한꺼번에 과잉 섭취하면 독약이 돼요…."

생꿀도 독주毒酒처럼 취하게 만든다고 했다.

꿩바치 같은 학교 주둔군은 밀도살꾼, 좀도둑이기도 했다.

주둔군이 철수한 뒤 정문 맞은편 길가의 의귀천은 닭꽝(닭뼈), 유골 같은 쇠꽝(쇠뼈)으로 삼각주를 이루고 있었다. 늘 주위에는 까마귀 떼가 쉬파리처럼 모여들었다. 그해 장마철에는 의귀천의 범람으로 움막 생활을 하는 축성 구역이 물바다가 되기도 했다.

의귀천은 움막 생활을 하던 마지막 주민들이 떠날 무렵부터 예전 모습을 되찾기 시작했다. 엿장수들이 온갖 꽝(뼈)을 수거해 가면서….

제2부

가죽가방

김장수는 녹 자국이 얼룩진 소형 캐비닛을 열었다. 4·3 기록의 수장고收藏庫였다. 그리고 고유번호가 붙은 자료철에서 『第二聯隊濟州駐屯記』 사진첩의 검정 표지를 넘겼다. 가끔 책자를 들여다볼 때마다 울림이 달랐다. 과거와 현재의 시간 여행이었다.

우리 大韓이 가장 자랑하는 南海의 雄島 濟州道가 昨年 四月 三日 所謂 四, 三 事件을 契機로 天人共怒할 共産 暴徒의 蠻行으로 悽慘히 破壞…. 大田의 우리 步兵 第二聯隊는 麗水, 順天 地區 出動의 戰塵도 털 사이가 없이 昨年 十二月 二十八日 濟州道에 進駐…. 壹百二十餘 戰友를 漢拏山 기슭에 英靈으로 幽明을 달리해 怨痛…. 우리 第二聯隊가 進駐한 지 滿 八個月 만에 濟州道는 完全히 옛 平和스럽던 樂園으로 復舊되고 우리는 八月 中旬 새로운 任地 仁川으로 名譽의 凱旋함에 際하여 八個月間의 聖史를 길이 빛내며 回顧하고자 이 寫眞帖을 收錄하여 戰友 各位에 올리는 바이다.

檀紀 四二八二年 盛夏

김장수는 부럼을 깨물듯 '명예의 개선', '성사聖史'란 말을 곱씹었다. 성전聖戰 같은 4·3 진압작전의 기록을 복음서로 남긴다는 말이었다. 그리고 제2연대가 제주도에 주둔하기 시작한 것은 '二十八日'이 아니라 '二十六日'부터였다.

게걸음처럼 옮겨가던 시선이 전리품으로 등장한 초상들 앞에서 정지했다.

벽돌 건물, 좁은 출입구의 반쯤 열린 철제문 뒤로 희미한 조명등이 보이고 돌계단에 남자 다섯이 앉아 있다. 흰 와이셔츠 차림의 얼굴은 하이칼라 머리였고 나머지는 삭발 상태였다. 농구화, 군화에 각반을 차고 있다. 모두 중늙은이들이었다. 똑같은 건물 앞의 '特行隊長群'의 얼굴들은 노인 한 사람과 청장년이었다. 비슷한 일반인 옷차림에 고무신, 운동화, 목이 긴 일본군 군화를 신고 있다.

그 밑에는 김장원 형을 비롯한 '最高首腦幹部들' 사진이 벽화처럼 박혀 있었다. 신분증 사진 크기의 빡빡 깎은 중머리였다.

南道派遣指導員 金○玉, 全羅南道派遣指導員 李○熙(一名 南동무), 서울서派遣 三地區員 李○玉, 道黨組責 金○圭, 道黨宣傳責 金○三, 道黨部總務部責 金○奉(一名 成三), 教育隊教官 前陸軍少尉 金○好, 一中隊長 金○喚, 一中隊小隊長 姜○寶, 濟州邑黨總責 康○一, 濟州邑黨組責 金○殷, 朝天面黨首 金○培, 朝天面黨總務部責 李○宣, 城山面黨首 吳○衡, 南元面黨首 金○源, 翰林面黨首 梁○時, 翰林面黨

組責 梁○夏, 涯月面黨首 金○河, 涯月面組責 梁○元

그리고 나머지 절반의 여백은 태극기 삽화를 곁들인 '山에 있는 同胞들에게 告함'으로 채워져 있었다.

尙今 歸順하지 못하고 있는 武裝 非武裝同胞들이여. 그대들이 사랑하는 家族과 정든 部落을 떠나서 눈비 오는 山中에서 苦生하고 있는 것은 다만 그대들의 知識이 不足한 緣故로 殘惡無道한 共産主義者에 속았던 까닭이다…. 그대들과 우리는 다 같은 檀君始祖의 子孫…. 仁慈하신 大統領閣下께서는 只今이라도 歸順하는 同胞에 對해서는 그 生命을 保障하라고 命令…. 山에 있는 同胞들은 오늘까지의 모든 것을 淸算하고 速히 歸順하라! 그대들의 魁首를 붙들어오면 그것은 三十萬 島民에 큰 惠澤이 될 뿐 아니라 그대들은 큰 賞을 받을 것이다….

檀紀 四二八二年 四月 九日

國防部長官 申性模

김장수는 다시 장원 형의 자료를 정리하는 작업에 몰입했다. 장원 형의 회고록이 고향 '4·3' 이야기의 뿌리며 줄기를 잇는 밑동이라면, 줄기는 학교 주둔군에서 비롯된 현의합장묘, 무장대 무덤이었다. 주민은 기억의 산사태에 매몰된 지 오랬고 개인이나 마을에 소장된 당시 자료도 유실된 상태였다.

그래서 장원 형의 갈색 가방은 더욱 귀중한 보물이다. 형이 야반도주할 때 갖고 나와 아버지에게 맡긴 것인데, 아버지는 다음 날 고팡[庫

房] 바닥에 작은 항아리를 묻고 그 속에 가방을 보관했다. 그 후 송령이골 동네가 잿더미가 되고 도피 생활을 거쳐 움막 생활을 하는 동안에도 온전했다. 하지만 정현숙 형수에게는 그런 사실을 숨겼다. 비무장지대의 지뢰 같은 형 때문이었다. 동혁에게도 수십 년 동안 함묵하다가 4·3특별법이 공포되고서야 형의 수장고收藏庫 같은 가죽가방을 넘겼다. '네 결혼선물로 넘기려고 마음먹었던 건데 환갑을 바라보게 됐구나….' 김장수는 복사물만 보관해 추가 자료를 수집해 나갔다.

장원 형은 석방된 이후 달포 만에 야반도주했다.

형이 석 달 동안의 옥살이 끝에 '반성문'을 써내고 벌금을 낸 뒤 석방된 것은 4·3 봉홧불이 오르던 4월 중순이었다. 장수가 6학년이 되던 봄이었다.

그 무렵 장수는 하굣길마다 책보를 허리에 두른 채 안댁집에 들렀다. 담임인 점박이 선생의 편지를 전달하는 우편배달부였다. 점박이 선생은 장원 형의 누이(이복동생)와 혼례를 치른 직후인데 장수에게는 사촌 매형이기도 했다.

집 안에는 늘 한약 달이는 냄새가 연기처럼 자욱했다.

피골이 말라붙은 형은 두문불출한 채 혼자 별채에서 기거하는 고망당장 신세였다. 가래 끓는 잡음을 쏟아내는 라디오, 우편으로 배달되는 신문이 유일한 동무였다.

장수는 날마다 장원 형의 방에서 공부하다가 저녁까지 먹고 송령이골로 귀가하곤 했다. 형이 숙장塾長 노릇을 했다.

그러던 어느 날이었다. 형이 벽장 속의 궤를 열어 '아내가 결혼예물로 지참한 건데 내 금고 같은 수장고가 됐네.' 하며 베개처럼 도톰한 갈색 가죽가방을 꺼냈다.

"장수야. 우선 이것들을 연월일 순으로 일련번호를 매겨 줄래…."

장수는 방바닥에 쏟아놓은 크고 작은 쪽지들, 유인물, 약식명령 문서, 각종 통지서, 신문 스크랩 자료를 화투패 맞추듯 분류해 나갔다. 수첩, 일기장은 형이 직접 챙겼다.

훗날에야 그게 장원 형이 제주농업학교 졸업 이후 면서기, 옥살이를 마쳐 안댁집에 머물 때까지 팔여 년 세월을 담은 회고록 집필의 시발점인 사실을 알았다.

김장수는 육필 회고록을 발췌하며 윤문해 나갔다. 다만 장원 형 자신을 지칭하는 '나'라는 일인칭 대명사는 '(김)장원'으로 바꿨다.

한여름의 폭염 같은 8·15 광복을 맞이한 것은 남원면사무소로 전출돼 네 번째 계절을 맞이한 때였다. 3천만 조선 백성에게는 환희의 날이었지만 김장원에게는 불안감, 자괴감, 절망의 돌개바람에 휩싸인 하루였다.

그날 면장은 출근하지 않았다. 모두 정신줄이 꼬인 상태였다. 장원은 초가지붕 너머 수평선을 바라보며 줄담배만 피워댔다. 그리고 정오가 되자 라디오에서 히로히토 일왕의 옥음玉音 방송이 시작됐다.

'전쟁에 져서 항복하려 하니 충량忠良한 신민들은 잘 들어라. 짐은 미영지소美英支蘇 사국四國에 포츠담 공동선언을 수락한다는 뜻을 통고하였다. 아시아 국가들을 침략한 것은 그들을 위한 것이었다…. 같이

싸워준 동맹들, 피해자들에게 미안하다. 신민은 힘들어도 참아라. 항복한다고 흥분해서 나대지 말라. 대일본 제국은 불멸의 국가이니 힘을 합쳐 재기하자….'는 요지였다. 일본인은 국력에서 절대 패하지 않았다는 우월의식으로 포장된 항복 선언이었다.

사무실은 침묵의 담배 연기가 자욱했다. 직원들은 일손을 놓은 채 시선이 마주치기를 꺼렸다.

"퇴근길에 좀 만날까."

가방을 챙겨 퇴근 준비를 하는데 정상림 선배가 속삭이듯 말했다.

"당분간은 혼자 숨쉬기운동을 하며 지낼까 해요."

장원이 멋쩍은 미소를 지으며 선배를 쳐다봤다. 장원보다 여섯 살 위로 호형호제하며 지내는 사이였다. 남원면사무소로 자리를 옮겼을 때부터 지주목이 되었고 직장의 신망받는 맏형이었다.

"장원아. 머슴은 머슴일 뿐이야. 난 탱자나무 뿌리에 접목된 감귤묘목이 되기로 작정했어."

정 선배의 당당함이 놀랍고 부러웠다. 장원은 자전거 페달을 밟으면서 '탱자나무 뿌리'란 말을 되뇌었다.

그날도 가족들은 덤덤한 표정이었다. 장원은 퇴근하자마자 술을 마시고 소처럼 드러누워 죽음 같은 수면을 청했다. 하지만 잠이 오지 않았다. 몸을 뒤척이다가 일어나 앉은뱅이책상 서랍에서 비망록을 꺼냈다. 일주일 동안의 기억을 옮기고 나서, 문도우 선배에게 장문의 편지를 썼다. 하지만 다음 날 편지 발송을 보류했다. 자괴감, 자존심이 앞섰다. '내 인생의 대부代父는 바로 김장원 너 자신이야….' 하는 독백을 우표로 삼았다.

그리고 날마다 사직서를 부적처럼 품은 채 출퇴근했다. 외줄타기하는 마음으로 8월을 보냈다. 가끔 주말에 읍내로 나가 동무들을 만났지만 갑갑하기는 마찬가지였다. 가출을 시도할까 하는 생각이 밀물, 썰물이 돼 오락가락했다.

9월 8일 미군이 인천으로 상륙한 다음 날에는 조선총독부가 있던 중앙청에서 주한미군사령관 하지 중장과 아베 노부유키 조선총독 사이에 항복조인식이 있었다.

며칠 뒤에는 '下降된 日本國旗-9일 午後 4시 以後로 終焉'이란 제목의 신문기사를 접했다.

9월 9일 총독부 앞뜰 한구석에서 엿듣는 기자의 회중시계는 역사적 순간인 오후 4시 35분을 가리켰다. 아까부터 웅장하게 울려퍼지는 진주군 군악대 취주가 울리자 진주군의 성명도 끝났다. 뜰 한가운데 서 있는 국기게양대 입구를 둘러싸고 엄숙한 공기가 떠돌았다. 이윽고 미군 장병 두 사람이 게양대 앞으로 나가 지휘관의 구령 아래 밧줄을 잡았다. 총독부 밖을 겹겹이 둘러싼 군중의 박수소리가 일제히 일어났다. 지금까지 펄럭이던 일장기가 소리 없이 내려왔다. 35년 동안 우리들의 고혈을 착취하고 우리들의 자유와 의사를 압박하여 오던 제국주의 간판이 여지없이 땅 위에 떨어진 것이다. 참으로 역사적인 순간이었다. 이어서 다시 군악대의 취주로 미국 국가가 장중하게 울려나왔다. 전 장병은 거수경례하며 게양대를 우러러보았다. 일장기 대신에 성조기가 푸른 하늘 아래 찬연히 휘날리며 올라갔다. 또 군중의 박수소리가 일어났다. 장병들의 두 눈이 감격에 빛났다. 군악은 그치지 않고 북악산을 울리며 하늘 멀리 퍼져나갔다. 우리들은 하루빨리 저 깃대에 성조기 대신 우리들의 국기가 자유롭게 휘날릴 날이 실현

되도록 힘을 합쳐야 할 것이라고 느꼈다….*

마침내 일장기 대신 성조기가 하늘을 지배하는 세상이 개벽했다. 피뢰침 같은 깃대에서 성조기의 별들이 서설瑞雪처럼 흩어지기 시작했다.

그리고 '맥아더 포고 제1호'가 '남조선 주민'에게 공포되었다.

'정부, 공공단체 또는 기타의 명예직원과 고용 또는 공익사업, 공중위생을 포함한 공공사업에 종사하는 직원과 고용인은 유급 무급을 불문하고 또 기타 제반 중요한 직업에 종사하는 자는 별명別命 있을 때까지 종래의 직무에 종사하고 또한 모든 기록과 재산의 보관에 임할 사事…. 주민은 본관 및 본관의 권한하에서 발포發布한 명령에 즉속卽速히 복종할 사事. 점령군에 대하여 반항 행동을 하거나 또는 질서 보안을 교란하는 행위를 하는 자는 용서없이 엄벌에 처함….'

다소 마음을 평정하는 진통제, 신경안정제가 됐다. '괜찮아. 괜찮을 거야. 난 생계형 부일협력자에 불과해….'

장원은 갈색 가죽가방을 자전거에 싣고 출퇴근하며 하루하루를 지워나갔다. 눈코 뜰 새 없는 나날이었다. 햇병아리 시절의 면서기로 거듭나야 했다. 업무 외는 무표정한 침묵으로 일관했다. 담배가 유일한 동무였다. 절친들의 술자리 유혹도 뿌리치고 곧장 퇴근하고는 했다. 본격적으로 일본어 외에 영어 공부를 시작하면서 통신강의록도 신청했다. 조선인의 서부 개척지 같은 미국 하와이를 생각하면서…. 행운의 황금열쇠는 준비하는 자의 몫이라 믿었다. 그리고 아내는 '우리 동

---

* 매일신보, 1945. 9. 11.

혁의 아방은 새 세상 만난 후에 새 사름 됐구나….' 했다.

제주에서도 건국준비위원회(建準)를 모태로 한 인민위원회 간판이 내걸렸다. 신구간新舊間 시기의 제주 행정, 지방자치 살림꾼이었다. 최악질 반민족자가 아니면 모두 끌어들였다. '똥파리 집단'이란 잡음이 나오는 이유였다. 면서기는 아예 민족반역자 반열에 끼워넣지 않았다. 역시 면서기는 머슴에 불과했다. 그게 더욱 장원의 자괴감, 자존심을 자극했다.

광복 후 처음 정상림 선배와 시국담으로 시간을 보낸 것은 직장동료의 모친이 돌아갔을 때였다. 날마다 상갓집에서 밤을 새우다시피 하며 출퇴근했다. 그날도 정 선배를 따라 퇴근길에 곧장 상갓집으로 향했다. 바닷가 마을의 망장포 동네였다.

"그런데 형님. '쌀 배급 사건'은 어떻게 마무리됐나요."

장원이 숨결을 고르며 물었다. 정 선배는 제주인민위 결성식에도 참석했다.

"그런 일도 있었나요?"

동행하는 동료가 반문했다.

"대충 봉합하고 넘어갈 수밖에 없었던 모양이야…."

인민위원회에서 일본군이 남긴 군량미를 인민들에게 배급하는 과정에 잡음이 생겨 꽤 시끄러웠다고 했다.

"쪽발이들이 남은 쌀을 산더미처럼 놓아놓고 불태우기도 했다지만 어느 마을에선 일본군이 쌀을 빼돌려 처녀와 교환했단 얘기도 들리던데…."

또 다른 동료가 말곁을 놓았다.

모리배들이 일본군의 떡고물 같은 군량미를 야매(뒷거래)한다는 건 공공연한 비밀이었다.

장원이 주위를 두리번거리며 돌담 앞으로 다가서서 바지춤을 열었다. 어둠이 깔리는 한적한 길이어서 행인은 눈에 띄지 않았다. 정 선배도 옆으로 다가섰다. 해풍에 사각거리는 조 이삭들이 해조음을 이뤘다.

"실은 구좌면 인민위원장으로 선출된 문도우 선생이 자네 안부를 물었었네."

제주인민위원회 읍면 대표들이 농업학교에서 결성식을 하던 날이라 했다. 장원은 침묵했다. 마음은 구좌면사무소를 떠나온 뒤에도 연인 같은 대선배로 남아 있다. 다만 당당하게 얼굴을 내비칠 용기가 없을 뿐이었다.

"미군정에선 인민위를 '다슴애기' 취급하는데 행정에 간여하겠다는 게 가당치나 한가요. 무슨 깡패 조직도 아니고…."

앞서가던 동행자들이 굽잇길 돌담으로 사라졌다.

"그래서 통반장 노릇은 할 수 없고 치안 활동에 주력하려는 거지."

경찰은 죽은목숨이 된 상황이었다.

"우리도 수일 내로 발대식을 가질 거니 자네도 발 벗고 나서줘. 요원 선정이 녹록지 않네. '이 사람이다' 하고 접근하면 손사래를 치며 뒷걸음질 치고 주변에서 맴도는 지원자는 '아니다' 싶어서…."

도 인민위 조직기구에 따라 위원장, 부위원장 밑에 총무부, 보안부, 산업부, 선전부를 둬야 한다는 것이다.

대부분 지역에서는 이미 인민위원회 간판이 내걸렸는데 면장이 인민위원장을 겸임하는 곳도 있었다.

남원면은 건준위원장이 그대로 인민위원장으로 명패만 교체됐는데 부위원장으로 내정된 정 선배가 주도하는 상황이었다.

"그건 그렇고… 언제까지 인민위원회가 면 행정을 훈수할 겁니까."

주요 행정업무는 면서기들이 인민위 지도를 받는 시국이었다. 면사무소 건물에 인민위원회 간판이 나란히 걸리면서 면장 감투는 빛 좋은 개살구였다. 인민위 입김을 통하지 않으면 되는 일이 없을 정도였다. 학교도 마찬가지였다.

며칠 뒤 남원면 인민위가 출범했다. 그리고 도청島廳 건물에는 미군정 본부가 들어섰는데 일제 통치기구는 그대로였다. 일제 관료들도 미군정 의자로 자리바꿈만 한 상황이었다. 제주에 주둔했던 일본군은 11월 초순에야 완전히 철수됐다.

'8·15광복기념 남원면 체육대회'가 의귀국민학교에서 개최된 것도 그 무렵이었다. 운동장에 말뚝을 박아놓고 기마경주도 있었는데, 장원은 씨름 심판이었다.

그런데 그날 밤 열 시쯤에 느닷없이 마을청년회 부회장 일행이 안댁집에 몰려들었다. 두어 살 아래의 후배들 넷이었다. '청년동맹'에 가입한 회원들인데 집안 근족近族도 있었다. 아내가 간단한 주안상을 준비했다.

"직접 민원으로 접수하려다가 우선 선배님과 의논하는 게 도리일 같아 찾아왔습니다."

모두 벌겋게 상기된 얼굴이었다.

"무슨 일인데?"

"아무래도 김 구장님 문제는 그냥 넘어갈 수 없을 것 같아서요."

"…."

장원은 말문이 막혔다. 그 당시 면장은 '자네 마을 일이니 책임지고 사건이 더 이상 비화飛火되지 않도록 해요.' 하는 한마디뿐이었다.

"청년회에서 공식적으로 제기한 건가?"

장원이 담뱃불을 댕기고 나서 물었다.

"오늘 체육대회가 끝나 청년회장님과 한잔하는 자리에서 그 얘기를 꺼냈지만 욕만 퍼먹었어요."

지금에야 김 구장의 과거 비리를 들춰내려는 저의가 뭔지 모르겠다며 역정을 냈다고 했다.

"우선 주민들의 공증公證된 이야기부터 정리한 다음 해법을 찾아야겠는데…."

빈대 잡으려다 초가삼간 태운다는 말도 곁들였다.

"멍석말이하듯이 우격다짐을 하겠다는 게 아니라 주민들 앞에서 공개 사과라도 받자는 겁니다."

"그동안 김 구장 문제를 '좋은 게 좋은 거'라는 식으로 쉬쉬해온 주민들도 도의적 책임이 있네…."

빈대 잡으려다 초가삼간 태운다는 말도 곁들였다.

장원이 배급품 담당은 아니었다. 마을에서 잡음이 들릴 때마다 '하르바님, 그러시면 안 됩니다….' 하며 수첩에 메모했던 터라 사건의 내막은 기억에 생생했다.

'도새기(돼지)나 소와 말을 바치며 사바사바한 누구누구에게는 공출량을 삭감해 줬다. 모씨는 재일동포 가족이 보낸 비싼 사지 두루마기를 바친 대가로 아들이 징용 대상자에서 제외됐다. 모씨는 밭돌렝이 문서를 넘겨줘 아들을 징병자 명단에서 빼냈다. 마을 운영비를 빼돌렸는가 하면, 운영비를 현금 대신 곡물로 대납한 보리쌀, 좁쌀, 콩, 참깨 등을 가로챘다. 현금이나 곡물 대납도 어려운 집에서는 구장네 집의 잡일을 거들거나 검질매기, 밭갈이를 해줘야 했다. 그리고 해방이 된 뒤에도 각종 상권을 가진 모리배와 결탁해 배급용 석유, 광목을 야매로 처리해 현금을 착복했다….'는 이야기였다.

"그런데 마을에 나왔던 광목 열두 필은 전리품 아닌가요."

청년회 부회장이 고개를 갸웃거리며 반문했다.

"다들 그렇게 말하는데 그게 아냐. 온갖 공출까지 강요했던 일제가 조선반도 신민臣民에게 전리품이라니 가당치나 한 말인가. 그렇다고 미군의 전리품일 수도 만무하고…. 아무튼 조용히 매듭짓도록 모색해 볼 테니 기다려 봐."

김 구장은 장원의 할아버지뻘 되는 집안 어른이어서 더욱 곤혹스러웠다. 최선의 해법은 본인이 나서서 결자해지結者解之하는 것이지만 그럴 가능성은 없었다. 장원이 맞대면해 정면 돌파를 시도하는 것도 자칫 분란을 자초할 수 있었다. '이 당黨 저 당 궨당[眷黨] 제일'을 불문율로 삼는 문중회에까지 파장이 일까 두려웠다. '싸움은 말리고 홍정은 붙이라' 했듯이, 김 구장과 흉허물없이 지내는 부친이 중재자로 나서면 제격이었다. 하지만 부친에게 아쉬운 소리를 꺼내는 것은 장원의 자존심이 허락지 않았다. 타인 같은 부자지간으로 전락한 지 오랬다. 장원은 밥상머리에서 얼굴을 마주하는 것도 심기가 불편했다. 얼굴을 맞대고 살갑게 '아버지'란 말을 꺼냈던 게 까마득했다.

청년 김중일은 한때 가문과 마을의 자랑스러운 존재였다. 마을 아이들의 우상이었다. 일제 강점기에는 일본에서 공장 노동자로 일하며 고학을 하기도 했다. 그런데 부친의 부고 전보를 받고 잠시 귀국한 뒤에는 학업을 포기하고 고향에 정착했다. 마을 젊은이들로 조직된 선진청년회를 주도하기도 했다. 이때까지만 해도 인물 좋고 총명하고 통솔력이 뛰어난 삼걸三傑 중 한 명으로 꼽혔다. 마을 '유지有志 제씨諸氏의 분투적 단결로써 조성된' 신성회 활동이 왕성할 때였다. 신성회에서는 1920년대 초중반에 3년 동안 존속했던 개량서당 '신성사숙' 운영을 후원하기도 했다고 한다.

그가 주민들 입방아에 오르내리기 시작한 건 여러 해에 걸쳐 구장을 하면서부터였다. 면장, 구장의 입김이 강제노역, 공출, 징용, 징병에 불화살로 작용할 때였다. 하지만 아무도 그를 향해 돌팔매질을 못 했다. 마을의 터줏대감인 경주김씨 후손, 호국정신의 상징적 인물인 헌마공신 집안이라 함부로 나서지 못했는지 모른다.

그런데 이번에는 부친이 먼저 노발대발하고 나섰다.

"네가 나서서 과거 김 구장님 문제를 들쑤신다는 게 사실이냐?"

장원은 침묵했다.

"김 구장님도 마을에서 강요해 여러 해 동안 고생한 죄밖에 없어. 다른 마을에선 자기 밭 팔면서 구장, 이장질을 하기도 했다지만 배급품과 마을 운영비에 대한 잡음의 원천도 마을 행정을 위한 접대와 잡비 명목으로 충당하다 보니 그리된 거란 점을 청년들에게 잘 설득해라. 그리고 몇몇 사람들이 공출, 징용과 노역, 징병 대상자 선정에 연루된 것은 그야말로 누이 좋고 매부 좋은 일로 끝난 건데 지금 와서 딴소리를 하면 어떻겠냐.”

수박, 참외 서리에 불과하다고 했다. 부친은 김 구장, 이장과도 밀담을 나눈 눈치였다. 초록은 동색, 가재는 게 편이었다.

“내 얘기 듣고 있는 거냐.”

“글쎄, 저하곤 상관없는 일이라고 말씀드렸잖아요.”

묵묵부답으로 일관하던 장원이 나직하게 말했다. 엉뚱한 문제로 부친의 감정선을 자극하고 싶지 않았다.

부친과 감정의 골이 패기 시작한 것은 제주농업학교 2학년 겨울방학 때였다.

“아버지. 이제 3학년 졸업반이 될 거라 미리 말씀드리는데… 경성에 올라가 공부를 더 하고 싶어요.”

연희전문학교, 보성전문학교를 염두에 두고 있었다.

“농업학교 졸업장만 가져도 떵떵거리며 호의호식할 텐데 쓸데없는 생각 말어.”

먹물을 더 먹어봤자 쪽발이 종놈밖에 안 된다고 했다.

“아버지. 한 번 더 생각해주세요.”

“시건방진 녀석. 아직 머리에 피도 안 마른 게 나를 가르치려는 게냐.”

장원은 벌렁거리는 마음을 가누며 자리를 박치고 일어났다. 더 이상 긁어 부스럼을 만들고 싶지 않았다. 시간이 해결할 문제였다. 다른 탈출구를 찾기로 작심했다. ‘뜻이 있는 곳에 길이 있다, 두드려라 그러면 열릴 것이다….’

3남 2녀의 둘째 아들인 부친은 집안과 마을에서는 물론 면 관내의 도사島司 같은 존재였다. 신성회, 선진청년회를 주도했고 김중일 구장보다 앞서 구장을 지냈다.

옷귀 마을 경주김씨 종갓집이었던 안댁집 주인이기도 했다. 제주섬에서는 대엿 손가락에 꼽히는 명혈지明穴地로 유명한 집터였다. 원래 마을의 터줏대감인 헌마공신 김만일 공의 집터로서 조상대대로 이어온 종갓집이었다.

『제주선현지』에는 '일찍 문과에 오른 김만일은 인물이 출중하고 명석하고 도량이 넓었다. 선조 15년(1582년) 순천부에 있는 방답진 첨제절사가 되어 벼슬을 지내고 고향에 돌아와 터를 잡은 곳이 '반디기왓'이다. 동쪽 주맥에서 한 가닥 떨어져나온 지맥이 이곳으로 전해졌다 한다. 집 앞을 흐르는 하천이 반대편에서 물이 들어와 집터 양쪽으로 감싸안고 합수하여 나아가니, 자손이 번창하고 이름을 크게 날릴 형국….'이라 하였다.

그런데 갑자기 종손의 가세가 기울자 부친이 종갓집 인수에 나섰다 한다. 장원이 잉태하던 1922년이었다. 인수금을 분담한 액수에 비례해서 형제들 집안이 기다란 올레를 따라 다섯 가호가 줄기와 곁가지처럼 올레를 내서 자리잡았다. 이듬해에는 장원이 태어났다. 두 부인을 거느린 부친은 올레의 막다른 곳에 있는 옛 종갓집 공간을 차지했다. 마을에서는 골목의 맨 안쪽에 있는 집이라 해서 '안댁집'이라 불렀다. 올레와 마당을 잇는 이문간, 다섯 채의 초가였다. 일부 별채는 향사, 일제 당시 경찰주재소 관사, 신성사숙으로 이용되기도 했다.

아홉 식솔 외에 젊은 부부가 집안일을 거들며 별채에 거주했다. 농사를 많이 짓고 우마가 많은 터라 일손을 돕는 젊은 남자 일꾼인 '장남'

도 같이 동거했다.

올레 들머리에는 수백 년 묵은 팽나무가 한 그루 있고, 돌담에는 다복솔 같은 송악 덩굴, 마디 굵은 담쟁이가 거미줄처럼 뒤엉겨 고풍스러웠다. 그리고 집터의 북녘은 동서로 높고 기다랗게 성곽을 이룬 숲이었다. 아름드리 수목으로 하늘을 가렸다. 참식나무, 후박나무, 생달나무, 구실잣밤나무, 녹나무, 동백나무…. 그사이에는 수백 년 묵은 팽나무, 소나무가 높다란 망루처럼 서 있었다. 마을에서는 이 숲을 '뒷술'이라 불렀다. 성곽 같은 뒷술을 경계로 한 남녘과 북녘 땅이 5천여 평이었다.

장원은 널따란 텃밭을 낀 고궁 같은 안댁집에서 귀공자로 태어나 숨골이 굳고 가슴에 뼈를 세워갔다. 하지만 철이 들면서 안댁집이 점점 거대한 유폐소幽閉所로 압박했다. 망망대해의 섬에 갇힌 강박에 사로잡혔다. 부친은 그런 장원을 집요하게 안댁집에 가둬두려 했다.

부친은 경성 유학 이야기를 꺼낸 몇 달 뒤 장원의 자취방을 찾아왔다. 3학년 2학기가 시작돼 달포쯤 지났을 때였다.

"네 혼렛날 잡았으니 그리 알어."

장원은 깊은 한숨을 내쉴 뿐 가타부타하지 않았다. 동급생 중에도 기혼자들이 있었다.

신붓감은 장원보다 두 살 연상인 정현숙이었다. 부친 말마따나 훤칠한 키에 곱상하고 참하고, 말수가 적고 잔잔한 미소를 머금은 요조숙녀였다. 장원은 첫눈에 그녀의 볼우물에 빠졌다.

장원은 그해 12월, 우여곡절 끝에 혼례를 치렀다. 결혼 후 최소 5년

이전에는 아이를 낳지 않는다는 언약으로 첫날밤을 치렀다.

그리고 구좌면사무소에 부임한 뒤에는 아내까지 나서서 부친에게 애원했다.

"아바님. 밧갈쉐(부림소) 한 마리만 우리에게 줍서. 그거 팔아 일본에 가서 장원 씨는 글공부를 허고 나는 공장에 다니멍 뒷바라지허쿠다."

"부창부수夫唱婦隨라더니…. 너까지 나서서 서방 충동질할 셈이냐."

"아바님. 죽은 사름 소원도 들어준댕 허는디 그렇게 글공부에 목을 매다시피 허는 아들을 위해 조금만…."

"시끄러워! 그럴 속셈으로 애기도 안 가지려는 모양인데… 작은며느리를 들여앉혀 손주를 볼 테니 그리 알어."

부친이 게거품을 물며 노발대발했다.

"…."

깊디깊은 골짜기 같은 침묵이 파도처럼 밀려드는 매미 울음에 파묻혔다.

부친은 단아들(외아들)을 곁에 두어 살림을 맡기겠다며 남원면사무소로 전출되도록 손을 썼다. 결국 4년 정도 그곳에서 근무하다가 고향으로 돌아올 수밖에 없었다. 그게 운명의 변곡점이 되리라곤 상상도 못 했다.

장원은 1945년 12월 마지막 날, 줄곧 몸에 지니고 다니던 사직서를 앉은뱅이책상 서랍에 내려놓았다. 인생의 차용증으로 보관해 두고팠다.

해가 바뀌어도 정국은 '반탁' 광풍으로 점점 미궁에 빠졌다. 제주에서도 신탁통치 반대 목소리가 거세었다. 1월 중순에는 제주북국민학교 교정에서 '신탁통치 결사반대 궐기대회'를 가졌다. 2만 군중이 동참했다. 건준과 제주인민위에서 주도한 행사였다. 각 면 단위로도 반탁대회를 열고 마을을 행진하며 시위를 벌인다는 소식이 끊기지 않았다. '임시정부 즉시 승인', '신탁통치 배격운동에 협력치 않은 자는 민족반역자'란 구호도 등장했다. 남원면 인민위에서는 물밑에서만 신탁 반대를 조장하는 데 그쳤다. 면 관내, 학교와 마을 대표들을 소집해 행정업무를 전달하는 식으로….

"이젠 반탁투쟁에 나서지 않은 자가 민족반역자로 둔갑하는 세상이네…."

"친일파들이 카멜레온처럼 변신하는 절호의 기회로 삼은 셈이지."

"개똥밭에 핀 유채꽃을 빨아먹은 벌꿀이라고 똥 냄새가 나는 건 아니잖아."

조선총독부 시절 요직에 있던 관리와 경찰, 법조와 금융 인사들까지 반탁투사로 나서고 있었다. 온갖 오물汚物의 하수가 폭우 때만 강이 되는 건천乾川 급류에 합류해 바다로 흘러가듯이…. 반탁투쟁 정국 이전의 민족반역자는 친일파와 이음동의어였지만 반탁투쟁에 협력하지 않은 자를 지칭하는 말로 덧칠되었다.

"우리도 거리에 나서는 대신 '신탁통치 결사반대' 리본이라도 가슴에 달고 근무해야 하는 거 아냐."

"세상만사 새옹지마란 말이 그냥 생겼겠어."

동료들이 한마디씩 던지며 퇴근 준비를 했다.

1946년 봄에는 보리농사가 대흉작이라 더욱 험준한 보릿고개가 되었다. 뭇, 톳과 파래, 전분澱粉 찌꺼기로 연명하는 인민들을 생각하면 조밥, 보리밥을 배불리 먹는 장원에게는 부끄러움이었다.

설상가상으로 전국이 호열자虎列刺 공포의 도가니가 되자 제주의 육상, 해상 교통이 차단되었다. 하지만 미군정에서는 속수무책이었다. 전쟁 무기로는 악성 전염병을 퇴치할 수 없었다. 면서기가 할일도 없었다. 등교를 거부하거나 휴학하는 국민학생들도 있었다. 장수도 휴학시키려는 것을 장원이 나서서 극구 말렸다. 시간이 해결할 문제였고 또 그렇게 전염병은 진정됐다.

하지만 장원의 몸살은 쉬 가시지 않았다. 열흘이 지나도 식욕 감퇴, 미열이 지속되고 불면증까지 겹쳤다. 오후만 되면 몸이 물먹은 솜옷이 됐다. 아무 데나 드러눕고 싶었다. 조퇴, 병가도 잦아졌다. 예전에는 한 일주일이면 끝나곤 했다. 해마다 봄에서 여름으로 넘어가는 환절기에 도지는 계절병이었다. 개도 안 걸린다는 여름감기였다.

"병은 자랑허라고 해신디 똥고집 부리지 말앙 성내 큰병원에 강 진찰해 봅서."

아내는 읍내 병원에 가 진찰을 받아보라고 했다.

"내가 알아서 할 테니 걱정 말래도 그러네…."

최소 이틀은 병가원을 내야 하는데 번잡하고 귀찮았다. 아직 일주도로를 잇는 직통 정기노선 버스가 없었다.

그런데 월요일 아침 출근하자마자 정상림 선배가 빙색이 웃으며 엉뚱한 제의를 했다.

"이번 주말에 백범 선생이 제주를 방문한다는데… 어때?"

동행하지 않겠느냐는 눈짓이었다.

"형도 한독당에 입당하려구요?"

장원이 짐짓 넘겨짚었다.

"일요일 오전에 제주북교에서 연설이 있어서 동행하자는 거야. 몇몇 동지도 만나볼 겸…."

호기심이 발동했다. 백범이 주장하는 '반탁反託', '조선의 자주독립' 육성을 직접 듣고 싶었다.

장원이 하루 먼저 성내에 도착했다. 토요일 오전 병원에 들르기 위해서였다.

관덕정 마당에 그늘이 깔릴 무렵 칠성통, 산지천 다리를 지나 동문통 들머리로 향했다. 동문상설시장이 새로 눈에 띄었다. 박종실상회 간판을 바라보며 비탈에 이르자 기무라여관에 걸린 청년동맹 간판이 보였다. 숙소는 단골로 묵는 부산여관이었다. 노을이 질 무렵에는 산지천을 끼고 서부두로 산책을 나섰다. 고만고만한 식당들이 들어선 곳이었다.

장원은 뱃고동 소리에 눈을 떴다. 예전 농업학교 교정이었던 오현단 골목에서 아침을 먹고 제주의료원을 찾았다.

환갑쯤 되는 남자 의사가 청진기를 끼었다. 온유한 인상이어서 그런지 집안 어른을 대하는 기분이었다. 온몸을 더듬고 난 의사가 청진기를 내려놨다.

"출중한 외모 그대로 우량 청년인데…. 지금 무슨 일을 해요?"

"면사무소 직원입니다."

"물론 왜놈 똥지게도 졌겠군요."

장원이 황당해하며 마주 미소를 지었다. 의사 얼굴에 세화 5일장 천막식당에서 조우하던 문도우 선배 초상이 겹쳤다.

"지금 이 '전라남도 도립제주의료원'은 한일합방 되던 해에 문을 연 관립 자혜의원이 모태인데 내가 이곳에 몸을 담은 지 금년 삼십 년째예요. 병을 진단하고 약 처방을 내린 죄밖에 없는데 작년 여름 이후로 불면증에 시달리고 있어요. 자식과 손주들을 비롯해 집안에 한 점 부끄러움이 없는지 자문하는 게 병이지요. 총독부 산하의 관료, 행세깨나 하는 지인들에게는 무료진료를 하거나 병원비를 삭감해 주면서도 초라한 행색의 환자들에겐 야박하게 굴며 사람금새를 한 거예요…."

의사가 병력지를 작성하고 나서 장원을 응시했다.

"작년 팔월 이후 김장원 씨 같은 환자들이 부쩍 늘었는데… 너무 자신을 혹사하지 말아요. 심한 결백증이 때론 육신의 좀벌레가 돼 신경과민 즉, 정신질환이 되니까…. 그러니 저녁때 소주 한 고뿌씩만 마시고 숙면을 취하면 나을 거요…."

매일 저녁 소주 한 보시를 수면제로 삼으라 했다. 장원은 손으로 입을 가리며 웃음을 참았다.

"참, 옷귀 헌마공신 집안이라면 김병찬 씨도 알겠구먼?"

"아, 예에. 집안 어른이십니다마는…."

선뜻 부친이라는 말이 나오지 않았다. 장원은 병원의 늙은 폭낭(팽나무)들을 멀거니 바라봤다. 안댁집 들머리의 폭낭보다 더 나이테가 굵어 보였다.

정상림 선배는 토요일 오후 한 시가 넘어서야 성내에 도착했다.

"점심 식사엔 김성현 선생만 동석할 거야."

몇몇 인민위 동지들은 저녁에 만나기로 했다는 것이다. 제주도인민위원회 간부이기도 한 김성현 선생은 유명한 역사학자로 읍내 중학교 역사 교사였다.

관덕정 마당을 가로질러 칠성통 골목으로 들어섰다. 흙먼지가 풀풀 날리는 거리는 한중막이었다. 토요일 오후여서 그런지 사람들이 북적거렸다.

"역시 칠성통은 서울의 명동이야."

앞서가던 정 선배가 보폭을 늦췄다. 총을 멘 경찰들이 2층 목조건물 앞에서 행인들을 단속하고 있었다.

"우파 거물급들이 총집결한 모양이네."

장원의 지인 얼굴들도 뒤섞여 있었다.

사람들이 모시 한복 차림의 노인과 젊은 여인 뒤를 따라 한독당제주도당 간판이 내걸린 건물로 빨려들었다.

"우리 서방도 탑동 식당에서 곰탕으로 점심을 먹언 오노렌 자랑핸게마는… 아까 그 젊은 여자가 수행비서인디 안중근 의사 조캐딸이랜…."

"독립운동가 그 안중근 말이라?"

그렇다는 여인의 목소리가 들렸다.

"김구 선생님이 장차 대통령이 될지 몰르난 이녁 서방도 한자리헐루구낭."

"…."

재봉틀과 맞물려 돌아가는 여인의 목소리를 뒤로하고 칠성통 거리를 나왔다.

먼저 도착한 김성현 선생이 어선 선착장에서 아이들의 물놀이를 구경하고 있었다.

“우리도 오늘랑 보신탕 대신 백범 일행이 점심을 먹은 저기 곰탕집으로 갑시다. 똑같은 보양식으로 백범의 기를 받을 겸….”

김성현 선생이 웃으며 앞장섰다. 보신탕집에서 가까운 곳이었다.

정 선배와 김성현 선생은 식사하면서도 대화를 밑반찬으로 삼았다. 장원은 가끔 고개를 끄덕거리며 귀를 기울였다.

“제주 방문에 미 군용기를 제공하고 경찰까지 동원한 걸 보니 백범의 존재를 무시하지 못하나 봐요.”

정 선배가 깍두기를 집으며 김 선생을 쳐다봤다.

“미군정 입장에선 계륵鷄肋 같은 존재겠죠. 하지 주한미군사령관… 그 친구는 드러내놓고 김구는 ‘스튜의 간’을 맞추는 소금에 불과하다고 했잖아요.”

작년 임시정부 요인들이 귀국하기 전인 11월 2일 참모회의에서 한 말이라 했다.

“어쨌든 점령군으로선 대한민국임시정부 주석에 대해 최소한의 예우는 한 셈이죠. 일본이 무조건 연합국에 백기를 들기로 했다는 정보를 미리 알려주고 충칭에 주재하던 임정 요원들에게 귀국행 비행기를 제공하는 대신 김구 주석은… 개인 자격으로 귀국한 후에도 행정적, 정치적 권력을 행사하지 않겠다는 서약서 비슷한 서한을 제출하고서야 미 군용기 탑승권을 얻었거든요. 김구를 비롯한 임정요원 일진이 도착하는 날 김포비행장에는 미군 병사들과 장갑차들만 동원돼 그들을 맞이하는 진풍경이 연출되기도 했고….”

임시정부를 망명정부로 대우할 생각이 전혀 없으니 미군정의 심복이 되라는 신호였다는 것이다.

세 사람은 줄담배를 피워대며 오현단으로 향했다. 김성현 선생이 근무하는 중학교 구내였다. 제주읍에도 요정은 있지만 다방이 없었다.

"김성현 선생. 얼마 전 서울에 다녀왔다는데 그쪽 공기는 어때요."

정 선배가 팽나무 그늘 간이의자에 앉으며 물었다.

"몇몇 동지들과 술독에 빠지기도 했는데 이곳 정서와 비슷한가 봐요…."

역사 교과서 편찬 문제로 대엿새 서울에 머물렀다고 했다.

제주에서는 '신착 가리착… 신착 가리착' 하는 유행어가 전염병처럼 번지고 있었다. 신짝이 엎어지고 뒤집히듯 반탁에서 찬탁으로 급선회한 좌파의 노선 변경, 닭싸움하듯 신탁 논쟁을 벌이는 정국을 향한 비아냥거림이었다.

김성현 선생이 하늘을 바라보며 말을 이었다.

"차마 '찬탁'이란 말은 못 하고 '모스크바 3상회의 지지'란 말로 포장된 건데 중앙당 입장은 선진 후견後見 국가인 소련과 중국, 미국과 영국 4개국으로부터 경제적 원조를 받을 수 있으니 찬탁으로 급선회한 모양에요…."

"인민들까지 내세워 맹견처럼 반탁을 부르짖게 하다가 스스로 조선이 미성년임을 인정한 꼴이네요."

정 선배가 탄식하며 담배를 꺼냈다. 장원은 '비열한 자식들!' 하는 독백으로 대신했다. 김성현 선생이 고개를 끄덕거렸다.

"오죽했으면 하지 사령관이 원자폭탄보다 끔찍하다, 언제 터질지 모를 활화산 가장자리를 걷는 심정이다, 남한 정세는 불만 댕기면 폭발할 화약통이라 했겠어요. 어쨌거나 국내 언론들이 '소련은 신탁통치 주장, 미국은 즉시 독립 주장'이란 기사를 벽돌 찍듯 하면서… 반탁은 민족진영, 찬탁은 소련에 나라를 팔아넘기려는 반민족 공산집단으로 몰아서 또 다른 삼팔선을 긋는 반공, 반소의 불쏘시개가 됐어요."

미군정 언론이 민족의 양심과 자존심을 좀먹는 모리배이자 또 다른 제국의 브로커라며 울분을 토했다.

잠시 침묵이 흘렀다. 매미 울음에 고막이 터질 지경이었다.

"어느 시인은 '남부 조선의 더러운 하늘에서 깃발을 내리자'고 일갈했더군요…."

김성현 선생이 하늘을 가린 팽나무를 올려다보며 몸을 일으켰다.

두 사람은 누군가와의 약속 장소로 떠나고 장원 혼자 숙소로 향했다. 빨리 숙소에 들어가 쉬고 싶었다.

일요일 아침 일찍 숙소를 나섰다. 한 시간 전인데도 제주북국민학교로 연결된 길은 인파로 들끓었다. 여름철 평상복 차림들이었다. 따가운 햇살이 지붕들 사이로 내리꽂혔다. 자갈밭 같은 길에는 물이 뿌려져 있었다. 휘리릭휙… 휙휙…. 곳곳에서 호루라기 소리가 요란하게 들렸다. 길목마다 무장경찰, 미군 병사들이 지키고 있었다. 정문에서 나눠주는 프린트물을 받았다. 백범 김구 약력, 연설문 요지로 앞뒷면을 채우고 있었다.

"저쪽이 명당자리겠네…."

정 선배를 따라 운동장 북녘 모퉁이 돌담에 기대섰다. 늙은 팽나무 앞이었다.

"헬로우! 양키!"

"헬로! 헬로!"

후문으로 들어서던 교복 차림의 중학생들이 히죽거리며 미군 병사에게 손을 흔들었다.

"여기도 인민위 첩자들이 잠복해 있네."

인솔교사인 듯한 청년이 빙삭빙삭 웃으며 다가왔다.

"저쪽 어딘가엔 인민위 거물들도 있을걸. 김성현 선생도 나오기로 했고…. 그런데 학생들까지 한독당 품에 안기려는 건 아니겠지."

"공일이지마는 거의 학교에 나왔더군요. 역사 성적에 참고하겠다고 밑밥을 뿌려서 그런지 몰라도…. 으하핫."

청년들도 대거 동행했다고 말했다.

"장원아. 이분이 바로 그 이덕구 선생이야."

지난 3월에 문을 연 조천중학원 역사 교사였다.

장원은 자신과 닮은꼴의 청년 손을 맞잡으며 미소를 지었다. 훤칠한 키에 수려한 외모인데 얼굴이 살짝 곰보였다.

"여름방학이 되면 그쪽으로 건너가서 연락드리죠."

이덕구 선생은 이내 일행이 집결해 있는 쪽으로 자리를 떴다.

"몇몇 동지들과 몇 번 자리를 함께한 적이 있는데 아주 호탕한 친구야. 그의 두 형들도 보통 인물이 아니고…."

장원은 숨쉬기운동을 하듯 길게 한숨을 내쉬며 담배를 꺼냈다. 운동장 곳곳에서 담배 연기가 모깃불처럼 모락모락 피어올랐다.

운동장은 그야말로 인산인해였다. 대부분 모자, 패랭이를 쓴 남자들이었다. 콩나물시루 같았다. 본부석 뒤까지 입추의 여지가 없었다. 본관 건물 창문, 교정의 나무와 돌담, 바로 남쪽 길 건너편의 옛 제주목관아 터의 고목들, 가로수, 주변 관공서 건물, 민가의 이문간과 돌담에도 '사람의 열매'였다. 문득 소설 '상록수' 장면이 뇌리를 스쳤다. '주여! 당신의 뜻으로 이곳에 모여든 귀엽고 사랑스러운 어린 양들이… 목자를 잃게 되었습니다…. 예배당을 두른 야트막한 담…. 고목이 된 뽕나무 가지에 닥지닥지 열린 것은 틀림없는 사람의 열매다….' 손등으로 눈물, 콧물을 찍어가며 읽었던 작품이었다.

"아, 아. 마이크 시험 중…."

나팔꽃 확성기에서 폐부를 찌르는 금속음이 쏟아졌다. 그리고 마침내 칠순의 노정객이 조회대에 설치된 단상에 올라섰다. 열 시 정각이었다. 어제와 똑같은 모시 한복 차림이었다.

환호성과 박수갈채가 폭죽처럼 터지고 수많은 손팻말이 솟구쳤다. '항일운동가 백범 김구 주석 환영! 조선 자주독립 이룩하자! 단독정부 결사반대! 동심결로 통일조선 건국….'

김구 선생이 느린 몸짓으로 손사래를 치며 환호 열기를 진정시켰다. 노정객의 목울대로 내려가는 물방울 소리가 확성기에서 흘러나왔다. 그리고 잠시 한라산, 탑동 바닷가 방향으로 고개를 돌렸던 백범 선생이 말문을 열었다.*

장원은 프린트물을 손에 쥔 채 호주머니에서 메모지와 만년필을 꺼냈다.

---

* 『대하실록 제주백년』(강용삼·이경수 편저, 태광출판사, 1984.) 522~523쪽의 '연설문 요지'를 바탕으로 김구의 '나의 소원', '3천만 동포에게 읍고(泣告)함'에서 발췌해 재구성함. 백범은 1946년 7월 14일 일요일 제주에 도착, 다음 날 오전 제주북교에서 '시국강연'을 하고 귀경함.

인류 역사는 흥망성쇠를 거듭해 왔고 또 앞으로도 그럴 것입니다. 그런데 나라가 망하는 데는 거룩하게 망하고 더럽게 망하는 경우가 있습니다. 의義로써 싸우다가 힘이 다하여 망하는 것은 거룩하게 망하는 것이요, 백성이 여러 패로 갈려서 한편은 이 나라에 붙고 한 편은 저 나라에 붙어서 망하는 것은 더럽게 망하는 것입니다.

내 약관弱冠의 나이로 동학에 가담했지만 뜻을 이루지 못하고 삼십 년 가까이 망국의 한을 품고 풍찬노숙風餐露宿하며 중국을 전전하면서도 언젠가는 반드시 조국이 광복되라는 신념을 한시도 저버린 적이 없습니다….

그런데 근래 우리 동포 중에는 우리나라를 어느 큰 이웃 나라의 연방에 편입하기를 소원하는 자가 있다는데… 나는 그 말을 믿으려 아니하거니와 만일 진실로 그러한 자가 있다면 그는 제정신을 잃은 사람입니다. 조선이란 나라가 있고서야 삼천만 동포가 존재하고, 조선인이 있고서야 민주주의도, 공산주의나 또 무슨무슨 단체도 있을 수 있는 것입니다….

무릇 하나의 나라를 세우고 국민 생활을 영위하려면 반드시 기초가 되는 철학이 있어야 합니다. 이것이 없으면 국민의 사상이 통일되지 못하여 더러는 이 나라의 철학에 쏠리고 더러는 저 민족의 철학에 끌리어 사상의 독립, 정신의 독립을 유지하지 못하고 남을 의지하고 저희끼리 추태를 나타내게 됩니다.

오늘날 우리의 주변 현상으로 본다면 더러는 로크의 철학을 믿으니 이는 워싱턴을 서울로 옮기려는 자들이요, 또 더러는 마르크스, 레닌, 스탈린의 철학을 믿으니 이들은 모스크바를 조선의 서울로 삼자는 사람들입니다. 하지만 워싱턴도 모스크바도 우리의 서울이 될 수 없는 것이요, 또 그렇게 돼서는 안 되는 것입니다. 만약 그런 주장을 한다면 그것은 예전에 일본 동경을 조선의 서울로 하자는 자와 다름이 없을 것입니다. 우리의 서울은 오직 우리의 서울이라야 합니다. 우리는 우리의 철학을 찾아 세우고, 이것을 깨닫는 날이 우리 동포가 진실로 독립 정신을 가지는 날이요 참으로 독립하는 날이 될 입니다.

나는 공자와 석가, 예수 같은 성인聖人들이 힘을 합해 세운 천당이나 극락이 있다 하더라도 그것이 우리 민족이 세운 나라가 아닐진대 우리 민족을 그 나라로 끌고 들어가지 않을 것입니다….

우리 개개인 인생도 그렇지만 국가 통치에도 무한한 창조적 진화가 수반되는 법입니다.

미국 민주주의 정치제도가 반드시 최후로 완성된 것이라고는 생각지 않습니다. 미국식 민주주의가 아무리 좋다고 해도 독점자본주의 발호로 인하여 무산자를 외롭게 할 뿐 아니라 낙후한 국가를 자기 상품의 장터로 삼으려는 데는 찬성할 수 없습니다. 그리고 또 다른 우방인 소련식 민주주의가 아무리 좋다고 하여도 공산독재정권을 세우는 것은 싫습니다. 계급투쟁은 끝없는 계급투쟁을 낳아서 국토에 피가 마를 날이 없을 것이므로 이것은 조금 얻고 많이 빼앗기는 것입니다….

사랑하는 제주도민 여러분, 그리고 동포 여러분.

우리는 남과 북으로 갈라질 수도 없고 서로 싸울 수도 없습니다. 팔다리를 갖추어야 온전한 사람 구실을 합니다. 나라의 이치도 이와 같습니다. 이 오른팔도 김구의 팔이요, 왼팔도 김구의 것일진대 하나의 국토 위에서 두 개의 정부가 들어선다면 우익이고 좌익이고 무슨 소용이 있겠습니까….

남한 단독정부 수립은 동족상잔의 비극을 초래할 게 명약관화明若觀火하니 나무 한 그루만 보고 숲을 못 보는 우愚를 범해서는 아니 됩니다.

지금 우리 민족에게 가장 필요한 것은 대동단결입니다. 단결이 없으면 나라는 세울 수가 없습니다. 대동단결이야말로 우리 민족이 취해야 할 매우 절실하고 시급한 과제이며 사명입니다. 마음속의 삼팔선이 무너지고서야 땅 위의 삼팔선도 철폐될 수 있습니다.

동포 여러분.

만약 하느님이 나에게 '너의 소원이 무엇이냐?' 하고 물으신다면, 나는 첫째도…, 둘째도…, 셋째도 '나의 소원은 우리 조선의 완전한 자주독립이오' 하고 점점 소리를 높여가며 대답할 것입니다. 나 김구의 소원은 이것 하나밖에 없습니다. 내 칠십 평생을 이 소원을 위해 살아왔고 현재에도 이 소원 때문에 살고 있고 앞으로도 이 소원을 달하려고 살 것을 약속드립니다.

그러니 여러분. 이념과 관계없이 대동단결하여 하나의 정부를 수립하는데 매진합시다….

한 시간에 걸친 연설이 끝났다.

장원은 초가지붕 너머 바닷가로 시선을 던졌다. 이미 양날의 칼이 된 '대동단결'은 노정객의 아메바 같은 단세포 환상이라 단정했다. 장원이 기대했던 자주독립의 절박한 울림도 없었다.

사람들이 썰물처럼 교정을 빠져나가기 시작했다. 요란한 호루라기 소리가 흙먼지 속으로 흩어졌다.

"형. 떠나기 전에 라디오나 한 대 사고 돌아갈까 하는데요?"

"햐아, 이심전심이네."

두 사람은 오현단 골목 우동집에서 점심을 먹고 제주라디오상회 쪽으로 발길을 돌렸다. 아무도 '시국강연'의 소회는 묻지도, 말하지도 않은 채 침묵했다.

장원은 12월 들어 더욱 쉴 틈이 없었다. 평일에는 매일 야근하고 주말에도 정상 출근해 잔무에 시달렸다. 장기간 병가원을 낸 동료의 업무까지 껴안아서 더욱 그랬다.

"요즘 같으민 얼굴 잊어불쿠다. 면사무소 살림은 동혁의 아방 혼자 허는 것꽈…."

아내는 비아냥과 걱정이 뒤섞인 말로 위로했다.

그렇게 12월 28일 한 해의 마지막 토요일을 맞이했다. 장원은 퇴근시간이 되자 곧장 가죽가방에 잔무 서류를 챙겼다. 일단 일찍 귀가해 쉬고 싶었다. 그런데 집에는 뜻밖의 불청객이 기다리고 있었다. 해방 전부터 목포에서 경찰로 있는 큰고모 아들인 정남도 형이었다. 남원면 사무소로 전출된 이후 두 번째 만남이었다. 단둘이 장원의 방에서 주안상을 마주하고 앉았다.

"몇몇 기관장들에게 부임 인사차 나선 김에 겸사겸사 들렀어."

"부임 인사라뇨?"

"삼춘이 내 얘길 안 한 모양이구나."

"며칠 전에 고모님이 다녀가셨단 말씀은 들었어요."

"이번에 서귀포경찰서 사찰계장으로 자리를 옮겼어."

얼마 전에 서귀포지서가 2관구 경찰서로 승격된 사실은 알고 있었다.

"불령선인不逞鮮人 사냥꾼에서 미군정 감시자가 된 거네요."

문득 지난 10월 '대구 폭동' 사건 기사가 생각났다. 경찰의 시위 군중을 향한 발포가 도화선이라 했다. 미군정 경찰에서는 북조선 조종을 받는 시위대의 폭동이라 했고, 정상림 선배는 미군정의 실정失政이 근본 요인이라 했다.

“덕담인지 악담인지 모르겠다만… 현재 미군정 경찰 경위급 이상 간부들 중에서 열에 여덟은 일본 순사 출신이야.”

남도 형이 호탕한 웃음소리를 담은 술잔을 내밀었다. 과거 쪽발이 신분으로 따진다면 서로 오십보백보라 했다.

“장원아. 이제 야매로 살아온 과거를 청산하고 말을 갈아타면 어떻겠냐.”

경찰 인력이 대폭 증원된다고 했다. 해방 당시만 해도 제주 경찰은 백여 명에 불과했다.

“거듭 말하지만 지금 안개 정국에선 경찰 제복이 방탄복이니 심사숙고해 봐라.”

경사로 특채될 자리가 생길 모양이라고도 했다.

“차라리 도청 자리로 힘써 주세요.”

“아까 네 부친에게 넌지시 그런 말을 비췄다가 호통만 들었어.”

잠시 자리를 떴던 형이 방으로 들어섰다.

“그런데 지금도 그 문도우 씨와 연락하니?”

장원은 뜬금없는 질문에 당황했다. 문 선배에 대해선 지상에서 접하는 게 전부였다.

“얼마 전에 그 지역 인민위 기부금 조성 비리로 구금됐다가 석방됐는데 조심해라.”

금시초문이었다. 장원은 갑자기 술기운이 확 가셨다.

제주에서는 지난 10월 29일 남조선 과도입법의원 민선의원 선거가 있었다. 두 명 모두 제주인민위위회 인물이 당선됐다. 문도우 선배도 그중 한 사람이었다. 그런데 두 사람은 12월 10일 상경해 기자단 회견에서, 입법의원 활동을 거부한다는 성명서를 발표한 상태였다.

"미군정에 반항한 괘씸죈가요."

"항일투쟁 의식이 반군정反軍政으로 전이된 게 병이지."

순간 물구나무를 선 듯 피가 거꾸로 솟구쳤다.

"이젠 인민위원회까지도 점령군 전리품으로 삼겠단 거군요."

"흥분하지 말고 잘 들어. 사상범은 죽을 때까지 범죄자로 남는 거야."

법망法網도 족보처럼 직계와 방계로 존재하기 때문에 그렇다고 했다.

장원은 묵묵히 담배 한 개비를 뽑아 물었다. 누군가의 '민족주의는 사회주의 근원이며, 사회주의는 민족주의 본류'라는 어록이 담배 연기로 피어올랐다.

남도 형을 올레 들머리까지 배웅하고 돌아섰다.

"장원아. 제발 나대지 말고 네 몸부터 챙겨라."

형의 육성이 긴 올레를 따라 쌓인 팽나무 낙엽에 묻혔다. 불현듯 문도우 선배를 만나보고 싶다는 충동이 일었다. 애송이 면서기가 된 지 어느새 여섯 해가 지나고 있었다. '가면 간 데 마음'이라더니, 구좌면사무소를 떠난 후에는 찾아뵙지 못했다.

소화 15년(1940년) '國體明徵, 內鮮一體, 忍苦鍛鍊'이란 글자가 박힌 아치형 기둥의 제주농업학교 현관을 배경으로 졸업기념사진을 찍고 3월 8일 졸업장을 받았다. 49명의 30회 졸업생 중 남원면 출신은 김장원 혼자였다.

그리고 4월 10일 구좌면사무소로 발령받자마자 가죽가방부터 샀다.

쇠가죽 냄새가 풍기는 갈색 가방이었다.

"불편허드래도 좀 기다렴시라."

집 가까운 데로 발령나도록 손썼지만 뜻대로 되지 않았다고 했다.

"걱정 마세요."

차마 결혼까지 한 어엿한 가장이란 말은 꺼내지 못했다.

발령지는 고향 마을에서 한라산 북동쪽 능선 너머였다. 부친을 조석으로 대면하지 않는 것만으로 만족했다.

부친은 구루마를 동원해 이삿짐까지 옮겨주고 떠났다. 면장까지 대면하고 나서….

구좌면사무소는 평대리 신작로에 접해 있었다. 낫처럼 굽이진 길가의 야트막한 돌동산 자락이었다. 맞은편 초가집들 끝자락에 기와집과 단추공장을 겸한 양철집이 한 채씩 있었다. 13개 마을을 거느린 면 소재지 같지 않았다. 학교도 없었다. 경찰주재소와 신사神祠, 우편전신국, 보통학교, 교회와 의원醫院, 식당과 점방店房, 5일장터가 있는 이웃 세화리와는 딴판이었다. 중산간 고향 마을이 한때 면 소재지였다는 게 믿기지 않은 것처럼…. 면장이 몸소 장원의 거주지를 세화리로 알선한 이유를 알 것 같았다. 남제주군 표선면에도 '세화리'란 마을이 있다.

"처음엔 면사무소 없이 면장 자택과 민가나 마을의 도갓집에서 사무를 봤어요. 그렇게 행원리 도갓집을 시작으로 한동리 두 마을에서 삼십 년 가까이 더부살이하며 전전하다가 내가 면장이 되면서 이곳으로 옮긴 거요. 처음엔 왜놈과 법을 가까이하지 말라는 의식이 팽배해서 진통을 겪기도 했고…. 그런데 혹시 혁우동맹革友同盟과 잠녀투쟁 사건 얘기 들어봤어요?"

면장이 엉뚱한 데로 화제를 돌렸다.

"예. 그런 사건이 있었다는 얘긴 들었습니다."

발령장을 받고 나서 구좌 출신의 제주농업학교 선배를 만났다. 광해군이 제주로 유배돼 도착하던 날 하룻밤 묵은 어등포 마을 출신이었다. 그는 '오죽하면 동촌 사람들 앉은 덴 풀도 안 난다고 하겠나. 박토에다 한겨울에는 모래바람이 혼을 빼가는 곳이야….' 했다. 혁우동맹 주도로 잠녀투쟁을 벌인 사건이 있었다는 이야기를 들은 게 전부였다. 자세한 내막은 모른다고 했다.

"그 사건의 주모자 중에서 문도우란 자가 김 서기의 농업학교 대선배니 종종 만나서 지역 주민들 동정을 알아보는 것도 큰 도움이 될 거요. 마을 유력자有力者지만 우리 면에서는 언제 또 돌발상황이 벌어질지 늘 긴장하고 있어요…."

세화는 사회주의 운동가들 소굴이라며 호랑이를 잡으려면 호랑이굴에 들어가야 한다고 주문했다.

정신없는 나날이 시작됐다. 집에서도 잔무를 처리해야 했다. 잠을 자면서도 업무를 보는 잠꼬대를 했다. 특히 보리 공출 문제로 골머리를 앓았다. 수시로 구장, 경찰주재소 소장을 만나야 했다.

구좌면 지역의 할당량에 따라 면서기와 구장이 주동이 돼 조사원을 구성하여 고지서가 발부된 상태였다. 하지만 주민들의 '백성은 손가락 빨아먹엉 살라는 거냐….'는 욕설 세례에 시달려야 했다. 장원이 담당한 세화 마을은 입김이 드세기로 유명한 곳이어서 더욱 힘들었다. 제주읍에서는 제주농업학교 학생들이 보리 공출 감시요원으로 차출됐다.

그런데 또 새로운 지시가 내려졌다. 놋쇠 공출이었다. 역시 마을별로 할당량이 배정되었다. 놋쇠로 된 물건은 무조건 거둬들이라는 것이다. 식기와 제기祭器, 놋화로, 궤짝과 문갑의 장석이며 손잡이, 담배통까지 '놋쇠'가 금붙이로 둔갑했다. 보통학교 종까지 거둬들일 판국이었다. '조상님전의 제기들까지 빼앗아 가고도 제명에 갈 것 같으냐. 이 천벌을 받을 놈들….' 하는 악다구니가 쏟아졌다. 몸싸움을 벌이던 주인이 경찰주재소로 연행되는 사태도 비일비재했다.

그날은 장원이 거주하는 이웃 자연부락을 돌며 놋쇠 공출을 독려하기로 예정돼 있었다. 독려라기보다 가택수색이었다. 이미 동네 실정을 꿰뚫는 몇몇 주민을 통해 은밀히 정보를 수집해 호주 명단까지 작성하고 있었다. 부잣집, 종갓집, 제사가 많은 집일수록 감춰둔 놋화로, 제기祭器가 많다는 것이다.

늙은 팽나무가 있는 네거리에서 올레로 들어섰다. 일본인 순사와 동행이었다. 긴 올레를 따라 예닐곱 가호가 들어서 있었다. 모두 세 채의 초가집이 들어선 주택이었다. 마당으로 들어서는 올레담 어귀에, 이문간 역할을 하는 정낭이 걸쳐진 빈집은 나중에 재차 방문하기로 하고 마당 주위만 둘러보고 나왔다. 그리고 막다른 올레길에 있는 집 이문간을 지나 마당으로 들어섰다. 앞장선 순사가 허리에 차고 있던 칼을 빼내 마당 구석에 있는 보릿짚 눌(가리)을 돌아가며 찔러댔다. 장원은 뒤늦게 별채 툇마루에 앉은 건장한 사나이와 사내애를 발견했다.

"백주白晝에 도둑놈 새끼처럼 들어와 뭐 하는 짓이얏!"

사나이가 발딱 몸을 일으키며 고함을 내질렀다. 쇠눈 같은 남자의 눈망울이 이글거렸다. 순간 평범한 농사꾼이거나 뱃사람은 아니라고 직감했다.

“죄송합니다. 사람이 있는 줄 미처 몰랐습니다. 다름이 아니라….”

장원이 엉겁결에 머리를 조아렸다.

“죄송이고 나발통이고 무단주거침입으로 고발하기 전에 썩 꺼져!”

순사는 이미 사라진 뒤였다. 일단 폭풍은 피하기로 했다. 장원은 마당을 빠져나온 뒤에야 ‘도대체 어떤 위인이길래 겁대가리 없이 호령가달을 하지?’ 하며 호주戶主를 확인했다. 순간 등골이 오싹했다. 면장이 불령선인의 거물이라고 한 그 문도우였다. 장원은 ‘난 도사島司의 명을 받고 공무를 집행하는 면서기야.’ 하고 중얼거렸다.

면장은 놋쇠 공출량이 미달됐는데도 장원을 극찬했다.

“몹시 걱정했는데 놀라운 실적이오.”

다른 마을은 대부분 책임량의 절반을 웃돌 정도였다.

가을걷이가 끝나고 초겨울 해풍이 점점 거세지기 시작했다. 황량한 들판처럼 허허로우면서도 홀가분했다.

토요일 오후 퇴근길에는 다시 자연부락 거리를 둘러보기로 했다. 그동안 업무에 채여 마을 거리를 익히는 것을 중단하고 있었다. 동네의 거릿길과 지형지물은 곧 낯선 주민들 얼굴을 익히고 동정을 가늠하는 첫걸음이라 생각했다. 자연부락 거릿길 곳곳의 정자 같은 쉼터에는 늙은 팽나무, 먹구슬나무들이 서 있었다.

갑자기 시장기를 느꼈다. 점심을 거르고 있었다. 교회 십자가를 바라보며 5일장터 쪽으로 자전거 핸들을 돌렸다. 주변은 온통 모래밭이었다. 곳곳에 모래로 둑을 이루고 있었다.

파장 무렵의 장터는 한산했다. 장원은 천막으로 들어가 앉았다. 모래땅 바닥에는 조짚이 깔려 있었다. 학생용 책걸상이 식탁이며 의자였다. 까무잡잡한 중년 여인이 무표정한 낯빛으로 장원을 쳐다봤다. 막걸리통 옆에 우동사리와 순대 그릇이 보였다. 삶은 계란 차롱도 있었다.

"우동 주세요."

중년 여인이 힐끗 장원을 쳐다보고 나서 손놀림을 계속했다.

전복껍데기 같은 초가지붕들 너머 경찰주재소 망루 뒤로 신사神祠 건물이 들어왔다. 둔덕으로 휘어진 비탈길이 조금 전 지나온 요새 같은 동산이었다. 이웃 마을까지 한눈에 들어오는 곳이었다. 고향 마을 한복판에 있는, 방사탑防邪塔 같은 넉시오름과 겹쳤다. 그리고 제사 때문에 고향에 간 아내의 해맑은 얼굴이 어른거렸다.

"솖은 독새기처럼 몬드글락헌 젊은인디 어디서 옵데강?"

껍질을 벗겨낸 삶은 계란처럼 곱상한 인상이라 했다. 자주 듣는 말이었다.

"면 직원입니다."

여인은 더 이상 말을 걸지 않았다. 5일장터를 순회하며 식당을 운영하는 장돌뱅이 같았다.

"사장님. 오랜만이네요."

"아이고, 선생님. 오늘은 안 오시는가 해신디…. 지난 장날엔 집안에 일이 있어서 쉬었수다."

새초롬한 표정을 짓고 있던 여인이 반색했다.

"주재소 소장과 한잔하고 집으로 들어가다 뒤늦게 장날이란 걸 생각하고 이리로 발길을 돌렸어. 헌데 낭군님은?"

"잠시 장로님 만나러 교회에 갔수다."

"아아, 그 하느님의 밀정密偵…."

남자의 쩌렁쩌렁한 목청이었다.

"문익배 선생님도 주재소장과 한통속이 되잰 햄수꽈?"

식당 여인이 행주치마에 손을 닦으며 말했다. 금새 그늘진 표정이었다.

두 사람의 대화를 엿듣던 장원은 슬며시 출입구 자리께로 등을 돌렸다. 순간 남자와 눈길이 마주쳤다.

"어어! 그날 그놈이네."

원수는 외나무다리에서 만난다더니, 하며 헛웃음을 지었다. 장원은 반사적으로 그에게 다가서며 헌관獻官 같은 몸짓으로 허리를 굽혔다.

"구좌면사무소 김장원입니다. 앞으로 잘 부탁드리겠습니다."

"웃귀 마을 헌마공신의 후예 김장원…."

"어떻게 제 고향 이름을?"

장원은 더욱 안절부절못했다.

"자네 부친 성함도 알고 있어. 내가 제주섬의 밀정이거든. 으핫핫…."

부룩소처럼 혈기 왕성한 웃음소리였다.

"그러잖아도 언제 선생님을 찾아뵈려던 참이었습니다."

"선생님은 무슨…. 그냥 선배님이라 해."

그가 미소를 머금으며 장원을 옆에 끌어앉혔다. 장원은 이내 팽팽했던 긴장이 풀렸다. 오래전부터 경원하던 어른을 만난 기분이었다. 한때 문도우가 아닌, 문익배란 가명으로 살았다는 사실도 알았다. 그는 거듭 자랑스러운 농업학교 후배를 만나 반갑다며 장원에게 술을 권했다. 금새 선배님이란 호칭이 익숙해졌다.

"조선 백성이 모두 선량민이고 왜놈이라 해서 모두 불한당이 아냐. 내가 농업학교 재학 당시에 수신修身 과목을 가르쳤던 일본인 미마[美馬米吉] 교장 선생님은 국적을 초월한 참다운 교육자로 학생들은 물론 학부형들도 존경하던 분이었어. 일본의 조선 침략을 비판하고 미국의 민주주의를 찬양하면서 학생들에게 민족주의, 자유주의, 인도주의 정신을 자극시켰는데 내가 삼학년 때 갑자기 숙직실에서 뇌출혈로 돌아가셨어. 마흔 살밖에 안 됐는데…."

일본인 교장은 대구고보 재직 당시 사회주의자로 낙인찍혀 제주로 유배됐다고 했다.

문 선배가 침통한 표정으로 막걸리 한 주전자를 더 주문했다.

"저는 자전거가 있어서 그만…."

"허엇 참. 이런 졸장부 같은 놈 봤나."

자기를 불령선인 취급하는 거냐며 파안대소했다.

"그러시면 선생님 댁에 가서 한잔하죠."

"허어…, 역시 헌마공신 후예답군."

선배가 그윽한 눈매로 장원을 바라봤다.

장원이 먼저 천막 밖으로 나왔다. 파장 직전의 장터에 저녁놀이 물들고 있었다. 식당 여인과 대화를 마친 문 선배가 서슴없이 자전거 뒤에 걸터앉았다. 갈옷에 흰 고무신 차림이었다. 자전거 핸들을 잡은 장원은 팔다리에 근육을 세우며 페달을 밟아 나갔다.

"선배님. 저기 신사가 있는 동산을 뭐라 하나요."

"도깨동산이라 하는데… 지금은 대일본 제국을 숭앙하는 신사神祠가 들어앉았으니 옛 지명도 '도깨비동산'으로 바꿔야겠지. 으핫핫

핫….”

그는 황소 울음 같은 폭소를 거두고 콧노래를 흥얼거리기 시작했다.

‘따르릉따르릉 비켜나세요 자전거가 나갑니다 따르르르릉 저기 가는 저 사람 조심하세요 어물어물하다가는 큰일납니다….’

그렇게 둘은 연상연하의 연인처럼 만남이 시작됐다.

양력설이 다가왔다. 고향에는 아내만 다녀와야 했다.

“명절날에도 정상 근무라서 당신 혼자 다녀올 수밖에 없어요.”

장원의 집안에서는 조상대대로 지켜오던 음력설 대신 양력설로 바뀐 지 오랬다.

“면서기가 된 후로 식게(제사) 때도 나 혼자만 다녀와신디 이런저런 핑계로 빠지민 어떵헙니까.”

양력설에도 공출 때처럼 면서기와 순사로 조를 편성해 양력설을 지내고 있는지 확인하러 돌아다녀야 했다.

“어떻게 수백 가호가 넘는 마을들을 돌며 확인할 수 있겠어….”

장원도 선배 동료처럼 양력설 확인 결과를 ‘탁상출장’으로 처리하고 넘어갔다.

그리고 음력설 때도 눈 가리고 아웅 하는 식으로 지나갔다. 음력설을 쇠지 못하게 단속하는 일이었다. 특히 구좌면 동부 지역은 양력설을 ‘왜놈멩질’이라며 거부한다고 했다. 단속반이 들이닥쳐 차례상과 제물을 걷어차는 일이 반복되고 있지만 수단과 방법을 가리지 않고 ‘음력멩질’을 고집한다는 것이다. 어떤 직원은 음력설을 지내는 집 주인의 흰 두루마기에 만년필 잉크를 뿌리고 나왔다고 자랑했다.

그런데 음력설 직후 문도우 선배가 느닷없이 집에 나타났다. 그날 5

일장터에서 조우한 이후 첫 대면이었다.

"지나는 길에 한잔할까 하고 들렀네."

"선생님. 마땅헌 안줏감이 엇언 어떵허코게…."

아내가 어쩔 줄을 몰라 했다.

"부부 동반으로 우리 집에 가서 저녁이나 먹읍시다."

문 선배가 기거하는 초가 별채에는 상방과 방 벽을 따라 책장이 들어서 있었다. 책과 신문이 벽에 층층이 쌓여 있기도 했다. 장원에게는 난생처음 대하는 신세계였다. 일본어판 서적들이 가장 많이 눈에 띄었다. 조선어, 일본어 신문들도 쌓여 있었다. 누렇게 빛바랜 『改造』란 일본 잡지도 보였다. '카이조. 새로운 세계로 다가가는 방법이 바로 개조改造야, 카이조….' 농업학교 시절로 돌아간 기분이었다.

저녁 식사는 선배와 두 사람만 따로 별채에서 했다. 진수성찬이었다. 선배가 술잔을 채웠다. 술, 담배는 면서기로 부임한 후에야 배우기 시작했다. 거의 매일 동료나 마을 현장에서 주민과 어울리면서였다.

"자, 신사년 올해도 건강하고 뱀처럼 지혜롭게 보내게나."

뱀띠해에는 구렁이 담 넘듯 살라는 농담을 곁들인 덕담이었다.

"혹시 불법 명절을 하는 건 아니겠죠?"

"조선총독부 정책을 제대로 수행하지 않는 자네도 불령선인이야, 으하하."

문 선배도 양력설, 음력설 현장 점검은 적당히 문서로 처리하는 사실을 알고 있었다.

술이 몇 순배 돌아가자 장원은 화두를 돌렸다.

"혁우동맹革友同盟 시절에 해녀투쟁 배후 세력으로 삼 년 동안 옥살이했다면서요?"

"그러고 보니 어언 십 년 세월이 흘렀네. 1930년 3월에 청년들 여덟이 바로 이 장소에 모여 사회주의 운동을 통한 민족 해방을 표방하는 혁우동맹이란 비밀결사秘密結社가 처음 출범했거든. 문맹자가 대부분인 부녀자들을 대상으로 야학에 전념했는데 농민독본, 노동독본 등을 교재로 한글과 산술을 비롯해 저울 눈금을 판독하는 법을 가르쳤어…."

"저울 눈금 보는 법요?"

장원이 의아해하며 반문했다.

"그렇지. 해녀 야학생들에겐 구구단과 가감승제加減乘除 못지않게 필수적인 생활상식이지. 바깥물질을 나가는 해녀를 모집하고 미리 전도금을 대주는 인솔자가 현지 간상배奸商輩들과 결탁해 해녀들이 채취한 해산물 가격을 속이기 일쑤였던 거야. 그래서 1920년 해녀들의 권익옹호를 위한 제주도해녀조합이 설립됐지만 사오 년 지나 도사島司가 조합장을 겸임하면서 어물전을 지키는 고양이로 둔갑했고 경찰과 조합서기를 내세워 각종 사찰금을 강요하는가 하면 도외로 출가하는 해녀들마다 출가증, 입어증, 감찰표를 발급하는 수수료 명목으로 금품을 갈취하기도 했고…."

만일 조합의 명령에 복종하지 않으면 입어入漁를 정지시킨다고 협박하기도 했다는 것이다.

"이곳 구좌면 지역만 해도 해녀조합 지부장인 면장, 일본인 해산물 지정 판매상, 구장이 한통속이 돼 해녀들을 착취하는 먹이사슬이 됐는데 지렁이도 밟으면 꿈틀한다고… 결국 참다못한 이 지역 중심의 해녀들이 집단투쟁으로 나섰던 거야….”

1931년 12월부터 이듬해 1월까지 전개된 구좌면 해녀항일투쟁 사건은 그렇게 시작됐다. 본격적인 집단시위가 벌어진 것은 1932년 1월이었다.

“물질하는 해녀복 차림에 물안경을 쓴 해녀들이 해초를 캐는 정게호미와 소라, 전복을 따는 비창을 들고 투쟁한 이후로는 부조리가 많이 개선됐어….”

그해 3월까지 전도에 걸쳐 청년 운동가들 일백여 명이 체포되고 이들 중 스물두 명이 감옥살이했다고 했다. 오일장 이동식당 여사장도 해녀투쟁 대표자로 잡혀가 여섯 달 동안 콩밥을 먹고 나왔다는 것이다. 야학 활동을 할 당시 제자라고 했다.

“그 여사장은 사건 당시 심한 고문 후유증으로 물질을 그만뒀어. 교회 발길도 끊었고….”

“아니, 교회는… 왜요?”

독실한 신자가 하루아침에 하느님을 등진 게 궁금했다.

“사복형사들이 해녀투쟁 주모자들을 내탐內探할 때 여기 세화교회 장로도 밀정 노릇을 한 사실을 알고 충격이 컸거든.”

장원은 농업학교 시절에도 제주 역사에 대해서는 들어본 적이 없었다.

어느새 밤 열 시가 지나고 있었다. 이야기에 도취해 술은 아직 간에 기별도 안 간 상태였다. 선배는, 먼저 집에 가 있겠다는 아내까지 상방(거실)으로 불러 앉혔다.

“현숙이 조캐야. 내 자랑스러운 후배 김장원은 좀도둑으로 방치하기엔 아까운 인재니 일본 유학을 해서 큰도둑으로 성장했으면 하는데 어떻게 생각하냐?"

장원은 문득 농업학교 3학년 때 20일간의 일본 수학여행 추억이 떠올랐다. 산지항에서 출발해 여수에서 배로 일본 시모노세키[下關]에 도착한 후 대판, 동경, 닛코[日光], 교토[京都] 등 주요 도시를 견학하고 다시 관부關釜연락선으로 부산을 거쳐 제주로 들어오는 일정이었다.

"우리도 그런 꿈을 버리지 않아시난 삼춘이 적극 후원해 줍서."

문 선배와 아내는 어느새 '삼춘-조캐' 사이가 돼 있었다.

장원 부부는 자정 무렵이 돼서야 자리에서 일어났다. 선배가 구독하는 일본어 신문들과 책 한 권을 껴안고서…. 그날이 선배 생일인 것은 나중에 알았다.

두 번째 만남은 장원의 집에서였다. 문 선배는 아득히 시야에 걸리는 창밖의 오름들을 가리키고 나서 첫 잔을 비웠다.

"제주섬의 수많은 오름들은 우리 조상들의 애환이 묻힌 봉분일세."

다음에 이어진 말꼭지들은 더욱 생소했다. 탐라국의 멸망, 몽고 지배와 제주목마장, 수많은 민란, 절해고도의 유배지, 2백 년 동안의 출륙금지령出陸禁止令, 이재수 난, 삼재三災의 섬…. 장원은 수쟁들의 집합소인 농업학교 시절에도 제주 역사에 대해서는 들어본 적이 없었다.

문 선배는 만날 때마다 교과서 진도를 나가듯이 물음표 같은 역사의 말꼭지를 화두로 이어갔다. 시국을 통탄하는 불령선인의 면모는 전혀 찾아볼 수 없었다. 그리고 동서고금의 역사에도 해박했다. 조선과 중국, 일본, 제국의 식민지들에 대해서….

"역사는 개인의 삶에도 인생독본이야…."

역사를 모르면 기억상실증 환자가 된다고도 했다.

장원은 선배를 만난 날에는 아무리 만취한 상태라도 그날의 말꼭지들을 비망록에 옮기고 나서 잠자리에 들었다. 급보急報할 문서를 작성하듯이.

그러던 어느 날 오후였다. 장원을 호출한 면장이 눈을 부릅뜨며 언성을 높였다.

"김 서기, 사표를 내는 게 어때?"

장원은 어리둥절했다. 남들보다 일찍 출근하고 늦게 퇴근하고 있었다. 열정을 쏟은 만큼 보상이 따를 것으로 기대했다.

"문도우 씨와 의형제를 맺었다는 소문까지 나돌고 있어서 하는 얘기야."

면장은 여전히 언짢은 표정이었으나 착 가라앉은 목소리였다.

"저는 오직 스승님 같은 모교 대선배님으로서 종종…."

"이봐. 우리가 지금 그렇게 신선놀음할 때가 아니잖아."

장원은 창밖을 바라보며 침묵했다. 구차한 변명이 먹힐 것 같지 않았다. 차라리 잘됐다 싶었다. 어쩌면 전화위복의 분기점이 될 수도 있었다. 어디에선가 음매애! 음매애! 하는 송아지 울음이 들렸다. 귀가하는 자전거 핸들이 자꾸만 뒤틀렸다. 고랑창에 곤두박질칠 뻔도 했다.

다음 날 장원은 출근하지 않았다. 금요일이었다. 우선 아내를 면사무소에 보내서 병가원을 냈다. 만약을 위한 사직서도 작성해 뒀다. 그런데 일요일 저녁 무렵에 뜬금없이 선배가 찾아왔다. 달포 만의 대면이었다.

"오랜만이네."

전에 없이 무표정한 얼굴이었다.

"어쩐 일이세요."

장원이 겸연쩍은 미소를 지었다.

"옷 입고 나와."

문 선배 뒤를 따라나섰다. 경찰주재소 네거리에서 신사(神祠)가 있는 도깨동산으로 굽이진 길을 지났다.

문 선배 별채에서 돼지새끼회 안주로 술잔이 몇 순배 돌았다. 어느새 날것을 좋아하는 것도 선배를 닮아 있었다.

"면장에게 기합받은 소문 들었네."

선배는 여전히 굳은 표정이었다.

"이참에 사직하고 새 출발을 할까 고민 중이에요."

선배가 입술에 묻은 핏물을 손으로 훔치고 나서 술잔을 내밀었다.

"인간은 환경과 상황의 두 날개로 살아가는 동물이야."

새는 깃털 하나가 뽑혀도 날갯짓을 멈추지 않는다고 했다. 장원은 선배의 선문답 같은 동문서답에 실망했다.

"공부를 더 하려면 우선 부친 허락을 받아야 할 거 아닌가. 밀항선을 타고 현해탄을 건널 순 없잖아. 특히 자네 같은 귀공자는 부모가 운명의 반半이야…."

부유한 집안 자식이 고학을 꿈꾸는 건 더 자존심 상한 일이라 했다. 장원은 침묵한 채 자작하며 연거푸 술잔을 비웠다."

"대신 천왕의 미친개가 되지 말고 천왕의 게으름뱅이 머슴으로 살며 기다려…."

행복한 사람은 인생을 너무 짧게 여기고 불행한 자는 인생을 너무나 길게 여긴다고도 했다. 장원은 고리타분한 이야기에 서둘러 자리에서 일어날 준비를 했다. 그런데 갑자기 선배가 술잔을 장원의 손에 심겼다. 전에 없는 일이었다.

"그리고 장원 군. 오늘 이 자리를 최후의 만찬으로 여기게."

순간 파도 소리가 모래바람처럼 휘몰아쳤다. 잠시 침묵이 흘렀다.

"그동안 고마웠습니다, 선생님."

문도우 선배는 이미 불령선인이 아닌 인생의 스승으로 각인돼 있었다.

장원은 그 뒤로 신세계 같은 문 선배의 별채를 찾는 발길을 끊었다. 하지만 선배 부인은 가끔 해산물이며 채소를 들고 와서 아내를 만나는 눈치였다.

장원은 남원면사무소 발령장을 받고 나서야 선배 집을 방문해 작별 인사를 했다.

장원은 1947년 새해를 맞이해 맹견처럼 살기로 작심했다. 과거의 부끄러운 이름을 상쇄하기 위해서라도 정상림 선배와 동반자가 되기로 더욱 마음을 굳혔다.

그리고 김중일 구장의 과거사 문제는 기억의 해저로 가라앉았다. 부친과 새로 이장이 된 사촌 형의 입김도 작용한 듯했다.

2월 16일, 일요일 아침이 밝았다. 밖에는 눈보라가 치고 있었다. 장원 혼자 조반상 앞에 앉았다.

"식솔들신디도 그렇게 죽자살자 거념해 봅서."

아내가 실눈을 뜨며 쳐다봤다.

"미안해요. 하지만 나라가 똑바로 서야 가족들도 발 뻗고 살 수 있어요."

"광복인지 해방이 된 게 언젠디 아직도 독립운동에 목 매달암수꽈."

"독립운동이라고? 그거 명언인데…."

아내의 보조개에 꽃망울 같은 미소가 고여 있었다. 장원도 빙섹이 미소를 짓고 나서 바닥에 남은 된장국을 대접째 들이켰다.

남원리 공회당에는 벌써 청년들이 나와 행사장을 점검하고 있었다. 면사무소 소사, 의귀리 청년회 얼굴들도 보였다. 단상 정면에는 '남원면 조선민주청년동맹(민청)' 경축 현수막이 걸려 있었다. 창호지에 쓴 붓글씨였다.

대의원 동지들도 속속 도착했다. 공회당 부근 주민 어른들도 멈칫거리며 행사장으로 들어섰다. 그들에게도 행사 유인물을 나눠줬다.

"우리 같은 무지렁이들도 사상 강습장에 참석해도 될 건가."

"요즘은 늙은이들도 이런 행사에 얼굴을 비춰사 어른 대접을 받는 세상이라."

동행한 노인의 말결에 이어 '하르바님, 사상 강습이 아니니까 그냥 구경이나 허십서….' 하는 청년 목소리가 들렸다.

장원은 유인물을 응시한 채 '민청가'* 가사를 음미했다.

'피 끓는 우리의 젊은 청춘을 조국은 부른다 두 손을 들어 지키어 나가자 조국의 자유 한목숨 바치자 끝날 때까지… 인민의 나라를 세워 달라고 부탁코 죽어간 동무의 유언 지키어 나가자 민주청년들 우리의 가슴속 불길이 탄다… 어느 곳 별 아래 묻힐지라도 마음에 맹세한 조

---

* 임화의 시 '동무의 유언', 김순남 작곡.

국의 자유 죽어도 썩지 않고 빛나리로다 영원히 영원히 빛나리로다'

행사장은 삼백여 명의 체온으로 추위를 녹였다. 열 시 정각이 되자 정상림 선배 사회로 결성대회가 시작되었다. 경과보고, 정세보고, 내빈 격려사와 축사가 끝났다. 남원지서장의 축사가 가장 장황하고 지루했다.

토의 시간에는 민청 회원들만 남아 정상림 선배를 위원장으로 추대했다. '민청가' 합창, '만세삼창'으로 결성식이 끝났다. 오후 다섯 시가 넘어서고 있었다.

2월 23일 일요일, 오전 열 시에는 남원면 민청 회원 2백여 명이 남원리 향사에서 제28주년 3·1기념준비위원회를 조직했다. 위원장은 오○학 남원면 인민위원장, 부위원장은 현○균·정상림, 위원은 김○시·현○식·김○호·강○현·김○웅·김장원 등이었다. 위원들은 각 단체와 마을별로 주민을 3·1대회에 동원하는 역할을 맡았다.

경찰에서는 3·1혁명운동 기념행사 준비위원회를 해체하라는 경고문을 발표한 상태였다. '각 관공서 기타 각 단체의 기념행사는 각자 직장에서 행하라. 가두행렬과 데모 행진을 적극적으로 금지한다. 만약 이[里], 동, 읍면 단위로 기념행사를 행할 시는 반드시 집회허가원을 당국에 제출할 것 등….'을 요구했다.

2월 28일 저녁에는 신흥리 정상림 민청위원장 자택에서 남로당지령 슬로건 20매가량을 정서淨書해 주요 지점에 부착하도록 했다.

3월 1일은 토요일이었다. 남원면 관내의 관공서, 단체, 학생, 주민들이 남원공립국민학교 운동장으로 모여들었다. 학생들은 크레용으로 그린 손태극기를 들고 있었다. 정오가 되자 정상림 민청위원장 사회로

3·1기념식이 시작됐다. 이어 오후 한 시 반경부터는 학교에서 남원지서 앞까지 시위를 벌였다. '3·1 정신으로 통일 독립 전취戰取', '모스크바 삼상회의三相會議 절대 지지', '미소美蘇 공동위원회 재개 촉구' 슬로건을 외치면서….

그런데 그날 제주읍내 관덕정 마당에서 충격적인 사건이 일어난 사실을 알았다. 경찰의 발포로 여섯 명이 죽고 여덟 명이 중상을 입었다는 것이다. 3·1 행사가 지난 월요일 오후에야 접한 소식이었다. 그날 통행금지령이 내려진 사실도 뒤늦게 알았다. 경향 각지의 3·1운동 기념대회에서도 수많은 사상자가 나왔다고 보도되었다. 부산에서는 기념식장에서 '이승만 박사는 현대의 이용완'이라는 말이 불씨가 돼 아수라장이 됐다고 했다.

며칠 뒤에는 남조선노동당 제주도위원회에서 '3·1사건대책 투쟁에 대하여'라는 지령서가 내려왔다. 그리고 40여 명이 남원면사무소에 모여 남원면 3·1사건투쟁위원회가 조직됐다.

위원장으로 추대된 정상림 선배가 앞에 나섰다.

"여러분에게 나눠드린 유인물에 있는 바와 같이 제주도당의 투쟁 방침은 '민주경찰 완전 확립을 위하여 무장武裝과 고문을 즉시 폐지할 것, 발포 책임자 및 발포 경관은 즉시 처벌할 것, 경찰수뇌부는 인책 사임할 것, 희생자 유가족 및 부상자에 대한 생활을 보장할 것, 3·1사건에 관련한 애국적 인사를 검속치 말 것, 일본경찰의 유업적 계승 활동을 소탕할 것' 등입니다…."

성명서도 등사해 남원면사무소 소사小使로 하여금 남원면내 각 이장에게 전달하도록 조치하겠다 했다.

남원면 학교가 총파업의 기수旗手로 나서기도 했다.

3월 11일 남원·위미·의귀·신례·하례·태흥국민학교에서 파업단이 꾸려졌다.

다음 날, 일요일에는 남원국민학교에서 남원면 교원조합이 결성됐다. 위원장은 강○준, 부위원장 김○호, 총무부 오○사 외 17명이었다. 같은날 오전 열두 시부터는 남원공립국민학교에서 남원면 교직원 열대엿 명이 회합을 가져서 3월 13일 오전 아홉 시를 기하여 학교 총파업을 단행하기로 결정했다. 아동은 각 학교에서 책임지고 적당히 조치할 것, 교원은 1주일에 1회씩 직장별로 집합 토의할 것 등을 결의하고 파업성명서도 발표했다.

3월 13일에는 남원면사무소 파업단, 다음 날에는 남원면사무소에서 남원면파업단 공동투쟁위원회가 결성되었다. 위원장은 현○홍, 부위원장에 오○원·오○길, 위원은 김○시·현○식·강○현·김○웅·오○사·정상림·김장원 등이었다.

3월 1일 관덕정 발포 사건에 항의하는 민관 총파업 주모자들에 대한 검거선풍이 몰아쳤다. 검속을 주도한 것은 전라도에서 들어온 응원경찰대였다. 제주감찰청에는 육지에서 투입된 경찰을 주축으로 특별수사과도 설치됐다. 조병옥 경무부장은 파업 중인 제주도청 직원들을 집결시켜 놓고 '제주 사람은 사상이 불온하다, 조선 건국의 저해가 된다면 싹 쓸어버릴 수도 있다.'고 엄포했다. 그리고 군정청 출입기자단과의 회견에서는 '제주 3·1사건은 북조선 세력과 통모通謀'한 것이라 했고, 경무부 차장 최경진은 '제주도민 90%를 좌익'으로 낙인찍었다.

3월 말이 되면서 총파업은 해제 국면이 됐다. 하지만 연루자들 검거는 멈추지 않았다. 사건 한 달 만에 5백 명이 구금되었다는 소식이었다.

4월에 접어들면서는 산남 지역의 관공리들이 검거 표적이 됐다. 남원면 민청 동지들도 '무허가 불법집회'의 주모자로 경찰 조사를 받았다.

김장원은 서귀포경찰서에서 취조받고 돌아오자마자 몸져누웠다. 입술이 부르트고 심한 몸살을 앓았다. 이제 떠날 때가 됐다고 생각했다. '이게 아닌데….'라는 독백을 말방울처럼 가슴에 달고 지내던 터였다. 계속 인민의 공복公僕으로 남는 것은 '생계형 부일협력자'에 가중되는 치욕이었다. 자유로운 영혼으로 새로운 삶을 시작하고팠다.

남도 형의 조언도 장원의 심경 변화에 무게를 실었다. '시국이 잠잠할 때까진 친정에 발을 끊으켜.' 큰고모가 남도 형의 편지를 건네면서 남긴 경고였다. 편지 골자는 '제주 출신 경찰까지 좌익 통비자通匪者로 여기는 분위기이니 네 몸은 네가 알아서 잘 처신해라. 마지막으로 간곡히 부탁한다….'였다.

장원은 일요일 오전, 신흥리의 정상림 선배 자택을 방문했다.

"이쯤에서 미군정 머슴살일 청산할까 해요."

평생 면종복배面從腹背하지 못할 바엔 일찌감치 양자 선택을 할 때가 도래했다고 판단했다. 면서기 신분으로 경찰서에 불려다니는 굴욕을 더 이상 참을 수 없었다.

"그리고 형님, 면 지역의 지인 명단을 알 수 없을까요."

정 선배가 의아한 표정으로 한참 장원을 응시했다.

"호형호제하는 사람들이 있긴 하네마는…."

밀정으로 나설 참이냐며 파안대소했다.

"실은 명퇴 기념행사를 계획하고 있거든요."

며칠 동안 해안선의 신작로를 따라 도보로 도일주를 하고팠다. 남원면사무소에서 출발해 표선면, 성산면, 구좌면, 조천면, 제주읍, 애월면, 한림면, 대정면, 안덕면, 중문면, 서귀면을 거쳐 출발선인 남원면사무소에서 귀가하는 일정이었다. 섬 속의 섬들의 여행은 뒤로 미루기로 했다.

"자네 같은 귀공자님에겐 무모한 도전 아닌가."

정 선배가 짧은 침묵을 깨고 나직한 소리로 말했다.

"일제 당시 식민지 백성이 돼 보고픈 생각도 있고 해서요."

제주 사람들의 마지막 강제노역이 끝난 지 3년이 안 됐다. 모든 도민이 비행장 건설, 진지 구축 현장에서 함바집 생활을 하며 혹사당하고 목숨을 잃기도 했다. 알드르비행장과 정드르비행장 건설, 너븐드르비행장 정지 작업, 그리고 수많은 인공동굴 구축의 노예가 됐었다. 장원 또한 노무자 차출에 직간접적으로 관여했다.

"그런데 말야…. 문도우 선생이 지난달에 현해탄을 건넌 모양이야."

3·1 발포사건이 도화선이 된 총파업 무렵이라 했다.

"그래요?"

장원은 애써 덤덤한 표정을 지으며 창밖을 바라봤다. '무사히 날아가 착지하셨을까?' 상황과 환경을 두 날개로 하는 한 마리의 철새가 됐다는 이야기로 받아들였다.

문 선배가 작년 입법의원 사퇴 성명서를 발표한 이후 두 번이나 검속된 소식을 전한 것도 정 선배였다. 미군정의 미운털이 된 때문이라 했다.

"그런가 하면 이덕구 선생도 조천중학원 총파업 주모자로 제주경찰서에 구금됐단 소식을 들었어."

장원은 4월 15일 자로 사표를 냈다. 1940년 처음 구좌면사무소 발령장을 받은 날은 4월 10일이었다. 분신 같은 갈색 가죽가방은 궤에 보관했다. 명퇴를 기념하는 도일주 계획도 보류했다. 문도우 선배를 만나는 꿈이 사라진 게 결정적인 이유였다. 하지만 절망하지 않았다. 오히려 문 선배가 미래의 희망봉일 수 있으니까….

그런데 미군정은 5월 '민청'을 테러단체로 규정, 해산명령을 내렸다. 하지만 6월부터는 '민전' 소속의 '민청'이 남로당 산하의 '조선민주애국청년동맹(민애청)'으로 개편됐다. '민청' 조직을 기반으로 간판만 바뀐 셈이었다. 장원은 홀가분한 마음으로 적극 동참하고 나섰다. 외상장부를 관리하듯 일지를 꼬박꼬박 비망록에 기록해 가면서….

5월 27일 밤, 정상림 민청위원장 자택에서 회합을 가졌다. 제주읍 김우철 남로당 오르그도 참석했다. 그로부터 남로당원 모집, 6·10만세 기념일 삐라 선전, 맥류麥類 강제공출 절대 반대, 대대적인 남원면 면민대회 거행 등의 남로당 지령서를 전달받았다.

6월 5일 오후에는 의귀리 양천봉 동지 자택에 대엿이 모여 남로당 지령서에 대하여 토의하려 했지만 현○식, 김○호 등이 완강히 거절하는 바람에 무산됐다.

6월 15일 일요일, 오후 한 시쯤 정상림 선배 자택에서 제주읍 이기식으로부터 미소공위美蘇共委에 제출할 진정서를 받았다. 김○후 이장 등 마을 유지 대엿 명에게 날인을 요구했지만 거부당해 중지했다.

7월 17일 오후, 장원은 정상림 위원장의 지시로 의귀국민학교에서 남로당 입당원서를 등사해 다음 날, 정상림에게 전달했다.

7월 18일 금요일, 오후 다섯 시경에 의귀리 김○일 자택에서 김장원을 비롯한 양○한 등과 집회를 열어 남원면 남로당위원회를 조직했다. 당년 20세의 김○일(교사)을 책임자로 추대한 후 남원면당 강화 문제 등을 토의하고, 격문을 배부해 선전하기로 결의했다.

7월 21일 오후에는 양천봉 자택에서 김○일에게 남로당지령 격문을 전달했다.

7월 22일 오후 여덟 시경에는 열 명이 신풍리 해안 백사장에서 인민대회 참가, 미소공위美蘇共委에 제출할 진정서 작성 건 등을 토의했다.

7월 23일 오전 일곱 시경에는 안댁집에서 제주읍 홍길두로부터 미소공위에 제출할 진정서를 받았다. 장원은 당일 오전 아홉 시경 오성윤 집에서 미소공위美蘇共委에 제출할 진정서 세 통을 작성한 후, 한 통은 현성만에게 날인을 받은 후 미소공위에 제출하도록 지시했다.

장원은 그동안 여러 차례 서귀포경찰서를 들락날락했다. 이삼 일씩 유치장에 갇혔다가 석방되기도 했다. 핵심 동지들 몇몇도 함께였다. 그런데 어떻게 '무허가 집회' 사실이 직접 목격한 듯이 속속들이 드러났는지 귀신이 곡할 노릇이었다. 조서를 꾸미는 담당 형사의 암호 같은 귓속말이 전부였다. '자중하지 않으면 그의 밀고는 멈추지 않을 거야….' '그'의 정체는 알고 있지만 개의치 않기로 했다. 행동하지 않으면 아무 일도 일어나지 않는다는 평범한 진리를 모르는 바 아니었다. 포구에 정박한 배는 조난당할 걱정을 하지 않아도 되는 것처럼….

그리고 두 차례에 걸친 약식명령略式命令을 받았다. 공판절차를 생략하고 검사가 제출한 서면심리書面審理로 법원에서 내린 벌금형이었다.

1947년 7월 7일 제주지방심리원에서 포고 제2호, 법령 제19호 위반

죄로 벌금 천원형을 받은 게 시작이었다. 공중치안 질서를 교란케 한 죄였다. 남원리 현○식 동지와 똑같았다.

그런데 8·15 광복 제2주년 기념일을 며칠 앞두고 좌익계 활동가에 대한 검거령이 내려졌다. '8·15 폭동음모'가 빌미였다. 8월 중순부터 민전 간부, 남로당원, 도청 직원 등이 검거됐다. 민전의장인 전 제주도 지사도 포함됐다는 소식이었다. 애월면 하귀리에서는 중학생과 국민학생들까지도 검거되었다. 무허가 집회, 무허가 삐라 살포에 가담한 남로당 세포라는 이유였다. 여기에는 서북청년회가 경찰의 손발이 되었다.

제주경찰서에 구금됐던 정상림 선배는 광복절이 지나자 석방되었다. 장원은 그날 밤에 신흥리 정 선배 자택으로 밀정처럼 잠입했다.

"현행범도 아닌데 마구 잡아들인 이유를 모르겠네요."

"삼일사건 관련자들에 대한 일종의 예비검속이란 거야. 포고령 제2호를 적용하면 가능하다는군…. 그런데 김성현 선생은 체포망에서 벗어나 종적을 감췄네."

정 선배가 부채질을 하며 씁쓸한 미소를 지었다.

"부친이 발동선을 부리며 밀항과 밀수를 일삼고 있으니 제주섬을 빠져나가는 건 땅 짚고 헤엄치기겠지."

김성현 선생은 '부친이 부리는 칠팔십톤급 발동선이 있는데 밀항자들을 일본으로 실어나르고 돌아올 땐 밀수품을 싣고 와 보따리 장사를 하는가 봐요….' 했다. 작년 7월 여름 만났을 때 들은 이야기였다.

"미군 함정이 제주 해안을 봉쇄하고 있는데 이해가 안 되네요."

장원이 삶은 옥수수를 집으며 말했다.

"밤낮 올레 지키듯 하는 게 아니니까 가능한 일이지."

밀무역을 단속하는 경찰도 한통속이라 했다.

"아무튼 두더지 작전으로 나가얄 것 같애…."

합법적 활동이 차단된 민애청의 돌파구였다.

정 선배가 올레 어귀까지 따라나와 배웅했다. 달이 대낮처럼 밝았다.

장원은 1947년 8월 이후에도 예닙곱 명, 십여 명씩 동지들과 비밀집회를 가졌다. 토의 안건은 '공출 반대, 삐라 첩부貼付, 국내외 정세보고, 봉건사상 반대' 외에 '당 활동 방책, 당원 모집, 세포 강화 및 조직 수습, 연락선 확립, 교양감판教養勸判, 부서역원部署役員 선정, 당비 독촉, 당재정黨財政의 건' 등 남로당 도당 관련 사항이 주류였다.

12월에는 동지들과 함께 또 약식명령略式命令이 내려졌다. 의귀리 김장원(당 26년) 벌금 7천 원, 양○봉(당 28년) 벌금 3천 원, 신풍리 양○은(당 23년) 벌금 4천 원, 오○호(당 25년) 벌금 2천5백 원인데 직업은 모두 농업이었다. '벌금 미납시 1일 125원으로 환산, 노역장勞役場에 유치'한다는 단서가 붙어 있었다.

"이러다간 기둥뿌리 뽑히겠구나…."

"아바님, 일본 유학경비로 생각허십서."

아내는 인생공부 학비로 간주하라고 받아치면서 장원에게도 한마디했다.

"농사꾼도 농한기엔 쉬는디 독립운동도 놀멍자멍 협서…."

1947년 9월 12일 제주지방심리원에서 포고 제2호 및 법령 제19호 위반으로 징역 6월에 집행유예 3년을 선고받았다.

그런데 입살이 보살이라고, 이듬해 무자년 1월 중순 무렵에는 정말

기나긴 휴식기가 되었다. 과거 재판 과정의 범죄사실을 망라해 철창에 가뒀다.

감옥에 있는 동안 부친과 아내가 단 한 번 면회를 다녀갔다. 취조, 심문으로 육신이 망가진 문짝이 됐을 때였다. 오열과 침묵, 서로의 눈맞춤으로 면회 시간이 끝났다. 장원에게는 또 다른 고문이며 치욕이었다.

부친이 한참 땅이 꺼지는 한숨을 멈추고 나직한 소리로 말했다.

"며칠 전의 달선이 혼례식 올렸저."

막내 누이가 결혼했다고 했다.

"다행이네요."

매제는 점박이 오성윤 후배였다. 맨 처음 교원양성소를 나왔는데 의귀국민학교 교사로 있었다.

"여보. 혹시 내가 어떻게 되더라도 아이들하고 안댁집을 잘 지켜줘요."

"걱정 맙서. 사름 죽인 죄가 아니난 독헌 마음으로 기다렴십서."

아내가 입술을 앙다물었다. 눈웃음의 보조개는 보이지 않았다.

"장원아. 건강이 재산이여…."

부친이 처음이자 마지막 면회를 마치고 떠나면서 남긴 한마디였다.

김장원은 회고록 집필을 멈추고 산책에서 돌아왔다. 뒷술 북쪽 의귀천을 끼고 이어진 오솔길이었다.

"또 무슨 난리굿이 일어나는 거 아닌지 몰르켜."

풋마늘을 다듬던 모친이 이문간 옆으로 눈길을 보내며 중얼거렸다.

이장인 장춘 형, 부친, 장상용 순경이 올레로 들어서고 있었다.

"형과 형수님에게 행패를 부렸다면서요?"

"말도 말라. 그놈 이름만 들어도 이에 신물이 나는 이북 놈이여."

장 순경은 서북청년회 출신으로 의귀리 경찰출장소에 근무하고 있었다.

세 사람이 형네 집 올레로 꺾어들었다. 장원은 돌부리에 걸터앉아 모친과 함께 풋마늘, 세오리(부추)를 다듬기 시작했다.

"날사흘로 드나들멍 딸을 달랜 보채도 시아지방은 대놓고 근본을 몰르는 놈을 사위로 맞아들일 수 없다는 말은 못 허고… 아직 열여덟 살밖에 안 되니 차차 생각하자고 어르달래신디… 하루는 밤중에 술 처먹고 달려들어 시아지방을 쇠사슬로 묶어놓고 매닥질허고 옆의서 말리는 동서 허운데기(머리채)를 잡아 마당질했저. 산에 오른 작은시아지방 이름까지 들먹이멍…."

장 순경이 밤에 순찰을 돌다가 야학을 마치고 귀가하는 선옥에게 눈독을 들이기 시작했다는 것이다. 큰아버지는 몸져누운 상황이었다.

저녁 식사가 끝날 무렵 부친이 불쾌한 얼굴로 들어섰다.

"선거가 끝나면 식 올리기로 결정됐저…."

약식 혼례라 했다. 장상용 순경이 요구하는 대로 따를 수밖에 없었다고 했다. 장원은 물끄러미 아내를 바라봤다. 선옥이도 아내처럼 키가 훤칠하고 얼굴이 곱상했다. 또래들보다 성숙한 몸매였다. 아내와 자매로 착각하는 사람들도 있을 정도였다.

장원은 방바닥에 모로 드러누워 우편으로 배달된 신문을 펼쳤다. 1면 하단의 5월 10일 제헌국회의원 선거 광고란으로 시선을 드리웠다.

상단은 독립문 문양 위에 '총선거로 독립문은 열린다'로 시작됐다. 그 아래에는 엇물린 두 개의 태극기가 중앙청 건물 아치형 입구 위에 꽂혀 있고, 운집한 군중이 아득히 보이는 중앙청 건물로 향하고 있다. 입구 좌우 기둥에는 '투표는 애국민의 의무', '기권은 국민의 수치'란 구호로 장식돼 있다. 이어 제헌국회의원 선거 관련 기사를 훑어나갔다. 5·10 선거에 대비해 제주에 저녁 8시부터 통금시간…. 무장대에 의한 투표함과 선거인명부 탈취 속출…. 미군 동원 투표함 수송 지원…. 한밤중 마을 골목 돌담에 '투표하면 인민의 반역자', '단선에 참가한 매국노 단죄하자'는 등의 삐라 부착…. 마을 선거관리위원들 신변 위협으로 사임 속출…. 선거 거부하기 위해 산으로 도피하는 주민들…. 북제주군 지역에 비해 남제주군 치안 양호한 편…. 선거 앞뒤 제주에 거주하는 미군 가족들 본토로 이주…. 좌파 세력은 물론 김구계의 우파, 김규식계의 중도파들도 5·10 선거는 한반도를 분단하는 단선단정의 획책이라고 주장…. 남한의 현재 상황은 그리스 사태의 재연….

5월 10일에는 아침부터 안개가 자욱했다.

"내가 알아서 할 테니 투표장에 나올 생각 말고 집에 있어라."

부친이 한마디 던지고 모친과 이문간을 나섰다. 투표소는 학교였다. '내가 알아서….'라는 말이 무슨 뜻인지 어리둥절했지만 반문하지 않았다. 오히려 그게 공포감으로 다가왔다.

어둠이 깔렸을 때 점박이 매제가 찾아왔다.

"국방경비대 9연대 3중대 1소대가 의귀리, 수망리, 한남리에 1개 분대씩 투표장에 배치됐대요. 우리 투표장에도 군인 십여 명과 남원지서장이 파견된 상황에서 선거는 무사히 마쳤는데 은밀한 대리투표도 적잖은 듯해요. 그런데 투표함을 옮길 즈음 산에서 내려와 잠복하던 동지들이 투표함을 탈취하려다가 그냥 돌아가서 일촉즉발의 위기를 넘겼어요. 대신 투표를 거부한 동지들 일곱 명이 우선 입산했어요….”

장원 또한 언제까지 편안하게 칩거할 수 있을지 막막했다. 산으로 은신한 7명의 동지들과 같은 표적이 될지 모른 상황이었다.

“난 계속 학교에 남아 있을 거니 그리 아세요.”

그가 낮과 밤의 정보를 듣는 새와 쥐가 되겠다며 쓴웃음을 지었다. 이미 순찰함 같은 거점과 비상연락망이 구축된 지 오랬다.

“형님도 마음의 준비를 해야 할 것 같네요.”

점박이 매제는 자정이 넘어서야 자리에서 일어났다.

회고록의 마지막은 ‘일단 회고록은 여기에서 멈춰야겠다. 단기 4281년 5월 11일 새벽 1시 55분 김장원’으로 끝나고 있었다.

그리고 장원 형이 야반도주한 것은 5월 13일 새벽녘이었다. 회고록을 마감한 이틀째 되는 날이었다.

김장수의 뇌리에는 오십사 년 전의 상황이 짧은 기록영화 영상으로 남았다.

그날 밤, 잠을 자다가 한밤중에 눈을 떴다. 개들이 비명처럼 짖어대는 소리에 상방으로 나왔다. 어머니가 집 안에서 분주히 움직이고 있었다.

장수는 나직한 목소리가 들리는 부엌채 외양간으로 다가갔다.

"이문간 쪽에서 '경찰이얏, 빨리 대문 열엇!' 하는 소리에 겨우 몸만 빠져나왔어요."

"혹시 그놈이 작당한 거 아니냐."

"장 순경 말고도 그 밀세다리 늙은이가 끝까지 나를 못 잡아먹어 안달한다는 정보는 접하고 있었어요…."

장원 형이 아버지 옷과 신발을 신고 봇짐을 짊어졌다.

"장수야. 동혁이 잘 부탁해."

형은 올레 어귀에서 기다리던 두 사나이와 송령이골 선묘가 있는 빈터로 이어진 좁다란 길로 멀어져갔다. 대낮처럼 밝은 열엿새 달이 서녘 하늘로 기울고 있었다.

그렇게 해와 달이 뜨고 지면서 형의 존재도 절박한 일상에 파묻혔다.

그런데 송 이장을 만난 이듬해에 '서울의 봄'을 맞이했다. 겨울공화국이 무너지고 봄 햇살 같은 민주화 희망에 달뜬 정국이었다. 제2의 8·15 광복인가 싶었다. 구국의 영도자가 남기고 떠난 귀중한 선물이었다.

김장수는 이때를 절호의 기회로 포착했다. 장원 형의 야반도주 이후 종적을 추적하기로 작정했다. 숨은 그림자 같은 인물과 접근을 시도했다. 귀동냥하며 메모했던 생존자들이었다. 제헌국회의원 선거를 거부하고 입산하거나 무장대의 학교 습격 당시 생포자, 산에서 무장대 활동을 했던 주민이었다.

그들 중에는 사태 이후 고향을 등졌거나 개명한 사람도 있었다. 거주지가 확인된 몇몇 사람도 기억상실증 환자가 돼 있었다. '기억에 남은 게 없다…. 기억하고 싶지 않다…. 왜 남의 과거사를 들춰내려 하느냐…. 집안을 풍비박산 낸 죄인이라 할 말이 없다…. 빨갱이들 감언이설에 놀아나는 바람에 인생을 망친 몸이다….' 특히 오 아무개 노인은 제2연대장 감사장까지 받은 것으로 알고 있었다. 하지만 그는 '그날 김장원 청년에 대한 기억은 총상을 입고 포승에 묶여 끌려가던 모습뿐이네마는… 수재들이 다니는 제주농업학교 출신이 폭도 두목이 됐다는 건 자네 집안은 물론 우리 마을 수치니 쓸데없는 짓 말고 선생질이나 열심히 하게나. 자넨 앞날이 창창한 청년이니….' 하는 말로 영원히 침묵의 봉분이 됐다. 그리고 '서울의 봄'도 12·12 군사반란으로 다시 겨울공화국으로 회귀됐다. 봄꽃의 계절은 너무 짧았다. 장원 형의 존재는 다시 오리무중이 됐다.

그러다가 1999년 공개된 '군법회의 수형인 명부'에서 장원 형 이름이 발견됐다. 언도 날짜는 1949년 6월 29일이었다. 이 명부에는 1948년 12월 1차 870명, 1949년 6월과 7월 2차 1천 660명의 수형인 명단이 등재돼 있었다.

그들은 대부분 제주비행장(정드르비행장)에서 학살되거나 육지 형무소에서 불귀의 객이 됐다.

오륙 년 전에는 두 차례에 걸쳐 남북 활주로의 서북쪽과 동북쪽 지점에서 유해 발굴이 진행됐다. 언론에서는 '남북이산가족 찾기' 같은 유해발굴 소식을 세세하게 전했다. '제주4·3으로 정드르비행장에 영면하신 희생자의 명복을 빕니다'라는 검정 현수막을 명정銘旌으로 삼은 개토제, 포클레인과 지게차가 동원된 활주로 주변의 유해 발굴 정지작업, 양동이와 쓰레받기, 빗자루를 차앉아 붓질하는 형광조끼 차림의 발굴단원들…. 철사에 뒤엉킨 두개골, 등뼈, 팔다리 유해의 잔해들,

그리고 탄피, 탄두, 단추, 혁대, 신발, 인장, 안경, 동전, 지갑, 담배통 등의 유류품들…. 두 군데의 활주로 주변에서 4백 구에 가까운 유해가 발굴됐다.

일제日帝의 유산인 정드르비행장은 김장원 형에게도 이승과 저승의 환승장이었다.

당시 동혁도 유족의 유전자 감식을 위해 채혈을 해둔 상태였다.

“디엔에이 샘플 감식은 모체母體 유해가 가장 정밀도를 높인다는 법의학 교수님 말씀을 듣고 할머님 무덤에서 정강뼈 삼십 센티를 절단해다가 감식반에 넘겼습니다. 손자가 할머님 무덤의 도굴꾼이 된 셈이죠.”

그리고 두 차례에 걸친 ‘4·3군법회의’는 법률이 정한 정상적인 절차를 밟지 않은 불법, 허위 재판으로 판명됐다. 군법재판을 받은 적 없이 경찰로 퇴임한 사람이 ‘수형인 명부’에 등재되는 등 ‘수형인 명부’ 자체가 오류투성이인 ‘허멩이 문세’*였다.

그 뒤 경찰 고위직에 있는 지인에게 혹시 장원 형과 관련된 자료가 있는지 확인을 부탁했다. 하지만 한참 뒤에 돌아온 답변은 ‘노태우 정권 당시 제주경찰서에 소장된 4·3 자료를 모두 소각하라는 문서철만 확인했어요….’였다. 장원 형의 마지막 종적을 추적하는 것도 포기했

* ‘허멩이 문세’는 쓸모없거나 필요 없는 문서, 증서 따위 또는 헛일이 됨을 비유하는 제주속담. ‘허멩’은 조선 순조 때의 제주목사 허명(許溟), ‘문세’는 문서(文書). 허명은 잠녀가 미역을 채취하고 내는 수세(水稅)를 폐지하고 어려운 형편의 잠녀들 수세를 대신 내줌으로써 세금을 내고 받는 ‘폐지(증서)’가 쓸모없어졌다 함.

다. 제주비행장이 이승과 저승의 환승장임을 확인한 것만도 다행이라 여겼다.

그런데 작년 10월 '제주4·3심포지엄' 행사 때였다.

김장수가 뒤늦게 행사장에 도착했을 때는 발제자 이야기가 진행되고 있었다.

'이념이 역사의 주체를 살해하는 경우가 있습니다. 그런데 남로당 제주도당은 민중해방을 위한 선봉적 역할을 했지만, 미 점령군의 하수인이었던 이승만 집단이 제주 민중을 살해하는 구실을 제공한 점은 비판받아야 해요. 특히 남로당 지도부는 무책임한 대처로 사삼사건의 의의와 성격을 스스로 모독하고 사건에 참가했던 민중을 우롱했습니다. 무장투쟁의 동향을 탐색해 본격적으로 싸우든지 조정책을 강구해야 했는데… 절박한 상황에서 김달삼 사령관은 남조선인민대표자대회 무렵 해주로 탈출한 뒤 스스로 제주 인민이기를 포기했고, 마지막까지 고립무원 상태에서 저항한 사람들은 잔비殘匪로 전락했어요. 그리고 강○찬 고○옥 김○진 김○봉 김○환 김○규 김○근 김○배 김○관 김○봉 김○원 김○탁 이○구 이○진 이○우 등은 현재 제주사삼평화공원의 위패봉안소, 각명비, 행불인 표적 그 어디에도 이름이 없는 국외자局外者로 전락했는데 이들은 제주사삼의 진정한 의인義人들이라 생각해요. 사삼특별법 체제를 위협하는 극우 세력들의 공세를 막아냈고, 불량위패 논란의 불길을 차단한 방화벽 역할을 했기 때문이죠…. 또 하나 남로당 제주도당은 미 제국주의에 대한 항쟁으로 횃불을 들었음에도 불구하고 미 군정기관이나 미군 부대, 미군정 요원에 대한 습격 사건이 없었고 단 한 사람의 인명피해도 없는 사실을 어떻게 받아

들여야 할까요….'

토론자 발표에 앞서 휴식 시간에 들어갔다.

"선생님. 황금열쇠 같은 정보가 있는데 선생님이 소장한 자료와 물물교환을 하면 어떻겠습니까."

허호석 기자가 눈웃음을 지으며 엉뚱한 제의를 했다.

"먼저 실물을 보여야 흥정을 하지."

송령이골 무장대 합장묘를 사랑하는 '초연회' 회장이기도 한 그는 '4·3'으로 석사학위를 받았다.

"자세한 건 이메일로 보낼게요…."

그는 이내 좌장과 발제자, 토론자가 앉았던 단상으로 걸어갔다.

그리고 사나흘 뒤에는 그가 보낸 이메일을 받았다. 김장수는 허 기자의 메모부터 묵독했다.

존경하는 김장수 선생님.

K씨는 김장원 씨와 함께 생포된 이후 군법재판을 받고 마포형무소에서 복역하다가 6·25 전쟁 때 유엔군 포로가 됩니다. 이후 1953년 6월 거제포로수용소에서 석방된 후에는 잠시 부산에 거주하다가 일본으로 밀항했고요. 그분은 생사를 넘나들었던 지난한 세월을 오랜 시간 동안 회고하고 나서, 실명은 밝히지 말라고 거듭 당부했는데 제주의 강씨, 고씨, 김씨 집안 사람인 것은 분명합니다. 그는 2남 3녀의 장남으로 막내 누이를 제외한 부모 형제가 사태 당시 토벌대, 무장대에게 희생당했다면서 고향과 조상을 버린 지 오랬다 하더군요. 일본에서

는 줄곧 혈혈단신으로 살다가 몇 년 전에야 폐경기를 맞이한 재일동포 2세와 가정을 꾸렸다고 하면서….

여기에는 김장원 씨와 관련된 내용만 발췌해 보냅니다.

김장수는 허 기자가 구술 채록한 K씨 이야기에서 장원 형의 마지막 행적 중심으로 압축했다.

남원면당 아지트가 토벌군 기습을 받은 것은 1949년 5월 26일 새벽이었다.

그날 살아남은 8명의 동지들은 토평리 2중대 본부에서 하룻밤 묵고 다음 날 제주읍 2연대 본부가 있는 제주농업학교로 압송됐다. 그리고 여덟 명이 동시에 본격적인 취조를 받기 시작했다. 무릎에 총상을 입은 김장원 동지가 맨 먼저 취조관 앞에 앉았다.

"당신들이 이겼으니 마음대로 하시오. 다만 모든 책임은 내게 있으니 다른 동지들의 선처를 바랄 뿐이오. 내가 말할 수 있는 건 이것뿐이고 앞으론 주소, 성명을 묻는 말에만 응답하겠소."

김장원 동지는 시종일관 취조관의 물음에 침묵했다. 3·1 사건과 총파업 가담, 민청과 민애청 활동, 재판과 옥살이 이력, 입산한 이후 무장대 활동 등등에 대해서도…. 차라리 빨리 총살하라며 묵비권으로 맞섰다.

K는 김장원 동지가 주구들과 당당히 맞서는 용기, 강철 같은 결기에 탄복했다. K도 '주소, 성명 외에는 할 말이 없다….'고 취조관에게 경고했다. 순간 쌍절곤 같은 주먹질, 발길질에 의식을 잃고 까무러쳤다.

다음은 동문통 차고 같은 건물에 있는 헌병대로 압송돼 취조, 심문을 받았다. 김 동지는 그곳에서도 똑같은 자세로 일관했다. 몸이 만신창이가 되어도 흐트러짐이 없었다.

며칠 뒤에는 주정공장에 수감된 상태에서 재판을 받았다.

2백 명가량이 관덕정 부근의 군법회의 법정으로 끌려갔다. 판사, 변호인은 육군 대위였다.

재판은 이름을 부르며 얼굴을 확인하는 것으로 시작됐다.

군인 한 사람이 나서서 '이놈들은 오래전부터 북조선의 사주를 받아 정부수립을 저지하고 제주도를 해방구로 만들기 위해 잔학무도한 만행을 자행한 자들이니 엄벌에 처해 주기 바랍니다….' 했다. 이어 변호인이 이삼 분쯤 개과천선의 기회를 주자는 요지의 변론을 마쳤다. 일사천리로 진행된 재판은 한 시간도 안 걸렸다. 죄목, 구형량은 밝히지 않았다.

다시 제주주정공장에 갇히자 김 동지는 단식투쟁에 들어갔다.

"어차피 나를 살려두지 않을 거다. 저놈들 손에 죽느니 내 목숨은 내가 처리하겠다…."

그렇게 한 열흘 동안 단식투쟁을 벌이다가 숨을 거뒀다. K는 수감자 동료와 김장원 동지 시체를 밖으로 끌어냈다.

며칠 뒤에는 제주주정공장 수감자들이 일곱 명씩 포승에 묶여 아침에 출항하는 목포행 연락선을 타러 출발했다. 호송군인을 따라 산지항으로 걸어가는데 주변에서 돌멩이가 날아왔다. '이 폭도 새끼들! 베락맞앙 뒛싸질 놈들아!' 침묵의 돌팔매가 더 많았다. 일 년 전까지만 해도 산사람을 암묵적으로 지지했던 인민들이었다. K는 광영호에 승선

하면서 산지항을 향해 토악질하듯 침을 내뱉었다. '다시는 제주 땅을 밟지 않을 거야.'

그해 8월이었다….

"삼춘, 어머님이 오늘 퇴원했어요. 통원치료를 받기로 하고…."

동혁의 전화 목소리는 달떠 있었다.

"다행이구나."

김장수도 안도의 숨을 내쉬었다.

"마침 오늘이 어머님 생신이라 더욱 감회가 다르네요."

"어머님 좀 바꿔라."

목소리라도 듣고 싶었다.

형수가 전화를 받았다.

"하이고, 이젠 훨훨 놀아지쿠다. 송철이 각시가 소개헌 그 노인심리상담사가 오십 년 전의 '질침굿'을 허던 큰심방 구실을 헌 덕분이라마씀."

형수 육성은 낭랑하고 기운찼다.

"마지막 액땜을 했으니 이제 무병장수할 일만 남았수다."

김장수는 한껏 목청을 높여 덕담을 전했다.

"정신줄만 놓지 않으민 백 살, 이백 살은 살아짐직허우다. 나이를 하영 먹어가도 옛날 일은 잊어버리지 못허는 게 벵이라마씀…."

정현숙 여인은 통화를 마치고 나서 점점 '옛날 일'에 빨려들었다.

슬퍼할 겨를 없이 살아온 세월이었다.

어쩌면 큰시아방의 죽음이 온갖 잡귀를 안댁집으로 불러들인 화근이었는지 모른다.

몇 달 동안 몸져누웠던 큰시아방이 눈을 감은 것은 제헌국회의원 선거가지난 며칠 뒤였다. 이장인 사촌 시아지방이 큰상주였다. 큰동서는 사위인 장 순경에게 매닥질을 당한 이후 줄곧 친정에 가 있었다. 딸이 장 순경과 혼례를 치르는 날은 물론 시아방이 죽어도 나타나지 않았다.

"초제제물初祭祭物은 동혁의 어멍이 준비허라."

시아방이 정 여인에게 장지葬地에서 마지막으로 지내는 차례 제물을 준비하라고 했다.

"방실의 어멍이 큰딸인디 무사(왜) 나신디 초제제물을 차리랜 햄수꽈."

초제는 큰딸이 맡는 게 오랜 풍습이었다. 딸이 없으면 형편에 따라 달랐다.

"큰딸 짐이 너무 무거워서 하는 말이여…."

정 여인은 더 이상 따지지 않았다.

"따로 돼지도 한 마리 잡고… 술춘도 넉넉허게 장지로 올려야 헐 거여."

산사람이 된 작은상주가 신신당부한 것이라 했다. 남편도 입산한 후였다.

정 여인은 초제제물에 곁들여 음복할 떡도 넉넉하게 준비했다.

장지는 민오름 공동묘지 부근에 접한 이장네 목장이었다. 남편도 장지 인근 숲에서 '산사람'들과 어울려 식사를 하는 눈치였으나 내색하지 않았다. 이장 동생만 나타나 버젓이 상복을 입고 상주질을 했어도 정 여인은 짐짓 외면했다.

"아무래도 하관 시간을 앞당겨야겠으니 초제 지낼 준비허라."

시아방이 갑자기 하관 시간을 미시未時에서 오시午時로 앞당겼다. 큰상주가 급히 소사小使를 마을로 내려보내는 게 수상쩍다고 했다. 정 여인은 덜컥 겁이 났다. 초제를 지내고 음복이 끝나자마자 서둘러 하산했다.

몇몇 가까운 일가붙이들이 상가에 모여들어 뒤치다꺼리에 나섰다. 그런데 허드렛일이 마무리될 즈음 노랑개들이 올레로 말 떼처럼 몰려들었다. 철바가지를 쓴 토벌군들이었다.

"이장 놈 이리 나왓!"

육지 말투의 젊은 놈이었다. 상방에 있던 큰상주가 마당으로 나왔다.

"이 자식아. 폭도들 어딨어, 어?"

토벌대 대장이 쪽지를 내보이며 다짜고짜 이장 뺨을 내갈겼다. 남원지서 연락을 받고 서귀포에서 현장으로 출동했다가 허탕쳤다는 것이다.

"그새 도주할 줄 몰랐는데…. 어떤 죄라도 달게 받겠습니다."

이장이 토벌대장을 안댁집으로 데리고 들어왔다. 군인들은 이미 마당에 몰려들어 있었다.

"아지망이 나 대신 고생해 줘."

이장이 애처러운 눈으로 정 여인을 바라봤다.

"…."

정 여인은 묵묵히 군인들을 시켜 멍석부터 마당에 깔게 했다. 멍석 열네 질을 모두 꺼냈다. 농사를 많이 짓는 부잣집답게 멍석이 많았다.

노랑개들이 멍석에 열을 지어 앉았다.

"오늘 장례식에 준비한 음식 가져와."

갑자기 토벌대장이 정 여인 가슴에 권총을 들이댔다.

"예, 알아시매 총이랑 저리 치웁서게."

두 시어멍은 아이들을 데리고 방으로 사라졌다.

정 여인이 초제제물로 쓰다남은 떡구덕을 죄다 마당으로 옮겼다.

"여기 앉아서 먼저 시식해 봐."

정 여인은 대장의 명령대로 솔변, 절변떡을 하나씩 집으며 한 귀퉁이씩 끊어먹었다. 그제서야 대장은 노랑개들에게 시식한 떡을 나눠주게 했다. 순식간에 떡이 동났다.

"물 가져와!"

토벌대장이 눈을 부릅뜨며 호령가달했다. 순간 정 여인은 울화가 치밀었다. '아이구, 소리 엇인 총이 있으면 확 그냥….' 괜히 죄인 취급이었다.

정 여인은 물주전자와 사기사발을 들고나왔다. 중산간 마을에서는 물도 귀중한 식량이었다. 식수는 의귀천 웅덩이 물을 물허벅으로 길어다가 큰항아리에 저장해 쓰고 있다. 허드렛물은 '촘항'에 받아서 쓴다.

대장이 사발에 물을 따랐다. 뿌연 빛이 사발에 감돌았다.

"물 색깔이 왜 이래?"

대장이 물사발에 코를 들이대고 개처럼 킁킁 냄새를 맡았다.

"우리가 마시고 밥 지을 때 쓰는 곤밥 같은 물이우다."

쌀밥처럼 귀중한 식수라고 설명했다.

"먼저 마셔봐."

기가 찼다. 먹고 마시는 것까지도 지레 겁을 먹으면서 어떻게 토벌 작전에 나서는지 한심스럽기까지 했다.

정 여인이 먼저 물 한 모금을 마시고 나자 물주전자와 사발이 대장에게서 옆으로 넘어갔다. 주전자가 비면 다시 물을 떠왔다. 그때마다 처음처럼 정 여인이 시음한 뒤에야 군인들이 마셨다. 그렇게 큰 항아리 물이 바닥났다.

많은 사람들이 올레, 이문간, 마당 구석에서 지켜보고 있었다. 반장을 비롯한 동네 사람들, 남원리 친정 사람도 보였다. 장지에는 나타나지 않았던 원수 같은 장상용 순경도 보였다. 옆에는 총을 든 군인이 지켜서서 주위를 감시했다. 뒷술 어디에 '산사람'들이 숨어 있을까 두려웠다.

대장이 마당 구석에 서 있는 이장을 가까이 불렀다.

"당신 때문에 출동했으니 빨리 식사 준비해…."

시키는 대로 하지 않으면 총살이라고 엄포를 놓았다.

"음식을 얼마나 준비허민 될 것꽈?"

정 여인이 앞으로 나서며 끼어들었다. 진작부터 예상하고 있던 터였다. 대장이 그윽한 눈매로 정 여인을 쳐다봤다. 얼굴 근육이 조금 풀려 있었다.

"우리 대원은 사십 명이니까 알아서 해요."

혓바닥도 풀어졌는지 처음으로 '…해요'라고 했다.

그런데 밥 지을 물이 없었다. 물허벅이 든 물구덕을 짊어지고 마당을 나서려 했다.

"못 나가요!"

총을 든 군인이 앞을 가로막았다. 정 여인은 이문간 앞에서 이장네 집으로 소리를 질렀다.

"거기 누게 엇이냐!"

상갓집에서 뒤치다꺼리하던 송령이골 사촌 동서와 장금이가 고개를 내밀었다.

"밥헐 물이 있어야 손님덜 대접허켜."

동서와 장금이는 물만 길어다주고 떠났다. 도와주려 해도 오금이 저려 못 살겠다고 했다. 장금이가 군인들 눈에 찍힐까 겁내는 눈치였다.

아무도 거들 사람이 없었다. 그렇다고 시어멍을 불러낼 수도 없었다. 살 만큼 산 어른들이 뭐가 두려운지 야속했다.

한 말들이 큰 허벅에 저장했던 곤쌀, 보리쌀을 다라에 비워내 씻었다. 그리고 두 말들이 큰 무쇠솥 하나, 닷 되들이 작은 솥 하나에 밥을 짓기 시작했다. 군인 두 명이 총을 들고 부엌 입구와 아궁이 앞을 지켰다. 밖에 야적된 땔감도 가지러 나가지 못하게 했다. 대신 군인들이 야적된 솔가지들을 부엌으로 날라왔다.

"대장님, 찬거리가 변변치 못 허우다."

"집집마다 똥돼지는 기르잖아."

토벌대장이 돗통시에 있는 늙은 암퇘지를 권총으로 갈겼다. 젖꼭지에 매달렸던 돼지새끼들이 흩어졌다. 군인들이 죽은 돼지를 뒷술 쪽으로 끌어다가 잡기 시작했다. 가마솥에서 고기를 삶는 것도 그들 몫이었다.

정 여인은 이문간 옆에 있는 장수 아방을 불렀다.

"여기 오랑 괴기 썰어줍서."

작은시아지방이 부엌채 상방에서 돼지고기를 썰기 시작했다.

"형수님. 네 발 탄 거 못 먹을 군인들도 있을 텐데…."

돼지고기를 못 먹는 군인들을 걱정하는 소리였다.

"그건 미처 생각허지 못했수다."

정 여인은 망설이다가 고팡으로 들어갔다. 항아리에 비축해 둔 바룻괴기 서너 뭇을 몽땅 끄집어냈다. 해변마을에서 '괴기장시'가 올 때마다 곡식을 주고 제철 바닷고기와 물물교환을 했던 터였다. 조, 보리 한 말에 대엿 마리씩이었다. 배를 갈라 막소금으로 간을 해 말리면서 항아리에 넣었다가 제사, 명절, 가족 생일에나 사용했다.

바룻괴기를 굽는 것은 아궁이 앞에 앉은 군인에게 부탁했다. 앳되고 선한 인상이었다.

정 여인은 물에 담가뒀던 미역을 빨아 냉국을 만들었다. 그리고 집에 있는 식기, 제기祭器를 꺼냈다.

군인들이 준비된 음식을 마당으로 날랐다. 그리고 군인들이 열을 짓고 앉아 허겁지겁 입놀림을 시작했다. 측은한 생각이 들었다.

"아줌마, 갯것고기 더 주시오!"

"여기 간장 떨어졌어요!"

"여기 소금요!"

정 여인은 못 들은 척했다.

"입 닥치고 그냥 되는대로 먹어. 네 시 사십 분엔 서귀포로 출발할 거야."

대장 한마디에 모두 침묵했다.

정 여인은 또 고민이 생겼다. 노랑개들만 상전 모시듯 하고 이를 지켜보는 사람들을 외면할 수 없었다. 이장을 손짓해 불렀다.

“누게 시켱 닭이라도 서너 마리 잡도록 헙서.”

“알았수다.”

이장 옆에 있던 사람들이 모여들어 주위에 흩어져 있는 닭을 붙잡았다. 이장이 올레에 있는 마을 심부름꾼인 소사小使에게 털을 뽑아 장만하라고 했다.

“나, 그럴 시간 엇수다.”

소사가 꽁무니를 빼 먼 올레로 사라졌다.

정 여인은 멋대로 하라는 오기가 발동했다.

“대장님, 물을 길어와야 설거지헐 거난 허락해 줍서.”

“갔다 오시오. 수고했소.”

정 여인은 물구덕을 지고 집을 빠져나왔다가 토벌군이 떠난 뒤에야 귀가했다. 해가 뒷술 너머로 기울고 있었다.

멍석이 깔린 마당은 빈 그릇과 음식 찌꺼기로 난장판이었다. 줄곧 이장 집에 있던 시아방이 마당으로 들어섰다.

“네가 자초헌 일인데 왜 군인들을 내 집으로 끌어들였느냐, 이놈아.”

시아방이 털이 뽑힌 생닭을 집어 땅바닥에 내던지며 조카에게 욕설을 퍼부었다.

“내 처지를 뻔히 알면서 그럽니까. 내 참, 더러워서….”

이장이 침을 내뱉으며 마당을 나섰다.

"저, 저놈이…."

시아방이 담뱃대를 허공으로 쳐들며 식식거렸다. 이를 지켜보던 장순경도 눈을 흘기며 이문간 밖으로 사라졌다.

정 여인은 다시 군인들이 식사했던 마당을 정리하기 시작했다. 그런데 토벌대장이 앉았던 자리에서 작은 쪽지 하나를 발견했다. 군화 자국이 박힌 쪽지를 조심스레 폈다. 만년필로 휘갈겨 쓴 내용이었다.

'지서장님, 폭도들이 민오름 장지 부근에 집결해 식사 중이니 급히 응원대 출동하도록 연락 바랍니다….' '산사람' 일당인 자기 동생을 잡아가라는 말이나 다름없었다. 하마터면 남편까지 개죽음을 당할 뻔했다.

그날 장지에 들렀다가 마을로 내려오던 응원대는 촐왓(꼴밭)에서 고사리를 낫질하던 노인과 말똥을 줍던 할망을 현장에서 총질했다는 소문이 들렸다. 모두 한남리 주민이었다.

그리고 엿새 뒤, 시할머니 제사 뒷날이었다. 해가 질 무렵에 장상용 순경이 서북청년단원과 먼 올레로 들어왔다. 정 여인은 두 아이를 데리고 황급히 몸을 피했다. 동녘 집에 숨었다가 다음 날 귀가했는데 시아방이 보이지 않았다. 혹시나 하고 의귀경찰출장소로 달려갔다. 바로 옆에는 출장소 숙소가 있었다. 시아방은 종종 닭이나 개를 잡아 출장소 순경들을 대접하곤 했다.

"다른 사람들과 함께 남원지서로 연행됐을 거요."

출장소장이 침통하게 말했다.

"소장님. 죄송허우다마는… 정 면장님신디 연락 좀 해줍서."

큰시고모 남편은 남원면장, 아들은 서귀포경찰서 사찰계장이었다.

오후가 되자 시고모가 와서 시아방 옷가지를 챙겨갔다. 무슨 죄를 저지른 것도 아니고 별일없을 거라고 했다. 또한 남원리에는 사촌 시누이들과 친척들이 많았다.

며칠 뒤, 시아방과 함께 잡혀갔던 사람을 만났다.

"우리 아바님은 어디 갔수광?"

"먼저 석방된 줄 알았는데…."

대엿새 전에 갑자기 유치장에서 나간 후에 돌아오지 않더라고 했다.

정 여인은 직접 시아방 행방을 찾아 나섰다. 이틀 동안 백방으로 수소문했지만 허사였다. 시아방과 같이 잡혀갔던 신흥리 정상림, 의귀리 양천언 두 사람은 남원리 섯동네에서 시체로 발견됐다고 했다. 사태 전까지는 자주 안댁집에 드나들던 사람이었다. 가슴이 탕탕하고 다리가 후들거렸다.

송령이골 작은시아방을 내세웠다.

"아무래도 아바님이 위험헌 거 닮수다."

"상춘이를 만나보면 짐작가는 데가 있을 텝주."

"이장은 응원대가 몰려든 이후 남원 큰딸네 집에 간 살암수게."

응원대가 안댁집에 난입한 사건 이후 원수가 된 4촌 시아지방이었다.

정 여인도 작은시아방을 따라 나섰다.

"이놈아. 우리 성님 내놔."

작은시아방이 조카인 이장을 만나자마자 귀뚱베기(귀퉁이)를 후려쳤다.

"작은아버지, 죽을죄를 지었수다마는… 사위가 표선지서로 데려갔댄 얘기를 들은 것밖에 모릅니다."

장상용 순경 짓이었다.

장 순경이 말한 시아방의 마지막 종착지는 표선면 가마리 마을 동쪽에 있는 건천의 고랑창이었다. 세상을 호령가달하며 살다가 지게송장으로 발견되었다. 음력 사월 스무닷샛날 그곳에서 총살당했다는 것이다. 그날 남원지서에서는 수감 중이던 사람들을 몇 군데로 분산하고 가서 총살한 사실도 알았다.

시아방 시신을 집에서 가까운 안댁집 밭으로 옮겨 천막 빈소를 마련했다. 객사客死한 사람은 집에 들이지 않았다. 그리고 전망 좋은 밭구석 둔덕지기에 봉분을 만들었다. 산담을 할 상황도 아니었고, 굳이 그럴 필요도 없었다.

그렇게 3일장으로 조촐한 장례식을 마쳤다. 정 여인이 시아방 봉분의 뗏장에 박힌 고사리 뿌리를 뽑아내고 일어섰다. 앞서 출발한 일행이 농로로 들어서고 있었다. 정 여인은 밭담을 넘어 들길로 들어서며 무심코 시아방 무덤께로 시선을 돌렸다. 순간 소름이 끼쳤다. 누군가 봉분 앞에 앉아 있었다. 멀찍이서 바라본 청년은 분명 남편이었다. 다른 두 청년이 밭담을 등지고 서 있었다.

정 여인은 남편 일행이 시야에서 지워지자 잰걸음을 놓기 시작했다. 잠시 헛것에 씌운 듯했어도 한결 발걸음이 가벼웠다. 남편이 살아 있다는 것만으로 큰 위안이 됐다.

"어머님은 사태가 잠잠해질 때까지 우리 집에서 모시기로 허켜."

시고모가 시아방 삭제도 알아서 할 테니 걱정 말라고 했다. 고맙고 미안했다. 다음 날 큰시어멍은 딸을 따라 남원리로 떠났다. 정 여인과 두 아들, 작은시어멍과 아홉 살짜리 달옥이 모녀 다섯 식구만 남았다.

작은시어멍은 '살암시민 살아진다'는 말을 염불하듯 했다. 하지만 늦가을에 들어서자 암흑의 감옥살이가 시작됐다.

음력 시월 초이렛날, 오전에 들이닥친 토벌대가 마을에 불을 질렀다. 마을 고빗길 들머리의 안댁집도 모두 불에 탔다.

"당장 해변마을 안전지대로 소개疏開하라구…."

노랑개가 한마디 던지고 사라졌다. 목숨을 부지한 것만도 다행이었다. 전전긍긍하고 있을 때 점박이 선생이 나타났다. 작은시누이 남편도 지난여름 학교를 그만두고 입산했다.

"임시 거처할 데로 안내할게요."

해변마을이 더 위험할 수 있다고 했다.

"송령이골은 괜찮으꽈?"

내일은 그 동네로 옮길까 어쩔까 망설이는 중이었다.

"오늘 오전에 노랑개 세 마리가 장수 아방과 할마님, 하르바님을 총질하고 떠났어요."

심장이 멍투성이인 정 여인은 별로 놀라지 않았다.

"우리 애기아방은 언제까지 곱앙만 댕기잰 햄신고?"

남편이 계속 숨어다니는 게 이해가 되면서도 야속했다. 잔정이 많고 마음이 여린 사람으로 알았는데 그게 아니었다. 독종이었다.

"매형은 두 아이를 대하는 게 노랑개, 검정개보다 더 두렵다고 해요."

점박이 선생을 따라 은신할 가옥으로 들어섰다. 의귀천변에 외따로 떨어진 집이어서 그런지 온전한 상태였다. 대나무, 구럼비나무가 우거져 있어서 마을길에서는 초가지붕이 보이지 않는 곳이었다. 평소 가족들과 살갑게 지내는 이웃이어서 조금 안도했다. 두 청년과 동행한 점박이 선생은 이내 자취를 감췄다.

불타다 남은 안댁집에서 옷가지와 이부자리, 쌀허벅을 은신처로 옮겼다. 그리고 죽으로 연명하며 숨바꼭질에 들어갔다. 삶도 죽음도 아닌 나날이 시작됐다. 낮에는 부근의 내창, 산담, 잡목숲, 불타 버린 남의 집, 안댁집 뒷술을 전전하며 숨어다니다가 오후 늦게 은신처로 돌아와 새우잠을 자곤 했다.

"우린 내일 바당 동네로 소개헐 거우다."

집주인은 어디로 떠난다고 말하지 않았다. 동행하자고 권유하지도 않았다.

"그동안 고마웠수다."

주인 없는 집을 계속 쥐구멍으로 삼을 수 없었다. 남원에는 부잣집 소리를 듣는 친정집도 있고 시댁 친척들이 많았다. 하지만 선뜻 마음이 끌리는 데가 없었다. 남편을 어떻게 관리했기에 폭도가 됐느냐는 원성이 두려웠다. 사람금새를 당하기 싫었다. 혈육도 믿을 게 못 됐다.

"바당 동네이기도 허고 방실이 어멍신디 강 신세지도록 허게."

작은시어멍은 예촌에 사는 사촌 시누이를 염두에 뒀다. 환갑이 지난 어른인데 정감이 넘치고 살가웠다.

오후 늦게 비상식량, 옷가지만 대충 챙기고 은신했던 집에서 출발했다. 토벌대가 철수할 시간이었다. 송령이골을 지나 중산간 길을 따라 예촌 방향으로 향했다. 달옥이가 동혁의 손을 잡고 앞장섰다. 동짓달 초엿새 달이 등불이었다. 내창을 끼고 마을길로 들어섰다. 공천포 앞바다의 지귀도가 점점 다가왔다.

마침내 사촌 시누이 집에 도착해 밖거리 댓돌에 짐을 부렸다. 하지만 방실이 어멍은 반기는 기색이 아니었다.

"여기저기 숨어댕기단 체면 불구허고 왔수다."

정 여인은 물 한 대접을 비웠다.

"동혁의 큰할마님 소식 못 들은 모양이로구나?"

"그게 무슨 말이우꽈?"

"지난 시월 스무여드렛날 새벽에 산사름들이 남원리를 습격허던 날 토벌대에 잡혀간 총살당했댄 얘길 들었저."

친정집 사정을 잘 아는 어느 민보단원 밀고 때문이라 했다. 안전가옥이라고 믿었던 시고모 집이 호랑이굴이 된 셈이었다. 정 여인은 이유 없는 생죽음에 몸서리쳤다.

"여기도 위험허난 오늘 밤은 저기 내창에서 지내고 내일 서귀포경찰서로 가서 자수허라."

남원지서는 불안하다고 했다. 일단 사촌 시누이가 시키는 대로 내창으로 옮겼다. 덩굴과 잡목이 뒤엉킨 엉덕(언덕) 아래였다. 울퉁불퉁한 내창 비탈을 따라 밭담이 이어져 있었다. 주위에도 도피자들 인기척이 들렸다. 바윗굴 같은 엉을 구들로 삼아 한뎃잠을 청했다. 맵짠 바람살이 뼛속을 파고들었다. 큰시어멍과 동고동락했던 세월을 더듬다가 잠이 들었다. 무정無情 눈에 잠이었다.

'엄마, 똥! 똥!' 하는 소리에 눈을 떴다.

정 여인은 작은아들 기저귀부터 챙겼다. 마을 곳곳에서 닭 울음소리가 들렸다. 잔뜩 흐린 날씨였다. 아기를 안고 비틀거리며 엉덕 위로 몸을 끌어올렸다. 희붐한 앞바다의 지귀도가 들어왔다. 두 살배기 아들

기저귀부터 갈았다. 그리고 정 여인이 주위를 두리번거리며 몸빼를 내렸다. 그때였다. 피지직슝! 피지직슝! 갑자기 하늘이 조명탄 불똥으로 수놓았다.

"별… 별…."

아기가 새벽 하늘에 흩어지는 별똥별 같은 조명탄 불똥을 가리키며 손뼉을 쳤다. 총알이 날아들며 돌담에 박혔다. 정 여인이 엉겁결에 아기를 껴안은 순간 중심을 잃고 내창으로 곤두박질쳤다. '으앙!' 하는 아기 비명과 함께…. 정 여인은 벼랑의 나뭇가지에 엎어진 채 내창 바닥에 떨어진 아기를 내려다봤다.

"손들고 나왔!"

두 남자가 정 여인의 머리채를 잡아끌었다.

"아이고, 내 새끼. 수혁아…."

정 여인은 내창 바닥에 널브러진 아기를 뒤돌아보며 둔덕으로 끌려나왔다.

외딴집 우영팟에 접한 보리밭 구석의 무덤 옆이었다. 내창에 은신했던 사람들이 무릎을 꿇고 두 팔을 치켜들었다. 여자와 아이들뿐이었다. 안면이 있는 얼굴도 보였다. 군경토벌대, 민보단원들이 도피자들을 에워싸고 감시했다. 그런데 갑자기 한 여인이 남자애를 담요에 감싸 둘러메고 도주하기 시작했다. 군인이 총을 쏘며 뒤쫓고, 도주하던 여인이 내창 돌빌레에 꼬꾸라졌다.

"뛰어야 베룩인디 가만히 손 들렁 있주마는…."

정 여인 옆에 있던 할망이 중얼거리며 한숨을 내쉬었다. 실신한 여인이 질질 끌려왔다. 완장을 찬 민보단원이 앞으로 달려들어 죽창으로 작살질하듯 여인의 허벅지를 찔렀다.

"이년이 죽잰 환장했구나."

여인의 몸에서 뿜어내는 피가 내창 암벽으로 번졌다. 또 다른 민보단원이 여인의 머리채를 거머쥐고 흔들었다.

"이제야 보니 너, 그 유명헌 부석봉 각시구나."

순간 옆에 있던 경찰의 총구가 여인을 향했다. 파악파악! 총소리에 여자가 뒤로 넘어졌다. 다시 총성이 메아리치고 여자가 숨을 할딱거리며 입을 오물거렸다.

"제발 저 아이랑 살려주읍서…."

민보단원들이 숨진 여인의 팔다리, 몸통을 붙들고 내창 밑으로 내려갔다.

금테 두른 모자를 쓴 순경이 산담 위로 올라섰다.

"너희들 열두 명은 일단 서귀포경찰서로 가서 죄가 있으면 당장 사형이고 그렇지 않으면 석방될 거야…."

고개를 숙이고 있던 정 여인이 발딱 몸을 곧추세웠다. 총도 죽창도 무섭지 않았다.

"저기 내창에 떨어진 우리 애기에게 흙 한 벙댕이(덩어리)만 덮어주게 해줍서."

정 여인을 내창 위로 끌고 왔던 군인 한 사람이 금테 순경에게 다가가 귓속말을 했다. 그리고 애끓는 소망을 이뤘다. 가슴에 애기무덤을 만들었다. 더 이상 흘릴 눈물이 없었다.

마을길을 빠져나온 트럭이 덜커덕거리며 신작로를 내달렸다.

"민보단원이 검둥개, 노랑개들처럼 큰 공을 세운다고 해서 진급허는 것도 아니고 모른 척해영 넘어가시민 아이 어멍은 죽지 않아실 건디….”

“게매마씀. 아무리 부석봉인지 한석봉이가 유명헌 산사람이랜 해도 각시가 무슨 죄가 있수광.”

다른 여인이 ‘그러게요’ 하며 맞장구를 쳤다.

“미친개 눈망뎅이로 사냥개 노릇을 허는 민보단원들도 제주섬 놈들인디 그 죗값을 어떵허쟁 햄신고….”

허리 굽은 할망과 중년 여인의 속닥거림이 뿌연 흙먼지 속으로 흩어졌다.

서귀포경찰서에 도착했다.

정 여인이 맨 처음 취조실로 불려갔다. 시아방의 죽음, 시월 초이렛날 토벌대가 마을을 불바다로 만든 이후 달포 동안의 도피 생활을 숨김없이 이야기했다. 취조하는 순경은 묵묵히 받아적었다.

정남도 사찰계장이 취조실 밖에서 기다리고 있었다.

“며칠 후 제주읍으로 가서 군정재판을 받을 때도 오늘 한 이야기를 그대로 말씀해야 해요.”

취조관의 유도심문에 넘어가지 않아야 살아남는다고 강다짐했다.

“어머님 소식은 어제 예촌에 와서야 알았수다.”

“그 얘긴 꺼내지 마세요.”

지금 여기에서 왈가왈부할 일이 아니라며 입을 다물었다.

만원 버스 같은 유치장 생활이 시작됐다. 하루가 한달살이 같았다. 밤낮 앉은 몸짓으로 겉잠, 말뚝잠으로 밤을 보냈다. 조명탄 불똥을 가리키며 ‘별’이라고 웅얼거리던 아기의 환청, 환영에 시달렸다.

시도 때도 없이 수감자들이 불려나갔다. 대부분 남자들이었다. 청년들은 없었다. 낯익은 얼굴 대신 새로 들어온 이들도 마찬가지였다.

사나흘 뒤 큰시고모가 면회를 왔다.

"우리 아들 말을 들어시민 집안이 이 지경이 되진 않았을 거 아니가…."

남편이 정남도 사찰계장의 말을 안 듣고 활동가로 나선 바람에 친정집이 풍비박산이 났다고 했다. 순간 정 여인이 시고모의 손을 뿌리치며 오열을 멈췄다.

"동혁의 아방은 콩밥 먹고 나온 뒤 집구석에만 박아져 고망당장으로 지내단 밀세다리 농간으로 야반도주헌 거라마씀…."

정 여인은 목이 메어 더 이상 말을 잇지 못했다.

"조캐야. 그냥 하도 억울해서 넋두리를 헌 거난 섭섭허게 여기지 말곡 하나 남은 아들이나 잘 키울 생각허라. 나도 어머님이 끌려가는 걸 말리단 민보단원 죽창에 종아리가 찔련 하마터면 한날한시에 저승길로 갈 뻔했저."

안면이 있는 민보단원이 동행하고 있어서 목숨을 건졌다고 했다. 시고모는 옷보따리를 건네고 면회실을 나갔다. 큰시어멍이 입던 옷가지라 했다.

성내로 떠나기 전날에도 큰시고모가 남편 정 면장과 면회를 왔다.

"고모부님. 우리 재산을 다 떠맡은 대신 동혁이랑 살려줍서."

정 여인이 흐느끼며 하소연했다.

"이 난리국에 천만금이 있은들 무슨 소용이겠느냐. 내가 목숨을 걸고 처갓집 대가 끊기지 않도록 헐 테니 걱정 말라."

동혁의 녀석은 뒤도 돌아보지 않고 시고모 부부를 따라 경찰서를 나섰다. 아홉 살짜리 시누이 혼자 남았다. 작은시어멍이 함께 죽든살든 하겠다며 내보내지 않았다.

일주일 뒤 서귀포경찰서에서 트럭에 실려 제주농업학교에 도착했다. 소운동장의 천막수용소였다. 남편이 졸업한 학교였다.

남녀노소가 시래기 엮이듯 포승줄에 묶여 취조실로 들어갔다. 판자벽의 허름한 건물이었다. 석 줄로 열을 지어 땅바닥에 앉았다.

'침묵하고 있으라.' 하고 잠시 자리를 떴던 순경이 자리로 돌아왔다.

"내가 자리를 비운 동안 말을 한 사람은 일어서 봐."

맨 앞줄에 앉았던 중년 남자가 몸을 일으키며 뒤를 돌아봤다.

"요 뒤의 아지망이 저기 떨어진 수건을 주워 달래고 해연 건네줬수다."

"두 사람 이리 나와."

비슷한 또래의 남녀가 순경 책상 앞에 섰다. 두 사람을 마주 세운 순경이 남자의 귀뚱베기를 착! 소리가 나게 후려쳤다. 휘청거리는 남자 얼굴에 시뻘건 손자국이 생겼다.

"이렇게 힘껏 서로 뺨을 후려쳐 봐."

그러나 두 사람은 요지부동이었다.

"허엇, 이것 봐라."

순경이 눈을 부릅뜨며 어처구니없다는 표정을 지었다.

"하이고, 더 살고프지도 아니헌 세상이난 차라리 시원허게 총으로 팡 쏘아붑서."

아지망이 게거품을 물며 발악했다.

"정 그렇다면 행복한 나라로 보내주지."

순경이 식식거리며 권총을 뽑았다. 두 발의 총성이 울리고 피범벅이 된 아지망이 취조실 밖으로 치워졌다.

오후에는 다른 순경이 취조를 시작했다. 더벅머리 중늙은이가 취조관 앞에 무릎을 꿇었다.

"산에서 뭐 했어?"

"검은개, 노랑개를 피해서 여기저기 숨어지낸 일밖에 없습네다."

사태 이후부터 제주 토박이들은 경찰을 검은개, 군인을 노랑개라 불렀다. 제복 색깔을 빗댄 말이었다.

"그럼 나는 검둥개겠네."

"그러십주…."

남자가 상체를 푹 숙였다.

"너, 개 짖는 소리를 내며 기어다녀 봐."

남자가 서슴없이 머엉머엉 하며 책상 앞에서 맴돌았다. 이어 남자의 두 엄지가락에 전깃줄이 끼워진 채 대들보 같은 천장에 매달렸다. 아악아악! 한참 바둥대던 남자가 축 늘어졌다.

"끌어냇!"

순경이 대기하고 있던 수감자들을 노려봤다. 앞줄에 앉았던 정 여인도 무의식중에 서너 명과 함께 얼른 몸을 일으켰다. 그날은 그것으로 끝났다.

정 여인은 다음 날 오전 취조관 앞에 앉았다. 또 다른 얼굴이었다.

"삼일절 시위행렬에 가담했지?"

"시위행렬이 뭔지 몰릅니다."

"왓샤부대 구경한 적 있지?"

"뭔 말인지 몰르쿠다."

"네 남편 어디 숨겼어?"

"어디 간 살아신지죽어신지 몰르쿠다."

"이런 개쌍년!"

갑자기 검정개의 군화발이 정 여인 가슴팍을 내리찍었다. 정 여인이 가슴을 끌어안으며 뒤로 넘어졌다. 옆에 있던 감시병이 정 여인을 일으켰다. 어제 아무 이유 없이 총알받이가 된 아지망 목소리가 귀청을 울렸다. '하이고, 더 살고프지도 아니헌 세상….' 정 여인은 고개를 빳빳하게 곧추세우고 다시 취조관 앞에 무릎을 꿇었다.

"재차 묻겠다. 네 남편 김장원 어디 있어?"

"어린 두 아이 키우멍 시부모 삼부처 봉양허고 농사짓느라고 남편이 집에 들멍나멍 해도 말몰레기(벙어리) 같은 남편이라 나중에야 무허가 집회로 감옥살이헌 이유를 알았수다…."

어느 밀세다리 어른 때문에 야반도주한 사실도 밝혔다. 취조하던 순경은 더 이상 가타부타하지 않았다. 며칠을 어둑한 수용소에서 초조한 나날을 보냈다. 취조받으러 나간 뒤 돌아오지 않은 사람들도 있었다. 그러나 다시는 정 여인을 호출하지 않았다.

어느 날 아침, 백여 명이 한꺼번에 재판장으로 끌려갔다. 관덕정 마당 부근이었다. 호명 순서에 따라 세 명의 군인이 앉은 앞으로 불려나갔다. 재판이 끝난 남자들은 들어설 때처럼 포승줄에 묶인 채 밖으로 사라졌다.

그다음은 여자와 아이들 순서였다.

"정현숙!"

정 여인이 군인 앞으로 다가섰다.

"여기 지장指掌 찍어."

군인이 시키는 대로 양면궤지 문서에 손도장을 찍었다.

"이거, 잘 소지하고 다녀."

석방증이었다.

작은시어멍과 석방증을 받고 재판장을 나왔다. 어린 시누이와 함께였다.

"난 서귀포로 가키여."

당분간 친정 동네에 가서 머물겠다고 했다.

정 여인은 성산면 신산리로 마음을 굳힌 상태였다. 안전한 은신처는 그곳밖에 없었다.

"그러고 보니 내일이 음력멩질이구나."

작은시어멍이 중얼거리며 관덕정 쪽으로 걸어갔다. 그렇게 각자 목숨을 부지할 곳을 찾아 헤어졌다.

정 여인은 버스와 도보로 시부모와 사는 여동생 집을 찾아갔다. 초저녁 무렵이었다. 그리고 도착하자마자 남자 사돈에게 석방증을 내밀었다. 만약을 위해 남원면장에게 연락해 달라는 부탁도 잊지 않았다.

"걱정 말고 사태가 건목 숙일 때까지 지냅서."

사돈은 이미 시댁 사정을 잘 알고 있었다.

그렇게 여동생을 의지해서 꺾꽂이 생활이 시작됐다. 누더기가 된 마음이지만 스물여덟 살의 몸뚱이가 유일한 재산이었다. 눈칫밥을 몸으로 때웠다. 여동생과 함께 집안의 허드렛일을 거들며 식모살이를 자청하고 나섰다. 다시 물질도 시작했다.

이듬해가 되자 육짓물질 나갈 잠녀를 모집하는 인솔자가 마을에 왔다는 소식을 들었다.

"말숙아. 나도 육짓물질 나가켜…."

우선 선불로 받을 전도금은 동혁이를 돌보는 큰시고모에게 드릴 생각이었다.

"잘 생각했수다마는 허락해 줄 건가마씀?"

"내가 폭도 짓을 헌 것도 아니고 석방증이 이신디 그건 걱정 말라."

김장석 순경도 성산포지서에 있으니 별문제가 없을 것으로 믿었다. 몽니다리 순경이란 소문이 자자한 게 마음에 걸리기는 했지만….

정 여인은 서둘러 출가出稼하는 데 필요한 서류를 준비했다. 남자 사돈도 서류 작성을 도왔다. 그리고 걸어서 성산포지서에 도착하자마자 김장석 순경부터 만났다.

"아주버님, 오랜만이우다."

정 여인이 보조개에 미소를 담으며 반색했다.

"여긴 어떤 일로 왔어요?"

김 순경이 우거지상을 지었다.

"여기 육짓물질 나갈 서류 가져왔수다."

김 순경이 서류를 받으며 눈살을 찌푸렸다.

"아지망은 나갈 수 없어요."

울고 싶은데 뺨을 후려치는 순간이었다.

"무사마씀?"

정 여인은 애써 목소리를 죽여 무슨 이유인지 물었다.

"몰라서 물어요?"

"내 서방이 빨갱이 짓을 허는 때문이우꽈?"

"잘 알고 있네요."

정 여인은 전대에서 부적 같은 석방증을 꺼냈다.

"여기 재판관이 준 석방증도 있수다."

"글쎄, 잔말 말고 그냥 돌아가요."

육지 나들이를 삼가는 게 신변이 안전할 거라고 했다.

"당신은 내 서방과 팔촌 형제지마는 난 오늘이라도 옷귀 마을 경주 김칩 호적에서 이름을 파가면 남남이우다. 남원리 정칩의 귀헌 딸로 태어나 당신 집안에 시집온 죄밖에 어신디 무사 내 앞질에 소금을 뿌리려는지 그 이유를 말해 봅서. 직접 지서장님을 만낭 죽이든지 살리든지 허랭 허쿠다."

"실성했구먼."

김장석 순경이 투덜거리며 사무실 밖으로 나갔다. 정 여인은 숨결을 고르며 장작난로 위에서 들끓는 물주전자만 멀거니 쳐다봤다.

"아주머니. 나중에 연락할 테니 일단 오늘은 그냥 돌아가시오."

육지 말투의 순경이었다. 김 순경보다 무궁화 잎새가 더 많은 사람이었다.

"육짓물질 나가는 건 없던 일로 허쿠다."

한바탕 난리굿을 벌인 것으로 끝내기로 했다. 자칫하다간 엉뚱한 데로 불똥이 튈지 몰랐다. 섬에서 살다가 죽을 팔자라고 마음을 고쳐먹었다. 쇠창살이 박힌 출입문 뒤에서 혀를 내두르는 소리가 새어나왔다. '지독한 악바리네.', '참 맹랑한 년이네, 겁대가리도 없이….' 김장석 순경은 끝내 모습을 드러내지 않았다.

며칠 뒤 정 여인은 동생네 이웃집의 방과 부엌이 있는 밖거리로 거처를 옮겼다. 늙은 부부가 사는 집이었다. 집세는 없었다. 말벗을 하며 힘든 허드렛일이나 도와 달라고 했다. 하지만 여전히 동생네 집안일을 거들며 물질을 했다. 식사도 대부분 사돈네와 같이했다.

보리 이삭이 팰 무렵에는 동생 말숙이를 보내 큰시고모 집에 두고 떠난 아들을 데려왔다. 성내 재판을 받으러 떠날 때 헤어진 후 여섯 달 만이었다. 그새 키가 훌쩍 자라 있었다. 행방불명된 남편과 상봉한 기분이었다.

“동혁의 작은할마님도 지난 정월 초닷샛날 변을 당했댄 헙데다.”

“우리 작은시어멍이?”

정 여인이 잠든 아들로 시선을 돌리며 나직한 소리로 물었다. 청천벽력에 익숙한 터라 놀라지 않았다.

“서귀포 솔동산 친척 집의서 아홉 살짜리 딸허고 지내는데 태흥리에 주둔헌 군인들이 심어단 할망은 바닷가에서 총살시켜 불고 딸은 부대장이 나중에 데리고 가겠댄 허멍 동네 누구네 집의 맡겨뒀댄마씀. 그리고 참…. 작은할망이 죽은 무렵엔 선생 각시인 사촌 시누이도 똑같은 군인들이 똑같은 장소에서 총살했다고 들었수다.”

점박이 선생 아내까지 변을 당했다는 것이다.

석 달 가까이 돼서야 접한 비보였다. 눈뜬 사람 오장육부를 빼가는 시국이었다. 왜놈 세상에서도 이러지는 않았다.

“밀세다리와 노랑개가 광질허는 통에 옷에 피 마를 날이 없구나.”

철부지 달옥이가 걱정이었다. 하지만 속수무책이었다. 동혁이보다

네 살 위의 딸 같은 시누이였다. 작은시어멍이 낳은 늦둥이였다.

정 여인은 물때에 맞춰 물질을 하면서 동생네 조밭에 초벌검질을 맸다.

그러던 어느 날이었다. 마당에 모깃불을 피워놓고 멍석에서 저녁을 먹었다. 싱싱한 자리물회에 남자 사돈이 권하는 막걸리도 한 잔 마셨다. 난생처음이었다. 정신이 알딸딸했다. 오랜만에 맛보는 행복감에 빠졌다. 빨리 뒤치다꺼리를 하고 가서 드러눕고 싶었다. 그런데 마당을 나서는데 남자 사돈이 뒤따라나왔다. 이문간 밖으로 나온 사돈이 담뱃불을 댕기고 나서 입을 열었다.

"남편 분 시신이 발견됐단 소식을 들었수다."

순간 멍하니 동녘 하늘의 달만 쳐다봤다.

"남원면장님이 여기저기에서 사실을 확인하고 성산면장님에게 연락을 한 모양입니다."

면 직원이 일부러 자전거를 타고 이사무소에 와서 전한 소식이라 했다.

"기어코 피젱이(백정) 같은 놈들이 내 서방꺼지 잡아먹었구나마씀."

실오라기 같은 꿈이 가뭇없이 사라졌다.

사돈이 연락처 쪽지를 건네며 성내까지 동행하겠다고 했지만 사양했다.

다음 날 혼자 성내 정드르에 사는 넛하르방을 만났다. 넛하르방 며느리의 친정이 시댁 집안이었다.

"사나흘 전의 며늘애가 비행장 입구 조밭에서 검질을 매다가 남자들 대엿 명이 시체를 들것으로 날라다가 바로 옆의 묻는 걸 보고랜. 시체 셋 중에서 두 갠 길쭉허고 굵은 낭에 칠성판추룩 묶였고 나머지 하나는 피범벅이 된 옷차림인디 바로 친정 집안의 김장원 오라방이었다고 허길래 현장에 달려가 봤저. 마침 고 뭣이란 읍사무소 직원이 예전의 구좌면사무소에서 같이 근무헌 친구라며 담요를 장원의 시체에 덮어주더구나…."

고 서기는 정 여인도 얼굴이 익숙한 사람이었다.

"비누장시처럼 하끄 하나 들렁강 파오민 안 되카마씀."

정 여인은 계속 울렁거리는 가슴을 쓸어내렸다.

"큰일날 소리 허지 말라…."

함부로 무덤에 손을 댔다가 큰 화를 당한다며 손사래를 쳤다.

읍사무소 고 아무개를 만나도 같은 소리였다. 주변에 얼씬거리다가는 큰코닥친다며 총살 장소는 모른다고 했다. 읍장에게 시신 처리를 떠넘긴 바람에 뒤치다꺼리를 했을 뿐이라 했다.

"장원의 시체를 발견하고 담요 한 장을 사고 가서 덮어줬어요. 죽은 친구에겐 미안하고 야박한 것 같지만 남원면장님에게 담요값을 갖고 와서 시체를 찾아가라고 기별했지만 아무 소식이 없더군요."

정 여인은 그냥 발길을 돌릴 수밖에 없었다. 그리고 여름이 지나자 무덤이 있던 밭 주변을 싹 쓸어내 연병장이 됐다는 소식을 들었다. 하지만 무덤의 행방을 추적할 엄두를 내지 못했다.

날이 가고 계절이 바뀔수록 남편에 대한 죄책감으로 심신이 망가져 갔다. 일하는 재미도 없고 식욕도 떨어졌다. 언젠가는 한밤중에 바닷가 백사장까지 갔다가 돌아왔다. 파도 소리 같은 남편의 유언 아닌 유언 때문이었다. '여보, 혹시 내가 잘못되더라도 아이들허고 안댁집을 잘 부탁해요….' 큰아들 녀석이 안댁집의 유일한 기둥뿌리로 남았다. 하지만 정 여인은 늘 잔병치레에 시달렸다. 신경통, 울렁증, 불면증이 심해 갔다. 시도 때도 없이 남편 환영이 어른거리기도 했다. 덩달아 신경질이 늘었다. 동혁이 녀석은 눈치를 보며 침묵할 때가 많았다. 제 아비를 닮았다. 남편도 화가 났을 때는 침묵하거나 굴툭(심통)을 부리기 일쑤였다.

제주읍내 병원에서 진찰을 받았다. 의사는 별다른 병세가 없다고 했다. 약 처방이 전부였다. 갖가지 처방전에 따라 성산포 단골 약방에서 한 솔박씩 약을 사다 먹었다. 하지만 소용없었다. 버티다 못해 용하다는 점쟁이를 찾았다. 쉰 살 초반의 여자였다. 남편이 야반도주한 사연부터 자초지종을 이야기했다.

"남편은 아직 살아 있수다."

"그거 무슨 말이이우꽈?"

아무리 점쟁이 말이지마는 섬뜩했다.

"아직도 저승길을 찾지 못해서 헤매는 영혼이 이승에 있는 사름 몸에 빌붙어 먹고사는 '죽산이'가 됐기 때문에 자꾸 아프는 거우다."

영혼은 아직 이승에서 떠돌이 잡귀 신세로 남아 정 여인과 동거한다는 말이었다.

"억울허게 죽거나 액사縊死헌 사름의 원혼은 편히 명왕길(염라대왕길)로 가지 못하고 집안에 숨어들어 이리 핏닥 저리 핏닥 날뛰는 바람에 생기는 신병身病이니 저승길을 닦아 인도허는 '질침굿' 허는 걸 생각해 봅서."

황당했다. 당장은 굿을 할 막대한 경비도 엄두를 낼 형편이 아니었다. 급사할 병도 아니었다. 다만, 남편 제삿날은 점괘대로 백중날로 정했다. 음력 7월 14일. 제주에서는 이날이 백중날이다.

1952년 임진년 정월멩질을 맞이했다. 신산리에서 생활한 지 4년째였다. 아들 녀석은 국민학교 2학년이 된다. 정 여인은 평소 받아먹는 밥상에 남편의 차례상을 준비했다. 시부모는 큰시고모가 제사 지내듯 삼년상을 치렀고 당분간 제사, 명절을 지내겠다고 했다. 그래도 정 여인은 한 번도 참석하지 못했다. 남편 혼백상자만 짊어지고 사는 셈이다.

그런데 설이 지난 며칠 뒤에 장수가 세배를 왔다. 뜻밖이었다. 마을이 처음 불타던 해 이후 삼여 년 만이었다. 그새 어엿한 청년이 돼 있었다. 너무 놀라고 반갑고 만감이 교차했다. 서너 마을이 옷귀 마을에 성을 쌓아 움막생활을 한다는 이야기는 들었다.

"지금은 대부분 거처를 마련해 떠났고 우리도 우선 축대만 남은 안거리를 복구해 송령이골로 돌아갈 예정이에요. 형수님도 이제 마을로 돌아와 우리랑 같이 살면서 새 출발을 하세요."

"그렇긴 허다마는 폭도 두목 각시란 손가락질을 받을 게 겁남저."

"그런 걱정은 마세요…."

더 이상 무서울 게 뭐 있느냐고 했다.

"그리고 몇몇 친척들이 안댁집 밭에 농사를 짓고 임야를 관리하는 모양이던데… 익은 음식에 눈독 들이기 전에 빨리 조치를 취해얍니다."

이미 수십 마리의 소와 말은 사라진 상태였다.

"당분간 관리허는 거난 그건 걱정허지 않아도 될 거여."

정 여인은 이듬해 여름에야 옷귀 마을로 돌아와 송령이골에 거처하며 새 삶을 시작했다. 밤낮 배급품으로 받은 광목에 검은물을 들인 몸빼를 입은 채 지냈다. 그해 겨울에는 축대만 남은 안댁집 안거리부터 복구했다. 성내에서 자취하며 사범학교에 다니는 장수도 주말마다 와서 거들었다. 시댁 친척과 마을 노인들이 모여들어 목수, 돌챙이(돌장이), 미장이가 됐다. 식사를 대접하는 게 품삯이었다. 정 여인은 자꾸 목이 메었다. 그리고 집이 완성되는 날 저녁에는 심방을 모셔다가 '성주풀이'부터 했다. 다음 날은 손수 뒷술에서 마디 굵은 왕대나무를 잘라내 깃대도 만들었다. 사시사철 밤낮 태극기를 매달기로 작정했다. 잡귀 범접을 막는 방사탑 대용이었다.

그런데 새집을 짓고 정착해도 병마와의 싸움은 지속됐다. 늘 약봉지를 차고 살았다. 어렸을 때부터 교회를 학교로 삼았던 아들은 예배당에 다니라고 권했다.

"난 부처님에 미천 사는디 그런 소리 허지 말라."

집안에 귀신이 둘이면 집안 망한다는 말은 하지 않았다. 가족들은 똑같은 종교를 믿어야 한다는 말이었다. 부처님을 믿으면 극락 가고, 예수를 믿으면 천당 간다는 소리는 들었다. 모두 염라대왕이 사는 저승세계일 터였다.

아들이 고등학교를 졸업하자마자 입대入隊를 지원했다. 아들을 위해서라도 '질침굿'을 하기로 마음을 굳혔다.

"동혁아. 군대 들어가기 전의 아바님 질(길)을 쳐야켜."

"어머니. 그런 미신에 빠져서 더욱 병을 키우는 거예요. 더구나 저를 위해서라면 지금부터라도 열심히 교회에 다니세요."

아들이 언성을 높였다. 전에 없는 일이었다. 정 여인은 나직하면서도 단호한 어조로 받아쳤다.

“네겐 예수하르방이 하느님이주마는 내겐 조상님이 하느님이여. 장게강 분가헐 때꺼진 내가 이 집안의 대장이난 아장(앉아서) 꿩 가리키는 소리 허지 말라.”

아들은 더 이상 가타부타하지 않았다.

정 여인은 장수 4촌 시아지방을 만나 질침굿 문제를 의논했다.

“형수님 마음이 이끌리는 대로 하세요.”

‘질침굿’을 서둘렀다. 날짜도 잡았다. 아들이 논산훈련소로 출발하는 날 저녁이었다. 그날 큰심방도 몇 년 전의 점쟁이와 입을 맞춘 듯이 똑같은 말을 했다. ‘남편 제사는 백중날로 허십서….’

지성이면 감천이라 했던가. 질침굿을 하고 난 이후부터 서서히 병원, 약국을 찾지 않아도 됐다. 그뿐만이 아니었다. 아들도 무사히 군복무를 마쳤다.

그런데 아들은 제대하자마자 공무원을 지망하고 나섰다. 정 여인은 앞이 캄캄했다. ‘폭도 두목 아들이라고 손가락질받으며 청년이 된 놈이 공무원이라니….’ 남편 제적부에는 ‘사삼사태 당시 사망’으로 처리됐다지만 신원조회에 걸릴 게 뻔했다. 장수 시아지방까지 설득했지만 막무가내였다.

“밑져야 본전입니다.”

동혁은 공무원 시험에 합격만 하면 발령이 안 나도 상관없다고 했다. 그 아방에 그 아들이었다. 시험에 낙방하기를 기원할 수밖에 없었다. 그래야 안댁집에서 아들과 행복한 여생을 보낼 테니까….

헌데 꿈같은 일이 벌어졌다. 동혁이 공무원 시험에 합격하고 발령통

지서까지 받은 것이다. 아들은 드러내놓고 '하느님의 가호와 은총'이라 했고, 정 여인은 속으로 '질침굿' 덕분으로 여겼다. 한편으로는 미안하고 죄스러운 마음이 앞섰다. '빨갱이 피'를 유전시키는, 문어발 같은 연좌제로 대를 이으며 창살 없는 옥살이를 하는 집안이 많아서였다.

그렇게 정현숙 여인은 병원에서 퇴원해 귀가한 첫날을 기억의 세월로 밤을 새웠다.

제3부
거친오름*의 까마귀

* 제주시 봉개동에 있는 오름으로 동서의 두 봉우리 사이에 대엿 가닥의 등성이가 사방으로 뻗어 있는 형국임. 오름 북녘 자락에는 제주4·3평화공원이 자리잡고 있음. 특히 서쪽 주봉(主峯) 맞은편에는 위패봉안소, 행방불명희생자 위령제단과 표석들이 있음.

송철이 '물영아리오름-남원읍충혼묘지' 주차장 앞에서 서서히 주행을 멈췄다. 관광버스와 승용차들이 뒤엉겨 2차선 도로를 가로막고 있었다. 남자들이 서로 삿대질하는 거센 몸짓도 보였다.

"네 형이 살았으면 올해 환갑이겠구나."

김장수가 남원읍충혼묘지에 돌출된 충혼탑, 태극기가 나부끼는 깃대를 바라보며 중얼거렸다.

"그러네요…."

송철이와 열세 살 터울이었다.

"돌아오는 길에 잠깐 충혼묘지 구경을 했으면 싶구나."

아직도 큰아들의 묘비를 구경하지 않았다. 줄곧 애증의 침묵으로 일관한 세월이었다. 녀석의 유골함을 넘겨받던 순간에도 가슴에 끓어오르는 독백은 '나쁜 자식' 한마디였다. 애국가 첫 소절 '동해물과 백두산이 마르고 닳도록….'에는 늘 목이 메고 눈시울을 붉히는 김장수였다. 그런데 세월이 인생의 스승이라 하던가. 요즘 들어서는 배은망덕한 자식이 아닌, 베트남전에서 절명한 앳된 청년으로 남았다. 사삼사태 당시 희생자나 월남전 희생자 목숨은 똑같다고 여기면서….

"갑자기 어쩐 일에요."

송철이 의아한 어투로 받아넘기며 다시 시동을 걸었다.

"내 팔순 기념사업이라 생각해라."

고장난 손목시계로 남은 큰아들의 앳된 초상이 창밖을 스치는 봄빛으로 환생했다.

녀석은 우량아로 태어나 일곱 살에 국민학교에 들어갔다. 줄곧 우등생, 모범생이었고 반장을 했다. 세상 살맛이 났다. 자식 농사가 잘돼야 최고의 행복이며 재산 밑천임을 실감했다. 녀석이 중학생이 될 때까지만 해도 그렇게 믿었다.

그 무렵 김장수는 장돌뱅이처럼 근무지를 옮겨다니며 학교 기숙사나 마을에 방 하나를 얻어 자취하며 한 달에 한두 번 주말에만 잠깐 귀가하곤 했다. 중산간 마을이라 정기노선 버스가 없었다. 해안선을 따라 우회迂廻하는 신작로의 정기노선뿐이었다. 근무지 학교에 따라 두세 시간 버스를 타고, 다시 사십 분을 잰걸음으로 다리품을 팔아야 마을에 도착했다. 하지만 토요일에 가족들과 저녁을 먹은 적이 거의 없었다.

마을에 도착하면 학교 앞 네거리의 점방店房에서 술판을 벌인 사람들과 조우하곤 했다. 대부분 나이가 지긋한 주민들이었다. 애증의 날줄, 씨줄로 엮인 고향 사람들이기에 그들과 합석해 김치, 멸치, 과자를 안주로 삼아 소주에 계란을 탄 강술을 마시며 그동안 마을에서 있었던 일이며 세상사를 들었다. 장수는 주로 귀만 열어둔 채 술만 마셨다. 술이 간에 기별이 가기 전까지는 그랬다. 술기운이 적재적량에 다다르면 얼굴이 홍시처럼 벌겋게 달아올랐고, 그다음부터는 백지장처럼 창백해지면서 환청, 환각 증세가 도지곤 했다. 의식의 비상구로 탈출하라는 신호였다. 그러면 슬그머니 먼저 자리에서 빠져나와 다시 송령이골로 무거운 걸음을 옮겼다. 맨정신에는 이십여 분 거리였지만 취중에는 그날 날씨와 기분, 술자리 대상과 분위기에 따라 시곗바늘 움직임도 비례했다. 취중의 환청, 환영의 광기가 시계의 톱니바퀴였다.

그날도 전마선처럼 낭창거리는 몸을 가누며 어둠의 터널 같은 송령이골에 도착했다. 2학기 들어서 한 달 반 만의 귀가였다.

밖거리에 있던 어머니가 혀를 차며 방문을 닫았다.

"아이고…. 손톱에 가시 드는 줄은 알아도 염통에 쉬스는 줄 몰른다더니…."

눈에 뵈는 것만 알고 심장에 쉬스는 것 같은 큰일이 생긴 줄 모른다는 말이었다.

김장수는 정신이 비 갠 뒤 청량한 하늘이 되면서 자괴감이 엄습했다. 밤 열 시 사십 분이 지나고 있었다. 얼굴을 내미는 아이들이 없었다.

"오랜만이우다. 올레 잊어불지 아니해연 찾아오라집데가?"

물애기 기저귀를 갈아주던 아내가 힐끗 쳐다봤다. 살얼음 같은 목소리였다.

"송철아, 까꿍."

"아이구, 이 술 냄새…. 내일랑 안아봅서."

아내가 손사래를 치며 접근을 막았다.

"송남인 벌써 자나?"

장수는 머쓱해하며 슬며시 큰아들 방문을 열었다.

"내일 맨정신으로 얘기헙서."

아내가 장수 팔을 붙잡고 큰구들로 들어갔다.

"송남이가 어제 소풍 갔단 눈망둥이가 시커멍케 멍들고 들어완 저녁도 안 먹고 굴툭부렴수다."

심통을 부리는 이유는 알 수 없다고 했다.

장수는 이튿날 아침 조반을 먹자마자 큰아들 방으로 들어갔다.

"어떻게 된 거냐?"

단순히 누가 먼저 코피를 흘리는가로 승부를 판가름하는 싸움판에 끼어든 것 같지 않았다. 아들이 날달걀로 얼굴 찜질을 하며 앉은뱅이 책상 위의 노트 사이에서 종이 한 장을 내밀었다. '자술서'였다.

"월요일 등교할 때 가져가야 해요."

월요일에는 학부형도 동행해야 한다고 했다.

장수는 연필로 꾹꾹 눌러쓴 자술서 글자들을 따라갔다. 국민학교를 졸업할 때까지 교내외 문학백일장, 서예대회에서도 수많은 상장을 물어왔던 녀석이었다.

우리 학급의 김완길은 기성회장 아들로 일학년 A, B반 남학생 중에서 가장 키가 크고 학급 규율부장입니다. 급우들은 담임교사, 상급생보다 그를 더 무서워해요. 그는 점심시간이나 하교할 때는 자주 학급생들을 붙들어, 해안마을 아이들은 남한 팀, 중산간 마을 출신들은 북한 팀으로 나눠 전쟁놀이, 씨름을 시킵니다. 그리고 언제나 해안마을

팀이 승리합니다. 진 팀에서는 한 사람씩 이긴 팀 학생을 업고 운동장을 한 바퀴 도는 벌을 받습니다. 어쩌다 남북 지역 동급생끼리 입씨름을 벌이는 날에는 그놈이 으슥한 곳으로 데려가 누군가가 코피가 터질 때까지 싸움을 시킵니다. 그뿐이 아닙니다. 시도 때도 없이 중산간 마을 급우의 귓가에 대고 은근슬쩍 '어이, 폭도 새끼' 하며 놀리지만 아무도 그에게 덤비지 못하고 귀먹시가 돼야 합니다.

그리고 어제 가을소풍 현장에서 일어난 싸움도 김완길이 먼저 내게 시비를 걸어서 일어난 사건입니다.

점심시간이 끝나 학생들이 운주오름에서 보물찾기에 들어갔을 때였습니다. 몇몇 교직원들은 여전히 술판을 벌인 자리에서 떠나지 않고 있었습니다. 그런데 보물찾기를 하다가 무심코 옆에서 들리는 말을 듣게 되었어요. 누군가 '아무튼 고래 싸움에 새우등 터진다 하듯이 남원면당책인지 폭도대장인지 하는 그놈 일당이 아니었다면 토벌대가 마을을 불 지르고 수많은 주민들이 떼죽음을 당하진 않았다구.' 하자, '교감 선생님, 그건 뭔가 곡해하고 계시는데요. 토벌대가….' 교감이 '사태 당시 자넨 대엿 살밖에 안 됐는데 뭘 안다고 그러나.' 했고, 좌중에 있던 또 다른 목소리는 '김장원은 김장수 선생의 사촌이잖아요.', '참, 김 선생 아들이 일학기 때 일등을 했다면서?' 하는 이야기가 들렸고, 교감이 '아무리 공부를 잘한들 무슨 소용이야….' 하더군요.

내가 보물찾기를 포기하고 운주오름 자락으로 막 몸을 돌렸는데 김완길과 그의 단짝들이 앞을 가로막더군요. 내 친구 얼굴들도 보였습니다. '야, 김송남. 폭도대장이 너네 권당[眷黨]이지?' 하길래 내가 '너넨 북에서 내려온 피난민 빨갱이이잖아.' 하고 대꾸하는 순간 그놈의 주먹이 날아왔습니다. 나도 엉겁결에 녀석의 강알(사타구니)을 힘껏 걷어찼습니다. 그 자식이 땅바닥으로 나자빠져 굼벵이처럼 구르는 순간 옆에 있던 그의 패거리들이 내게 주먹질, 발길질을 해대기 시작했습니다. 그렇게 두 사람의 입씨름에서 시작된 싸움은 옆에서 구경하던 아이들까지 청군, 백군처럼 두 편이 뒤엉킨 패싸움으로 번진 것입니다….

김장수는 뒷면 마지막 문장 뒤에 찍힌 아들의 빨간 손도장 지문을 응시하며 한숨을 내쉬었다.

다행히 운주오름 사건은 없었던 일로 조용히 끝났다. 하지만 아들은 한사코 등교를 거부했다. 김장수는 아들을 근무지 국민학교 학구의 중학교로 전학시켜 함께 자취하기 시작했다.

녀석은 큰 말썽을 부리지 않았어도 날이 갈수록 점점 말이 적어졌고 이래라저래라하는 지시, 명령조에는 심한 거부반응을 보였다. 가족이나 집안, 마을의 또래들과 말을 섞으려 하지 않았다.

큰아들이 중학교 3년, 고교 2학년 때까지 담임을 만나지 않은 것도 녀석의 요구에 따른 것이었다.

고3 여름방학을 앞둬 담임교사를 만난 것이 처음이자 마지막이었다. 제주시의 전망 좋은 식당에서였다.

"성적이 좀 처지지만 학교에서는 선생님이나 학생들에게 인기예요. 고집스럽고 자존심이 강하기도 하고요."

김장수는 대충 아들 녀석과 얽힌 속사정을 털어놓았다.

"워낙 속내를 드러내지 않는 놈이라 졸업 후 진로가 궁금해서 뵙자고 했습니다."

"송남이는 스타가 되는 게 장래 꿈이라는데요."

"스타라뇨?"

"직업군인이 돼 별을 달겠다는 거죠. 송남이도 사관학교 들어갈 성적이 안 된다는 걸 알고 대학에 들어가 알오티시로 장교가 되겠답니다."

"군대에 말뚝을 박겠다는 이유가 뭐랍니까."

"중학생 때부터 군인이 되는 게 꿈이었다는데요."

김장수 귀에는 칼바람 같은 매미 울음밖에 들리지 않았다.

그런데 녀석은 고등학교 졸업식을 앞두고 갑자기 군에 입대했다. 논산훈련소에 입소하고, 부대 배치를 받았다는 전보로 행방을 알려왔다. 딱 열 자로 된 전보電報에는 주소가 없었다.

몇 달 뒤, 김장수가 근무하는 학교로 보낸 녀석의 마지막 편지에는 달랑 '김송남'이란 발신자 육필에다 '군사우편' 고무도장만 찍혀 있었다.

(전략)

저는 3일 후에 부산항 제3부두에서 미 군함에 승선해 월남전선으로 떠납니다. 일주일 동안의 긴 항해가 월남 어느 항구에서 끝나고, 언제, 어디에 주둔하면서 전투에 투입될지는 아직 오리무중입니다.

아버지는 제가 직업군인이 되겠다는 소신에 불편한 심기를 숨기지 않았습니다. 그래서 차마 월남파병 사실을 꺼낼 용기가 나지 않았어요. 대학에 들어가서 학사장교로 별을 따겠다는 꿈을 접고 갑자기 군에 입대하고, 부대 배치를 받자마자 월남 전쟁터로 떠나는 이유는 차차 말씀드릴 기회가 있을 것입니다. 아무튼 이 편지를 받아보는 아버지 마음이 어떨지 그림이 그려집니다. 가족들과 작별 인사를 생략한 것도 그런저런 고통과 번거로움을 덜기 위한 것이니 이해해 주세요. 하지만 지금 내 나이보다 어린 그날 증조부모님과 조부님의 참혹한 현장을 목격하고서도 굳건히 버텨내신 아버지를 존경합니다. 제주섬의 작은 전쟁에서 구사일생한 아버지처럼 금의환향할 것이니 잠시 외화벌이에 나섰다고 생각하세요. 공산당을 무찌르는 자유대한의 십자군으로 파병 대열에 동참한 아들을 자랑스럽게 여기시리라 믿어요. 이미 제 운명의 주사위는 던져졌습니다.

아버지. 어머니, 동생들에게는 당분간 저의 파병 사실을 비밀로 간직해 주세요. 그리고 귀국할 때까지 서신을 보내지 않더라도 무소식이 희소식이란 믿음으로 기다려 주십시오. 강건한 심신을 주신 부모님께 거듭 감사드립니다.

1971년 4월 ○○일

불효자 송남 올림

어느새 차창 너머로 제주항, 사라봉, 별도봉 앞바다가 시야에 깔렸다. 민오름, 절물오름 사이 도로를 지났다.

송철이 4·3평화공원기념관 맞은편 주차장에서 시동을 껐다. 김장수는 차에서 내리자마자 거친오름을 향하고 섰다. 신록의 숲에는 듬성듬성 벚꽃이 만발해 있었다.

"회의는 사오십 분 정도면 끝날 거예요."

"커피숍에서 기다리든지 먼저 위패봉안소로 가 있으마."

동혁과는 열한 시에 위패봉안소 앞에서 만나기로 약속돼 있었다.

김장수도 아들 뒤를 따라 비행접시 같은 기념관 건물로 걸음을 옮겼다. 4·3재단 외에 유족회를 비롯한 유관단체 사무실이 있는 공간이기도 했다.

"한 사장님, 오랜만에요."

"어머, 김장수 선생님. 유족회 일이 있나 봐요?"

카운터에 앉아 있던 여사장이 책을 덮으며 반색했다. 기념관 건물이 준공되면서부터 1층 모퉁이에 자리잡은 커피숍이었다.

"우리들의 추념일이잖아요."

"참, 오늘이 이단아들의 추념일이군요."

여사장이 깔깔거리며 전화를 받았다. 그녀의 친가, 외가에도 4·3 희생자들이 있다는 이야기를 들은 적이 있다.

김장수는 커피를 마시며 해묵은 잡지를 건성건성 넘기다가 동혁의 전화를 받았다.

"저는 오늘 못 나갈 것 같아 미리 전화드렸습니다."

"아니, 왜?"

형수가 퇴원한 지 사나흘밖에 안 됐다.

"어머님이 내일 마지막으로 추념식장에 참석하겠다고 고집부려서 난감하군요…."

오후에는 어머님의 정신과 진료가 예약돼 있다면서 오늘은 그냥 넘어가라고 했다. 형수는 다음에 만나기로 하고 전화를 끊었다.

두 집안의 희생자 추념일을 4월 2일로 앞당긴 지 오 년째였다.

그해 추념식은 주객이 전도된 요지경이었다. 내빈 소개, 개회사, 수많은 기관장과 유관기관 대표, 정치가들의 공허한 추념사로 한 시간

이상 끌었다. 추념식장이 아닌 정책 홍보, 선거 유세장을 방불케 했다.

"삼춘. 내년부터랑 우리만 추념일을 하루 앞당기는 게 어떻겠어요."

동혁은 심한 모멸감에 더 이상 4월 3일 추념식 행사에 참석하지 못하겠다고 했다.

"나도 동감이야."

김장수도 기다렸다는 듯이 동혁의 제안에 맞장구를 쳤다. 해가 거듭될수록 추념식 참석에 회의를 느끼고 있었다. 귀빈들이 상전이고 허리 굽고, 지팡이 짚은 유족들은 엑스트라 취급을 당하는 기분이었다.

동혁은 2000년 10월 4·3 희생자 신고서를 제출하면서 부친의 명예회복을 위한 법정 투정에 나섰는데 지난 3월에 희생자 불인정 통보를 받았다며 울분했다.

"아버님을 희생자로 인정해 달라는 게 아니에요. 당시 군사재판이 불법으로 판명됐으니 수형자 명부에 낀 아버님도 재심을 받아 무죄선고를 이끌어내면 그걸로 명예회복이 되는 거잖아요…. 적법한 절차 없이 재판을 받았다고 하면 희생자든 아니든 똑같이 무죄가 돼야죠. 숙인 머리에는 칼을 휘두르지 않는다는데 화해, 상생, 인권, 평화의 사삼정신 운운하면서 부관참시하는 악법을 위해 끝까지 투쟁할 겁니다…."

그해 7월에는 국제변호사인 딸을 내세워 재심의를 신청했는데 이 또한 기각됐다고 실토했다. 그러면서 동혁은 초대 사삼사업소장 당시 심경을 담담하게 토로했다.

"남들이 기피하는 직책을 떠안아 폭도대장 아들이 어쩌고저쩌고하는 수군거림을 감내하며 아버님을 대신해 회개하는 맘으로 열정을 쏟았어요. 합동위령제와 희생자 신청, 사삼공원 조성과 기념관 설립 계획을 수립해 추진했는데 수괴급首魁級의 희생자 신청을 철회토록 하는 물밑 작업이 시작된 겁니다. 내게도 곳곳에서 '신청서를 철회한 사람들은 뭐가 되느냐.'며 법정투쟁을 포기하라는 압력이 들어왔지만 거절했어요. 결국 특별법 제정과 보고서 채택에 이르는 동안 함께 고생했던 분들과도 적과 동지가 된 셈이죠…."

김장수는 커피숍에서 나왔다. 육지 수학여행단인 듯한 학생들이 열을 지어 1층 영상실로 들어서고 있었다. 일부 극우단체에서 폭도공원, 폭도기념관을 철거하라고 성토하던 지난날을 생각하니 격세지감이 들었다.

잔잔한 푸른 바다 같은 하늘이었다. 수많은 사람들이 위패봉안소 건물로 드나들고 있었다. 꽃다발을 든 모습도 보였다. 4월 2일을 저마다의 추념일로 삼는 이유가 궁금했다.

'비설(모녀상)' 조각상 옆을 지났다. 흰 눈밭에 맨발로 무릎을 꿇은 몸짓으로 어린애를 부둥켜안은 여인이 위태로워 보였다. 숨줄이 끊긴 막내 여동생을 품고 망연자실하던 어머니 잔영을 지우며 위령비 주위의 각명비 앞을 지났다.

벚꽃으로 수놓은 거친오름 끝자락의 비탈을 따라 걸음을 옮겼다. 까마귀들이 허공으로 비상하거나 널뛰기하듯 나뭇가지를 넘나들고 있었다. 까마귀 천국이었다. 언젠가 추념식 때는 1분 동안의 묵념이 끝나 애국가 제창으로 이어질 때까지 까마귀들이 합창하듯 울어댄 적도 있었다.

김장수는 광장 모퉁이에서 잠시 걸음을 멈췄다. 내일 추념식이 열릴

드넓은 잔디밭 광장에는 플라스틱 의자가 열병하듯 질서정연하게 놓여 있었다. 다시 걸음을 옮겨 행불인 묘역의 위령제단 앞에 섰다. 꽃다발을 든 참배객들이 수많은 표석들이 즐비한 잔디밭으로 들어섰다. 검은 가죽가방 같은 빗돌을 끌어안은 몸짓, 차례를 지내는 모습, 아기를 안은 여인, 강아지처럼 강중거리는 어린애들도 보였다. 거친오름 자락에는 고사리를 꺾는 사람들이 깔려 있었다. 4·3 당시에는 인근 마을 주민들의 은신처였고 학살터였다고 들었다.

김장수는 송철을 기다리다가 먼저 위패봉안소로 들어섰다. 시읍면, 마을별로 위패가 있는 반달형 벽을 따라 빽빽하게 들어찬 참배객 인파로 질식할 지경이었다. 참배객 어깨 너머로 보이는 조부모, 부친, 누나 위패를 향해 고개를 숙였다. 도피 생활하던 시절 밀림의 골짜기 동굴에 박쥐가 된 예닐곱 살짜리 막내 여동생은 희생자로 신고하지 않았다. 똑같은 희생자로 신고하라고 부추기는 사람들이 있어도 심증적 희생자로 남겼다. 산에서 병사病死한 터라 토벌대, 무장대를 가해자로 조작하는 것은 죄악이라 생각했다.

동혁의 조부, 조모 두 분, 남동생 위패도 보였는데 장원 형의 위패가 있던 건반 같은 공간은 비어 있었다.

현재까지 확인된 고향 마을 희생자는 행불자를 포함해 이백오십여 명 정도였다. 김씨가 팔십여 명으로 가장 많고 그다음 양씨와 오씨가 그 절반이고 고씨, 현씨, 정씨와 허씨 등등 순으로 많았다. 동혁은 '이 분들 모두가 제겐 참배 대상에요.' 했다.

송철은 혼자 할아버지, 증조부모, 고모 위패 앞에서 묵념을 마치고 위패가 뜯겨나간 빈자리들을 더듬어 나갔다. 희생자 자격이 박탈된 인물들의 명패가 있던 망각의 파편이자 배제된 기억의 공간이었다. 인민의 피울음으로 짧고 굵게 살다 간 열혈남아들은 죽어서도 천박한 이데올로기의 노예로 남았다. 공권력에 저항한 이들의 국적을 박탈한 채 희생자와 비희생자로 편가르기하는 현실이었다.

송철 또한 강요된 기억의 삭제에 가담한 바람잡이였다. 제주도 소속 4·3사업소 전문위원으로 활동할 때였다.

2000년 우익 인사들 347명이 4·3특별법의 일부 내용에 대해 위헌심판을 청구했는데 헌법재판소는 이듬해 9월 이를 각하했다. 다만 결정문에서 '우리 헌법은 자유민주적 기본질서를 기본이념으로 하고 있으므로 제주4·3사건 당시 수괴급首魁級 공산무장병력 지휘관 또는 중간간부로서 군경 진압에 주도적, 적극적으로 대항한 자, 모험적 도발을 직간접으로 지원, 사주함으로써 4·3사건의 발발 책임이 있는 남로당 제주도당 간부, 기타 주도적, 적극적으로 살인, 방화에 가담한 자 등이 희생자로 결정되어서는 아니 된다.'는 사족蛇足을 붙였다.

4·3위원회의 결정권까지 침해한 월권이었다. 하지만 헌재가 판시한 사족蛇足은 2002년 3월 의결된 '제주4·3사건 희생자 심의·결정 기준'의 족쇄가 됐다. 4·3특별법의 입법 취지와 헌재의 결정서 등에 따라 '희생자 범위에서 제외대상' 조항이 되었다. 국무총리실 산하 제주4·3위원회가 헌법재판소의 권고를 받아들인 방침이었다.

제주4·3위원회에 접수된 희생자 신고서는 제주4·3사건처리지원단에서 몇 단계로 사실조사를 거쳤다.

전체 회의에 상정되기 직전에는 전문위원이 개별적으로 심사자료를 작성했는데 종합의견 칸에는 '신고인, 보증인에 대한 사실조사와 관련 자료 등을 종합하여 판단할 때 희생자 심의·결정 기준에 의한 제외대상자에 해당되지 않으므로 제주4·3특별법 제3조 제2항 제2호의 규정에 의한 희생자 및 유족으로 인정함이 가하다고 사료됨.'이란 내용을 공통적으로 기재했다. 제외대상자에 해당되지 않기 때문에 희생자로 인정한다는 여과장치였다.

그런데 수뇌급으로 지목된 인물을 희생자로 신고한 유족들이 있었다.

제주4·3사건처리지원단에서 내린 결론은 '중앙위원회 심사에서 탈락할 게 뻔하니 이들 유족에게 신고서를 철회해 후일을 도모하도록 설득해서 차라리 미신고자로 처리하자….'였다. 그게 조금이나마 해당 유족을 위무하는 대안이라 했다. 전문위원들의 지역별 역할도 분담됐다.

그렇게 '신고철회서' 양식이 마련됐다. '제주4·3특별법 제2조 및 동법 시행령 제8조의 규정에 의하여 희생자 및 유족 신고를 하였으나 상기와 같은 사유로 인하여 희생자 신고를 철회합니다.' 그 밑에는 연월일과 신고서를 철회한 유족의 날인을 받게 되었다.

송철도 '신고철회서'를 들고 유족들을 찾아다녔다. '4·3' 비즈니스였다. 헌법재판소 판결이나 4·3위원회의 결정과 사회 분위기 때문에 희생자로 인정되지 않는다는 설득을 되풀이하는 앵무새가 됐다. 신고인들은 희생자의 노쇠한 부모, 아내, 그리고 아들과 동생, 제수, 손자들이었다.

—신고를 철회허나 불인정되나 마찬가지 아니우꽈? 경헐 줄 알았수다. 그 이름난 사람 안 올라도 좋수다. 우리 식구덜 열 명이 사태 당시

죽어신디 다른 사람은 문제 어신거주양?

–이제까지 폭도 새끼로 살아와신디 희생자로 올려도 좋고 말아도 좋수다. 우리 부친은 주위 사람들에게서 훌륭한 사람이라는 말을 들었수다. 나도 아버지가 훌륭한 사람이라 생각헙니다. 때문에 부끄럽지 안 허우다. 그간 창살 없는 감옥에서 살았지만 후회는 없수다….

–치가 떨릴 정도로 너무 억울허우다. 차라리 없던 일로 해붑서. 위패만이라도 그냥 걸려있을 거엔 허민 다행이우다. 우리 어머니 돌아가신 거보다는 오빠 죽은 게 더 억울허우다. 오빠 생각하면 지금도 막 눈물이 납니다. 멀쩡한 사람을 죄인 만들어 죽인 거 아니우꽈? 그래서 더 억울헌 거우다….

–미안헐 거 엇수다. 크게 떠든 사람은 안 될 거로 알았수다. 시동생이 사태 때 일본을 거쳐 북으로 가신디, 나 살아생전 통일이 되기 전의 한 번이라도 봐질 건디사 몰르쿠다….

–남들은 난리를 피해서 다들 도망가는 시국이라도 우리 아지방은 나라를 살리려고 일본에서 제주에 들어왔단 억울하게 죽었수다. 정부에서 허라는 대로 알앙 잘 헐 테주마는, 이건 애국자가 아니라 반역자가 되는 세상이우다….

–육십 년 전의 죽은 사람 이제 왕 무사우꽈? 나라에서 심어당 죽여시난 법이 알앙 헙서….

–아바님은 어린 우리들신디 한라산이 아방 무덤이고 저 바당이 어멍 무덤이여, 허던 말이 지금도 귀에 쟁쟁헙니다. 그런데 언젠 신고를 하라 했다가 이제 와서 신고를 철회하라고 허는 이율 모르쿠다. 시대가 30년 후퇴하는 거 같수다마는 정부에서 결자해지結者解之해사 헙니

다….

촌철살인의 육성들은 소리 없는 통곡에 가까웠다.

그렇게 희생자 제외자들에 대한 철회서에 도장을 받아냈다. 도장밥 같은 붉디붉은 육성을 가슴에 담으면서….

송철은 그들에게 '신고를 철회해도 4·3공원 봉안소의 위패는 철거되지 않는다.'고 거듭 약속했다. 그러나 그게 아니었다. 당국은 철회서가 들어가자마자 바로 4·3공원의 위패를 떼어버렸다. 그뿐이 아니었다. 읍면동, 이[里]에 설치된 희생자 각명비에도 철회자들 이름이 지워진 곳이 허다했다. 또 다른 집단학살이었다. 송철에게는 유족들을 감언이설로 유혹한 죄의식, 자괴감이 문신으로 남았다.

까아악… 꺅꺅… 까르르까르르…. 거친오름에서 들리는 불협화음의 까마귀 울음이 호곡號哭처럼, 폭소처럼 들렸다. 예외자들에게 강요된 침묵의 피울음 같았다. 원혼들이 까마귀로 환생했는가 싶었다.

아치가 설치된 무대에서는 내일 치러질 추모식 식전행사 예행연습이 한창이었다.

탑동광장, 신산공원, 종합운동장 그리고 지금의 평화공원 동녘 들판 가설무대로 전전하다가 우여곡절 끝에 평화공원에서 추념식이 거행되고 있다.

"그러고 보니 너희들이 사삼위령제 원조인 셈이구나…."

김장수는 안전벨트를 매며 중얼거리고 나서 등받이 깊숙이 상체를 기댄 채 눈을 감았다.

송철은 거친오름 노루생태공원, 절물로 이어지는 방향으로 핸들을 꺾었다. 야생마처럼 날뛰던 혼돈의 세월이 뒤따라왔다.

송철은 1년 동안 방위병으로 군 복무를 마치고 1984년 봄에 이학년으로 복학했다. 이학기가 되자 J고교 동창인 P도 병역을 마치고 복귀했다. 고교 시절, 그와 같은 반은 아니라도 함께 문예반 활동을 하던 친구였는데 송철은 국문학과, 그는 법학과를 지망했다.

송철은 복학한 뒤에도 일학년 때와 마찬가지로 P와는 거리를 두고 지냈다. 막걸리나 한잔하자는 제의도 이런저런 핑계를 대며 연막을 쳤다. '주말에는 고향에 다녀와야 해서…, 몸이 불편해서…, 애들을 가르칠 시간이라서….' 하며 온갖 변명을 동원했다. 절반의 사실과 거짓말이었다. 송철은 가정교사로 입주해 있어서 숨 가쁜 시간 싸움에 시달리고 있었다.

P와는 정서적 궁합도 맞지 않았다. 송철이 삼각주의 저류底流라면 그는 도도한 강물이거나 질풍노도 같은 바다였다.

교내 광장 집회의 단상에는 늘 그가 서 있곤 했다. 흰 머리띠에 검정 두루마기 차림으로 허공을 향한 주먹질을 해댔다. '곡학아세하는 어용교수들은 회개하라…. 어용총장 물러가라…. 상아탑의 언로言路 탄압을 중단하라…. 대학에 상주하는 안기부 요원, 사복경찰을 추방하자…. 광주학살 주범을 처단하라….'는 절규 뒤에는 유치장을 드나드는 학우들이 많았다.

송철은 한결같이 구경꾼으로 일관했다. P에게는 '고생한다, 미안하다'는 말로 눈도장을 찍는 게 유일한 응원이었다. 정치꾼, 사이비 언론과 학자, 각종 관변단체에서는 대한민국을 위기 상황이라고 호들갑을 떨었다. 하지만 시간이 해결할 문제로 치부했다. 자유당 독재 정권, 5·16 이후의 철권통치의 종말이 그랬듯이 12·12의 쿠데타 일당도 권불십년 화무십일홍일 테니까…. '칼로 일어선 자는 칼로 망한다.'는 복음을 불변의 진리로 믿었다. 더욱이 제2의 6·25 전쟁 운운하는 웅변은 가당치 않은 잠꼬대였다. 대한민국은 비록 분단국이지만 대를 이으며 청와대까지 지배할 정도로 막강한 군사력을 자랑했다. 군의 정력은, 조강지처의 자궁 하나로는 지체할 수 없어 오입질로 가정의 평화를 지키는 파수꾼이었다. 이 모두가 영원한 혈맹인 미국이 대부 역할을 하기에 가능한 일이었다.

송철의 자기합리화는 아버지의 육성도 이명현상으로 작용했다. '송철아, 제발 부탁이다. 사삼사태 난리는 난리도 아닌 시국이니 데모꾼으로 나서지 말어. 네가 우리 집안의 외기둥이란 걸 명심해라. 그리고 사람을 믿지 말어….' 머리 검은 짐승은 언제 야수로 돌변할지 모른다고 했다.

송철은 이듬해 가을에는 전국 대학생 작품공모에서 시가 당선되기도 했다. 대학신문 한 면이 당선작, 심사평과 당선 소감, 인터뷰 기사로 도배됐다.

P는 송철을 얼싸안으며 '정말 축하한다, 축하해.'를 연발했다.

"축하주 한잔 살게."

더 이상 녀석의 호의를 무시할 수 없었다. 특별히 배려해 줘서 눈시울이 붉어졌다. 며칠 뒤 단둘이 만나서 J고교 시절의 후일담, 집안의 이야기로 술잔을 비웠다. 그의 혈육 중에도 사태 당시 토벌대와 산사람들에게 목숨을 잃었다.

그런데 취흥이 고조될 즈음, 그가 한참 송철을 응시했다.

"송철아. '구름에 달 가듯이 가는 나그네' 같은 네 초상을 보는 듯한 이번 당선작을 반복해 음미했어. '제주섬의 자연과 풍물, 전통적 정서를 조화롭게 아우른 향토색 짙은 작품이다, 도회지 난민으로 전락해 가는 우리들에게 또 다른 향수를 자극하는 작품이다, 장래가 촉망되는 시인으로 거듭나기를 기대한다.'는 주례사 같은 심사평에다, 가장 향토적인 것이 가장 세계적이란 말의 의미를 반추하는 기회가 됐다는 당선 소감이 내겐 별로 가슴에 와닿지 않았어…."

세상살이는 독생하는 것이 아니라 공생하는 것이라는 사족도 붙였다.

"고맙다. 죽비 같은 축하 선물로 받을게."

송철이 마지막 잔을 채우고 자리에서 일어설 준비를 했다.

"사장님, 여기 소주 한 병 더요…. 이제부턴 2부 행사야."

녀석이 갸기에 찬 미소를 거두며 정색했다.

"단도직입적으로 말할게. 차기 총학생회장에 출마하기로 결심했는데… 네 명석한 두뇌와 청순한 영혼을 좀 대여해 줬으면 해."

순간 취기가 싹 가셨다. 아버지의 황당한 육성이 되살아났다. '사람을 믿지 마라. 모두를 적과 동지로 생각하렴….'

"안 들은 걸로 할게."

그러나 그날 이후에도 녀석은 애인까지 동원해 집요하게 달라붙었다. 그냥 등 뒤에서 자문 역할만 해 달라는 것이다. 송철은 결국 '생각해 볼게.'에서 '알았어.'로 전향할 수밖에 없었다.

아버지에게도 전후 사정을 귀띔했다. 당분간 주말에도 집에 올 수 없는 이유를 설명하는 과정에서였다.

"투전판 같은 선거판에 뛰어들어 고생하겠구나…."

두툼한 스크랩북을 꺼내 카드를 작성하던 아버지가 힐끗 송철을 쳐다보며 자리를 떴다.

송철은 누렇게 빛바랜 기사로 채워진 스크랩북을 훑어나갔다.

모두 1960년 당시 J신보 4·3 관련 기록물이었다.

"요즘 나도는 관변자료나 토벌군 지도자로 제주에 왔던 군인들 무용담은 사태 진상을 왜곡, 날조하거나 은폐돼 있어."

아버지가 자리로 돌아와 앉으며 말했다.

"이거 좀…."

송철이 스크랩북을 들어보이며 멋쩍은 미소를 지었다.

"집 바깥으로 들고 나갈 순 없고 집에 왔을 때 말해라…."

그리고 지금은 때가 아니니까 사상이 어쩌고저쩌고하면서 나대지 말라고 했다. 선무당 사람 잡는다고 했듯이 자칫 집안이 풍비박산이 난다고 겁을 줬다.

그날 송철은 스크랩북의 모래알 같은 신문 기사로 밤을 새웠다.

마침내 P가 차기 총학생회장으로 당선됐다. 그는 이듬해 3월 학기가 시작될 무렵, 송철을 대학신문 편집국장으로 추천하겠다고 했다. 송철이 겸사겸사 술 한잔하자고 그를 불러낸 날이었다.

"이제 자유로운 영혼으로 남고 싶어."

"뭐, 자유? 후진국 백성에게 자유는 피를 빨아먹는 흡혈귀야."

"어쨌거나 서로 갈 길이 다르잖아."

그의 꿈은 정치가였다.

"그럼, 참신한 사업 한두 가지만 찍어줘."

"뭐, 참신한 사업?"

그는 송철을 선거판에 끌어들일 때처럼 집요했다. 일단 자리를 옮기기로 했다. 다방을 나서며 문득 아버지의 작은 캐비닛 속의 빛바랜 스크랩북을 떠올렸다. 송철은 그를 데리고 동문시장 단골 순대국밥 식당으로 들어갔다. 개인장부를 만들어 놓고 가정교사 월급 때 외상값을 갚는 곳이었다.

송철은 잠시 중단했던 7인의 '4·3사건진상규명동지회' 이야기를 이어갔다.

"자유당 정권이 3·15 부정선거로 붕괴된 이후 제주에서는 사삼사태 진상규명 목소리를 내기 시작한 거야. 특히 당시 제주대학 법과 이학년 일곱 명은 '4·3사건진상규명동지회'를 결성해서… 초토화 작전으로 제주섬을 잿더미로 만들고 양민학살을 주도한 토벌대 주동자와 그 졸도卒徒들을 법정에 세워 무고한 희생자들의 원혼을 달래고 도민의 불명예를 회복하자는 호소문을… 도내에 하나밖에 없는 J신보에 광고를 내기도 했고 도일주를 하면서 증언채록에 나섰거든. 그리고 제주에 내려온 국회조사단 특위에 나가 사삼의 실상을 폭로하기도 했고…."

하지만 이듬해 5·16 혁명으로 최초의 진상규명 운동은 수포로 돌아갔다. '4 · 3사건진상규명동지회' 회원들 중 이 아무개와 박 아무개는 용공분자 혐의로 서대문형무소에서 옥살이하다가 여섯 달 뒤 불기소 처분으로 석방됐다.

"금시초문인데. 대선배님들에게 부끄럽기도 하고…."

P가 고개를 푹 숙이며 담배 연기를 내뿜었다.

“그 부끄럼을 해소하는 행사를 시도해보면 어때?”

송철이 상체를 식탁으로 끌어내리며 나직한 소리로 말했다.

“뭐라구?”

송철은 건너편에 앉은 중년 남녀들을 힐끗 쳐다보고 나서 만년필을 꺼냈다. 그리고 그의 손바닥에 ‘사삼희생자 위령제’라고 적었다. P가 한참 손바닥을 응시하고 나서 고개를 끄덕였다.

“무슨 말인지 알겠어.”

“공공칠작전으로 진행해야 한다구.”

송철은 며칠 뒤 위령제 각본을 짜서 P에게 넘겼다. 그 뒤에는 그와 단둘이 만나 진행 상황을 듣고 조언만 했다.

드디어 4월 3일 아침이 됐다.

학생회관 1층 로비에는 ‘제주4·3 희생자 위령제’라는 현수막이 내걸린 앞에 조촐한 제상이 차려졌다. 병풍 앞의 ‘4·3희생자 신위’라는 지방을 붙인 위패함, 두 개의 촛불과 향로, 과일 쟁반 하나, 술 한 잔이 전부였다. 불특정 다수의 원혼들을 추모하는 위령제였다.

오전 여덟 시가 되자 간단한 의식이 진행됐다. 총학생회장 P가 큰상주, 회장단 대표들은 작은상주였다. P가 송철에게서 건네받은 제문을 낭독했다. 마지막 구절은 ‘제주4·3을 기억하고 진상규명으로 원혼을 달래지 않으면 돌들이 소리칠 것이다.’였다.

정문 진입로를 따라 듬성듬성 분향소 안내문도 붙였다.

등교하던 학우들이 삼삼오오 분향소를 거쳐갔다. 학생들은 분향하거나 구경꾼으로 잠시 지켜보고 떠났다. ‘사삼이 뭐?’ 하는 속삭임도 들렸다.

그런데 강의 시간이 다가올 무렵 대학본부 직원들이 들이닥쳤다.

“지금 뭐 하는 짓들이야. 당장 철거해!”

평소에는 투박한 제주사투리를 구사하는 교무처 남자 직원이 고함을 내질렀다.

“선생님 집안에도 희생자들이 있을 거 아닙니까. 흥분하지 마시고 분향부터 하시지요.”

“….”

“총학생회장님, 불똥이 번지기 전에 얼른 철거해 주세요.”

중년 여직원이 나서며 하소연했다.

“이 빨갱이 새끼들, 가만두지 않겠어.”

대학본부 건물에 상주하며 밀정 역할을 하는 기관요원이었다.

P가 그들 앞으로 다가갔다.

“이미 각오하고 시작된 행삽니다. 알아서 처분하세요.”

두 명의 기관원이 닭 날개를 잡듯 P와 팔짱을 끼고 분향소를 떠났다. 그래도 교직원들과의 대치 상태가 지속됐다. 상주 역할을 하는 회장단 학생들은 여전히 제상 앞에 진을 치고 있었다. 줄곧 옆에서 지켜보던 송철이 앞으로 나섰다.

“오늘 행사는 절반의 성공은 거뒀어요….”

최초의 4·3위령제로 역사에 남을 테니 분향소를 3층 총학생회 사무실로 옮기자고 설득했다. 더 이상 사삼 영령들을 욕되게 해서는 안 됐다. 그동안 뒤에서 행사를 기획하고 지원한 사실도 고백했다. 아무도 거역하지 않았다.

뒷마무리가 끝났다. 송철은 강의실을 등지고 정문으로 향했다. 대학생이 된 후 최초의 일탈, 반란이었다. 한 시간 남짓 걸어서 제주경찰서에 도착했다.

"오늘 행사는 전적으로 제가 뒤에서 주도했습니다…."

자술서를 쓴 뒤 한참 취조를 받았다. 무궁화 하나의 경찰이 맹견 같은 눈초리로 송철을 쏘아봤다.

"선생 아들이 용공분자 패거리에 휩쓸려 경거망동하면 되겠어?"

송철이 혁대를 풀고 유치장으로 들어서자 P가 놀란 표정을 지으며 벌떡 자리에서 일어섰다. 그리고 갑자기 오른팔을 차단기처럼 앞으로 뻗으며 소리를 질렀다.

"하잇… 히틀러!"

정체불명의 뭇시선들이 몰려들었다.

그렇게 지난한 4·3 대장정의 여정 동안 유치장을 들락날락하기 시작했다. 평생 4·3 미치광이로 일관하는 아버지를 닮아갔다. 정중동靜中動의 차이가 있을 뿐이었다.

아버지와 난생처음 성인식을 하듯 대작對酌한 것은 대학 졸업을 앞둔 어느 주말이었다. 그 며칠 전에는 어느 문예지에 신인상으로 등단하기도 했다.

아버지를 따라 들어간 곳은 귀빈들의 전당 같은 중국음식점이었다. 아버지가 탕수육과 고량주를 주문했다.

"축하한다. 그리고 고맙다."

무엇에 대한 축하이며 고마움인지는 밝히지 않았다. 아버지의 화법에는 문장성분 하나가 생략된 비문非文 같을 때가 많았다.

송철은 아버지가 따라준 종지만한 술잔을 한 모금에 비웠다. 45도의 알코올이 오목가슴의 접싯불이 됐다.

아버지는 형과 할머니 죽음을 날줄, 씨줄로 인생 편력을 탕수육 소스에 찍어가며 담담하게 풀어나갔다. 송철은 술잔이 오가는 횟수가 늘어가면서 가끔 '그랬었군요', '금시초문이네요.' 하는 추임새로 화답했다. 아버지가 '네 할머니처럼 미치지 않은 내가 비정상이 아닌가 싶구나.' 하고 나서 다시 고량주 한 병을 주문했다. 세 병째였다.

"괜찮으시겠어요?"

아버지 몸을 걱정하는 속내를 드러낸 것도 난생처음이었다.

"앞으로 뭘 할 셈이냐."

아버지가 동문서답하며 송철을 물끄러미 바라봤다.

"제가 알아서 할게요."

아버지 동공이 가슴츠레한 눈초리로 바뀌었다.

"대학원 진학을 하든지 공무원 시험 준비를 하든지…."

"시를 쓰며 과수원지기가 되려고요."

"흐음. 농약통을 짊어진 학사 농부가 되겠다, 이거냐? 밧갈쉐(부림소) 한 마리로 아들 대학 졸업장을 따내고 귤나무 한 그루가 대학나무라 했던 건 호랑이 담배 피우던 시절이야."

아버지가 콧방귀를 뀌며 조소했다. 하지만 아버지가 교편을 잡으며 농사를 부업으로 삼는 것과 뭐가 다르죠? 하고 반문하지 않았다.

"네 서울 유학경비 대신 제주시에 둥지를 마련해 줄 테니 일단 여기에 머물면서 잘 생각해 봐라. 그리고 송철아. 인생의 선배로서 이 한마디는 해야겠구나. 청년 시절엔 누구나 문학도였고 또한 세상은 너를 낭만 시인으로 남겨두지 않을 거라는 걸…."

송철은 암유暗喩 시인으로 살라는 소리로 환치했다.

송철은 대학을 졸업한 후에도 밀감밭을 가꾸는 농사꾼 시인이 되는 소신을 굽히지 않았다. 그리고 민주화 열풍과 함께 시작된 사회시민단체 활동에도 열정을 쏟기 시작했다.

물영아리오름 들머리 휴게소에서 늦은 점심을 먹고 남원읍충혼묘지로 향해 걸음을 옮겼다.

"국화라도 한 송이 준비할 걸 그랬구나."

아버지가 충혼묘지 들머리로 걸음을 옮기며 송철을 쳐다봤다. 팔순 기념이라고 말했지만, 송철은 아버지의 돌변한 속내가 궁금했다.

아버지는 충혼묘지에서 거행되는 현충일 행사에 참석한 적이 없었다. 아버지가 명예퇴직을 하던 그해에도 그랬다. 어머니는 현충일 전날부터 아버지를 졸랐다.

"우리 송남의 묘비도 새 충혼묘지로 옮겨신디 올해랑 추념식허는 거 구경가게마씀."

"당신 혼자 동네 사람들이랑 다녀와."

"저승살이헌 지 수십 년이 지난 아들을 언제까지 다슴애기 취급헐 것꽈? 차라리 유골함을 우영팟 합장묘 조끗디(곁)에 묻을 걸…."

어머니가 넋두리하며 송철을 쳐다봤다.

"전 조금 이따 제주시로 넘어가야 하니 아버지 말씀대로 하세요."

그리고 사나흘 뒤, 송철은 제주시에서 넘어오는 길에 혼자 남원읍충혼묘지를 찾았다. 충혼묘지 들머리에는 돌담을 따라 인동꽃이 만발해 있었다. 크리스마스트리를 연상케 했다. 송철은 걸음을 멈추고 싱그럽고 촘촘한 인동꽃 줄기를 잘라내 조심스레 똬리를 틀었다. 월계관 같은 작은 화환이 완성되었다.

충혼묘지 출입구의 철제문을 열었다. 정방형의 묘역 울담을 따라 이식된 나무들이 삼각 지주목에 기대 있었다.

먼저 정중앙의 충혼탑 제단으로 다가서서 검정 대리석에 음각된 묘비명을 훑었다.

'민족의 성지… 호국의 영령들… 의로운 충절을 기리고자 1955년 12월 남원리에 조성했던 충혼묘지…. 이곳 수망리 풍광이 수려한 언덕에 새로 호국의 제단을 마련하고 충혼탑을 세우노니…. 호국의 불사조가 된 영령들 앞에 고개 숙여 겨레 사랑 나라 사랑의 마음을 다짐하도다. 1991년 6월 6일 남제주군수'

다음은 탑신 왼쪽에 음각된 '헌시獻詩'로 시선을 옮겼다.

'自由의 소중함을 모르는 사람들은 우뚝 선 저 님들의 모습을 보라…. 자유의 소중함을 잘 아는 사람들도 푸르디푸르게 빛나는 저 바다를 보며 님들의 말씀을 들어보라…. 우리들의 자유는 말씀만은 아니나니 공허한 觀念도 부질없는 論議도 아닌 오직 行動, 거룩한 신념에 불타는 행동일 뿐…. 濟州 동백보다 더 붉은 목숨들…. 祖國이여, 겨레여, 자유여.'

똑같은 규격의 수많은 묘비들이 연병장 같은 잔디밭에 열병하듯 자리잡고 있었다. 4·3사건과 6·25 전쟁, 월남전이 시공을 달리하고 있는 광장이었다. 역사에 기록되지 않은 사건의 희생자들도 있었다. 형의 묘비에 인동꽃 화환을 걸어놓고 돌담을 따라 산책하듯 걸음을 옮겼다. 네모반듯하게 다듬어진 돌받침대가 이어진 곳에 이끼가 낀 충혼비, 순직비들이 질서정연하게 세워져 있었다. 높낮이가 제각각이었다. 과거 어디엔가 세워졌다가 옮겨온 듯했다. 4·3 당시 군경토벌대, 그들의 총알받이였거나 우익단체이면서도 사실상 이승만 통역정부의 하수인 역할도 했던 민보단원, 애국단원, 대청원, 향방원도 군경과 당당히 애국선열의 반열에 있었다.

송철은 네 명의 이름이 박힌 충혼비만 방향을 틀어가며 카메라에 담았다. 육군 '일등상사 문석춘, 일등중사 이범팔, 이등중사 안성혁, 이등중사 임찬수'였다. 1949년 1월 12일 학교를 습격한 유격대와 교전 중에 전사한 병사들이었다. 보병 제2연대 1대대 장병 이름으로 세워진 비문에는 '1월 12일 의귀리에서 적습을 받아 용감히 장병 혼연일체하여 불리한 지형임에도 불구하고 잠복한 적진에 결사 돌입하여 혁혁한 전과를 거뒀으나 불행히도 흉탄에 명중되어 명예의 전사'를 했다고 새겨져 있었다. 당시 의귀국민학교에 세워졌던 것을 이곳으로 옮긴 것이다. 문득 어느 노인의 후일담이 생각났다. '그해 7월 정문 입구에 그날 사망헌 군인들 추모비를 세웠는데… 응원경찰이 그 앞을 지나는 사람들에게 고개를 숙여 묵례하도록 강요했네. 그리고 세상에나… 표선에 파견된 최장호 상사는 악질로 소문이 자자했던 놈인데도 현재 그의 묘비까지 남원충혼묘지에 있어. 주둔군은 도피 생활하다 붙잡힌 주민들 중에서 젊고 예쁜 여자를 지명해 숙직실에서 살며 취사를 담당하게 했는데 최 상사는 그중 우리 마을 심방 딸과 결혼했고….'

송철의 그날 충혼묘지 탐방은 중산간 마을의 수많은 학살터, '잃어버린 마을', 토벌대 주둔지와 무장대 아지트 현장 탐사로 이어졌다. 제주섬의 삿갓구름 같은 중산간 마을은 그 자체가 4·3의 성지聖地였다.

현 권사 할머니가 교회 어린이집 골목에서 나오고 있었다. '예수할망' 딸이었다. 김장수는 갑자기 걸음을 멈췄다.

"교우들과 점심을 먹기로 했어."

예수할망 딸은 스틱을 짚고 있었지만 꼿꼿한 몸짓이었다.

"그럼, 조심히 다녀가세요."

교회 유리벽의 복음이 햇살에 반짝였다. '예수, 세상을 비추다.'

김장수를 불러세운 김윤학이 작은 가방을 둘러메고 잰걸음으로 다가왔다.

"저쪽에서부터 불렀는데…."

엊저녁 제주시에서 넘어와 부모님과 하룻밤 묵었다고 했다. 조카뻘인 그는 영어학원을 운영하면서 대학에 출강하는 문학평론가로 마을지 편찬 간사를 맡고 있다.

"예수할망 딸답게 정정하시네요."

윤학이 모퉁이를 돌아나가는 현 권사를 턱짓하며 입을 열었다.

"백 살이 넘었는데 새벽기도회에도 참석한다고 들었네."

"한때는 주민들 대부분이 신도였다면서요?"

"그랬었지. 저 현 권사 할머님은 수망리에서 외동딸로 태어나서 해방 직후에 여기 김씨 집안으로 출가했는데 남편은 총파업 사건 이후 행불 상태여서 움막 생활을 할 때는 혼자였지. 모친인 김도선 여인이

기독교 신자였는데 딸을 만나러 왔다가 기막힌 참상을 보고 그냥 눌러앉아 같이 생활하기 시작했거든. 움막을 돌며 기도회를 갖기도 하면서…. 김도선 여인은 움막 생활을 청산한 뒤에도 거주지를 옮겨다니며 기도회를 지속했는데 지금 교회 자리에 오막살이를 마련한 게 교회 주춧돌이 된 걸세. 그 뒤 성경구락부에서는 배급품을 받으러 교회로 몰려드는 아이들에게 성경과 동화를 낭독해 주며 찬송가를 가르쳤었네. 부녀자들을 대상으로 야학을 개설해 세 반으로 나눠 한글 강습을 하기도 했고…."

김도선 여인은 소천한 뒤에 마을의 '예수할망'으로 부활했다. 주민들이 부여한 호칭이었다.

"김장수 선생님. 안녕하세요."

학교 울타리를 끼고 걸어가는데 부만식 교장이 환한 미소를 지으며 운동장 트랙을 건너왔다. 김윤학은 먼저 마을지 편찬실에 가 있겠다며 네거리 모퉁이로 사라졌다.

"자네 소식은 들었네."

교장 승진과 동시에 첫 교사 발령지에 부임해 감회가 남다르겠다는 생각이 들었다. 그와 의귀교 동료 교사로 만났을 때 집안의 사윗감으로 중매한 것도 김장수였다.

"언제 축하주 한잔 사겠네."

"선생님 도움을 받을 일도 있고 나중에 연락드리겠습니다."

부만식이 트랙 틈에 박힌 풀을 뽑아들었다.

"참, 의귀리지 사삼 부분을 집필한단 얘기 들었습니다."

"마지못해 똥막대기를 떠맡았네."

"똥막대기요?"

부만식이 폭소를 터뜨리며 잔디구장을 가로질러 현관 쪽으로 걸어갔다. 알록달록한 학교 전경이 컬러판 그림책 같았다. 세월 따라 학교 모습은 변해가도 김장수에게는 여전히 악몽의 삼각주였다. 한라산의 우산살 같은 골짜기를 따라 떠밀려오며 쌓인 흙모래로 남았다.

아름다운 추억은 없고 아픈 기억만 가시덩굴로 남았다. 한겨울에도 광목에 검정물을 들인 반바지, 맨발에 짚신 차림인 아이들이 많았다.

장수는 일곱 살 때부터 열 살 때까지는 동네 한문서당에 다녔다. 또래의 학동들은 해안마을에 있는 보통학교로 빠져나갔다. 아이들 걸음으로 한 시간 가까이 걸리는 거리였다. 아버지와 할아버지는, 우리 마을에도 곧 학교가 생길 모양이니 그냥 한문서당을 놀이터로 삼으라고 했다. 왕복 두 시간이 걸리는 통학은 무리라 했다. 왜소하고 약골인 데다 잔병치레가 많은 터라 궂은 날씨를 감당할 수 없다는 이유였다. 언젠가 장원 형은 아버지에게 '아이를 돗통시 똥돼지로 키울 셈이냐.'고 윽박질렀다. 밥이 똥오줌으로 나오듯이 먹물은 살과 피가 된다고 했다. 아버지는 형의 괴상망측한 말에 '조캐야. 무슨 말인지 알았저마는 이 세상엔 먹물이 똥물이 된 인간 말종들도 있저.' 했다.

그리고 아홉 살이 되던 해 6월에 남원공립보통학교 병설 의귀간이학교가 문을 열어 이사무소에서 개교식을 가졌다. 하지만 장수는 열한 살이 나서야 학교에 입학했다. 3학년 때 해방을 맞이했고, 6학년 되던 해 봄에는 4·3사태가 터졌다. 그해 여름방학 이후에는 동무들과 뿔뿔이 흩어져야 했다.

학교가 1948년 12월 15일 폐교됐다는 소식은 도피 생활을 할 때 들었다. 그리고 그해 12월 26일부터는 제2연대 1대대 2중대 군인이 주둔했다가 이듬해 1월 20일 해안가 마을인 태흥1리로 철수했다.

주둔군이 떠나면서 학교 건물도 헐리기 시작했다. 그 과정에 무장대가 잿더미로 만든 태흥교, 남원교 두 학교의 주민들이 몰려와 입씨름을 벌이기도 했다. 학교를 복구하는 데 쓰일 자재를 차지하기 위해서였다.

육학년 학생들이 철거된 목재, 기왓장을 복구공사를 하는 남원교까지 등짐으로 운반했다.

장수는 그해 4월부터 남원교 6학년에 편입했다. 축성 작업이 시작될 무렵이었다. 급우들보다 두세 살 위였다. 몸도 봄풀 먹은 부룩소처럼 튼실해지고, 키도 훌쩍 자라서 예전처럼 함부로 대하는 녀석들이 없었다.

교실 대신 복구공사를 진행하는 학교 동쪽의 천막교실에서 야외수업을 했다. 글공부는 시늉만 하고 대부분 노작 활동으로 하루 일과를 때웠다. 마지못해 책보를 허리에 두르고 집을 나섰지만 죽을 맛이었다. 일단 학교가 내려다보이는 둔덕에서 학교 동정을 살피고 나서 등교했는데 이곳을 '시곗동산'이라 불렀다. 어쩌다 운동장에서 전체조회를 하고 있으면 그냥 발길을 돌려 하학 시간에 맞춰 귀가하는 녀석들도 있었다.

그러던 어느 토요일이었다. 그날은 아예 책보를 갖지 않고 맨몸으로 등교했다. 담임교사가 출석부를 부른 뒤 곧바로 조를 편성해 작업에 들어갔다. 장수는 국기게양대 주변 담당이었다. 지붕에서는 기와를 덮는 작업이 한창이었다. 숨을 헉헉대며 본관 화단에 쌓인 목재 자투리,

부서진 기왓장, 유리 조각을 치우기 시작했다. 그런데 갑자기 지붕 가장자리에서 물체 하나가 허공에 걸리는 순간 둔탁한 소리가 장수 몸을 덮쳤다. 그날 팔뚝의 생채기는 평생 운명의 훈장으로 남았다. 도피 생활할 때 생긴 발등의 상처와 함께….

학교 정문의 주차장을 지나면 바로 주민센터인데 일제 때는 학교 운동장이었다. 주민센터 2층 옥상 난간에 내일 치러질 어버이날 경로잔치 경축 현수막이 내걸려 있었다.

마을지 편찬실에서 기다리던 김윤학이 찻잔을 내밀었다.

"양 회장님도 자료를 갖고 나오실 거예요."

몇몇 마을지 편찬 자문위원과 점심이 약속됐다고 했다.

김장수는 비닐파일에서 4절지 크기의 평면도를 조심스레 테이블에 펼쳤다. J신보사에서 신문용지를 얻어다가 그린 것이다. 종이가 귀한 때였다.

김장수는 육십삼 년 전으로 돌아갔다. 감회가 새로웠다.

"처음엔 새끼줄로 동서남북 성담 구역만 정했고… 움막 생활에 들어간 후에 내가 외성과 내성의 높이며 폭, 주거 평면도를 기록했던 걸세…."

김장수는 현재의 지형지물에 곁들여 손가락으로 도면의 축성을 따라갔다.

"세 마을이 성담을 쌓아 거주했던 지점은 학교 동쪽 남북으로 이어진 중산간도로 동녘 지대였는데 남북은 '장판거리'에서 '못거리' 부근 여기 1603번지 사이, 동서는 학교 정문에서 794번지 사이였네…. 바깥성과 안성 사이에는 탱자나무와 쿳가시낭(꾸지뽕나무) 같은 가시덤불을 깔아놓아 산사람 기습에 대비했거든. 나중에는 서쪽 학교 구역까지 확장되면서 교무실 하나에 교실 두 개짜리 초가 가교사와 방 두 개에 마루와 부엌이 달린 관사를 신축했고…. 그 외에 학교 남쪽 구역에는 담뱃가게, 이발소, 대장간이 들어섰지. 여기 '동담'이라 부르던 먹는 물통이 있던 '못거리'에는 버드나무와 팽나무가 한 그루씩 있던 걸로 기억하는데 지금은 다 사라졌어."

김윤학이 축성도면을 카메라에 담았다.

"이거면 축성 경계구역을 놓고 더 이상 입씨름할 일은 없겠네요."

조감도를 제작해 화보에 싣겠다고 했다. 김장수는 축성도면을 다시 비닐파일에 집어넣었다.

"헌데 어떻게 어린 나이였던 선생님이 축성도면을 담당했나요."

윤학이 고개를 갸웃하며 물었다. 도저히 이해가 안 간다는 어투였다.

"사태가 발발한 이듬해 4월에는 어느 정도 진정국면에 들어섰는데 고향을 떠나 가리삭삭 흩어졌던 이웃 한남리, 수망리 외에 신흥리 등지의 주민들까지 우리 마을을 임시 거주처로 삼았을 때였네…."

장수와 어머니, 하나 남은 누이도 임시 거처하던 태흥1리에서 귀향해 합류했다. 수백 명의 도피자들 중에 남자는 열 명에 두어 명에 불과했다. 대부분 노약자, 부녀자, 어린애들이었다. 청년들은 이미 마을에서 종적을 감추거나 토벌대에 희생된 상황이었다.

의귀리 이장이 축성 책임자로 추대됐다. 그리고 이장댁부터 대충 복구해 축성 작업의 본부로 삼았다.

"장수야. 등교 문젠 교장 선생님께 잘 말씀드릴 테니 내 옆에서 이서기 겸 사환 노릇을 해줘사키여….”

그렇게 이장 곁에서 축성 작업의 심부름꾼이 됐다.

당장 지적도를 앞에 놓고 도면설계에 들어갔다. 축성 구역에는 남원지서 의귀경찰출장소와 경찰관 숙소, 대한청년단(한청) 사무실이 있었고 ‘학교 동녘밭’에는 세 개의 무덤이 방치된 상태였다.

“출장소와 한청사무소는 당국에서 처리헐 테고 여기 1506번지 ‘학교 동녘밭’ 무덤을 옮기는 게 문제네요….”

이장이 줄담배를 피워대며 좌중을 둘러봤다.

“그 얘긴 나도 대충 귀동냥헌 게 있수다마는… 옮길 장소만 정해 주민 우리가 이장移葬을 담당허기로 허쿠다.”

남원면장 고향 마을의 한남리 주민 대표였다.

“장소는 ‘개턴물’ 동쪽 여기 765-7번지 지점으로 정해 놓았수다.”

곧바로 경찰에 신고하고 나서 세 무덤을 이장하는 작업에 들어갔다. 출장소 경찰 한 명이 감시하는 가운데 한남리 출신 남자들이 구덩이 흙을 걷어냈다. 냉가슴을 앓아오던 유족들도 오열하며 지켜봤다. 시신들은 그날 총살당할 때 차림새 그대로였다. 짚신, 고무신짝들만 유해들 틈바구니에 박혀 있었다.

“저건 은이빨을 보난 우리 하르방이 틀림엇저….”

할머니 한 분이 구덩이 앞에 주저앉아 흐느꼈다.

“그건 옷 색깔이 우리 아들허고 딸이여.”

무덤이 있는 밭 주인 할아버지였다.

“온전하고 신원이 확인된 유해들이랑 유족이 따로 감장허게 해줍서.”

"큰일날 소리 허지 맙서."

이장이 기겁하며 손사래를 쳤다.

오후에는 남원지서에서 출동한 순경들이 이장 과정을 감시했다. 그 새 이런저런 잡음이 새어나간 모양이었다. '개턴물'로 옮긴 시신들은 그날 해거름에야 다시 세 개의 구덩이대로 매장됐다. 일부 유족이 온갖 인맥을 동원해서 유해를 빼돌린 사실은 나중에야 입소문을 탔다.

축성 작업은 일사천리로 진행됐다. 남녀노소 불문하고 노역에 나섰다. 날씨를 따지지 않았다. 어른들은 지게와 가마니, 짚으로 등받이를 만든 푸지게로 석재石材를 운반했다. 예닐곱 살 어린이부터 열대엿 살 아이들도 돌산태로 자갈을 날랐다. 성담은 주변 밭담, 불탄 집의 울담을 날라다 사용했다. 노인들 모두가 성담을 쌓는 돌챙이(돌장이), 움막을 짓는 목수였다. 남원면장, 서귀포경찰서장도 현장에 나와 마을 재건을 독려했다. 그리고 해변 마을의 태흥리, 남원리 주민들은 하루씩 나와 노역 봉사를 했다.

사십여 일 만에 축성이 완공됐다. 주거 지역인 내성은 동서남북 가로세로 다섯 개 블록씩 바둑판처럼 구분하였는데 동쪽만 남북으로 네 개 구역이었다. 내성 도로변 정중앙의 정문은 주거자들 출입구였고 남문은 봉쇄했다. 순찰로를 따라 보초막과 대기소가 마련됐다.

"내성의 주거 구역은 세 마을 대표자들이 의논해서 배정했는데 입구를 가린 멍석, 가마니터기가 출입문이었는데 문패 대신 광목천에 '의귀리 제1호… 제2호… 제3호….' 하는 식으로 일련번호를 써붙였고 나무를 세워 멍석, 가마니터기, 억새와 나뭇가지로 칸막이한 움막 바닥에는 촐(꼴), 억새, 고사리, 짚 등을 깔아놓고 취사와 숙식을 해결하며 살았지….”

의귀리 주민이 백육십육 가호, 수망리 이주민 서른세 가호, 한남리 스물아홉 가호, 그 외 신흥리 등지의 사람들 스물네 가호였다.

그해 단오명절(양력 6월 1일)은 축성된 움막에서 차례를 지냈다.

“움막 생활을 하면서는 아침에 양민증을 지참해 의귀경찰출장소에서 성 바깥출입 허가를 받고 나가 밭일을 하다가 해 지기 전에 성으로 돌아와야 했네….”

시계가 없으니 해가 뜨고 지는 게 시계였다.

수망리는 1951년 1월에, 한남리는 1953년 3월에 마을 재건을 착수했는데 두석 달 동안의 축성 작업이 끝나자 그곳 주민들은 고향 마을로 돌아갔다. 의귀리 주민들은 휴전협정이 된 직후까지 새 터전을 마련해 떠났는데 일부 자연마을 주민들은 다른 곳에 둥지를 틀었다.

김윤학이 통화를 마치고 다시 메모하던 노트와 펜을 집었다.

“그리고 선생님은 움막 생활할 때 결혼했다고 들었는데….”

김장수는 멋쩍게 웃으며 ‘전쟁과 결혼’이란 말을 생각했다.

“열여덟 살에야 국민학교 졸업장을 받고 중학교에 들어갔는데 유월에 전쟁이 터진 거야….”

선후배, 동창들이 무더기로 징집되거나 학도병으로 출정했다. 장수는 두 차례 징병검사를 받았으나 불합격 판정으로 군 면제를 받은 상태였다. 하지만 ‘왜정 때 징병 대상자를 선정할 때도 그러더니… 허우대가 멀쩡한 놈인데 누구 빽으로 면제를 받았느냐’는 눈총에 시달렸다. 그래도 귀막시, 벙어리가 될 수밖에 없었다.

겨울이 되면서부터 누구 아들, 누구 동생, 누구 손자가 전사했다는 입소문이 늘어갔다. 어머니는 장수를 물고 늘어졌다.

"글공부를 때려치우더라도 장게부터 갈 생각허라."

어머니는 '장가가라'는 말을 염불하듯 했다. 신붓감이 정해진 것도 아니었다.

"군대 안 가도 되는데 무슨 걱정에요."

"군인덜 말을 어떵 믿느니…."

장수는 담임교사를 만나 막막한 심경을 하소연했다. 또래들보다 나이가 많아서 그런지 평소에도 친동생처럼 아껴주는 분이었다. 제주읍 출신인데 남원중학교 동네에서 자취하고 있었다.

"그게 왜 고민거리냐. 세상 잘 만났으면 넌 이미 '애기아방'이 될 나이야."

담임은 뼈대 있는 가문의 훌륭한 사윗감이라고 추켜세우기까지 했다. 장래가 촉망되는 제자라고 하면서…. 당장 어디서 사느냐, 무엇으로 먹고사느냐는 것은 문제가 되지 않는다고 했다.

며칠 뒤에는 중매까지 자청하고 나섰다.

"두 살 연상이어도 괜찮겠지?"

담임선생의 오촌 조카라 했다.

"부모님은 어린 딸만 내 사촌형님에게 맡겨두고 일본으로 돈벌이하러 밀항한 뒤 여태 종무소식이거든. 조카는 남의 집 아기업게와 식모살이를 하며 국민학교 졸업장을 받았고 지금은 동문시장 포목점 점원으로 있어…."

고단하게 자라도 예의범절이 바르며, 속이 깊고, 온순한 일등 새각시라 했다. 며칠 뒤 담임선생이 소개한 고앵자 아가씨를 처음 만난 자리에서 혼인을 약속했다. 그리고 담임은 움막 생활을 하는 데서 혼례식을 올리는 걱정을 덜어줬다.

"우선 혼인신고부터 하고 예식은 나중에 치르면 돼…."

그렇게 소꿉놀이하듯 지금의 아내와 부부가 됐다. 중학교 3학년 때였다.

김장수는 마을지 편찬실을 나서면서 계속 당시 이야기를 이어갔다.

"그리고 전쟁이 터진 해 가을엔 서귀포로 이주해 김정팔이란 가명으로 살던 김 구장이 '소남머리'에서 투신자살했던 걸로 기억하네…."

무장대는 물론 마을 사람들에게도 밀고자로 원성을 샀던 집안 어른이었다.

"투신자살요?"

윤학이 놀란 표정을 지으며 걸음을 멈췄다.

"자세한 사연은 모르되 뿌린 대로 거둔 셈이자…."

그곳에서는 도박과 주색에 빠져 살다 죽었다는 풍문만 무성했다. 김 구장은 고향과 절연한 뒤에도 밀고 행위는 멈추지 않은 듯했다. 형수는 장원 형이 여러 차례 재판을 받고 옥살이한 뒤 야반도주하게 한 원수라 했다.

장원 형이 야반도주한 며칠 뒤에 정현숙 형수가 찾아왔다.

"동혁의 아방을 포함해서 웃귀 마을에서 입산헌 청년 명단이 서귀포경찰서에 보고된 거 닮은디 이 노릇을 어떵허민 될 건고마씀."

"그 얘긴 누구에게 들은 겁니까."

아버지가 숭늉 그릇을 내려놓으며 물었다.

"어제 고모님이 다녀갔수다."

서귀포경찰서 사찰계장으로 있는 아들 심부름이라 했다.

"일단 시아주버님이 지서주임을 만나봅서. 이장을 내세울 처지도 못 되고…."

아버지는 의귀교 학교후원회장이면서 조합장이었다.

형수가 몇몇 청년들 이름을 거명하고 돌아간 뒤 아버지가 남원지서를 방문하고 귀가했다. 다른 세 사람도 동행하고 있었다.

"갈치가 갈치꼴렝이를 잡아먹는댕 허는디 내 참, 기가 막혀서…."

"구장까지 지낸 양반이 제 조상과 마을을 팔아먹어도 분수가 있어야지."

"앙갚음허는 거주마는 누웡 침 바끄는(뱉는) 짓이지."

김 구장이 과거 비리를 캐던 청년들을 계속 괘씸죄로 앙갚음한다는 것이다.

"이미 엎질러진 물이니 일단 지켜보기로 헙주…."

아버지 일행이 노발대발하며 술을 마셨다.

"그래도 오늘 문서 내용은 적엉 놔 둡주."

"그럽시다…. 장수야. 종이허고 연필 갖고 나오라."

아버지 목소리였다. 장수는 앉은뱅이책상에 앉아 상방에서 들리는 이야기에 귀를 기울이고 있었다.

아버지가 머릿속에 저장된 문서 내용을 끄집어내기 시작했다.

"먼저 명단부터 받아 적으라…."

장수는 아버지가 부르는 대로 학습장에 이름을 적었다. 김씨가 여섯 명, 오씨는 여자 한 명을 포함해서 네 명이었다.

"혹시나 해서 문서 명단을 훔쳐왔는데…."

아버지가 갑자기 두 손바닥을 펴 보였다. 손금에 만년필 잉크가 번져 있었다.

아버지 기억과 손바닥 이름이 일치했다.

"그전에 우리가 듣던 사람들보다 두 명 더 늘었네."

장원 형도 마지막 두 사람에 끼어 있었다.

장수는 학습장에 모았던 기억을 다시 갱지 한 장에 순서대로 정서했다. 서귀포경찰서와 남원지서 사이에 오고간 문서 내용이었다.

발단은 1948년 6월 11일 서귀포경찰서에서 남원지서로 발송된 문서에서 비롯되었다. 김중일(의귀리, 농업, 당 56년)의 '의귀리 습격 사건에 대한 언동'에 대한 진상을 내사하여 급보急報하라는 공문이었다.

이에 대해 남원지서에서는, '김중일이 1948년 6월 9일 하오 1시경 서귀리 속칭 솔동산 노상에서 남원면 의귀리 습격사건이 발생한 것은 동리同里 출신 김O웅 등에 의해서 비롯됐는데 원래부터 불온사상자인 이들은 4·3폭동이 발생하자 입산하고 있던 폭도와 가담하여 동리 우익요인 집을 습격하여 방화를 단행하였다고 발설'했다고 보고했다.

우익요인을 습격했다는 것은 무장대가 4·3 직후 최초로 김 구장과 당시 이서기를 지낸 집을 방화한 사건이었다. 장원 형이 석방된 직후였다. 그리고 '폭도와 가담한 불온사상자'는 좌익 청년단체에서 활동했던 청년들이라 했다.

마을지 편찬 자문위원 대엿 명이 식당으로 자리를 옮겼다. 네거리 도로변 모퉁이의 옛 면사무소 자리, 그 북쪽 50여 미터 지점에 있는

4·3사건 당시 학살터인 '학교 동녘밭'이 한눈에 들어왔다.

반주를 곁들인 방담이 무르익으며 대화도 두세 가닥으로 나눠졌다.

"선생님. 원고는 어느 정도 진척됐습니까."

맞은편에 앉은 양천일 회장이 갑자기 화제를 돌렸다.

"건자재는 차고 넘치는데 아직도 어떤 집을 지어야 할지 고민 중일세."

눈에 보이지 않는 지뢰를 탐색하는 건 나중 문제였다.

"그런데 양 회장. '진상조사 보고서'를 비롯해 기록물마다 이틀에 걸친 현의합장묘 희생자가 '80여 명'으로 돼 있는데 출처를 추적하지 못해 고민일세…."

지금까지 신고자 명단과 몇몇 유족이 따로 감장한 숫자를 포함한다 해도 오십 명 이내일 거로 추정됐다. 초창기 어느 '4·3 취재반' 자료집에 나온 '80여 명'이 시초인 듯했다. 그 당시 취재반의 어느 기자는 훗날 양 모씨의 기억을 그대로 옮긴 것인데 잘못된 내용이라고 실토했다. 주둔군의 잔학상을 과장해서 한꺼번에 팔십여 명이 몰살됐다는 식으로 희생자 숫자를 부풀리는 것은 영령들에게는 물론 유족들을 욕되게 하는 일이었다.

"그건 당시 학교 창고에 수용됐던 사람들까지 포함된 숫자 아닐까요."

양 회장이 떠듬거리며 받아넘겼다.

"유치장처럼 동일 인물이 며칠씩 갇혔던 게 아니라 날마다 수용자 얼굴이 바뀌었는데 그건 말이 안 돼. 그러니 양 회장이 적극 나서서 이 과제를 해결했으면 하네. 나도 마을지 원고에는 지금 양 회장과 나누는 대화 내용으로 마무리할 테니…."

"그건 그렇고… 원고 넘기기 전에 저에게도 한번 읽어볼 기회를 주십서."

김장수가 한참 양 회장을 응시하다가 입을 열었다.

"사전검열을 하겠단 소리로 들리네."

"하이고 선생님, 곡해하지 마십서. '애기업게 말도 들엉보민 낫다'는 말이 그냥 생겼겠습니까. 저도 당당하게 목소리를 낼 자격이 있다고 생각해서 드리는 말씀입니다."

"그럼, 현의합장묘 부분은 자네가 갈라 맡아서 집필하게나."

"선생님은 왼쪽 날개가 되고 저보고는 오른쪽 날개가 되라는 소리로 들립니다. 으하하."

"아무튼 참고하겠으니 이 자리에선 여기까지만 하지."

양천일 회장은 3·1 발포사건, 총파업으로 제주섬이 요동치던 해에 태어났다. 그의 부친이 '학교 동녘밭' 집단학살 당시 목숨을 잃은 사실은 나중에 알았다. 그리고 그의 형, 사촌 형도 희생자인데 사태 당시 의귀교 교사였다. 한때는 장원 형, 점박이 선생과 활동한 동지였다고 들었다. 김장수가 현의합장묘의 후견인을 자청해 나서고, 양 회장을 조카와 애제자처럼 여기는 이유이기도 했다.

'학교 동녘밭' 유해들이 '개턴물' 지경으로 옮겨진 후에도 무덤은 방치된 상태였지만 유족들은 침묵할 수밖에 없었다. 자칫하다 스스로 자기 무덤을 팔지 모른다는 공포감 때문이었다. 하지만 김장수는 집안 선묘처럼 애정의 끈을 놓지 않았다. 똑같이 토벌대의 희생양이 된 피붙이로 여겼다. 움막 생활을 청산하고 성담이 시나브로 해체됐지만 기억의 비망록은 나이테처럼 부피를 더해 갔다. 취중 방담에 묻어나오는, 돼지감자처럼 뒤틀린 육성들까지 꼬박꼬박 모아갔다. 유족들 명단도 챙기기 시작했다. 꼬마 병사로 염탐꾼 노릇을 할 당시 '학교 동녘 밭'에서 주둔군 총성에 파묻힌 영령들에 빙의됐는지 모른다.

김장수는 오래전 집안의 '학교 동녘 밭' 희생자 유족 어른에게 쓴소리한 적이 있다.

"하르바님. 무덤에 벌초한다고 해서 반공법에 걸리지 않습니다. 만약 문제가 생기면 저에게 덮어씌웁서…. 커가는 손주들에게 부끄럽지 않습니까."

"기영허지 않아도 묘역 문제를 거론허는 중일세."

1968년 봄, 유족들은 세 개의 봉분에 다시 테역(잔디)을 입히고 산담을 둘렀다. 비로소 초가삼간 같은 유택으로 탈바꿈됐다. 그날 김장수는 '선묘 조성'을 사유로 하루 연가를 냈다. 해마다 벌초하고 위령제를 지내기 시작한 것도 이때부터였다. 그 이후 세 무덤은 동네 아이들의 놀이동산이 됐다.

1976년에는 '한 울타리 안에 3기의 묘가 있다는 뜻'의 삼묘동친회三墓同親會가 결성되고, 양천일이 유족회 회장으로 추대됐다. 그 뒤에도 김장수는 여전히 후견인으로 남았다.

1983년 봄에는 현의합장묘顯義合葬墓 묘비도 세웠다. 의로운 넋들이 함께 묻힌 묘라는 뜻이었다. 그런데 코흘리개들이 어른이 되면서 마을길도 거듭 넓혀져 갔다. 그에 따라 묘역도 점점 길가로 나앉았다. 무고한 원혼들 유택이 밀려날 위기 상황이었다.

유족회는 묘역 이장 문제로 고민에 빠졌다. 하지만 유족들 성금으로는 엄두를 낼 수 없는 경비 조달이 급선무였다. 양 회장은 새로운 묘역

조성을 위해 유관기관을 찾아다니느라 동분서주했다. 4·3사업소장으로 있는 동혁도 기척 없이 지원에 나섰다.

"삼춘, 저도 조상님 묘원을 마련하는 마음으로 부지 선정과 토지 매입을 위해 예산 부서는 물론 도의회와도 물밑 작업을 벌이는 중이에요…."

2002년에는 삼묘동친회를 '현의합장묘 4·3유족회'로 개칭했는데 양천일이 계속 회장을 맡았다. 위령제 날짜도 4월 3일에서 역술인이 길일로 점찍은 음력 8월 24일로 변경했다.

그리고 마침내 수망리 893번지 '신산모루' 지경에 5천 7백여 평방미터의 새 부지가 마련됐다. 지원금은 제주도와 남제주군청에서 분산해 내려왔다.

유해 발굴과 화장, 새 유택에서의 하관과 추도식 일정도 잡혔다. 김장수는 물론 송철이를 비롯한 초연회 동지들도 집안일처럼 나섰다. 송령이골 묘역 벌초를 하면서 교분을 쌓은 이들이었다.

박훈 화백이 묘역의 조감도를 비롯한 제단, 묘비, 내력비 등의 디자인을 맡았다.

"전신공양을 하는 마음으로 부조하겠습니다마는 유족회에서는 사공으로 나서면 안 됩니다."

박 화백이 유족들 앞에서 농 반 진 반으로 토를 달았다.

합장묘 조성 계획은 일사천리로 진행됐다.

며칠 뒤 박 화백이 구상한 묘원의 조감도를 설명했다.

"전체 묘원 분위기는 경건하면서도 친근감을 자아내게 할 겁니다. 울타리는 제주의 전통적 가옥의 축담, 울담처럼 자연석으로 나지막하게 두를 겁니다. 입구 표지판은 지금 '학교 동녘밭' 학살터 감귤밭에 거목으로 자란 숙대낭(삼나무) 방풍림을 목재로 해서 조형물 형식으로 제작하겠고, 세 개의 봉분은 묘원 남쪽 중앙에서 동녘으로 약간 기운 지점에 바다를 등져 한라산 방향으로 정할 겁니다…."

유해 발굴을 하는 날이 되었다. 김장수는 아침 일찍 송철과 개턴물 묘지에 도착했다. 세 개의 봉분과 주위에는 천막이 하늘을 가리고 있었다. 무덤 옆에 작은 포클레인 한 대가 보였다.

"유해발굴팀이 도착하기 전에 간단한 의식부터 치르겠습니다."

양 회장이 김장수에게 다가와 귓속말을 했다.

모두들 봉분 앞에 섰다.

양 회장이 무덤 앞에 무릎을 꿇고 토지 축문을 낭독하기 시작했다.

'2003년 계미년 9월 16일, 음력 8월 20일을 맞이해서 양천일이 현의 합장묘 유족들 이름으로 1949년 봄부터 이곳 개턴물 지경 765-7번지에 영면하고 계신 고혼들을 품어주신 토지신께 삼가 아뢰옵나이다. 4·3 사건 때 의귀국민학교에 주둔한 토벌군에게 희생된 각성各姓바지 목숨들이 묻힌 합장묘 영령들을 새 유택지로 모시기로 하였으니 해량海諒하소서….'

그리고 유족들의 흐느낌 속에 파묘破墓 축문이 이어졌다.

'이곳 개턴물 지경 765-7번지 유택에 영면한 각성各姓바지 신위께 삼가 아뢰옵니다. 의귀국민학교에 주둔한 토벌군들이 1949년 1월 10일과 12일 이틀에 걸쳐 학교 동녘밭 1506-6번지에서 총살당한 영령을 시국 탓만 하며 예를 제대로 갖추지 못하다가 54년이 돼서야 유해를 화장한 후 수망리 신산모루 지경 893번지 양지바른 곳에 마련된 유택

으로 모시려 하오니 놀라지 마옵소서….'

봉분 뒤에 서 있던 세 남자가 괭이로 무덤 끝자락을 찍으며 합창하듯 소리 질렀다.

"파묘요!"

작은 굴착기가 몸통을 돌리며 산담을 해체하고 봉분을 지웠다. 김장수도 애써 총성에 묻힌 달빛 그림자들을 지웠다.

그렇게 유해 발굴 작업이 진행됐다. 문화재발굴업체에서 파견된 직원들이 유해를 건져내면 감식단은 퍼즐을 맞추듯 시신을 분류해 나갔다. 유골이 지상으로 드러날 때마다 통곡과 오열이 뒤따랐다. 뒤엉킨 유골에는 총알, 단추, 허리띠, 숟가락 등 유품들도 묻어나왔다. 운집한 사람들이 무덤 주위에 둘러서서 이를 지켜봤다. 김장수는 한숨 섞인 탄식을 꾹꾹 삼켰다. 그런데 김장수에게는 산산이 부서진 이름들이 엉뚱한 물체로 환시幻視됐다. 칡뿌리, 더덕뿌리, 연근, 돼지감자, 우엉줄기, 알토란, 그리고 구멍 뚫린 조롱막….

발굴작업은 오후 늦게 끝났다. 법의학 교수가 감식단을 대표해 입을 열었다.

"서쪽 봉분에서 열일곱 구, 가운데 봉분에서 여덟 구, 동쪽 봉분에서 열네 구 등 모두 서른아홉 구인데요…. 남자가 열다섯 구, 여자 일곱 구, 그리고 청소년으로 추정되는 두 구를 포함한 성별 미상이 열일곱 구입니다. 사건 당시 두 차례에 걸쳐 희생된 후 시신의 일부는 유족이 빼내 개별적으로 감장했다는 얘길 들었습니다…. 어린애 등은 이미 흙이 된 것으로 추정되는데 오늘 발굴된 유해에서 이십 대 청년층은 한 구도 없어서 놀랍습니다…."

얼굴이 벌겋게 상기된 양 회장이 앞으로 나섰다.

"유족 여러분. 한 구 한 구 유해가 판별되지 못한 상태지만 세 봉분마다 따로따로 흙 한 줌씩을 옮겨넣음으로써 흩어진 유골을 대신하기로 하고, 내일 화장을 했다가 사흘 뒤인 구월 이십일 새 묘원에 안장하도록 하겠습니다."

만시지탄이지만 다행이다 싶었다. 송령이골 합장묘는 여전히 욕되고 부끄러운 이름으로 남았다.

이듬해 10월 7일 새로 마련된 현의합장묘역에는 송철이 비문을 쓴 추모비가 세웠졌다.*

유난히 매섭고 시렸던 무자·기축년
그 겨울 곰도 범도 무서워 잔뜩 웅크려 지내면서도
따뜻한 봄날 오려니 했더이다. 아, 그랬는데….
거동 불편한 하르방 할망, 꽃다운 젊은이들,
이름조차 호적부에 올리지 못한 물애기까지
악독한 총칼 앞에 원통하게 스러져 갔나이다
허공 중에 흩어진 영혼, 짓이겨져 뒤엉킨 육신
제대로 감장하지 못한 불효 천 년을 간다는데
무시로 도지는 설움 앞에 행여, 누가 들을까
울음조차 속으로만 삼키던 무정한 세월이여!
'살암시난 살아져라' 위안 삼아 버틴 세월이여!
앙상한 어웍밭 방앳불 질러 죽이고 태웠어도

* 강덕환 시인의 비문(碑文)

뿌리까지 다 태워 없애진 못하는 법 아닙니까

봄이면 희망처럼 삐죽이 새순 돋지 않던가요

참혹한 시절일랑 제발 다시 오지 말라 빌고빌며

뒤틀린 모진 역사 부채로 물려줄 수는 없다며

봉분 다지고 잔디 입혀 해원의 빗돌 세우나니

여기 발걸음한 이들이여! 잠시 옷깃을 여미어

한가닥 평화와 인권의 소중함 보듬고 가신다면

헛된 죽음이 아니라 부활하는 새 생명이겠나이다.

제4부
송령이골

송철은 언제나처럼 차를 아파트에 세워두고 출발했다. 오랜만에 서부두방파제를 산책하며 바닷바람을 쐬려고 시간을 넉넉하게 잡았다. '초연회' 모임 장소는 탑동광장 골목이었다.

제주시에 왔을 때는 궂은날만 자가용을 이용하고 가급적 다리품을 팔았다. 기억에서 지워지는 거리를 걸으며 질풍노도 시절의 실루엣을 떠올리는 몸짓이었다.

또 4차선 도로의 적색 신호등이 발목을 잡았다. 한 시간 가까이 걸어왔다. 토요일 오후의 거리는 차량과 행인 물결로 붐볐다. 한때는 최루가스와 하늘을 주먹질하는 시위대의 함성, 벽돌과 화염병, 방독면과 진압봉으로 무장한 전투경찰과의 난투극으로 교통이 마비되던 지점이었다.

칠성통 골목으로 들어서는데 전화벨이 울렸다. 양천일 회장이었다.

"조캐야. 뭐 좀 물어볼 게 있는데 통화할 수 있겠냐."

"예, 말씀하세요."

송철은 탑동광장 너머 수평선을 바라보며 걸음을 늦추었다.

"해방공간 무렵에 '왓샤! 왓샤!' 하며 시위를 벌였다던데 이 '왓샤, 왓샤"가 무슨 뜻인고?"

"그냥 '으샤으샤' 하는 감탄사로 보면 될 거예요."

지금도 텔레비전 뉴스에 등장하는 시위대를 '왓샤부대'라고 하는 노인들을 접하는 터였다.

"그게 왜 제주섬에 상륙했는지 얼른 와닿질 않네. 용도 폐기된 일제日帝 망령을 불러들이는 주문은 아니었을 테고…."

"일본에서는 신사神社나 동네에서 마쓰리(祭り)라는 민속축제 때 신령을 모신 미코시… 한자로는 신여神輿 또는 어여御輿라는 작은 가마를 메고 '왓샤, 왓샤' 또는 '왓쇼이, 왓쇼이' 하며 마을을 돈다고 하는데 일본 유학생들이 광복을 맞이해 귀국하면서 유입된 듯해요…."

그게 광복 직후 좌익계 청년들이 시위를 벌이는 구호로 변이된 것이다.

해방이 되자 유학생, 노동자, 징용자와 징병자 수만 명이 광복의 열풍을 타고 일본에서의 귀국 행렬이 이어졌다. 하지만 환희의 시간은 너무 짧았다. 다시 식량난, 일자리와 생필품 부족 등 생활고에 신음하게 됐다.

"사삼해설사 준비를 허는데 종종 송철이 조캐 도움을 받아야겠다."

뜻밖의 포부에 가슴이 뭉클했다.

"그러자면 관변자료에 매몰돼선 안 될 겁니다. 해설사는 검증된 교과서를 가지고 학생을 가르치는 교사와 같으니까…."

앞서가던 젊은 남녀가 손을 잡고 탑동광장으로 들어서고 있었다.

"그건 그렇고…. 오월이 지나기 전에 접때 얘기했던 표지석을 물색하러 다닐 날을 잡아봐라."

남선사 행운 주지스님이 송령이골 무장대 묘역에 세울 표지석을 제작하겠다고 나선 것이다.

"그리고 벌초 전에 유족들과 같이 자리를 마련하마."

8월 15일 송령이골 합장묘 벌초를 의식하는 듯했다.

"고맙수다, 삼춘."

송철은 보폭을 늦추며 광장의 방파벽을 따라 걸음을 옮겼다. 예전에는 바다였던 매립지다. 온갖 바닷속 목숨들의 화석지대이다. 횟집 수족관이 즐비한 방파제 들머리로 들어섰다. 어선들이 정박한 항구에서 습하고 비릿한 바람이 밀려들었다. 오래전에 만났던 늙은 어부의 유리조각 같은 육성이 생각났다. '사태 당시 어선들까지 동원해 주정공장에 수용된 남자들 수백 명을 바다로 싣고 나가서 옷을 벗겨 결박한 상태로 수장했던 거라. 그리고 그해 산지항 앞바다에서 잡히는 갈치들은 어른 팔뚝처럼 씨알이 굵었었네….' 1994년 여름 탑동 근처의 식당에서 자리물회로 소주를 마시던 날 들은 일화였다. 아버지의 충격적인 발언이 돌출된 것도 비슷한 무렵이었다.

1994년은 백두대간의 고봉준령 같은 제주4·3의 큰 변곡점을 찍은 해였다. 유족회와 시민사회단체가 처음 합동위령제를 지냈다. 이를 중재한 도의회에서는 '4·3 기초조사의 해' 선포와 더불어 '4·3피해신고실'를 설치했다. 그 전해에 일곱 명으로 구성된 제주도의회 4·3특별위원회가 출범한 상태였다. 하지만 도의회에 접수된 희생자 신고는 지지

부진했다. 4·19 의거가 있던 해의 진상규명 운동이 5·16 군사정변으로 된서리를 맞은 악몽을 되뇌는 유족들이 많았다. 진상규명 운동은 시기상조라는 일부 도의원들의 목소리가 언론에 보도되기도 했다.

도의회에서는 4월부터 시읍면 동洞, 이[里] 단위로 피해자접수에 착수했다. 17명의 도의원 지역구별로 희생자 조사요원이 배치됐다. 주민등록증을 모방한 '4·3조사요원증'도 발급되었는데 활동 기간은 육 개월이었다. 송철은 남원읍 지역 담당이었다.

"아버지. 조사요원으로 활동하는 동안은 밀감나무에 신경 쓸 수 없으니 그리 아세요."

"그건 걱정 말고… 애로사항이 있으면 수시로 얘기해라. 그리고 조사요원들에게 밥 한번 사마."

마지막 말꼭지는 '넌 그냥 벌목꾼 역할만 해라.'였다.

송철은 일정표에 따라 매일 마을을 순회하며 희생자접수에 나섰다. 오전 아홉 시부터 시작됐지만 마감 시간은 제한이 없었다. 농어촌 지역이라 저녁 늦게야 작업이 끝날 때도 많았다. 육하원칙에 따라 자료를 정리해 나갔는데 애로가 많았다. 심지어 '죽은 어멍 이름은 몰르고 성씨밖에 몰르켜…. 한두 살 된 애기라신디 이름도 짓기 전의 죽었저….' 하는 신고자도 있었다. 제적부, 주민등록 열람이나 증빙자료를 요청할 수 없었다. 족보를 보며 희생자와 유족 관계를 확인했다.

한날한시에 있었던 사건인데도 신고자에 따라 사망 연월일이 달라 애를 먹기도 했다. '삼춘'의 청력 상태를 가늠하며 강약, 중강약 억양으로 높낮이를 조절하며 라디오 사이클을 맞추듯 기억을 복원해 나갔다. 그래도 고함을 지르듯 같은 질문을 되풀이하기 일쑤였다. 최대한 공손

한 어조로 '삼춘'의 사연을 경청하는 감정노동이었다. 수십 년 전의 시공時空을 불러들이는 기억의 복구이며 투쟁이었다. 녹슨 기억의 칼날에 피눈물부터 흘리는 바람에 접수 작업이 멈추기도 했다. 마지막으로 던지는 '이거 조사해영 뭣에 쓸 거라….' 하는 질문에도 똑같은 설명을 되풀이했다.

그런데 연일 불볕더위가 기승을 부리던 어느 토요일 오후였다. 도의회 의장, 4·3특위 위원장 일행이 마을회관을 방문했다. 희생자 신고를 독려하는 자리였다. 현장에 있던 주민들과 간담회가 진행됐다. 매일 한 차례 얼굴을 비치던 아버지도 동석한 자리였다.

도의회 의장이 마무리 인사를 마치려 할 즈음 아버지가 불쑥 손을 들며 자리에서 일어났다. 손에 쪽지를 들고 있었다. 동석자들 시선이 아버지에게 쏠렸다.

"양찬석 의장님. 사삼사태 때 제2연대 1대대 2중대가 의귀국민학교에 주둔할 당시 사건에 대해 한말씀드리고자 하는데요…. 1949년 1월 12일, 음력으로는 무자년 섣달 열나흗날 새벽 무장대가 학교를 습격한 사건이 있었는데 그날 아침 주둔군은 산에서 연행해 학교 창고에 가뒀던 도피자 수십 명을 '학교 동녘밭'으로 끌고 가서 총살했습니다. 양력 1월 10일에도 학교 창고에 수용됐던 지역 주민들을 통비분자로 몰아 똑같은 장소에서 똑같은 방법으로 학살했는데 두 차례에 걸친 희생자들이 지금 '현의합장묘顯義合葬墓' 주인공들입니다. 그런데 1월 12일 토벌군과 교전을 벌이다 죽은 오십여 명의 무장대 시체는 습격 당일 학교 북녘 밭에 묻었다가 두어 해가 지나 송령이골로 옮긴 후 지금까지 사십여 년 동안 방치돼 곶자왈 같은 골총이 됐으니 이 기회에 도의회에서도 각별한 관심을 가져주셨으면 합니다….”

“그런 얘긴 금시초문인데 혹시 그에 대한 기록이 있나요.”

도의회 의장이 놀라운 표정을 지으며 반문했다.

“제가 직접 산사람들 유해를 지금 장소로 옮기는 걸 거들었습니다.”

“일단 현장에 가보고 나서 도지사님께도 말씀드리겠어요.”

갑자기 정적감이 회오리쳤다. 주민들은 침묵하거나 아버지를 희떠운 시선으로 곁눈질했다. 송철은 아버지의 폭탄선언에 당황했다.

현장에 도착한 아버지가 골총 속을 가리켰다. 집에서 삼백여 미터 지점, 선묘가 있는 곳이었다. 이장, 노인회장, 청년회장, 현의합장묘 회장도 지켜보고 있었다.

“저기 가시덤불 속에 어렴풋이 보이는 봉분이 무장대 무덤일 겁니다.”

도의회 의장은 송철이 준비하고 간 소주 한 병을 손에 잡고 주문을 외듯 하며 흩뿌렸다.

“송령이골 고혼孤魂들이시여, 고이 잠드소서….”

도의원 일행이 현장을 떠났다. 멀리 한라산 등성이에 단풍 같은 저녁놀이 물들고 있었다.

“그나저나 김 선생의 폭탄선언을 어떻게 감당해얄지 걱정이네.”

마지막까지 남았던 이장이 투덜거렸다.

“난투극을 벌인 것도 아닌데 뭐가 걱정인데요.”

“당장 기자들이 몰려들 텐데 괜히 폭도 마을로 소문이 날까 봐서죠.”

“신문, 방송도 눈칫밥 먹는 처지라 특종기사 먹잇감으로 삼을 일은 없을 겁니다….”

마을 명예를 손상시킨다 싶으면 행정당국에 무연묘로 신고하면 될 문제다, 유족들이 나타날 때까지는 지금처럼 골총으로 내버리면 된다 하고 쐐기를 박았다.

송철은 저녁 식사가 끝나자 아버지와 평상에 마주 앉았다.

"그런 폭탄선언을 하시기 전에 제게 미리 귀띔해도 되잖아요."

"괜히 너까지 끌어들일 문제가 아니잖냐."

아버지가 밤하늘로 고개를 쳐들며 담배 연기를 내뿜었다. 사금파리 같은 별들이 총총했다. 부메랑 같은 '다비드의 별'도 시야에 잡혔다.

"그러면서 송령이골 무덤의 존재를 까발린 이유를 모르겠군요."

"분위기 때문이지. 도의회뿐 아니라 제주 출신 국회의원을 비롯해 칠십오 명이 서명한 '제주사삼사건 진상규명특별위원회 구성 결의안'을 국회에 제출한 상황이잖니. 그리고 지난 유월 미국 카터 전 대통령이 김일성 주석과 회담이 끝나자마자 대한민국 대통령이 칠월 이십오일부터 이십칠일까지 평양을 방문할 예정이라는 소식을 접하던 그 순간의 흥분은 지금도 신혼 첫날밤 같은 설렘으로 남았거든. 비록 김일성 주석의 갑작스러운 사망으로 그 꿈은 무산됐지만…."

무지개처럼 사라진 남북 정상회담 꿈을 골총 상태의 송령이골 묘역으로 끌어들이는 게 황당했다. 송철에게는 횡설수설로 들렸다.

"그리고 네가 조사요원 활동이 끝나면 저기 무장대 무덤에 얽힌 사연은 얘기할 참이었는데… 마침 오늘 도의원 일행이 마을을 방문하자 이때다 싶어 거사擧事를 작심한 거야. 으하하핫…."

아버지가 웃음을 터뜨리며 밀감나무들 사이로 난 변소로 향했다.

송철은 아버지가 평상에 가부좌를 틀자 준비했던 휴대용 녹음기를 작동시켰다.

"그런데 유격대 유해를 지금 자리로 옮긴 시기는 주민들 기억과 기록물이 제각각이에요. '의귀리 전투'가 있던 해… 그러니까 '학교 동녘밭'의 유해를 '개턴물'로 이장한 때와 엇비슷한 시기라 하는가 하면 그 다음 해라고도 하고 심지어 오륙 년이 지나서야 학교 옆 길가에 방치됐다가 송령이골로 이장했다고도 하고…."

"그래서 '세 사람이 우기면 호랑이도 만든다'는 말이 생긴 거겠지. 처음 밭 주인이 친족 노부부를 내세워 폭도 무덤을 옮겨 달라고 민원을 제기한 게 성담을 둘러 움막 생활을 할 무렵이고 실제 여기 송령이골로 이장한 건 1952년 11월 '100전투경찰대' 1개 소대가 '민오름주둔소'에 주둔하던 해 겨울이 확실해…."

'100전투경찰사령부'가 창설된 것은 무장대가 거의 진압됐을 무렵이었다.

고향 마을의 마지막 '4·3' 종착지라 할 수 있는 '민오름주둔소'는 의귀리 마을공동목장 내에 있었는데 공동묘지이기도 했다.

"민오름주둔소는 주민들을 강제동원해서 토벌대 삼십여 명이 숙식하는 초가집 서너 채를 지어놓고 대원들이 토벌작전을 벌이다 저녁때가 되면 이곳으로 돌아와서 숙식을 했는데… 부녀자들을 차출해 주둔소에 머물며 토벌대 취사를 담당하도록 했거든. 주둔소에는 경찰 한 명과 주민들 대엿 명씩 상주하며 경계근무를 했고…."

"평생 메모광으로 살아오셨으면서 막연히 겨울이라고만 하세요?"

"당시 내 비망록 같은 일기장은 도피 생활과 송령이골로 귀환하는 과정에 유실됐는데… 나중에 기억의 아귀를 맞춰봤더니 1953년 1월 1일이 음력으로는 1952년 동짓달 열엿샛날이었고 음력설은 2월 14일 토요일이더구나….”

성을 쌓고 집단 거주하던 사람들이 더러 떠나갈 무렵이었다. 진눈깨비가 흩날리는 어느 날 저녁, 이장이 의귀리 주민들만 불러모았다. 남원지서 주임도 동석했다. 이장이 축성 평면도를 펼치며 말문을 열었다.

“폭도 무덤이 있는 밭 주인이 도지사에게까지 민원을 제기하는 바람에 경찰서에서 내일 당장 여기 1974-3번지 학교림 공터로 이장하라는 지시가 내려왔는데 유해를 옮기는 게 문제예요.”

마을정관에 따른다면 송령이골이 포함된 2반 구역 무덤이었다. 하지만 움막 생활을 하는 비상시국이라 인력 동원이 어렵다고 했다. 잠시 침묵이 담배 연기에 파묻혔다. 양 노인이 담뱃대를 내려놓았다.

“그래도 우리 반에서 나설 수밖에 없잖은가.”

모두 안도하는 표정이었다. 양 노인의 의견에 따라 2반 남자들을 동원하기로 결정됐다. 동석했던 남원지서 주임이 좌중을 둘러봤다.

“지금 세 봉분에 있는 쉰두 명의 유해들은 당시 국방군 전투복 복장 그대로 묻힌 걸로 기록돼 있는데… 유해들만 이곳으로 옮겨다가 한 구덩이에 매장하세요.”

“쉰둘이 아니라 쉰한 굽니다.”

장수가 태연하게 말했다. 그러나 한 구의 행방에 얽힌 사연은 밝히지 않았다. 아니, 그럴 수 없었다.

“뭔 소리야?”

지서주임이 짜증스러운 소리로 장수를 쏘아봤다.

“나도 그날 시체 매장하는 걸 거들었어요.”

"학교에서 군인들과 같이 지낸 장수 조캐 말을 믿어도 될 거우다."

지서주임이 이장을 바라보며 고개를 갸우뚱했다.

"기록이 잘못된 건가?"

"실적을 부풀리다 보니 '몰문세'로 둔갑해실 텝주."

양 노인이 경찰서 기록이 엉터리 문서라고 거들었다.

"알았어요. 보고서 작성할 때 참고하죠."

지서주임이 수첩과 만년필을 꺼냈다.

다음 날 노인들 대엿 명 외에 장수 또래보다 어린 열대엿 살 소년들 서너 명도 차출되었다. 혈기 왕성한 청년들은 없었다.

세 봉분에 인원을 배정해서 작업이 진행되었다.

"봉분을 해체해 보니 옷가지는 삭아 없어졌고 철모와 탄티, 군화, 판초(우비)에 뒤엉긴 유해를 밖으로 내쳐 나갔는데… 철모에는 총탄 자국이 뻥뻥 뚫린 상태더구나…. 아무튼 추려낸 유해들만 가마니에 담아 단가(들것)로 송령이골로 옮겨다가 산담을 두른 무덤 앞의… 봉분에 쓸 흙을 파냈던 진토굿 웅덩이 하나에 월동용 감저(고구마) 묻듯이 매장하고 나자… 남원지서 의귀출장소 경찰 둘이 조총弔銃을 팡팡 쏘고 민원을 제기했던 그 할망은 알루미늄 밥낭푼에 담은 곤밥과 자리(자리돔) 몇 마리 구은 것을 무덤 앞에 올리는 걸로 끝났지…."

구덩이에서 파낸 철모 등 쇠붙이는 그 뒤 엿장수가 거둬갔다는 소문이었다.

송령이골 묘역의 존재를 발설한 이후 주민들은 '송령이골, 속냉이골, 속넹이골, 속넹잇골'이란 이음동의어의 옛지명을 입에 올리리는 것조차 꺼렸다. '폭도 무덤'의 존재를 인정하는 것 자체가 '폭도 마을'이란 불명예로 여겼다.

같은 묘역에 있는 선묘에 벌초하는 날에는 집안 어른이 김장수를 불러세웠다.

"다시랑 저 골총 얘기 입에 올리지 말라. 너도 잘 알다시피 사태가 일어나기 전까지만 해도 우리 집안 청년들이 마을을 주름잡아신디… 험악한 시국을 만나 산사람이 되는 바람에 폭도 집안이니 폭도 두목이 어쩌고저쩌고허는 걸 명심허라…."

김장수는 묵묵히 곶자왈에 파묻힌 무장대 무덤 지점을 응시했다.

"영원히 저렇게 방치해둘 수 없다는 생각에서 꺼낸 얘기였수다."

며칠 뒤에는 정현숙 형수도 엇비슷한 반응을 보였다.

"앞으로랑 더 이상 동혁의 아방 거느리왕상허게 허지 맙서…."

폭도 두목으로 낙인찍힌 장원 형이 사람들의 입방아에 오르게 하지 말라고 애원했다. 왜 괜히 벌집을 건드려 악몽을 되새기게 하느냐, 지어낸 이야기도 아니고 뭐가 문제가 되느냐 하는 입씨름도 심심찮게 오간다는 뒷이야기도 들렸다.

김장수는 성탄절 무렵 양천일 회장을 집으로 불렀다. 수십 년 동안 단둘이 망년회를 명분으로 술 한잔을 하던 터였다. 송철이 제주시에서 준비하고 온 말고기 안주로 술잔을 비우기 시작했다. 그런데 중앙과 지방 언론에서 선정한 '10대 뉴스' 화두에서 마을의 화젯거리로 넘어갔을 때였다.

"선생님에겐 마음고생이 많았던 한 해로 기억되겠네요."

"천만에…. 난 1994년 원숭이해를 가장 보람차게 보냈어."

김장수는 양 회장을 바라보며 심드렁하게 대꾸했다.

"우리 현의합장묘 유족회에서는 그놈들 때문에 부모 형제가 토벌군에게 억울하게 학살당했다는 생각이 지배하고 있으니 참고허십서…."

새삼스러운 이야기가 아니었다. '자네 생각은 어떤가?' 하는 돌발 질문이 튕겨나올 뻔했다. 타인의 목소리를 빙자한 본인의 속내일 수도 있었다.

김장수는 잔잔한 미소를 머금은 채 나직한 목소리를 깔아나갔다.

"미군정은 관덕정 발포사건이 도화선이 된 사삼사태를 왜곡하고 은폐하면서 자기네 손에 피 안 묻히고 뒤에서 동족끼리 혈투를 조장했거든. 열에 두셋을 제외해서는 까막눈인 섬사람들을 남녀노소 가리지 않고 공산주의 사상의 영재英才로 취급한 참극의 후유증은 고스란히 우리가 껴안고 있네. 아무튼 각설하고… 우리 마을의 희생자가 학교 주둔군에게 총살당한 사람들만이 아니란 걸 유족들에게 설득하게나. 어느 쪽에서 당했느냐는 건 적개심만 부채질하는 거니 회장으로서 마음의 상처를 덧나지 않게 잘 다독거렸으면 하네."

김장수가 양 회장에게 술잔을 내밀었다.

"선생님이야말로 노골적으로 '산사람'을 대변하는 것 닮수다. 입은 비틀어져도 말은 바로 하랬다고… 무장대가 학교를 습격하는 사건이 없었다면 오늘날의 현의합장묘와 무장대 무덤은 존재하지 않았을 거 아닙니까. 계란이 먼저냐 닭이 먼저냐 하는 얘기 같지만…."

"자네 논리라면 우리 조부모님과 부친이 토벌군에게 총질당한 것도 '산사람' 탓으로 봐야 하겠네?"

"…."

"그날 외에도 전전날 학교 창고에 수용됐던 사람들은 그나마 감저(고구마) 구덩이 같은 유택이라도 마련됐네. 하지만 수색작전 현장에서 혹은 남원지서나 서귀포 소남머리, 정방폭포, 전분공장 인근과 정드르 비행장으로 끌려가 생죽음당하거나 행방불명된 주민들도 많다는 걸 생각해 보게나."

"그 얘긴 그 정도로 하고 술이나 마십주."

양천일 회장이 머쓱해하며 술잔을 들어올렸다. 얼굴이 붉게 상기돼 있었다.

하지만 김장수의 '폭탄선언'은 계절 따라 세월이 흐르면서 시나브로 주민들 기억에서 지워져 갔다. 침묵은 웅변보다 이심전심의 전파력이 강했다.

아버지가 제2의 폭탄선언과 같은 제의를 한 것은 2003년 12월에 나온 '제주4·3사건진상규명 및 희생자명예회복위원회'의 『제주4·3사건 진상조사 보고서』를 놓고 양비론이 들끓을 무렵이었다. 한쪽에서는 진상조사 보고서가 함량 미달의 면피용이라 성토하고, 다른 한쪽에서는 종북좌파의 날조된 역사 왜곡이라며 각혈 같은 필설筆舌이 한창이었다.

"송철아. 이제 네가 송령이골 합장묘 종손으로 나서면 어떻겠냐."

아버지가 엉뚱한 화두를 던지며 진상조사 보고서 '결론' 부분을 펼쳤다.

"사삼 폭동을 정부 차원에서 '제주4·3사건'으로 명명하고 사삼의 정의를 내리는 데 고심한 흔적이 역력하구나…."

첫술에 배부를 수 없지만 이제 때가 됐다고 말했다. 지난 4월 3일에는 제주4·3평화공원 기공식이 있었다.

송철은 글쟁이 단체, 시민사회단체의 몇몇 절친들을 만나 송령이골 합장묘를 화두로 꺼냈다. 하지만 모두 먼산을 바라보는 표정이었다. 함부로 골총을 건드렸다가는 동티가 난다는 우스갯소리도 나왔다. '누가, 무엇을, 어떻게'에 대한 해법을 찾지 못했다. 4·3 유적지 중에서 유일한 폭도 무덤이라 섣불리 나설 일이 아니었다.

무장대 묘역 문제가 다시 불거진 것은 이듬해 어버이날 무렵 허호석 기자의 연락을 받고부터였다. 의형제처럼 지내는 선배로 문학동인이기도 했다.

"생명평화탁발순례단이 제주에 왔는데 접때 얘기하던 송령이골 다슴애기들을 위한 위령제를 부탁해 보면 어떻겠냐."

제주에서 역사적 상흔으로 남은 현장을 돌며 천도재를 지낸다는 것이다. 전북 남원에 있는 실상사 도법 스님이 단장이었다. 지금 오십 대 중반인데 한림읍 명월리 출신이라 했다.

"내가 종손 역할을 할 테니 형이 다리를 놔줘."

다음 날 순례단의 수경 스님과 연락이 닿았다.

"송령이골 묘역 말씀을 들은 큰스님께서 흔쾌히 천도재 집전을 수락하셨어요…."

유교식 음식 공양과 불교의 법공양이 접목된 천도재였다. 장례를 치른 후에 지내는 사십구재 성격을 지니지만 순례단에서는 범사회적, 범대중적 차원의 간소한 위령제를 지낸다고 했다. 상차림에서 육류, 어류와 술을 사용하지 않는다고 덧붙였다.

날짜와 시간도 잡혔다. 그리고 아버지는 후견인으로 자청하고 나섰다.

"모든 경비는 내가 책임지마…."

천도재를 지내자면 무덤 벌초가 급했다.

"오십여 년 세월이 흘러서 내 기억까지 골총이 돼 긴가민가하는 생각이 들지만 우선 여기 덤불 속의 봉분 앞에만 자리를 마련하도록 해라."

송철은 아버지가 가리키는 무덤에 우거진 덩굴, 관목을 걷어내기 시작했다. 아버지가 송령이골 묘역의 존재를 공개석상에서 언급한 지 10년 만이었다. 낫질하는 숨결이 묘한 전율로 전이됐다. 봄빛을 머금은 잡목과 가시덩굴, 웃자란 잡초들이 싱그러웠다. 겨우내 죽은 듯이 땅 속에 숨었다가 봄이 되면 부활하는 생명이었다.

마침내 생명평화탁발순례단 일행 여남은 명이 천도재 현장에 도착했다. 도법 스님의 인상은 노란 꽃송이를 떠받친, 키 작은 해바라기였다.

순례단 외의 참석자는 송철이 소속된 문학단체, 4·3 유관 시민사회단체에서 나온 이십여 명이 전부였다. 주민은 아버지 혼자였다.

도법 스님이 곶자왈 같은 무장대 묘역을 향해 합장하고 나서 옆에 있는 송철을 지그시 쳐다봤다.

"여기서 천도재를 지내라고?"

스님이 덤불 틈에 깔린 멍석 위의 제상을 가리켰다.

"예. 지금 상황이 이렇습니다."

송철도 귀엣말처럼 나직한 소리로 짧게 응답했다. 낯바닥이 화롯불이 됐다.

"벌초라도 제대로 하지 그러냐…."

스님의 범종 같은 목소리가 송철의 정수리를 울렸다.

“올해부터 매년 벌초를 할 예정입니다.”

선의의 거짓말은 죄가 아니라고 들었다.

천도재는 순례단에 동행한 수경 스님의 제문祭文* 낭독으로 시작됐다.

한반도의 끝자락, 8·15 광복 이후 제주의 최대비극인 4·3사건 와중에 청춘을 불태운 송령이골 묘역의 영령들이시여.

당시 의귀국민학교에 주둔한 국군 제2연대 1대대 2중대가 남원면 중산간 마을 일대에서 수색작전을 전개하는 과정에 수많은 남녀노소 주민들이 용공분자로 몰려 피울음 그칠 날 없음에, 무장대가 양민 학살의 피해를 막아보려고 1949년 1월 12일(음력 1948. 12. 14.) 새벽 학교를 습격했지만 주둔군의 막강한 화력에 밀려 님들의 뜻을 이루지 못했습니다. 그날 희생된 오십여 명의 무장대 제위祭位들은 학교 옆의 1512-2번지 밭 세 구덩이에 가매장되었다가 두어 해가 지나서 이곳 송령이골로 옮겨 하나의 구덩이에 합장됐습니다….

하지만 오십여 년 세월이 흐르는 지금껏 돌보는 사람 하나 없이 방치돼 덤불에 묻힌 영령들께 생명평화탁발순례단이 삼보일배하는 불심으로 용서를 빌며 극락왕생을 기원하오니 영령들이시여, 이제 지상에 쌓인 원한怨恨을 푸소서.

해방공간과 한국전쟁 때 목숨을 잃은 양민뿐만 아니라 군인과 경찰, 서

* 송령이골 무장대 묘역의 ‘속냉이골 의귀사건 희생자 유골방치 터’ 안내판 내용을 변용함.

북청년회, 무장대 등 그 모두는 우익과 좌익이라는 이념 대립의 희생양입니다. 우리 모두 한민족이요, 부모 형제요, 손자손녀요, 친구요, 이웃이요, 지구촌 시민인 고귀한 생명입니다.

옛말에 '적의 무덤 앞을 지나더라도 큰절부터 올리고 가라' 했듯이 '평화의 섬'을 꿈꾸는 제주도에서부터 대립과 갈등의 쇠사슬을 끊고 생명, 평화의 통일시대를 간절히 염원하며, 모성母性의 산인 지리산과 한라산의 이름으로 방치된 묘역을 다듬어 천도재를 올리고 위령비 대신 '송령이골 의귀사건 합장묘' 푯말을 세우고 떠납니다.

2004년 5월 13일

생명평화탁발순례단 일동

제문 낭독이 끝나자 도법 스님이 목탁을 울리며 염불에 들어갔다.

사바세계 대한민국 제주도 서귀포시 남원읍 의귀리 1974-3번지 무장대 합장묘에서 1949년 1월 12일 청춘을 불사른 후 쉰다섯 해 동안 방치된 고혼孤魂들을 위해 부모형제 일가친척 대신하여 공양을 올리고자 합니다….

살아생전 애착하던 사대육신 한순간에 숨 거두니 주인 없는 묵석墨石일세, 인연 따라 모인 것은 인연 따라 흩어지니 태어남도 인연이요 돌아감도 인연인 걸, 제행은 무상이요 생자는 필멸이라 태어났다 죽는 것은 모든 생명 이치이니 일가친척 많이 있어 부귀영화 누렸어도 죽음엔 누구 하나 힘이 되지 못한다네….

살아생전에 맺히고 쌓인 모든 마음 가시는 길 짐 되오니 염불하는 인연으로 남김없이 내려놓으소서. 미웠던 일 용서하고 미혹함을 벗어나야 반야지혜 이루고 극락왕생하오리라. 뜬구름이 모였다가 흩어짐이 인연이듯 중생들의 생과 사도 인연 따라 나타나니 좋은 인연 간직하고 나쁜 인연 버리시면 이다음에 태어날 때 좋은 인연 만나리라.

이 세상에 처음 올 때 영가님은 누구셨고 사바일생 마치시고 가시는 이 누구신가…. 물이 얼어 얼음 되고 얼음 녹아 물이 되듯 이 세상의 삶과 죽음 물과 얼음 같사오니 육친으로 맺은 정을 가볍게 거두시고 극락왕생하소서…. 첩첩 싸인 푸른 산은 부처님의 도량[道場]이요 맑은 하늘 흰 구름은 부처님의 설법이고 대자연의 고요함은 부처님의 마음이며 불국토로다…. 조선의 자주독립 인민의 지상낙원 꿈으로 산화하신 의로운 넋들이시여, 사바세계 한이랑 겨울 나목으로 남겨두고 부디 아미타불 극락왕생하소서….

이어 도법 스님이 앞장서서 '나무아미타불'을 읊조리며 곶자왈 같은 골총 주위를 돌기 시작했다. 순례단원들도 합장한 몸짓으로 탑돌이하듯 스님 뒤를 따르며 '나무아미타불'을 합창했다.

천도재는 삼십여 분 만에 끝났다.

참석자들이 제물을 나눠 먹으며 도법 스님 말씀에 귀를 기울였다.

"이른바 '새천년'이 시작되던 2000년 초에 범종교계를 비롯해 뜻을 같이하는 문학인과 예술인, 정치인, 시민사회단체 대표를 중심으로 '지리산공부 모임'을 꾸려 한국전쟁을 가해자와 피해자, '무찌르자 오랑캐'라는 대립과 분노, 증오에서 벗어나 사회적 합의를 도출해 과거에서 미래를 지향하는 제3의 길을 모색하는 활동에 착수했어요. 그해에는 '6월을 말한다'는 슬로건으로 뱀사골에서 백일기도회를 가졌는데 오륙천 명이 동참했고 그 직후 불교계만 따로 천일기도회를 가졌습니다…. 그런데 지난해 이라크전쟁이 발발하면서 한반도에도 위기 분위기가 고조되자 '우리끼리가 아닌 모두 함께'라는 정신으로 평화탁발순례단을 꾸려 지리산 노고단을 시작으로 제주 순례에 나섰는데 다음은 거제도, 경상도, 강원도로 이어질 예정입니다. 이는 개별적인 죽음을 뛰어넘어 우리가 사는 세상의 여러 사회적인 죽음에 대해, 종교를 초월한 일종의 위령제로 망혼을 천도하고자 하는 취지에서 비롯된 것이지요. 언제까지 핏발선 눈으로 때려잡자 좌익, 우익 하며 누구는 태극기를 들고 누구는 촛불 들어 고함을 내질러야 합니까…. 그리고 끝으로 여기에 계신 제 고향 땅의 여러분도 일상의 평화순례단 일원이라 생각해서 한마디 당부의 말씀을 드리고자 합니다…."

소나무 앞에서 안내판을 세우는 망치 소리가 메아리쳤다. 스님이 작은 플라스틱 물병으로 목을 축였다.

"부산에는 육이오전쟁 당시 한국에 파병됐던 유엔군 전몰장병들의 유해가 안장된 유엔군 묘지가 있어요…. 유엔군 사령부가 개성, 인천, 대전, 마산 등지에 흩어져 있던 영가들을 이곳으로 이장한 것이지요. 그리고 휴전선 인근의 어느 산골 마을에는 한국전쟁 이후 남한의 격전지에서 발굴된 조선인민군과 중국인민지원군의 유해를 묻은 '북한군·중국군 묘지'가 있습니다. 구상 시인은 이곳을 배경으로 삼은 '적군 묘지 앞에서'라는 시에서 '살아서는 너희가 나와 미움으로 맺혔건만, 이제는 오히려 너희의 풀지 못한 원한이 나의 바람 속에 깃들어 있다….' 고 노래했는데 나는 이 법구경 같은 시구를 불자님들 앞에서도 자주

화두로 삼고 있습니다…. 여러분. 과거 북한군, 중공군 유해도 우리 조상님처럼 대접받는 세상인데 여기 송령이골 영가들이 천인공노天人共怒했던 저 휴전선 부근의 영령들만 못해서 지금껏 곶자왈로 방치된 것입니까. 이념에는 좌우가 있을지언정 생명에는 좌우가 있을 수 없습니다. 이 세상은 살아있는 그물이고 우리 개개인은 그물코에 연결된 생명체로서 이 세상의 어떤 아픔도 내 아픔과 무관할 수 없고 이 세상 어떤 문제도 나와 무관한 것이 없기에 부처님은 중생을 내 아들처럼 사랑하라 하셨고 예수님은 이웃을 내 몸처럼 사랑하라 하셨습니다…."

순례단 일행이 탑승한 승합차가 송령이골을 빠져나갔다. 송철도 허호석 기자 승용차에 동승해 제주시로 향했다.

그리고 마지막까지 천도재 현장에 남았던 일행이 탑동광장 골목의 단골 주점에 모였다. 송철의 고민거리는 좌장인 허 기자가 일사천리로 정리했다.

"그럼, 모임 명칭은 '초여름의 연인들' 머릿자를 따서 '초연회'로 결정하고 매년 8월 15일을 벌초일로 정해서 올해부터 시작하자구."

허호석 선배가 회장, 무장대 무덤의 종손이 된 송철은 총무가 됐다.

"벌초하는 날 차례를 지낼 제물은 따로 준비하지 않고 각자 준비해 오도록 메시지를 날리겠어요."

송철의 마무리로 모임이 끝났다.

'초연회' 발족 소식을 접한 아버지는 새로 개설한 통장을 송철에게 내밀었다.

"내가 죄인이니 매년 거기 입금된 만큼 성금을 보태마."

그해 8월 15일 광복절 아침, 송철은 예초기를 둘러메고 집을 나섰다. 아버지도 귤나무를 전정하는 작은 톱을 챙겼다.

"미리 식당에 예약해 둬라."

아버지가 벌초에 참여한 사람들에게 점심을 대접하겠다고 했다.

오전 열 시까지 이십여 명이 소나무 그늘로 모여들었다. 대부분 초연회 회원이었다.

일행이 낫을 들고 가시덩굴과 잡목이 우거진 곶자왈 같은 묘역으로 들어섰다.

"조상님 벌초도 해보지 않았는데 이름도 모르고 성도 모르는 오라버님네 무덤에 벌초를 하다니…."

낫질하는 여인의 목소리가 매미 울음에 묻혔다. 매미는 수컷만 운다고 하던가. 무장대 동지들은 아직도 고목 등걸의 애벌레로 남았다. 송철은 이내 벌초에 몰입했다. 침묵 속에 거센 물살을 가르는 가쁜 숨결이 흩어졌다. 오리걸음으로 몸을 움직이는 손길만큼 웅달이 볕받이가 돼 갔다.

정오 무렵 천도재를 지냈던 무덤 옆에서 나지막한 봉분 하나가 더 드러났다. 모두 탈진한 상태였다. 송철이 장갑을 벗으며 길게 한숨을 내뿜었다.

"오늘 점령지는 여기까지로 합시다."

휴전 선언 같은 제의에 박수가 터졌다. 벌초에 동참한 이들이 가져온 갖가지 제물로 조촐한 차례를 지냈다.

이듬해까지 모두 세 개의 봉분이 발견됐다. 그리고 아버지는 곶자왈에 파묻혔던 세 무덤에 대한 기억을 수정했다.

"무장대 유해가 합장된 곳은 여기 가장 야트막하면서 맷방석처럼 둥그스름한 무덤으로 추정됩니다. 지난번 천도재를 지낸 봉분은 일제 때부터 있었던 것이고… 나머지 돌멩이로 외담을 에두른 무덤 또한 벌초를 하다가 방치된 듯해요…."

학교 옆의 무장대 유해를 송령이골로 옮길 때 지인을 수소문해서 확인한 결과라 했다.

"결국 유해를 발굴해 보기 전엔 추정에 불과하겠네요."

남자의 카랑카랑한 목소리였다.

"여기 세 무덤을 대정읍 상모리에 있는 '백조일손묘'처럼 모두 송령이골 무장대 동지로 여겨서 벌초를 할 수밖에 없잖겠어요…."

아버지가 어수선한 분위기를 추스르며 서낭당 신목 같은 소나무 줄기를 손으로 짚었다. 언뜻 보기에는 세 그루였다. 한 그루의 곁뿌리가 땅거죽에 묻혀 착시현상을 일으켜 그럴 뿐이었다. 지상으로 휘어진 줄기 하나가 넘어질 듯 위태로워 보이는 소나무였다. '적의 무덤 앞을 지나더라도 먼저 큰절부터 올리고 가라'는 퍼포먼스 같았다. 오십여 송령이골 동지들의 소리 없는 절규 같기도 하고….

"오십여 년 전에 유해가 이장될 당시 이곳은 매년 방앳불을 놓으며 소와 말을 먹이던 빈터였으니… 이 소나무는 그 후에 자란 것으로 무장대 합장묘의 살아 있는 증인이에요."

우영팟의 합장묘 봉분도 이곳에서 캐낸 뗏장이라고 들었다.

그런데 갑자기 폭소가 터졌다.

"걸그룹 댄스는 저리 가라네."

소나무 등걸에 다소곳이 앉아 있던 명명이가 무장대 무덤 위에서 도랑춤을 추듯 온몸으로 깡충거렸다. 함박웃음으로 재롱을 부리는 몸짓이었다.

"우리 명명이 위문공연으로 피로가 싹 가시네."

송철이 명명이 머리를 쓰다듬으며 북쪽 돌담 덤불 부근으로 시선을 돌렸다. 명명이 할머니뻘 되는 늙은 개, 쥐약 먹어 죽은 쥐를 잡아먹고 죽은 어미 시체가 매장된 지점이었다.

땡볕이 쏟아지던 하늘은 잿빛 구름에 가려 있었다.

벌초에 참여했던 사람들이 현장을 떠나기 시작했다. 모두 외지인들이었다. 송철도 일행과 제주시로 떠났다.

김장수 혼자 텅 빈 묘역에 남았다. 묘역은 절반만 모습을 드러낸 상태였다.

"선생님 혼자 남아계셨구나…."

양천일 회장이 차에서 내려 묘역으로 들어섰다. 넙데데한 낯바닥은 평소와 다름없이 평온해 보였다.

"송철이 조캐에게서 '어디 그럴 수 있느냐'는 전화 받았습니다…."

작년에 이어 올해도 벌초 현장에 얼굴을 내비치지 않아 심한 배신감을 느꼈다는 것이다.

둘은 두세 그루로 착시현상을 일으키는 소나무 하나씩 차지해 몸을 기댔다. 무장대 무덤 앞이었다. 김장수가 나직한 소리로 입을 열었다.

"내 심중은 자괴감, 모욕감, 서글픔이 뒤섞인 비빔밥 그릇일세. 삼십여 년 쌓아온 혈육 같은 정분을 생각하면 세상을 헛살았구나, 깃털 같은 존재였구나 하는 마음을 떨쳐버릴 수 없네…."

김장수는 잠시 넋두리를 멈췄다.

"저로선 양 첩妾 한 놈처럼 이쪽저쪽 눈치를 봐야 해서 선뜻 이 앞에 나설 용기가 없었습니다."

현의합장묘 회장으로서 유족회의 엇갈린 목소리를 묵과할 수 없다는 것이다. 그는 이십 년 넘게 회장을 맡고 있었다.

"여기에 매장된 무장대 중에 우리 마을 출신은 한두 사람밖에 없는 걸로 아네. 나머지는 정체불명의 청년들이지만 그들 모두가 한때는 우리 장원이 형님이나 자네 형님과 활동했던 동지들일 테고…."

갑자기 양 회장의 이마에 주름살이 잡혔다. 괜히 아킬레스건을 건드렸나 싶었다. 당시 의귀국민학교 교사였던 그의 형은 은신했다가 경찰에 자수했는데 1950년 6월 26일 새벽에 경찰이 서귀포경찰서로 연행해간 뒤 행방불명되었다. 수십 년이 지나 제주국제공항 유해발굴 때 활주로 학살터에서 '양천석' 이름이 선명한 목도장이 발견되었다.

"선생님과 송철이 조캐에겐 미안한 얘기지만 솔직히 사삼사태를 민중항쟁이라고 주장하는 운동권 패거리와 맞장구를 칠 엄두가 나지 않습니다…."

오목가슴의 체증이 가시지 않는다고 했다.

"자네도 '운동권'이란 말을 종북좌파의 대명사로 여기는 모양인데… 그들은 의식의 폐활량이 우리와 다를 뿐이라 생각하네. 어쩌면 사태가 일어나기 전후 무렵의 '왓샤부대' 집단과 비슷한데 각종 부조리에도 뒷짐지고 침묵하는 다중多衆을 대신해서 아닌 것은 아니라고 목청을 돋우며 절규하는 전두엽의 세포구조가 남다를 뿐일세. 자네 손주들도 머잖아 대학생 또래의 청년이 될 텐데… 몰상식하고 부끄러운 할아버지란 말은 듣지 말아야 할 게 아닌가."

“아무튼 선생님 말씀을 새겨듣도록 하겠습니다.”

김장수는 붉은 백일홍 꽃술을 바라보며 몸을 일으켰다.

양천일 회장은 이듬해부터 무장대 묘역 벌초에 동참하기 시작했는데, 첫날에는 벌초에 참여한 수십 명에게 점심을 대접하기도 했다.

흉갓집 같은 무장대 묘역이 정원처럼 단장되면서 1월 12일을 추모일로 정했다. 오전 열한 시 현장에 모여 ‘까마귀 몰른 식게’ 하듯 은밀하고 조촐하게 추모제를 지냈다. 주민의 핏발선 뒷담화도 침묵하는 분위기였다.

그리고 해가 거듭될수록 광복절 날이면 알음알음 입소문을 타면서 이심전심으로 송령이골로 모여들었다. 삼십여 명에서 오십여 명이 벌초에 동참하면서 집안의 문중모둠벌초가 됐다. 벌초를 마치면 각자 준비해온 간식거리, 도시락 같은 제물, 빵과 과자, 갖가지 과일, 음료수와 제주祭酒로 조촐한 제를 지내고 진혼곡 같은 노랫가락으로 위령하고 나서 음복에 들어가곤 했다. 문전제처럼 제물을 준비해온 여성들도 있었다. 무장대 영령들에게는 빛을 되찾는 광복光復의 날이며 벌초로 몸보시하는 이들에게는 죽음의 축제일이었다.

경향 각지의 기자들을 비롯해 국내외 탐방객들 발길도 잦아졌다. 현장을 찾아 독경, 성경 봉독을 하고 가는 스님, 목사와 신부들도 있었다. 언젠가는 송철의 6촌 형인 김동혁 장로도 무장대 합장묘에서 혼자 추모예배를 하고 돌아갔다.

제헌절 사나흘 뒤에야 부만식 교장과 약속이 잡혔다.

김장수는 학생들이 귀가할 무렵 학교에 도착해 팽나무 그늘에 앉아 약속 시간을 기다렸다. 학교 방문은 송철이 졸업한 이후 처음이었다. 그 뒤에는 어쩌다 길을 가다가 정문에서 잠깐씩 만물상萬物相 같은 기억의 꼭지를 더듬다가 발길을 돌리곤 했다. 사삼사태의 기억이 시나브로 세월의 지층에 묻힌 뒤에는 어머니의 마지막 환영만 남았다.

김장수는 그해 봄에 처음으로 고향 모교에 부임했다. 첫 발령을 받은 부만식 교사도 함께였다.

출퇴근이 가까워 마음의 여유가 생기면서 밀감밭도 늘렸다. 교사이면서 농사꾼이 됐다.

그런데 밭일에 미쳐 살던 어머니가 아니었다. 부엌일도 거들떠보지 않았다. 자유로운 영혼이 되어 집 밖에서만 맴돌았다. 아침에 나갔다가 저녁에 돌아오기 일쑤였다. 학교 급사가 교내를 배회하고, 어딘가에 앉아 있거나 잠든 어머니를 데려오는 일도 잦았다.

그뿐 아니었다. 시도 때도 없이 주먹손으로 목탁 두드리듯 가슴팍을 도닥거리며 '아이고, 가슴이여. 호오잇!' 하고 숨비질 소리를 토했다. 밥을 먹다가, 대화하다가, 밤중에 잠을 자다가 일어나 앉아서…. 무슨 선거일에는 비밀스러운 기표소 칸막이에서 '아이고 가슴이여!' 하는 바람에 소동이 벌어지기도 했다. 병원을 바꿔가며 의사를 만나도 뚜렷한 병명이 나오지 않았다. 고작해야 신경안정제 처방이 전부였다. 아내의 넋두리와 부부싸움도 잦았다.

그날 어머니는 저녁때가 돼도 귀가하지 않았다. 아내와 함께 수소문에 나섰다. 형수가 사는 안댁집 동네, 어머니의 몇몇 절친들을 만났지만 허탕이었다.

그런데 밤늦게 부만식이 불쑥 나타났다.

"선생님. 위미지서에서 학교 숙직실로 어머님 데려가라는 연락이 왔어요."

그가 가쁜 숨결을 고르며 한마디 던지고 황급히 올레로 사라졌다.

아내가 경운기에 시동을 걸었다. 타타당타다당…. 경운기 소음처럼 탕탕거리는 가슴으로 삼십여 분 뒤 현장에 도착했다.

"어떵해연 여기까지 옵데가?"

아내가 흐느끼며 어머니를 껴안았다.

"우리 장숙이가 새집 짓언 집들이햄댄 연락받고 가단 질 잃어먹언…."

어머니가 심드렁하게 말하며 해맑게 웃었다.

"누게마씀?"

아내가 김장수 시선을 붙들었다.

"사태 당시 산에서 죽은 그 아이…."

기억의 동굴에서 지워진 막내 여동생이었다.

"의사 선생님. 가슴이 답답해서 못 살크매 약이나 처방해 줍서."

어머니가 당직 경찰관 손을 잡으며 하소연했다. 순경이 어머니를 쳐다보며 어처구니없다는 표정을 지었다.

"무사 기영 미친 개 눈망둥이로 잡아먹을 듯이 허느냐."

순경에게 왜 그렇게 쏘아보느냐는 어머니를 경운기에 태웠다. 더 이상 발악하지 않아 고마웠다. 경운기 헤드라이트 불빛으로 어둠을 헤치며 귀가했다.

어머니는 다음 날부터 당신이 묵는 밖거리 방에서 두문불출했다. 가족들을 낯선 사람 대하듯 했다. 먼산 바라보는 표정으로 일관했다.

그러던 어느 토요일 오후였다. 김장수는 언제나처럼 집에 들어서자마자 어머니가 거처하는 밖거리로 향했다. 방문을 여는 순간 악취가 진동했다. 코를 틀어막으며 슬그머니 문을 닫았다.

으흐음…. 자신도 모르게 토사물 같은 탄식이 나왔다. 연거푸 두 번째로 피운 담배도 연기와 재가 됐다. 필터만 남은 담배꽁초를 바닥에 내던져 구둣발로 지그시 밟았다. '미치지 않은 내가 비정상이지….' 다시 방문을 열었다. 어머니는 뭐라 중얼거리며 진흙 같은 똥을 미장질하듯 벽에 발라댔다. 손바닥 지문이 화석처럼 박혀 있었다. 신발을 신은 채 똥오줌으로 시궁창이 된 방으로 들어섰다.

"어머니, 지금 뭐 하세요."

장수가 엉거주춤한 자세로 몸을 낮추며 속삭이듯 말했다.

"새집 짓언 방 도배햄저."

어머니가 미장질하는 쇠손 같은 손바닥으로 장수 얼굴을 쓰다듬었다.

장수는 어머니를 횃대 같은 팔에 올려놓았다. 깃털처럼 가벼웠다. 차라리 남의 눈에 띄지 않은 바다에라도 빠져 죽었으면 좋겠다고 생각하며 어머니를 수돗가에 내려놓았다. 그리고 옷을 벗겨 고무호스가 끼워진 수도꼭지를 비틀어 어머니를 향해 물대포를 쏘아댔다. 어머니는 순진무구한 아이가 됐다. 털 뜯긴 닭의 몸짓으로 장수 손길을 받아들였다. 초벌 씻기를 마치고 비누칠을 시작했다. 머리를 감기고 나서 곶감 같은 젖가슴에서 사타구니까지 더듬었다. 곱슬곱슬한 거웃이 거품에 묻어나왔다. 다시 어머니 자궁으로 들어가고 싶었다.

아내가 담요로 어머니를 감쌌다. 언제 왔는지 송철이도 지켜보고 있었다.

장수는 어머니를 담요가 깔린 짐칸으로 옮겨 옆에 앉았다. 아내가 서둘러 경운기 시동을 걸며 송철에게 소리쳤다.

"송철아. 저 수돗가 청소부터 허라."

"…."

송철이 올레 들머리까지 나와 병원으로 향하는 경운기를 바라보고 있었다.

"우리 송남이 어디 가시니?"

어머니는 깊은 수면에서 깨어나자마자 큰아들 이름부터 불러들였다.

"내일이면 올 거니 식사부터 하세요."

"시끄럽다, 이년아."

어머니가 입을 앙다문 채 아내에게 장도長刀 같은 팔을 휘두르는 순간 병상의 식판이 병실 바닥으로 나동그라졌다.

어머니는 계속 단식투쟁을 벌이며 장수 부부의 병상 접근도 거부했다. 동혁도 기도를 중단하고 돌아갔다.

그런데 송철이 주말에 문병을 왔을 때였다.

"아이고, 내 새끼. 우리 집 장손…."

어머니가 어린애처럼 해맑게 웃었다. 송철이를 잠시도 곁에서 떠나지 못하게 했다. 송철의 손을 잡은 채 깊은 수면에 빠지곤 했다.

"아버지. 다음주 여기서 할머니와 지낼게요."

송철은 일주일 뒤에야 몰래 병실을 빠져나가 등교했다. 어머니는 더 이상 송철을 찾지 않았다. 그런데 사나흘이 지났을 때였다. 갑자기 어머니가 일어나 앉으며 주문을 외듯 중얼거렸다. 한밤중이었다.

"장수야. 느네 아방허고 할마님, 하르바님이 며칠 전부터 내 옆의 앉안 기다렴저…."

황당한 소리였지만 당장 퇴원해도 될 듯싶게 말짱한 정신이었다. 하지만 날이 밝자 어머니는 영원히 깊은 수면에 빠졌다. 덜 미친 모습으로 세상을 떠나줘 눈물이 났다. 서로에게 복이라 자위했다.

부만식 교장이 '학교역사 자료실'에서 나와 교장실로 앞장섰다.

"학교역사 자료실을 제대로 정비해 볼까 하는데 모교의 대선배이신 선생님도 도와주십쇼."

"여기에선 육학년 일학기만 수료하고 졸업장은 남원교에서 받았는데 그 시절의 흔적은 불타버린 기억이 됐네…."

그리고 고지서와 영수증, 심지어는 혼례 때 예장禮狀까지 없애버린 집안들도 허다했다. 불온문서로 둔갑할까 겁나서였다. 이씨李氏를 두 이 자의 이씨二氏나 오씨吳氏를 다섯 오의 오씨五氏로 쓰는 토벌대원들도 있었다.

그가 벽에 걸린 역대 교장 사진틀로 눈길을 돌렸다.

"학교문을 닫을 당시 교원은 교장 선생님을 비롯한 여섯 분이던데 선생님들은 입산했다고 들었어요."

"전부는 아니야."

우리 마을 출신 세 분은 제주교원양성소를 수료한 후 검정고시로 교편을 잡던 청년이었다. 달그림자 같은 점박이 선생의 실루엣이 어른거렸다.

"그런데 선생님. 우리 마을의 4·3 이야기를 학습자료로 개발하려는데 어려움이 많네요. 특히 송령이골 묘역에 대해서…."

어린이들에게 송령이골 묘역을 설명하는 것도 조심스럽거니와 검증된 자료가 없다고 했다.

"지금 우리 마을의 사삼 교육은 어떻게 하는데?"

"고학년만 현의합장묘와 남원읍충혼묘지를 참배하고 있어요."

아직 송령이골 묘역에는 학생들을 인솔하고 간 적이 없다고 했다. 어쩌면 송령이골이 금단의 방지턱으로 존재하는 것은 당연한 일인지 모른다.

"그 문젠 올해 마을지가 나온 뒤로 미루도록 하지…."

주민들의 반향을 지켜보고 나서 결정하자고 했다.

"무슨 말씀인지 잘 알겠습니다, 선생님."

"내가 한잔 사겠네. 해묵은 세월의 회포도 풀 겸…."

학교 근처 김장수의 단골식당으로 자리를 옮겼다. 지난 5월 양 회장과 입씨름이 오갔던 장소였다.

부만식 교장이 자리를 잡으며 입을 열었다.

"선생님에겐 김남경 교장 선생님 모습이 생생하겠군요."

"그렇지. 풍채가 듬직하고 부리부리한 매의 눈동자가 일품이었네."

골갱이(호미)를 들고 다니며 화단을 가꾸던 교장은 오륙학년 합반교실의 보강수업을 전담하다시피 했다.

"내가 교사 발령을 받을 무렵에 유일한 은사님으로 남은 김남경 교장 선생님 근무처를 수소문했던 적이 있는데… 당시 의귀교에서 제주읍내 지역 학교로 옮기자마자 세상을 떠났단 거야."

그가 김 교장의 사망 원인을 아느냐고 물었다.

"사태 당시였으니 죽음의 이유를 따지는 건 예의가 아니라 생각했네."

"김남경 선생님 집안에 제 후배가 있는데요…."

부만식이 소주 한 병을 더 주문하고 말을 이었다.

"백부님이 불온문서 때문에 며칠 동안 제주경찰서에 갇혔다가 석방되자마자 자결했답니다."

"불온문서라니?"

혹시 무장대의 통비분자로 몰려서 그랬나? 하는 생각이 스쳤다.

"서울에서 나오는 어느 일간지 제주지국장 겸 기자와 절친이었는데 '독자란'에 보낸 원고가 제주경찰서로 넘겨졌나 봐요."

모든 우편물이 당국의 은밀한 검열을 받던 시절이었다.

"어쨌거나 학교 자료실에도 김 교장 유품을 비치하려는데… 선생님에게도 귀중한 자료일 듯해서 꺼낸 말씀입니다."

"소중하고말고…."

김장수는 애써 흥분된 감정을 억눌렀다. 마을지 원고와는 상관없었다. 후배는 문중 모둠벌초 때 고향에 다녀갈 예정이라 했다. 음력 팔월 초하루가 벌초 대목이었고 추석은 양력 9월 30일이었다.

마른장마가 지속되는 가운데 송령이골 무장대 합장묘를 벌초하는 광복절 날을 맞이했다. 창밖에는 가랑비가 내리고 있었다. 간간이 천둥소리도 들렸다. 송철은 거실 텔레비전 앞에서 일기예보에 귀를 기울였다.

"광복 제67주년을 맞이한 오늘 제주 날씨는 오전 한때 소나기가 내리겠고 밤부터는 태풍권에 들어가 중산간 지역과 한라산에는 집중호우가 예상됩니다…."

송철은 다시 초헌관으로 추대된 노인에게 통화를 시도했지만 접선 신호음이 가다가 끊겼다. 처음 '알았네….' 했던 기대감이 무너졌다. 어제 오후부터 전화를 걸었지만 무위로 끝났다.

노인회의 연장자를 초헌관으로 모시자고 제안한 것은 양천일 회장의 발상이었다. 아버지는 물론 초연회에서도 찬성했다. 무장대 묘역에 대한 증오심을 희석하고 기억의 공간을 확장하는 자극제가 되겠다는 중론이었다. 하지만 지금까지 초헌관이 되어 참배한 사람은 아버지와 양천일 회장뿐이었다. 나머지 노인들은 이런저런 이유로 거절했다. '몸이 불편해서…. 그날 할 일이 있어서…. 누구 만날 약속이 있어서…. 집안에 상喪이 나서…. 병원에 갈 거라서…. 내가 그럴 입장이 아니라서…. 아직 그럴 마음이 아니라서….' 노인회장을 지낸 어느 어른은 '마을 총회에서 중론이 모아지기 전엔 주민 대표로 폭도 무덤에 참배하는 건 시기상조라 생각하네….'

송철은 더 이상 안달복달하며 마을 어른을 초헌관으로 모시지 않기로 했다.

그런데 갑자기 풀을 먹이는 예초기 소리가 희미하게 들려왔다. 분명 무장대 묘역 쪽에서였다. 아홉 시 반이 지나고 있었다. 벌초는 열 시부터였다. 송철은 서둘러 챙겨둔 작은 배낭을 짊어지고 비옷을 걸쳤다.

예초기 소리가 점점 가까워졌다. 양천일 회장 말고 현의합장묘유족회 부회장도 동행하고 있었다. 뜻밖이었다.

"풀베기에 안성맞춤인 날씨길래 좀 일찍 나왔네."

이슬이나 빗물을 머금은 풀이 작업하는데 수월하다며 예초기를 돌려나갔다. 톱날에 드러눕는 풀 냄새가 향기로웠다.

송철은 낫을 꺼내 백일홍 우둠지에 뒤덮인 덩굴줄기를 걷어냈다. 빗물을 머금은 붉은 꽃잎들이 영롱한 빛을 발했다.

벌초에 열중하는 동안 하늘은 맑게 갰다. 솔잎에 대롱대롱 매달린 빗방울들이 영롱했다. 베어낸 풀을 북녘 담벼락으로 옮기며 쌓았다. 북쪽 돌담을 따라 소나무, 동백나무, 녹나무, 구룸비낭(까마귀쪽나무), 그리고 이름을 알 수 없는 잡목들도 정원수로 자리잡혔다. 외그루의 감나무에는 갈옷감을 물들이는 풋감이 나뭇가지가 찢길 만큼 자락자락 매달려 있었다. 산새들도 무장대 묘역의 풋감은 떫어서 거들떠보지 않은 듯싶었다.

비닐깔개에 온갖 제수가 진열되었다. 쉰다리, 막걸리, 복분자술, 소주, 주스, 고기적, 해어, 빵, 시루떡, 송편, 과자봉지, 토마토, 귤, 복숭아, 수박, 참외, 포도…. 마트 진열대 같았다.

종이컵이 향로, 술잔이었다. 집사를 맡은 송철의 구령에 따라 합동묵념으로 차례가 끝났다. 오늘이 가장 많은 사람들이 모여든 것 같았다. 캠코더로 현장을 촬영하는 흑인 젊은 여성도 보였다.

가야금 독주가 끝나고 이어 송령이골 합장묘의 지정 진혼곡인 '애기동백꽃의 노래'*가 기타와 아코디언, 북, 잼버리 반주와 어우러졌다. 송철은 지그시 눈을 감은 채 노랫가락에 파묻혔다.

---

* 제주 출신 최상돈 가수의 글, 노래

산에 산에 눈이 하얗게 내리면 들판에 붉게 붉게 꽃이 핀다네 님 마중 나갔던 계집아이가 타다타다 붉은 꽃 되었다더라 붉은 애기동백꽃 붉은 진달래 다 같은 우리나라 곱디고운 꽃 남南이나 북北이나 동東이나 서西나 한 핏줄 한 겨레 싸우지 마라….

빛의 오선지 같은 윤슬, 해조음, 밭이랑 같은 물이랑, 들끓는 바다, 폭풍을 몰아오는 거센 물결, 폭발음 같은 굉음을 내지르며 절벽으로 솟구치는 허연 물기둥, 절규하는 몸짓…. 4분의 3박자, 8분의 9박자로 넘나들던 노래가 끝났다.

신목 같은 소나무 주위에 삼삼오오 모여앉아 뒤풀이에 들어갔다. 절반은 노래가 끝나자마자 현장을 떠났다.

송철은 아버지, 현의합장묘유족회 회장과 부회장 옆에 앉았다.

"저 외국인 아가씨는 한국어가 아주 유창하던데…."

"르완다에서 한국에 유학 온 지 3년 차라는데 제주사삼이 수많은 내전으로 시달리는 고국의 아픔을 닮았답니다."

송철이 종이컵에 막걸리를 따르며 말했다.

"허허허. 제주사삼도 수출상품이 되겠네."

아버지가 흐뭇한 미소를 지었다.

등 뒤에서는 조진희 기자가 모여앉은 벌초꾼들의 말꼭지를 따고 있었다. 불발탄이 된 '이윤철 인터뷰' 자료를 제공한 기자였다. 송철은 술잔을 든 채 등 뒤로 자리를 옮겨 귀를 기울였다.

"이분들은 광복 이후 자주적인 새 나라 건설을 위해 싸우다가 희생당했는데 무차별적인 폭압과 학살을 벌인 토벌대 편에서 목숨을 잃은 자들은 애국열사로 추앙하면서도 민중항쟁 주체 세력의 흔적은 반공탑 받침대에 묻혀 있습니다."

"여기 무연묘로 방치된 유해들은 역사의 조난자라 생각해요. 헌법재판소에서 정한 4·3 희생자 제외 기준 문제를 언제까지 방관하고 있어야 합니까. 진정한 화해란 무엇인가 반문하지 않을 수 없습니다. 같은 날 같은 장소에서 희생됐는데 죽음을 대하는 국가의 태도가 완전히 달라요. 배제된 희생자가 존속하는 지금 상황에선 진정한 화해를 말할 수 없습니다."

"여전히 산사람들은 기억에서 삭제해야 할 이름으로 치부되고 있습니다. 이단아로 남은 이들의 원혼을 포용하는 게 앞으로 남은 4·3의 과제이자 4·3 해원의 마침표가 되지 않을까 생각해요."

간헐적으로 울음을 토하는 까마귀들이 인터뷰 육성을 가로챘다. 자기네들에게도 한마디할 기회를 달라는 시위 같았다. 거친오름 주변 풍경을 떠올렸던 송철은 박 시인의 빈 잔에 술을 따랐다.

"전봉준의 마지막 전투지인 김제 구미란에도 수많은 무명군無名軍이 묻혀 있는데 송령이골은 그곳과 매우 닮은꼴입니다. 무명無名이 역사를 이끌어 왔어요. 그 흔적을 소중히 하고 알리는 것이 진정한 화합이고 시대 정신입니다."

송철도 구미란 전투에서 산화한 무명농민군 묘역을 탐방한 적이 있다. 가파른 들길로 이어진 야산이었다. 관군, 일본군과 마지막까지 항쟁하다가 낙화한 혁명의 꽃무덤이다. 만백성이 자유와 평등을 누릴 수 있는 정의로운 사회 건설, 외세로부터 자주를 갈망하며 절규하던 그들이었다.

조 기자가 통화를 마치고 아버지에게 다가앉았다.

"우리 신문사에서 삼일 사건과 총파업을 집중조명하는 특집을 기획하고 있는데 남원읍 지역은 김장원 선생님을 집필 대상자로 선정했어요…."

조 기자의 입가에 연분홍 립스틱 미소가 번졌다. 소나무 주위에서 들리던 방담이 약속이나 한 듯이 뚝 그쳤다.

"우리 김장원 형님을 사상가니 활동가니 하는 시선으로만 바라보는데 동의할 수 없어요."

"김장원 선생님에 대한 주민 인식도 많이 달라졌다고 들었어요…."

노인회장을 지낸 어느 어르신은 '그 당시는 뒤에서 원망하는 이들도 있었겠지만 노골적으로 삿대질을 하는 분위기는 아니었다.' 하시기도 했고…."

"아무튼 이번엔 집필을 사양하겠고 나중에 기회가 되면 '김장원 일대기'를 연재하기로 합시다."

"그러면 이번 기회에 예고편으로 내보내면 되겠네요."

"내, 참…."

아버지가 신음 같은 한숨을 내뿜었다.

"오빠만 믿겠으니 알아서 해."

조 기자가 뾰쭘한 얼굴로 송철의 어깨를 툭 치고 지나갔다. 문득 동혁 형의 묵직한 육성이 매미 울음에 묻혔다. '기자들도 한결같이 아버님을 자연인 김장원이 아니라 오직 남로당 면당책 완장을 채워놓고 왜곡되고 날조된 기사만 내보는데 이를 바로잡는 일은 송철이 네 몫이야….' 송철이 '신고철회서'를 들고 수뇌급 유족을 대상으로 4·3 비즈

니스 노릇을 할 무렵이었다.

어느새 넉시오름 너머 수평선의 무지개는 사라져 있었다.

벌초가 끝난 오후 송철은 아버지와 함께 현장으로 출발했다. 좀 유치한 발상이란 생각이 없잖아도 아버지 뜻에 따르기로 했다.

먼저 학교 북쪽 돌담과 무장대 습격 때 무장대 시신이 묻혔던 밭에서 돌멩이 하나씩 챙겨 배낭에 넣었다. 무장대 시신이 묻혔던 밭은 감귤나무가 식재된 가정집이 돼 있었다. 이어서 '학교 동녘 밭', 개턴물 옛 현의합장묘 외에 인근 중산간 마을인 수망리, 한남리 이사무소 뜰에서도 돌멩이 하나씩 챙겼다. 무장대 합장묘 동지들의 고향일 수도 있어서였다.

"우선 저기 산담에서 판판한 걸로 한두 덩어리씩만 여기로 옮기자."

봉분은 사라지고 산담만 남은 묘터에서 둥글넓적한 돌을 옮겨다가 신목 같은 소나무 옆의 반석盤石과 잇대었다. 돌 틈은 현장에서 집어온 돌멩이들로 메꾸고 위에는 묘역의 흙으로 방바닥처럼 골랐다. 그리고 교자상 크기의 제단 주위에는 묘역의 억새를 뿌리째 캐다가 심었다. 그동안은 줄곧 벌초하고 난 땅바닥에서 차례를 지내왔다.

"나중에 여기를 위령탑 밑굽으로 해라."

이쪽저쪽을 잇는 연장선과 선이 만나는 소실점消失點으로 삼으라는 유언처럼 들렸다. 송철은 가쁜 숨결을 고르는 아버지를 물끄러미 바라보며 속으로 '이것도 팔순 기념입니까?' 했다.

"선생님. 마을지 원곤 잘 진행되고 있습니까."

김장수는 부만식 교장의 전화를 받고서야 내일이 음력 팔월 초하루임을 확인했다.

"이제 막 거푸집을 지었네."

"그런데 어떡하죠. 그 후배는 추석 때나 내려온다고 하는데…."

"어쩔 수 없지, 뭐."

어차피 나중에 참고할 자료로 생각하던 터였다. 더 이상 아쉬운 소리를 하지 않기로 했다.

김장수는 다시 무너진 기억의 복구작업에 몰입했다.

원고 마감일을 넘긴 상황이었다.

윤학의 독촉 전화를 받고서는 꿈속에서도 의귀마을 4·3 이야기를 잠꼬대하기 일쑤였다. 젊은 날의 고질병이었던 기억의 환영, 환청 증세가 도졌다. 한밤중에 '거 누구요?' 하며 방에서 뛰쳐나오기도 했다. 사태 당시 비명횡사한 피붙이들의 실루엣에 시달렸다. 시도 때도 없이 아버지와 조부모, 모친, 장원 형과 점박이 선생의 초상들이 어른거렸다. 그들은 무표정한 몸짓만 있을 뿐 말이 없었다. '혹시 마을지가 나오기 전에 나를 곁으로 데려가려고 하나….' 하는 망상에 빠져들기도 했다. 게다가 식욕 상실로 기력이 바닥나 있었다.

그리고 추석 직후에는 부만식이 희소식을 전했다.

"지난번 말씀드렸던 자료 외에 백부님 유서도 챙겨왔더군요."

김남경 교장은 유치장에서 석방된 다음 날 제주경찰서 관사 고목에 목을 매 죽었다는 것이다. 옛 제주목관아 자리였다.

"반신반의했는데 횡재했네."

김장수는 귀가하자마자 거듭해서 김남경 교장의 육필 복사물을 묵독했다. '대통령 각하께 읍소합니다'와 '이승만 성토문'* 이었다.

김 교장의 희미한 초상이 어른거렸다. 읍소문泣訴文이 제주4·3의 요체要諦라면, 성토문은 이에 대한 침묵의 반향反響을 대변하는 유서였다. 고향 마을 영령들의 귀곡성鬼哭聲 같았다. 미완 상태로 고민하던 마을지 원고의 맺음말로 대용하기에 안성맞춤이었다.

'대통령 각하께 읍소泣訴합니다'부터 발췌해 다듬었다.

저는 제주도 국민학교에서 교편을 잡고 있는 김남경이라 합니다….

본도의 백성들 모두가 폭동에 나선 것은 아닙니다….

그리고 토벌대가 중산간 마을에 소개령을 내려 방화하자 주민들은 산으로 도피하거나 바닷가 마을로 소개되었는데 군경은 양민까지 마구잡이로 한 장소에 모아놓고 눈을 감긴 후에 매수한 사내를 시켜 통비분자를 지목하게 해서 이쪽저쪽 가리키는 대로 모두 죽여버립니다…. 사태에 동조하고 나선 입산자들을 좇아가 체포하여 이같이 한다면 도민이 모두 기뻐하며 따를 것입니다…. 하지만 그동안 희생된 수많은 사람들은 선량한 도민들입니다. 죽어 마땅한데 죽지 않고, 죽지 말아야 하는데 죽는 것, 이것을 신령과 사람이 원통해하고 노여워하는 것입니다….

영명英名하신 대통령 각하께 거듭 읍소합니다. 당시 경찰들을 먼저

* 『노형동 4·3 이야기』(2022. 266쪽~268쪽)의 번역문 '이승만에게 보내는 탄원서', '성토문'을 변용함. 원문은 김경종(1888~1962, 유학자, 한학자, 교육자, 시인)의 한문 육필문집 『백수여음(白首餘音)』에 수록된 '여이승만서(與李承晩書)', '이승만 성토문(李承晩聲討文)'임.

좇아내 사람들이 사는 세상에 용납하지 못하게 하시고 무죄한데 참혹하게 죽은 혼령들의 원한을 풀어주십시오. 그다음은 감옥의 문을 열어주십시오…. 풀려나야 할 사람을 풀어주지 않고, 그렇지 않아야 할 사람을 풀어주는 것은 밝지 못한 것입니다. 이를 분명케 조사한 연후에 사람을 죽이고 방화하고 돈과 곡식을 훔치고 빼앗음을 범한 자들은 종신의 금고로써 뒷사람들의 본보기로 삼으십시오. 마을에 소개되어 체포된 자들은 바로 먼저 풀어주십시오. 그 나머지 사소한 죄로 갇혀 타인에 해되지 않는 자들 또한 모두 풀어주십시오.

신령과 사람들의 노여움을 풀어주시고 한마음으로 힘을 모은다면 삼팔선의 장벽을 앉아서도 허물어뜨릴 수 있을 것입니다. 예로부터 신령과 백성들을 노하게 하고서 국가의 일을 이룬 자는 있지 않았습니다. 저의 구구한 이 말은 평범한 한 사내로서의 사사로운 견해가 아니라 대중의 원하는 바입니다….

그리고 '이승만 성토문'도 똑같은 방법으로 손질했다.

요즘 국가 난적은 곧 공산당의 살인 방화자이다. 만약 그 공산당의 무리라면 죽임이 가하고 멸함이 가할 것이다. 지금 이른바 죄수라는 자들 모두가 다 그러한 무리는 아니다. 혹은 유인誘引에 빠지고 혹은 모략에 빠지고 혹은 혐의에 빠지고 혹은 재액災厄에 빠진 자들이다. 경찰들은 산중의 폭도를 보면 머뭇거려 피하며 체포할 수 없으면서 민간의 혐의자들만 죄목을 새끼줄 꼬듯 만든다…. 그러나 죄수 중에 진범으로 죽일 수 있는 자는 열에 한둘이고, 이런저런 혐의의 그물로 덮어

씌울 수 있는 자는 열에 대여섯이며, 양민 중에 재액을 당한 자는 열에 팔구 명이다. 죄의 경중輕重을 가리지 않은 채 총살하거나 수용소, 유치장, 형무소에 가둔다는 말을 경찰서 유치장에서 들었던 터이다….

승만의 죄가 태산과 같음에도 불구하고 감히 대통령이라는 이름으로 백성의 위에 거한다.

그가 말했듯이 부화뇌동附和雷同의 염려가 있었다면 미리 먼저 돌아갈 곳으로 석방하여 그 아비와 아들, 형제들이 기뻐하고 서로 경사로 여겨 백성들의 마음이 모두 윗사람에게 복종하였을 것이다. 어찌하여 스스로 그 백성을 죽여 시체가 산과 같고 흐르는 피가 내를 이루게 하였는가?

특히 이승만은 제주 사건에 대해 무지몽매無知蒙昧했다. 사건 원인에는 관심이 없고 오직 진압에만 혈안이 된 미국의 꼭두각시가 된 나머지 참과 거짓, 선악, 현우賢愚가 뒤섞이고 전도돼 있다. 옥석혼효玉石混淆의 아수라장에서 신음하는 제주 백성의 소리에 귀기울여 달라고 탄원하는 글을 대중의 신문고 같은 어느 신문 '독자란'에 투고했다. 그런데 신문사의 농간으로 불온문서로 둔갑해 제주경찰서로 보내졌다….

이승만의 머슴으로 욕된 삶을 지탱하느니 차라리 풀잎의 아침 이슬이 되어 나와 집안의 명예를 지키려 한다….

1949년 7월 '의귀리 전투' 전사자 추모비를 세웠던 교정 모퉁이에 김남경 교장의 위령비 건립을 추진하고픈 충동이 일었다. 김 교장은 무명용사 같은 '4·3'의 또 다른 의인義人이었다.

하늘이 무너지는 듯한 천둥, 번개가 요란했다. 일본열도에서 제주도로 북상하는 제14호 태풍 덴빈, 제15호 태풍 볼라벤의 진로가 궁금했다.

제5부
도랑춤*

* '도랑춤(추다)'은 매우 격렬하게 뱅뱅 돌며 추는 춤. 마구 뒹굴며 법석거리는 모습을 빗대는 제주어. 제주 무속(巫俗)에서 비롯된 말임. 큰굿을 진행하는 과정에 심방이 신을 맞이하고 보내거나 잡귀를 몰아내고 신을 즐겁게 하는 오신(娛神), 점(占)을 치고 사설을 읊을 때 몸을 격렬하게 뱅뱅 돌리며 추는 춤을 '도랑춤'이라 함.

남들이 똥막대기 취급하는 고향의 4·3 이야기를 마무리했다. 김장수와 장원 형 가족, 그리고 학교 주둔군이 중심축이 된 침묵의 비망록이었다. 왕릉 같은 넉시오름의 기억, 기록이었다.

허탈감과 함께 또 다른 불안감이 소용돌이쳤다. 원고를 공람하는 과정과 책이 나올 때까지는 미결수未決囚로 남아야 했다. 팽팽했던 긴장감이 풀리면서 몸살에 시달렸다. 병원을 찾아 링거도 맞으며 잠으로 하루하루를 보냈다.

몸이 평상시로 회복될 즈음 김평도 편찬위원장의 전화를 받았다.

"오늘 자네 원고도 출판사로 넘겼네."

그가 거두절미하고 던진 첫마디였다.

"별다른 문제는 없고?"

'내 허락 없이는 누구도 원고에 손을 대서는 안 된다.'고 못박아 둔 상황이었다. 딴지를 거는 목소리가 나온다면 '4·3' 이야기는 마을지에서 빼라고 할 참이었다.

"크게 꼬투리 잡을 내용은 없었네."

"아무튼 지뢰가 제거됐다니 나도 일단 한시름 놓았네."

마을향토지는 구정舊正 전에 나오게 될 것이라 했다. 팔순을 맞아 큰 보람을 느꼈다. 불안과 초조는 기우였다. 성숙한 주민 의식에 감사했다. 새삼스레 수백 년의 설촌 역사를 지닌 웃귀 마을의 후예인 게 자랑스러웠다.

서로 노고와 덕담이 오고갔다. 특히 4년 전부터 편찬위원장 감투를 쓴 김평도의 마음고생이 심했다. 그냥 통화로 끝내기가 아쉬웠다.

"오랜만에 바닷바람이나 쐴까?"

그도 이심전심이라며 맞장구를 쳤다. 그리고 주민센터 주차장에서 만나 읍내의 택시를 불렀다. 둘은 뒷좌석에 나란히 앉아 왼팔, 오른팔 손목을 잡았다. 오랜만에 해후한 혈육처럼…. 태흥1리에 도착할 때까지 그랬다.

해안도로와 이어지는 마을길에서 걸어가기로 했다. 어린 시절의 추억과 침묵의 기억이 깃든 외갓집 동네였다. 해안도로 갓길에는 자동차들이 즐비하고 관광객이 붐볐다. 어머니 친정 마을의 빛과 그림자가 교차했다.

포구에 접한 근린공원을 마주한 '들렁머리 횟집'에 도착했다. 횟감이 생각날 때는 종종 찾는 단골식당이었다. 중년 부부가 반색하며 다가왔다. 남자 사장은 김장수 외가 친족, 여사장은 제자였다. 앞바다가 한눈에 들어오는 창가에 자리를 잡았다.

낚시꾼들 어깨 너머로 다복솔 같은 숲이 보였다. 용이 승천하려고 머리를 쳐든 형국의 '들렁머리'였다. 기암괴석의 절벽이었다. 예전에는 키 작은 잡목이 우거진 돌동산이었다. 마을 요왕제를 지내던 굿터였다. 들렁머리 앞바다는 수심이 깊어서 조금만 바람이 불어도 파도 소리가 요란했다. 주민들은 용이 승천하지 못해 울부짖는 것으로 믿었다. 어느 해 여름에는 바닷가에서 헤엄을 치다가 거센 물살에 휩쓸려 익사할 뻔했다. 외가에 초상이 났을 무렵이었다.

그런데 의귀교 주둔군이 태홍1리 이사무소 둔덕, 지금의 군부동산으로 옮긴 뒤 들렁머리 해변은 학살터가 됐다. 태흥리 주민을 비롯해 인근의 신흥리, 중산간 마을인 의귀리, 수망리, 한남리, 멀리는 신례리 주민들이었다. 장원 형의 작은어머니, 점박이 선생 아내인 누이도 들렁머리 바닷가에서 총살됐다고 들었다. 지금은 과거의 기억과 함께 해안도로에 매몰됐다.

옆 식탁에 있던 손님이 자리를 떴다. 김평도가 잠시 중단했던 마을지 편찬 후일담을 이어갔다.

"사태 때 죽은 김덕만이라고 기억하지?"

순간 김장수는 불에 댄 듯 뜨끔했다.

"그 사람 이름은 왜?"

"그분 아들이 천만 원을 마을지 발간 성금으로 쾌척했거든."

김장수는 속으로 '부처님 위해 불공하나 제 몸 위해 불공하지.' 했다.

김덕만 가족은 소개령이 내려진 후 마을을 떠났다. 움막 생활에도 합류하지 않았다. 훗날에야 그 당시 제주읍으로 도피했다가 육지로 빠져나간 사실을 알았다.

"선친을 희생자로 신고하기 위해선 고향 주민들 도움이 절실한 입장이기도 해서 선심을 쓰는 것 같기도 하고…."

김덕만의 아들 김창길은 고향하고는 절연했지만 태홍리 외갓집과는 소통창구를 개설하고 있던 모양이라 했다.

"단성丹誠이 아닌 선친의 몸값이겠지."

김장수가 무의식중에 내뱉은 말이었다.

"그게 무슨 소리야?"

"그럴만한 일이 있어…."

김장수는 티슈로 입술을 닦았다. 짙붉은 고추장이 묻어나왔다.

무장대의 학교 습격이 있던 날이었다. 주둔군은 토벌작전 대신 난장판이 된 시설 복구로 분주했다. 취사장도 망가진 상태라 모두 아침을 굶었다. 오후가 돼야 태흥1리, 남원리에서 구루마를 동원해 식사가 운반됐다. 아침에 학교를 방문해 시신 처리에 나섰던 학교후원회장이 재차 마을 대표들과 함께 나타났다. 그런데 병사들이 운동장 담벼락을 따라 쳐놓은 천막에서 식사할 때였다.

학교후원회장이 주위를 두리번거리며 장수를 교사 북쪽으로 데리고 갔다.

"아침에 사용했던 들것이 필요한데…."

장수가 의아해하며 들것을 처박은 밭구석을 가리켰다. 두 노인이 아침에 만든 무장대 봉분 앞에 서 있었다. 학교후원회장의 '조카를 여기서 이렇게 만날 줄은 꿈에도 생각 못 했는데….' 하던 흐느낌이 구름발처럼 흩어졌다. 누님 아들이라 했다.

"못 본 걸로 해라."

윗사람은 이미 묵인한 어투였다. 장수는 들것을 들고 보리밭을 가로

질러 무덤으로 잰걸음을 놓는 후원회장을 물끄러미 쳐다봤다.

한참 세월이 흘러서야 무장대 무덤에서 빼돌린 그 시신이 의귀리 출신임을 알았다. 유일하게 학교 습격 가담자라는 풍문이 돌았다. 그날 생포된 후 구사일생한 생존자의 입소문을 통해서였다. 하지만 점박이 선생은 여전히 베일로 남았다. 장수 혼자만의 비밀이었다. 무장대 무덤의 시신을 빼돌린 은폐 행위나 다를 바 없었다. 점박이 선생은 행방불명된 희생자로 신고됐다고 들었다.

김장수가 『의귀리지』 발간 소식을 접한 것은 신문 보도를 통해서였다. 고향에 거주하는 집필자인데도 먼저 책을 받아보지 못해 서운한 생각이 들었다.

김장수는 다시 잉크 냄새가 밴 신문을 펼쳤다. 사회문화 지면 절반이 컬러 사진과 함께 대서특필돼 있었다.

'임진년을 맞이해 임진왜란 당시 제주마濟州馬를 헌마한 호국충정의 전설적 인물인 김만일 고향, 제주마의 원조인 의귀리 마을에서 향토지를 편찬해 화제가 되고 있다. 임진왜란 발발 420주년을 맞이한 시점이라 더욱 시사하는 바가 크다…. 특히 지금까지 나온 마을지들에 비해 '4·3'을 심층적으로 다루고 있어서 눈길을 끈다. 마을향토지는 과거와 현재를 잇고 미래를 여는 원표元標다. 김평도 편찬위원장은, 마을의 역사 자료를 집대성해 재조명함으로써 마을의 위상을 드높이고 주민 공감대를 돈독히 함은 물론 후세 향토교육 자료로 활용되기를 기대한다고 했다….'

오후에는 마침내 마을지 한 권을 손에 넣었다. 46배판 560쪽의 양장 제본이었다.

우선 사진으로 보는 마을 역사, 발간비 헌금자의 광고부터 훑어나갔다. 정현숙 형수의 얼굴과 안댁집 뒷술을 배경으로 찍은 빛바랜 가족사진이 담긴 전면 광고는 컬러판이었다. 주민들이 안댁집 가족을 품은 듯해서 갑자기 눈시울이 뜨거웠다.

그다음은 김장수가 집필한 지면을 펼쳐 소제목을 훑어갔다. 그런데 갑자기 피가 거꾸로 치솟았다. '이런 판이 있나?' 재차 마지막 지면을 확인했다. 맺음말 대용으로 집어넣은 읍소문泣訴文과 성토문이 삭제돼 있었다. 죽은 이승만 대통령이 환생해 농간하는가 싶었다. '누가? 왜?' 하며 창밖을 바라봤다. 우영팟 귤나무들과 무장대 묘역의 소나무가 거센 겨울바람에 요동치고 있었다. 서서히 분노가 서글픔으로 전이됐다.

일단 침묵으로 대응하기로 했다. 김윤학에게 위로 전화도 하지 않았다.

그리고 일주일쯤 뒤 김윤학의 전화를 받았다.

"선생님. 설 명절 직후 출판기념회 일정까지 잡혔는데 모든 게 도로 아미타불이 될 것 같습니다."

차를 동원해 주민들에게 배부한 책을 회수했다는 것이다.

"이유가 뭔데?"

김장수는 애써 흥분된 감정을 잠재웠다.

"자세한 내막은 모르겠어요."

몹시 격앙된 어조였다.

4·3의 악령들이 넉시오름에까지 준동하는가 싶어 서글펐다. 더 이

상 삭제된 원고 말미를 문제삼을 명분도 사라졌다. 김장수는 그와 통화를 마치자마자 핸드폰을 잠금 상태로 바꿨다.

그렇게 해가 바뀌어 2013년 아침이 밝았다. 음력으로는 2012년 동짓달 스무날이었다. 그리고 후반기 마을총회가 열릴 2월 2일은 음력 섣달 스무이튿날이었다. 음력 명절 일주일 전에 열리는 게 통상관례였다.

김장수는 마을지 소동의 배경을 간파할 기회라 생각했다. 그러나 송철은 혼자 회의에 참석하겠다며 완강한 어조로 만류했다.

"오히려 분란만 야기될 테니 나서지 마세요."

현장 목소리를 녹음기에 채록해 오겠다고 했다. 김장수는 아들이 시키는 말에 따르기로 했다. 자칫하다 스스로 원성의 불길에 휩싸일 수 있었다. 분노와 치욕, 서글픔을 무관심으로 다스리기로 했다.

그런데 마을총회가 열리는 날, 동혁이 느닷없이 송령이골로 찾아왔다. 제주시로 넘어가다가 잠시 들렀다고 했다. 동혁은 형수가 제주시로 떠난 뒤에도 수시로 안댁집을 드나들었다. 안댁집에는 감귤농장 관리인 가족이 살고 있었다.

"걱정했는데 건재하시군요. 삼촌. 너무 상심하지 마시고 이제 무거운 짐을 내려놓으세요."

그러면서 일단 총회에 참석해 직접 주민들 목소리는 들어보라고 했다. 다소 모순된 주문이었다. 김장수는 산책을 포기하고 동혁의 차에 올랐다. 명명이가 불만의 눈빛으로 쳐다봤다.

"오늘은 그냥 귀동냥만 하고 오세요."

불길로 뛰어드는 소방수가 되지 말라고 당부했다. 졸린 시선으로 귀만 크게 연 채 회의장을 지켜보라고 했다. 동혁은 김장수를 내려놓고 이내 주민센터 주차장을 떠났다.

회의가 시작된 지 한 시간이 지나고 있었다. 2층 대회의실 마지막 계단을 올라섰다. 복도 테이블에 있는 회의자료부터 집었다. 마을지 편찬 안건은 마지막이었다. 시간을 가늠할 수 없었다. 대회의실 뒷문이 반쯤 열려 있었다. 김장수는 슬며시 회의장 뒤쪽으로 시선을 들이밀었다. 빈자리가 보이지 않았다. 뒤에 서 있는 사람들도 있었다. 마을지 안건이 상정될 즈음 다시 올라오기로 했다. 그냥 산책길에 나설까 하는 생각도 들었다. 일단 1층 마을지 편찬실에서 기다리기로 했다.

"두어 해 동안 열정을 쏟았는데 허탈감과 모멸감을 금치 못하겠어요…."

김윤학의 축 늘어진 목소리였다. 김장수는 멈칫하고 사무실 출입문 손잡이에서 손을 뗐다.

"책을 이따위로 만들었으니 도의적 책임이 있다는 거야."

"형들까지 부화뇌동附和雷同하고 나서다니 실망했어요."

"아무튼 이따 공개석상에서 얘기하자구."

출입문이 벌컥 열렸다. 두 50대 중년 얼굴과 시선이 마주쳤다. 그들은 당황한 표정을 지우며 황급히 계단 쪽으로 사라졌다. 모두 청년회장을 지낸 마을 유지였다.

김윤학은 기다란 테이블에서 컴퓨터 작업을 하고, 아들과 허호석 기자가 난롯가에 앉아 있었다. 침통한 표정들이었다.

"참, 고집도…."

송철이 김장수를 물끄러미 쳐다보며 혀를 찼다.

"마을총회까지 취재에 나섰나."

김장수가 허 기자의 손을 잡으며 미소를 지었다.

"특종감이잖아요. 으하하…."

허 기자가 누군가와 통화를 마치고 말을 이었다.

"얼마 전에 사태 이후 고향을 등져 살다가 최근에야 귀향한 어느 유족을 만났어요. 그 당시 열서너 살이었던 소년은 가족을 따라 도피 생활을 전전하다가 아흔아홉골 인근에서 토벌대에게 발각되는 바람에 아버지는 현장에서 총살당하고 물애기를 업은 모친, 어린 두 동생과 학교에 주둔한 특별중대로 끌려갔단 겁니다. 연행한 도피자들을 학교 운동장에 집결시킨 다음 군인들이 스무 살에서 마흔 살 난 사람만 따로 불러내 운동장 옆에 있는 밭에서 수십 명을 총살했는데 모친도 그날 희생된 거예요. 그 소년은 돌도 지나지 않은 젖먹이와 어린 동생을 데리고 교실에 수용됐는데 젊은 애기어멍들에게 젖동냥을 해도 매몰차게 외면하더래요. 결국 물애기는 사흘 동안 울다가 숨줄을 놓았고…. 그 후 어찌어찌 구사일생해 육지에 나가 어른이 된 뒤에도 고향 땅을 밟지 않았는데 달포 전에 귀향해 보니 그 당시 기억의 현장들은 모두 사라졌다면서 눈시울을 적시더군요…."

당시 북제주군 어느 중산간 마을 출신 유족의 후일담이었다.

양천일 현의합장묘 회장의 비통한 육성이 맴돌았다. '선생님. 1974년 4월에 공군 부사관으로 전역하고 난 후에도 억울함과 분노가 가시지 않아 칠 년 반 동안은 성경을 노트에 필사하며 마음을 다독였어요….' 그는 기독교 신자가 아니었다.

"형. 내 혼자 다녀올게."

"아냐. 같이 가."

허 기자도 송철과 함께 자리를 떴다. 김윤학이 출력물을 챙기고 난롯가로 다가왔다.

"죄송합니다, 선생님."

"나중에 얘기하자."

지금은 삭제된 원고를 놓고 따질 때가 아니었다. 김장수는 침묵한 채 난로 위의 들끓는 물주전자만 응시했다.

"회의 진행 상황을 보면서 연락할게요."

혼자 남았다. 김장수는 테이블 위에 놓인 마을지를 집었다. 가지각색의 포스트잇이 책갈피 가장자리에 비죽비죽 나와 있었다. 지면 행간에는 군데군데 노란 형광펜 자국이 묻어 있었다. 오자와 탈자, 띄어쓰기가 잘못된 부분들도 보였다.

김장수는 책을 밀쳐내며 학교 운동장으로 시선을 돌렸다. 해묵은 세월의 환청, 환영이 되살아났다. 새벽 달밤에 쏟아지던 함성과 총성, 비명, 전신이 붉은 꽃송이 같은 핏자국으로 얼룩진 시신들, '이 개백정 놈의 나라 폭삭 망해 불라…', 그리고 학교 동녘 밭의 이유 없는 총성….

김장수는 윤학의 전화를 받고 회의실 뒷문으로 들어가 맨 뒷줄 접의자에 앉았다. 빈자리만큼 사람들이 빠져나간 상태였다. 참석자들을 등지고 있어서 한결 마음이 가벼웠다. 단상 가운데 테이블에서 회의를 진행하는 이장을 응시했다. 여섯 번째 안건이 마무리됐다. 이어 마을지 안건을 상정하는 의사봉이 울렸다.

그리고 김윤학 간사가 마을지 편찬 안건 상정에 대한 배경 설명에 나섰다.

"먼저 원고를 수합하는 과정과 가제본 상태에서도 여러 차례 공람을 거친 터라 마을지가 갈등의 불씨가 되리라곤 전혀 예상치 못해서 상당히 당혹스럽다는 말씀부터 드립니다. 근현대사의 사삼 부분에서… 무장대의 학교 습격 사건이 매우 좌익계 시각에서 장황하게 서술됐으며 당시 해방공간의 좌익 활동과 무장대 가담자들을 영웅시하고 군경 토벌대와 서청은 학살자로 폄훼하고 왜곡됐다는 주장이 마을지 배부를 중단한 가장 큰 요인인 듯해요. 시빗거리로 등장한 사삼 부분은 인쇄에 들어가기 직전에 몇몇 전문가에게 의뢰해 검토했다는 점을 말씀드립니다. 이명박 정부 들어서 반공교육 시각에서 사삼을 왜곡하려는 일부 극우 진영의 입김이 작용한 게 아닌가 하는 의구심이 드는데…."

"정치적인 얘긴 끌어들이지 맙시다."

묵직한 남자 목소리가 윤학의 말을 가로챘다.

"사삼 전문가들도 민중항쟁의 외눈박이들이잖아요."

또 다른 남자의 쇳소리가 장내를 울렸다. 잠시 장내가 술렁거렸다.

"저는 오늘로 의귀리지 편찬 간사직을 그만두겠지만 우리 마을지에 대해서는 한 점 부끄러움이 없습니다."

윤학이 덤덤한 어조로 이야기를 맺었다.

"그러면 먼저 마을지 문제에 대한 의견부터 듣도록 하겠으니 허심탄회하게 말씀해 주십시오."

이장이 어수선한 분위기를 추스르며 말문을 열었다. 인신공격성 발언은 자제해 달라는 당부도 곁들였다.

맨 앞줄에 앉았던 여인이 몸을 일으켜 장내를 둘러봤다. 노인회 회원이었다.

“오천만 원이란 막대한 제작비를 들연 나온 책이니 일단 주민들에게만이라도 배부허도록 헙주.”

전혀 동조하는 반응이 없었다. 무언의 반대였다.

“난 절대 반대합니다. 만약 지금 책자를 배부한다면 법정투쟁도 불사할 거요….”

무장대의 학교 습격 사건을 인민투쟁보고서처럼 상술한 게 불만이었다. 이 사건은 현의합장묘 서술 말미에 한두 페이지로 언급하고 넘어가도 될 부분이라 했다. 몇몇 참석자 시선이 김장수에게 쏠렸다.

“사삼 이야기를 놓고 왈가왈부하는 그 자체가 모순입니다. 사태 당시 토벌대와 무장대원들을 불러들여 재판할 겁니까. 나는 경찰 가족이란 자격지심 때문에 평생 죄의식에 사로잡혀 불편한 심경으로 살아왔습니다. ”

당시 서북청년단 출신의 경찰관 유복자였다. 정현숙 형수 또래인 그의 모친은 청상과부로 곱게 늙었다. 그의 외삼촌은 무장대에게 희생됐다.

발언이 징검다리처럼 이어졌다.

“우리 마을 사삼사태는 참혹상 못잖게 불명예스러운 부분도 많은데 굳이 마을지에 장황하게 이야기할 필요가 있는지 의문이 들어요. 문제투성이인 책자를 그대로 배포하는 건 자칫 마을을 두 동강으로 내는 처사라 생각합니다.”

“우리 마을 제주사삼사건 유족은 양민 희생자 가족과 경찰 가족, 그리고 산사람 가족 세 부류가 살과 피를 섞어 사돈을 맺으며 살아가고 있습니다. 마을지에 사태 당시를 미주알고주알 까발려서 어쩌자는 겁니까. 폭도 마을이란 오명汚名의 후폭풍은 누가 책임질 겁니까….”

김장수는 눈을 부릅뜨며 자세를 고쳐 앉았다. 현의합장묘 유족이기도 한 집안 어른의 주장이 계속됐다.

“물론 그때 상황하고는 많이 달라진 세상이긴 하지만 자료만 집대성해 뒀다가 직간접적인 체험자인 원로 세대가 세상을 떠난 뒤 오십 년, 백 년 뒤에 집필해도 늦지 않다고 생각해요….”

과거를 묻어두고 사건 연루자들의 신분을 보호하는 게 화해의 길이라 했다. 자칫하면 지금 마을지를 회수해 보관한 창고가 갈등의 탄약고가 될 우려가 있다고 하면서…. 문득 어느 중산간 마을 유족회장의 비통한 육성이 소용돌이쳤다. ‘해안마을의 일부 유족들이 중산간 빨갱이 가족들과는 함께 활동할 수 없다는 거야….’ 이십여 년 전, 사범학교 동창회에서 만난 옛 동료였다.

김장수는 잠시 눈을 감았다. 침묵이 흘렀다. 누군가가 원고 회람 과정에 수정을 건의한 인민이란 표현이 그대로라고 지적했고, ‘그 당시 인민이란 용어는 동무란 말처럼 평범한 일상어였어요.’ 하는 송철의 목소리가 이어졌다. 이어 베트남 전쟁, 6·25 전쟁 내용이 너무 빈약하다는 항의도 있었다. 더 이상의 발언자는 없었다.

김장수는 눈을 뜨고 상체를 등받이에 기댔다. 김평도 편찬위원장이 일어나 단상에 올라섰다.

“의귀리지 발간 소식은 중앙지 지방판에까지 대서특필된 상황인데 책이 빛을 보지 못한 채 사장되고 마을 명예가 훼손되지 않을까 우려

됩니다. 그동안 고생하신 편찬위원들에게 면목이 없는데… 특히 외부 인사들이 똥막대기 취급한 사삼사건을 집필한 김장수 선생님에게 큰 빚을 졌습니다. 사건을 적나라하게 까발려서 폭도 마을로 낙인찍힐 우려가 있다, 치유 방법은 제시하지 않았다는 뒷말도 들리는데… 그건 아픈 상흔을 드러낸 다음에 거론될 문제라 생각합니다. 물론 육이오전쟁처럼 아직도 악몽의 트라우마에 시달리는 현실이지만 사삼은 국가폭력에 의해 연출된 참극으로 판명된 사건입니다. 그런데도 여전히 국정교과서에는 사삼 진실을 왜곡하고 있습니다….”

마을지 안건이 상정된 지 한 시간이 지났다. 마을총회가 세 시간 가까이 진행되는 셈이다.

“의견들을 듣는 건 이 정도로 하고 마을지 배포 문제를 표결에 부치는 건 어떻겠습니까.”

이장의 제안이 나오자마자 맨 앞줄에 앉았던 주민이 몸을 일으키며 방청석을 향했다.

“그보다는 찬성과 반대의 파열음을 진정시키는 대안으로 제가 중재안을 내겠습니다. 마을지 배포 문제는 두석 달 동안 다시 공람 과정을 거친 다음 임시총회를 열어 최종 결정을 내렸으면 합니다. 여러분 어떻습니까….”

‘찬성이요, 동의합니다’ 하는 목소리에 이어 장대비 같은 박수갈채가 쏟아졌다. 이미 주민의 찬반 결과는 불을 보듯 뻔했다.

“마을지 발간 안건은 마지막 중재안으로 수정해 채택되었습니다.”

딱! 딱! 딱! 의사봉이 울렸다. 순간 김장수가 발딱 몸을 일으켰다.

“의장님, 잠깐만요!”

자리에서 일어서던 사람들이 엉거주춤한 몸짓으로 김장수를 바라봤다. 어리둥절한 표정들이었다. 김장수는 비좁은 접의자 사이를 지나 단상 앞으로 나갔다.

"저도 오늘 통과된 중재안에 찬성하지만 한 가지 조건이 있어요. 공람 과정이 아니라 외부 사삼 전문가, 사학자를 초빙해 특별강연을 곁들인 공청회 자리를 마련해 줄 것을 건의합니다. 의귀리 사삼사건은 제주사삼의 축소판인데 적어도 국가에서 내놓은 진상조사보고서 정도의 상식이 필요해요. 평생 사삼 미치광이로 늙은 김장수가 간절히 주문하는 바요."

마을지 소동은 이제부터 시작이라 생각했다.

주민들이 서서히 출입구로 움직이기 시작했다.

"아직도 주제 파악을 못 하고 선생질허네…."

사람들 틈에서 구시렁거린 남자 목소리였다.

"주제 파악이 끝나서 하는 얘기요."

김장수가 고개를 비틀며 상체를 굽힌 육성의 주인공을 확인했다. 순간 눈시울이 댓잎처럼 파르르 떨렸다. 어머니가 세상을 하직하던 해의 의귀교 제자였다. 그러나 이념에는 스승과 제자도 없구나, 하는 독백으로 끝냈다.

"선생님은 입이 열 개라도 할 말이 없어요."

또 다른 중년 남자가 돌팔매질하듯 하며 주민들 속으로 사라졌다. 서글픔과 코웃음이 교차했다. 김장수는 벌렁거리는 심장을 진정시키며 단상 테이블에 있는 종이컵에 물을 따랐다. 송철과 허 기자는 눈에 띄지 않았다. 다행이었다.

"분시웃인 얘기난 귀에 담지 맙서."

늙은 여인의 목소리가 귓가를 스쳤다. 분수없는 사람의 말을 들은 귀가 문제였다. 아니, 팔십 문턱을 넘어서도 청력이 말짱한 게 병이었다. 김장수는 작은 플라스틱 물병 하나를 다 비웠다. 요동치던 심장박동이 안정을 되찾았다. 게거품을 문 언쟁, 몸싸움을 벌이는 난장판이 아닌 게 천만다행이었다. 치유治癒의 통과의례라 자위하며 계단을 내려서기 시작했다.

송철과 허 기자, 윤학이 주차장에서 기다리고 있었다. 윤학은 그냥 제주시로 넘어가겠다고 했다. 허 기자는 나중에 버스로 떠나겠다며 송철의 차에 올랐다. 구급차 한 대가 비상등을 요란하게 굴리며 장판거리 쪽으로 사라졌다.

"뒤풀이 준비는 됐으니 걱정 마세요."

송철이 김장수를 쳐다보며 시동을 걸었다. 회의가 진행될 때 들렁머리 횟집에 다녀왔다는 것이다. 그제야 뒷좌석에 있는 흰 비닐봉지 두 개를 확인했다. 묵직한 무게와 부피였다. 윤학이 빠진 게 더욱 아쉬웠다. '아무튼 그동안 부모님이 계신 고향에 탯줄로 남겨뒀던 주민등록을 당장 제가 사는 제주시로 옮기겠어요….' 마을지 편찬 간사를 자청하고 나섰던 윤학이었다.

"허 기자. 오늘 있었던 잡음은 기사로 내보지 말았으면 하네."

고향 마을의 부끄러운 민낯을 드러내 참담했다. 회의장의 마지막 삿대질 소문도 금새 파다할 터였다. 하지만 개의치 않기로 했다.

"정론직필正論直筆을 부르짖는 선생님께서 보도통제를 강요하는 겁니까. 으하하."

"옳다, 긇다의 문제가 아니어서 주문하는 걸세…."

"오늘은 그냥 비무장지대 지뢰밭을 탐방하는 심정으로 참석했던 겁니다. 그런데 육십사오 년이 지난 지금도 종두 자국 같은 상처의 근원을 가해자와 피해자 시각에서 갑론을박하는 회의장을 지켜보면서 답답했어요…."

화해, 상생, 인권, 평화의 사삼 정신은 아직도 선거 현수막 같은 구호에 지나지 않다고 했다.

그런데 송철이 갑자기 송령이골 무장대 묘역 앞에 차를 세웠다.

"한겨울의 봄날이라 여기에서 한잔하기로 했어요."

지난해 1월 12일 추모일에도 오늘처럼 화창했다.

"기발한 발상이구나."

김장수가 눈웃음을 지으며 차에서 내렸다. 바깥에서 얻은 화를 집으로 끌어들이지 않게 되었다.

송철이 트렁크를 열어 비닐깔개, 모기장 대용으로 쓰던 간이텐트를 꺼냈다.

"못 보던 이 제단은 선생님 작품인가요."

허 기자가 흰 비닐봉지 꾸러미를 제단에 내려놓으며 말했다. 그는 올해 추모제에 참석하지 않았다.

"작년 광복절 벌초 때 송철이와 마련한 합작품일세."

제단 밑돌 주위의 억새는 누렇게 시들어 있었다. 신목 같은 소나무 옆의 제단을 식탁으로 삼아 마주앉았다. 양지바른 명당이다.

"이들에게도 언젠가는 광복의 날이 오겠지."

송철과 허 기자도 무장대 합장묘로 고개를 돌렸다. 허 기자가 종이컵 잔을 손에 든 채 입을 열었다.

"마을지 회수는 외부 태극기부대 입김이 작용한 거 같애요."

마을지 소동이 불거진 뒤 은밀히 유지들과 통화를 했다고 말했다.

카멜레온 같은 기억의 충돌이었다. 기억은 상황에 따라 침묵하거나 변형하고 거짓말로 꾸민다. 아니, 4·3 영령들끼리의 반란이었다. 잡귀들이 넉시오름 당堂에 난입해 도랑춤을 추는가 싶었다.

검붉은 몸통의 커다란 지네 한 마리가 억새 틈으로 사라졌다. 허 기자가 소나무를 올려다보며 한숨을 내쉬었다.

"선생님. 실은 이 자리는 송령결의松靈結義를 다지는 시간이기도 해요."

허 기자가 소나무를 올려다보며 엉뚱한 소리를 했다. 그냥 우스갯소리는 아닌 표정이었다. 하지만 도원결의桃園結義를 흉내낸 말임은 분명했다.

"무엇을 위한 결의인지 궁금하군…."

허 기자가 '초여름의 연인들'이란 말을 짜깁기해서 '초연회'라 명명했다고 들었다.

"이참에 제2의 의귀리 전투 작전을 시도하려구요."

송철이 나무젓가락을 내려놓으며 김장수를 응시했다.

"또 피 흘릴 일이 뭐 있겠냐."

김장수가 어리둥절해하며 두 사람의 표정을 훑었다.

"마을지 파열음의 원천은 비무장지대로 남은 여기 폭도 무덤에요…."

허 기자가 독백하듯 말했다.

"아버지. 이 기회에 송령이골 동지들의 국적 찾기 운동을 전개하면 어떻겠어요."

김장수는 송철의 비수匕首 같은 주문에 만년설 같은 한라산 정상을 멍하니 바라봤다. 문득 김윤학의 칼럼 문구가 떠올랐다. '삼각대를 이루는 남원읍충혼묘지와 의귀리 현의합장묘, 무연묘 상태의 송령이골 무장대 합장묘는 양달과 응달이다….' 천도재를 지내던 날, 도법 스님이 송철에게 '벌초라도 잘 하지….' 했던 말이 '김장수 선생님, 청년들 이름이라도 찾아주세요. 짐승들도 아니고….' 하는 질책으로 귀울림했다.

1994년 송령이골 동지들의 존재가 세상에 드러난 지 20년 가까이 됐지만 아직도 국외자局外者로 남았다. 제주4·3평화공원 위패봉안실에서 추방당한 수뇌급 인물들처럼….

벌레의 촉수로 세상을 바라보라 했던가.

김장수는 그동안 줄곧 침묵하는 그네들 부모 형제만 나무라고 있었다. 관심, 무관심의 또 다른 흑백논리로 유족, 주민을 바라봤다. 여태 허상의 물구나무를 서고 있었다. 충혼묘지와 현의합장묘원 같은 조감도만 꿈꾸고 있었다. 미래의 위령비 탑신에 새길 이름들은 생각지 못했다. 그리고 동굴 화석으로 남은 여동생의 목말이었던, 정체불명의 '그 청년'도 송령이골 동지로 합장돼 있는지 모른다는 것을 전혀 상상치 못했다.

김장수는 조반을 먹는 둥 마는 둥 하고 산책길에 나섰다. 평소보다 이른 시간이었다. 바람을 쐬는 것으로 숙취를 해소하기로 했다. 명명이가 안내견처럼 앞장섰다. 잔뜩 흐린 날씨였으나 바람은 거세지 않았다.

무장대 묘역 둔덕 갈림길로 접어들었다. 언제나처럼 명명이가 무장대 묘역의 소나무로 다가갔다. 두 그루 또는 세 그루로 착시현상을 일으키는 송령松靈이었다. 명명이가 소나무 밑동을 향해 한쪽 다리를 추켜들었다. 고조부 무덤이 있는 무장대 묘역은 명명이 피붙이가 묻힌 공동구역이었다. 장차 명명이도 이곳 어딘가에 밀장密藏할 참이다.

김장수는 제단에 앉아 해안마을 너머 수평선을 내려다봤다. 넉시오름이 성에 낀 안경에 잡혔다. 잡귀의 범접을 막는 방사탑防邪塔 같은 오름이었다. 마을제를 지내는 포제단酺祭壇, 자그만 당堂이 있는 성지였다. 그러나 더 이상 영기靈氣를 품은 오름으로 다가오지 않았다. 넋난 한라산처럼…. '넉시오름이여 넋들라…' 올해 안에 고향 마을의 4·3 자료집을 내는 것도 새로운 사업에 추가했다. 동혁과 공동 저자가 될 터였다.

꺄악꺄악…. 오늘따라 까마귀가 많았다. 까마귀도 철새처럼 서식처를 옮기는가 싶었다. 거친오름 까마귀들까지 모여들었는가 하는 생각이 들었다. 문득 어제 호기롭게 다짐했던 세 사람의 육성이 떠올랐다. 김장수는 '내 살아생전은 대부로 남겠네….' 했고, 허 기자는 송철을 바라보며 '그럼, 우리 둘은 관우, 장비張飛가 되겠습니다….' 했다. 마을지 소동의 뒤풀이는 '송령이골 동지회' 발기인 결의로 끝났다.

쇠뿔도 단김에 빼랬다고, 김장수는 송령이골 무장대 합장묘의 유족 찾기를 서두르기로 작심했다. 열 마디의 웅변보다 행동이 필요했다. 지난해 팔순 기념사업의 연장이었다. 송철의 말마따나 사탄 공화국과의 항쟁이다. 숱한 죽음의 계곡을 건너 덤으로 살아온 인생이었다. 구차하게 살아남은 자괴감, 무고하게 죽어간 이들에 대한 미안함, 죄책감이 늘 마음의 빚이었다. 거미줄 같은 마음의 감옥이었다.

당장 '사단법인 송령이골' 설립에 착수하기로 했다. 사무실은 송령이골 자택이 안성맞춤이다. 그리고 어머니의 저울밭(제위전) 문서, 월남전에서 전사한 큰아들의 연금통장을 재단 밑천으로 삼기로 했다.

우선 설 명절이 지나 주요 언론에 낼 광고문 초안부터 잡았다. 다시 시작하는 '침묵의 비망록' 화두이기도 했다.

"사람들이 침묵하면 돌들이 소리지를 것이다"

옛 탐라국 남원읍 의귀 마을 북녘 둔덕에 오십여 고혼孤魂들이 잠든 송령이골 무장대 묘역의 광장으로 초대햄수다. 여기는 제주4·3 유적지 중에 유일헌 무장대 묘지로 한반도 비무장지대의 지뢰밭 같은 곳이라마씀. 불길처럼 타오르던 새 나라 새 일꾼의 꿈이 연기로 사라진 넋들인디 '반공만이 살길'이렝 웨울르는(소리치는) 사름들은 뒤에서 '폭도무덤, 빨갱이 무덤'이라고 손가락질도 헙네다.

낫 놓고 기역 자도 몰르는 사름들을 남녀노소, 물애기꺼지 빨갱이 총도장 팡팡 찍어 붉디붉은 돔박고장(동백꽃) 같은 피울음으로 생지옥이던 단기 4282년 1월 12일 새벽 '의귀리 전투'에서 청춘을 묻은 사름들이우다. 두어 해가 지난 뒤 이곳으로 유해를 옮겨다가 웅덩이 하나에 매장된 불쌍허고 가련헌 원혼冤魂들이주마는, 낭떠러지 같은 지하에서도 동지들은 은장도 같은 절개로 국태민안國泰民安을 기원햄실 거우다. 기영허고 그 시절 "돌아오라 돌아와 따뜻한 품에 괴로움과 슬픔을 같이 말하자 휘날리는 태극기 우러러보며 이 땅에 또다시 즐거움을 부르자" 하던 노래를 튼내어(생각해) 보십서.

오십여 년 동안 곶자왈 같은 골총으로 방치됐던 이곳 묘역은 공원처럼 단장되었주마는 아직도 주인 엇인 무연묘로 남았수다. 아무도 사태 때 죽은 내 새끼, 내 서방, 우리 애기아방, 우리 성님, 우리 아시(아우), 우리 오라방, 우리 조캐, 우리 삼춘이라고 알은체허는 이 없이 무국적자로 남은 거라마씀.

제주섬은 몽골의 목마장, 절해고도 유형의 땅, 대일본 제국의 요새要塞이긴 했어도 '빨갱이 섬'이 된 적은 엇수다. 여기 송령이골 동지들 또한 '무찌르자 오랑캐' 같은 불구대천의 원수 종내기가 아니우다. 힘엇인 나라 백성으로 배또롱줄(탯줄) 끄선 세상에 나온 죄밖에 엇은거라마씀. 이제랑 흑룡만리黑龍萬里 제주 돌담들이 막 웨울르멍 신들린 사름추룩 도랑춤 추기 전에 모다들엉 큰 소리로 그들의 이름 부르기, 가족 찾기, 국적 되찾기에 나서봅주. 예전 남북이산가족 찾기 운동 때처럼….

| 발문 |

침묵을 흔들어 깨우는 목소리
―두 개의 무덤

임철우(소설가)

내가 고시홍 선생을 처음 만난 건 몇 해 전 4·3평화문학상 본심 자리에서였다. 예상보다 심사가 일찍 끝나는 바람에, 예정된 만찬까지는 시간이 제법 남아 있었다. 그사이 가까운 사라봉 공원에서 바람이나 쐬고 오자 하고 고시홍 작가와 나는 호텔을 나섰다.

공원 입구에 차를 세워놓고, 우리는 사라봉 일대와 등대 그리고 별도봉으로 이어지는 산책로를 따라 두 시간 남짓 산책을 했다. 나는 육십 대 중반, 그는 나보다 다섯 살 위였다. 그날 산책길에 둘이서 간간이 나누었던 얘기의 내용은 잊었지만, 그의 남다른 성품에 내심 깊은 인상을 받았던 기억만은 생생하다. 방금 처음 만난 사이임에도 그렇듯 편안함과 신뢰감을 느끼게 하는 사람도 드물었다.

그와 40여 년을 가깝게 지내온 김승립 시인의 말을 빌리자면, 작가 고시홍은 '조용하면서도 나직한 목소리의 말투와 순정함을 금방 느낄 수 있게 하는 눈빛'을 지닌 사람이다. 자신의 주장은 늘 뒷전으로 미룬 채 상대방 얘기에 귀를 기울여주고 남의 아픔을 위무하며, 심지어 어깃장 놓으며 대드는 후배들조차 묵묵히 포용해 주는 '꽤나 순정한 사람'. 그리고 문단에서건 학교에서건 한결같이 자기 맡은 일에 성실하게 최선을 다하는 '아주 견실한 사람'. 무엇보다 현실의 온갖 열악한 조건 속에서도 문학에 대한 열정과 순수함을 온전히 지켜내고자 분투해온 사람.[1)]

그날의 첫 만남을 계기로 나는 그와 부쩍 가까워졌다. 각자 거주지가 달라서 그리 자주 만나지는 못했어도, 평소 낯가림이 심한 나로서는 그나마도 각별한 인연이었다. 지난 몇 해 동안 나는 그에게 이래저래 많은 도움을 받았다. 특히 그의 자상한 배려 덕분에 4·3 관련 소중한 자료들을 많이 구할 수 있었다. 그 자신이 발로 뛰며 수집해온 귀한 자료뿐만 아니라, 내가 얼핏 꺼냈던 얘기를 용케 기억했다가 한참 뒤에라도 어디선가 구해와서 건네주기까지 했다.

그는 아주 오랜 시간을 함께해온 사이인 양 사람의 마음을 편안하게 만든다. 그런데 정작 그 자신은 말수도 적고 자기 내면을 잘 드러내지 않는다. 사실 차분하고 부드러운 인상만으로 짐작해보자면, 그는 십중팔구 별다른 풍파 같은 것도 없이 평탄한 생애를 꾸려온 사람일 성싶다. 그러나 뜻밖에 그는 내면에 남다른 아픔을 간직한 채 살아온 사람이다.

1

작가 고시홍은 4·3 비극의 한복판에서 태어났다. 1949년 1월. 이른

---

1) 김승립, '수난과 신원', 고시홍 소설집 『물음표의 사슬』, 삶창출판사. 289-290쪽.

바 초토화작전으로 4·3 전체 기간을 통틀어 가장 많은 학살이 자행되었던 '주민 집단희생기'(1948. 10. 11-1949. 3. 1)의 한가운데였다. 갓 스무 살 어린 부부 사이의 첫 번째 아이이자 마지막이 될 그 아이는 방 창문을 이불로 가려놓은 채로 한밤중에 태어났다. 그의 조모는 '이 어지러운 시국에 무신거 허래 세상에 나왐신고….' 하고 한탄을 했다. 매일 핏덩이를 안고서 집을 비워 둔 채 바닷가 바위 밑에서 새우잠을 자고, 날이 밝으면 다시 귀가하던 무섭고 흉흉한 시절이었다.

그는 아직도 부친의 얼굴조차 모른다. 필시 앞으로도 영영 그럴 것이다. 그가 태어난 직후인 1949년 3월 10일 부친은 육군 제6사단 제2연대 '제주도신병교육대'에 자원입대, 모슬포 훈련소에서 신병훈련을 받았다. (당시 그의 부친의 고향인 구좌면에서만 50명이 함께 입대했다. '자원입대'라고 하지만 당시는 순전히 반강제적인 분위기였다는 걸 우리는 알고 있다. 이른바 낮은 군경, 밤은 '산사람들'의 세상이던 때. 특히나 토벌대의 주 표적이었던 각 마을의 젊은 남자들로선 달리 선택의 여지가 없었을 것이다.)

신병훈련을 마친 그의 부친은 몇 달 후, 부대 교체 명령에 따라 육지로 이동했다. 소문엔 옹진반도 지역에 배치되었다고 하는데, 바로 이듬해 6·25 발발과 함께 소식이 두절되었다. 그러다 휴전협정 한참 뒤에야 전사통지서가 날아들었고, 거기엔 1950년 6월 25일에 전투 중 전사했다는 불확실한 내용만 들어있었다. 시신은 행방불명이고 정확한 날짜며 전사한 지역이 어딘지조차 영원히 미궁으로 남게 되었다.

불행은 그것으로 끝나지 않았다. 홀로 된 젊은 어머니가 이웃 마을로 재가해 나가면서, 그는 다섯 살 때부터 할머니 손에서 혼자 자라게 되었다. 그것도 하필이면 바로 이웃 마을에다 생모를 두고서도, 어린 그는 생판 남인 양 억지로 외면한 채 유년기와 소년기를 보내야만 했다. 훗날 자신의 가족사를 짧게 언급하면서, 그는 아픈 속마음을 얼핏 드러낸 적이 있다.

… 소년을 키운 건 8할이 외로움이다. 소년은 유복자나 다름없다. 호적에 출생신고를 한 것은 소년이 일곱 살 때였다…. 호적등본을 보니, 소년과 아버지와는 스무 살, 어머니와는 스물한 살 차이밖에 나지 않는다. 아버지는 6·25 전쟁 때에 행방불명이 됐다. 어머니는 소년이 다섯 살 무렵 '서방 얻어' 떠났다. 평생 그리움과 미움의 존재로 남았다.

… 할머니는 인생의 스승이기도 했다. 부지런함과 끈기를 배웠다. 종갓집이어서 조상에게서 물려받은 땅이 좀 있었다. 조, 보리, 메밀, 산듸, 고구마 농사를 지었다. 소도 많이 길렀다. 소년은 국민학교, 중학교 시절까지만 해도 '쇠테우리[목동]' 노릇을 했다. 소년은 한 마리의 벌거벗은 망아지로 자랄 수밖에 없었다. 마음이 내키지 않으면 어른이 말을 시켜도 입에 자물쇠를 채워 응답하지 않았다. 그 뒤에 이어지는 말은 '이 구랭이 같은 종내기'였다. 할머니는 소년을 '망아지, 구렁이'가 아닌, '사람의 새끼'로 키우려고 애썼다. '일해사 먹엉 산다(일해야 먹고 산다)'는 말로 귓자락에 티눈이 돋을 지경이었다.[2)]

그는 유년의 초입에 들어서기도 전에 모든 것을 잃어버리고 만 셈이다. 그 이후의 모든 시간은 순전히 혈혈단신으로 헤쳐나가는 '운명적인 생'일 수밖에 없었다. 질풍노도의 이십 대. 끝없는 좌절과 방황. 대학 시절의 일기장엔 '죽음도 삶도 아닌 현실을 저주한다'라고 마구 휘

---

2) 고시홍, '흰구름 둥둥 뭉게구름 둥둥', 평대초등학교 교지, 2017. 5.

갇혀 놓았다. 그때 그를 구원한 것이 문학이었다. 한 마리 벌거벗은 망아지였던 소년기에 처음 가슴에 품었던 그 막연한 씨앗은 그가 "어른이 된 뒤 문학의 열병에 시달리게 했다. 시인의 꿈이 소설가로 탄생하는 동안 야생마로 살았다. 한겨울에도 방에 불을 때지 못하게 했다. 담요 한 장으로 몸을 감싸고 앉아 밤을 새우다시피 하며 책을 읽고, 글쓰기를 했다."[3]

그 지독한 열병은 40여 년의 교직 생활 동안 변함없이 그를 다그쳐온 혹독한 채찍질이자 때로는 광기와도 같은 것이었다. 그리하여 30대인 1983년 『월간문학』을 통해 문단에 등단한 이후, 작가 고시홍은 지금까지 모두 4권의 창작집을 세상에 발표했다. 다작이라고 말할 수는 없어도 하나같이 꾸준하고 알찬 결실이었다.

한편 그런 와중에도 고향에 대한 애정과 열정에 불타올라 그는 오랫동안 4·3 사건 자료 발굴 및 증언 채록 등에도 힘을 쏟았다. 제주섬 거의 모든 마을을 빠짐없이 발로 뛰어다닌 덕분에 여러 곳의 향토 마을지, 옛 지명 조사, 해녀와 어부들의 생애담 채록, 일제강점기 징용과 징병 실태 조사 등 소중한 자료들이 그의 손끝을 거쳐 세상에 나올 수 있었다.

2

작가는 **자기 내면의 어둠**과 싸우고 동시에 **세상의 어둠**과도 싸우는 존재이다. 전자를 개인적 개별적인 문제라고 한다면, 후자는 시대적

---

3) 고시홍, 앞의 책.

사회적 문제라고 부를 수 있겠다. 물론 그 싸움의 양상은 실로 다양하다. 일반적 경우, 한 개인의 내부에서 그 둘의 관계는 어느 정도 분리되거나 혹은 부분적으로 겹쳐진 상태로 각자의 내면화 과정을 거치게 된다. 또 세상의 어둠에 대한 눈뜸이란 것도 어느 정도 지적 성장 과정을 거친 나이에야 비로소 가능한 일이다.

그런데 그와는 다르게 아예 처음부터 세상의 어둠과 자기 내면의 어둠이 하나로 뒤엉켜 버리고 만 사람들이 있다. 그건 애당초 자신의 의사와는 전혀 무관한 일이었다. 가령 아우슈비츠에서 살아남은 사람들. 전쟁과 국가폭력의 참상에서 모든 걸 잃은 사람들-그 지옥 같은 폭력의 시간과 공간에서 살아남아 그것들을 기억하고 있는 사람에겐 세상의 어둠과 내면의 어둠은 결코 분리되지 않는 하나이자 동의어이다. 이미 자신의 몸 안에 자리한 그 끔찍한 어둠과 함께 그들은 평생을 피흘리며 살아야만 하기 때문이다. 나는 그들을 '운명적인' 작가라고 부르고 싶다.

4·3의 비극을 생애의 화두로 삼았던 현기영, 오성찬, 현길언 역시 내면의 어둠과 세상의 어둠을 한 덩어리로 그러안은 채 평생을 세상의 망각과 싸워온 운명적인 작가들이다. 1949년생 고시홍 또한 이들 '4·3 세대' 작가군 가운데 한 사람이다.

"완강한 제주섬 토박이의 근성"을 지닌 작가[4]답게, 고시홍은 첫 작품집 『대통령의 손수건』에서부터 가장 최근의 『그래도 그게 아니다』에 이르기까지 제주4·3을 다룬 일련의 작품들을 꾸준히 발표해 왔다. 평자들은 그의 소설 세계에 있어서 "4·3은 원초적 탯줄" 혹은 "일종의

---

4) 현기영, 서평 '세 사람의 소설', 『창작과 비평』, 1991 가을호. 219쪽.

근원적 숙제"[5]라고 말한다. 주제적 측면에서도, 김동현은 "망각에 저항함으로써 억압된 기억에 다가서려 하는 작가적 태도를 확인할 수 있다"[6]고 평가했다. 김동윤은 "폭력의 사슬에 옥죄인 4·3의 현실적 위상을 분명히 제시하고 있다"는 평가와 함께 "4·3과 관련하여 작가가 가장 역점을 두는 부분은 4·3이 과거 사건으로서 화석화된 것이 아니라, 끊임없이 지속되고 있는 현실적 유기체임을 강조한다는 데 있다"고 평한 바 있다.[7]

3

장편소설『침묵의 비망록』은 한라산 중산간 마을 '의귀리의 4·3'을 다루고 있다. 역사적 실제 사실을 허구적 상상력의 기반으로 삼은 작품이다. 여기에 작가가 여러 해 동안 직접 현장을 찾아다니며 찾아낸 수많은 증언과 자료들이 소설에 풍부하고 생생한 리얼리티를 더하고 있다.

이번 장편소설집에 함께 실린 '작가의 후일담'을 빌어서 작가는 스스로 작품의 메시지와 집필 의도를 비교적 상세하게 밝히고 있다. 그는 '제주4·3의 축소판'이라 할 의귀 마을의 비극을 소설화한 이번 작업을 가리켜서 "매몰된 과거와 현재의 기억, 기록의 숨은 그림자 찾기"라고 표현한다.

5) 김승립, 앞의 책. 291쪽.
6) 김동현,『기억이 되지 못한 말들』, 소명출판 2023. 144쪽.
7) 김동윤, '처절한 폭력의 사슬과 힘겨운 여정',『삶과 문학』2016년 봄호.

『침묵의 비망록』은 실재하는 '**두 개의 무덤**'과의 연결고리를 중심축으로 한 이야기이다. 제주도 남원읍 의귀리. 각기 시신 수십 구가 한데 집단으로 뒤섞인 상태로 매장되어 있는 두 개의 합장묘. 그해 겨울 한바탕 무서운 전투가 휩쓸고 지나간 직후에 두 무덤은 거의 동시에 생겨났다. 현재도 마을 외곽의 서로 다른 위치에 떨어져 존재하는 두 무덤은 지금껏 각기 다른 이름으로 불리어 온다. 사람들은 한쪽을 '**현의합장묘**', 그리고 다른 쪽을 '**송령이골 무장대 묘**', '**폭도무덤**' 혹은 '**반란군 무덤**'이라고 부른다. 이 소설은 바로 그 두 개의 무덤으로 상징되는 '의귀 마을의 4·3전후사'라고 말할 수 있겠다.

그 두 개의 무덤은 애초에 토벌군이 의귀국민학교에 주둔하면서 비롯되었다. '의귀리 전투' 그리고 '의귀리 학살사건'이란 무엇인가?

제2연대 1대대 2중대가 의귀국민학교에 주둔하기 시작한 것은 1948년 12월 26일부터였다. 마을은 이미 제9연대 토벌군에 의해 초토화된 상태였고, 주민들은 산으로 도피하거나 해안마을로 소개된 뒤였다.

본격적인 토벌작전은 1949년 1월부터였다. 학교에서 반경 5, 6킬로미터 지역에서 수색, 정찰이 전개되었고, 목격된 도피자들은 현장에서 총살되거나 학교로 연행되었다. 일차로 운동장에 집결시켜 통비분자로 의심되는 사람들을 찍어낸 다음 당일로 남원지서로 넘겼다. 나머지는 하룻밤 학교 창고에 수용했다가 다음 날 석방했다. 남원지서에서는 다시 용공 혐의자를 선별해 인근에서 총살하거나, 서귀포 중대본부로 이송했고, 남은 사람들은 남원리 바닷가 함바집에서 거주하도록 했다.

그런데 1월 12일 새벽, 무장대가 학교를 습격해 두 시간여 동안 주둔군과 혈전이 벌어졌다. 이날 '의귀리 전투'에서 무장대는 참패를 당한 채 퇴각했다. 학교에 갇힌 인민들을 구출하고 주둔군의 기선을 제압하고자 했던 무장대는 전멸에 가까운 타격을 입었다. 교전이 끝난 후 토벌군은 창고에 수용됐던 양민들을 '학교 동녘밭'으로 끌고 가 집단 총살하였다. 무장대 습격에 대한 화풀이였다. 1월 10일에도 수십 명이 같은 장소에서 비명횡사했는데 이들이 바로 '현의합장묘'에 묻힌 영가靈駕들이다.[8]

이때 희생된 주민들의 시신은 학살 현장인 '학교 동녘밭'의 세 구덩이에 흙만 씌워진 채 방치되었다가 그해 봄, 경찰 감시하에 '개턴물' 동쪽 지점으로 옮겨졌다. 1968년 봄에는 세 봉분에 새로 잔디를 입히고 산담을 둘러 벌초와 위령제를 지내기 시작했다. 그리고 1983년 '현의합장묘' 비석을 세웠다. 이후 '현의합장묘'는 2003년 9월 16일 의귀리의 집단매장지 봉분을 파묘하여 유해를 발굴, 모두 39구의 유해를 화장하여 현재 자리인 수망리 893번지에 안장했다.

한편 전투 당일 사살당한 무장대의 피해 정도는 미군보고서에는 51명으로 기록되어 있다. 증언에는 80여 명 정도로 알려지고 있으나, 그 부상자와 사망자가 동료들에 의해 산으로 이송된 경우가 많아 정확한 피해 상황을 확인할 수 없게 되었다. 사살된 무장대 시신은 몇 개월 동안 학교 뒤편 밭에 매장됐다가 마을 서쪽의 '송령이골(속넹잇골)'로 옮겨졌다.[9]

---

8) 고시홍, '송령이골 동지들을 찾아서', 『제주작가』 2023년 여름호. 252-254쪽.
9) 『제주4·3사건추가진상조사보고서I』, 215쪽.

4

이 소설은 2012년을 현재 시점으로 하고 있지만, 스토리의 전체 영역은 일제 말기 1940년대부터 2012년 현재에 이르는 70여 년의 긴 시간에 걸쳐 있다. 이처럼 긴 시대적 배경에 더하여, 4·3을 전후로 한 다양한 정치적 사회적 배경이라는 방대한 내용을 작품 안에 어떻게 유기적으로 배치할 것인가는 매우 중요한 문제이다.

그런 점에서 보면 『침묵의 비망록』은 등장인물이 많은 데다가 과거, 현재가 빈번하게 중첩되다 보니 이야기가 전반적으로 복잡하고 다소 매끄럽지 못한 느낌을 주는 것도 사실이다. 소설이 다루고 있는 역사적 사건들 자체가 워낙 복잡하고 또 하나같이 무겁고 중요한 문제들이어서, 그 모두를 한 권의 소설에 담아내기에는 아무래도 다소 무리가 따를 수밖에 없을 터이다. 물론 그래서겠지만, 작가는 자신의 이전 작품들과는 조금 다르게 묘사라든가 극적 상황을 활용하기보다는 일관되게 서술에 더 중점을 두고 이야기 전후 맥락을 좇는 스토리 전개 방식을 택하고 있다.

한마디로 '의귀 마을의 4·3전후사'라고 부를 만한 70여 년의 소설적 시간은 세 사람의 주요 인물(김장수, 사촌형 김장원, 그리고 김장수의 아들 송철)을 통해 전개된다. 주인공 김장수가 스토리 전체를 종횡으로 엮어내는 중심적 역할을, 김장원과 송철은 각자의 시점을 통해 서로 다른 시대적 배경을 드러내는 역할을 맡고 있다.

편의상 시대순으로 보자면, 작가는 김장원의 시점을 통해 해방 전후로부터 4·3 직전까지의 시대적 상황을 보여준다. (김장수는 현재 김장원이 집필 중인 회고록 속의 주인공으로, 독자는 김장원의 회고록 내용을 통해 해방 전후의 시간과 마주하는 셈이다.) 김장원은 일제 말부터 총파업 무렵까지 면서기를 한 인물이다. 해방 후 사회운동과 옥살이, 4·3 발발 직후 출옥한 후 생명의 위협을 받고 입산했다가 체포되어 감옥에서 단식 끝에 사망한다. 그의 연대기는 고스란히 일제 말과 4·3 초반까지의 제주도 상황, 미군정하의 정치 사회적 문제들, 해녀항일투쟁, 특히 남원면 일대를 중심으로 하는 제주 읍면 지역의 사회적 분위기를 통해 당시 청년 지식인층의 입산 배경을 비교적 상세하게 그려내고 있다.

한편 주인공 김장수는 '의귀리 전투'의 산 증인이다. 그는 토벌대의 총에 아버지와 조부모를 잃고, 남은 가족과 함께 산으로 도피했다가 붙잡혀 군 임시 주둔지인 학교 안에 있던 중 문제의 전투 현장을 생생히 목격하게 되는 인물이다. 열여섯 살인 그의 눈을 통해 우리는 전투 당시의 긴박한 상황, 주민 집단학살 및 집단 매장, 그리고 사살된 무장대들의 시신 매장 과정을 상세하게 알 수 있다.

아울러 김장수는 이후 60여 년의 격동기의 실상과 제반 사실들(군사정권 시기의 폭압적 상황, '현의합장묘'가 조성되기까지의 우여곡절 과정, 90년대 이후 지역 내 4·3 문제를 둘러싼 변화와 갈등 등)을 독자에게 요약하듯 보여주고 있다.

김장수의 아들 송철은 시인이자 사회운동가로, 4·3을 체험하지 않은 젊은 세대를 대표하는 인물이다. 그의 눈을 통해 1980년대 대학가 상황, 제주대학 교내의 '4·3분향소 사건', 6월항쟁과 청년 지식인층의 사회운동, 그리고 최근 젊은 예술인들 중심으로 시작된 송령이골 무장대 묘역 돌보기 등에 관한 이야기들이 다루어진다.

5

소설의 첫머리는 2012년 1월 12일, 김장수의 80세 생일 아침에 시작된다. 바로 이날은 오래전 '의귀리 전투'가 벌어진 날, 현재는 송령이골 무장대 묘에 대한 추모일이기도 하다. 김장수는 이를 절묘한 우연 혹은 운명이라 생각하면서 이날 있을 추모제 행사를 위해 손수 제물을 챙겨 아들 송철과 함께 집을 나선다. (여기서 작가의 생일이 1월 13일임을 상기하면 묘한 느낌이 든다.)

실제로 김장수는 (작가가 그러하듯) 가히 운명적인 생애를 살아온 인물이다. 평생 교직에 헌신한 교사이자 수필가이면서, 4·3의 진실을 찾고자 수십 년 동안 증언 채록, 제주인의 삶과 역사를 탐구하는 데 열정을 바쳐온 실천가이기도 하다.

어린 나이에 가족의 참혹한 죽음과 마을 사람들의 집단학살을 바로 눈앞에서 지켜보았고, 누이마저 실종되고 만 김장수. 그는 4·3유족이자 피해당사자로서 평생 트라우마를 안고 살아온 4·3 체험세대의 한 사람이다. 하지만 김장수는 그 자신 역시 여느 체험세대와 같이 폭력의 기억으로 인한 공포와 절망감을 당연히 공유하면서도, 동시에 체험세대의 일반적인 증상이라 부를 법한 맹목적인 이념 편향성이나 폭력적이고 폐쇄적인 사고에 쉽사리 함몰되지 않는 비판적 지식인의 면모를 갖춘 인물이다.

그러하기에 그는 노년의 나이임에도 송령이골 무장대 묘의 추모제에 참여해 젊은이들과 함께 어울리고, 아들 송철에게는 무장대 묘를 돌보는 종손 역할을 맡으라고까지 말할 수 있는 것이다. 더 나아가 그는 아버지와 조부모가 합장된 우영팟(텃밭) 묘역에 언젠가는 "4·3유적지 팻말을 깃대처럼 세우는 꿈"을 마음속에 품고 있는 적극적인 인물이기도 하다. 그런 김장수는 고향마을의 역사를 새롭게 정립하기 위한 '마을지' 편찬사업의 집필자 역할을 거의 반강제로 떠맡게 된다.

'제3부 거친오름의 까마귀'에서, 김장수와 아들 송철은 함께 4·3평화공원과 충혼묘지를 차례로 찾는다. 잘 단장된 공원 안에는 웅장한 기념관과 위령탑, 위령제단이 들어서 있고, 다음 날 있을 성대한 공식 추모 행사 준비로 분주한 풍경에서는 그새 세상이 많이 달라진 것처럼 느껴진다. 그러나 봉안관에 들어섰을 때 김장수는 늘어선 위패들 가운데 김장원의 이름이 사라진 공간을 지켜보며, 세상이 별반 달라지지 않았다는 사실을 확인한다. 근래 우익인사들의 반발로 인해 '4·3사건 당시 수뇌급 인물이나 직간접으로 가담한 자'로 분류된 인물들의 위패는 철거되었고, 읍면동별로 설치된 4·3희생자 각명비에서도 이름들이 삭제되었다.

과연 세상이 달라지긴 한 것인가. 4·3특별법이 제정 공포되고, 대통령이 직접 찾아와 공식 사과를 하고, 매년 그날 평화공원에서 성대한 추모식이 거행되는 것을 보면 '화해, 상생, 인권, 평화'의 4·3정신은 제법 눈앞에 가까워진 듯도 하다. 그러나 정작 『제주4·3사건진상조사보고서』를 놓고서 한쪽에선 '함량 미달의 면피용'이라 성토하고, 다른 한쪽에선 '종북좌파의 날조된 역사 왜곡'이라고 싸우고 있다. 4·3의 명칭을 놓고도 '폭동'이냐, '사건이냐' 혹은 '민중항쟁'이냐로 갈라져 충돌하고 있다. 그간 세상이 얼마간 변화했는지 몰라도, 제주섬은 아직도 깊은 내면의 완강한 어둠으로부터 자유롭지 못한 현실이다.

6

이 소설에서 의귀 마을 '현의합장묘'와 '무장대 무덤'은 제주섬 전체를 아우르는 아픔과 갈등이 강렬하게 응축된 하나의 상징적 실체이자 공간이다.

사실 고시홍은 이번 장편을 쓰기 전에 '현의합장묘'를 둘러싸고 벌어지는 갈등과 대립을 소재로 단편 「유령들의 친목회」를 이미 발표한 바 있다. 이 소설은 작가 자신이 밝히고 있듯이 『침묵의 비망록』의 모태가 되는 작품으로, 동일한 사건을 보는 체험세대와 미체험 세대의 간극을 통해 마을의 갈등 상황을 훨씬 상세하고 치밀하게 그려낸다.

의귀리 전투 직후 군에 의해 떼죽음 당한 주민들의 합장묘는 오랫동안 손을 대지 못한 채 버려져 있다시피 했다. 그러다 2003년 9월, 유족들의 눈물겨운 노력 끝에 무려 반세기 만에 유해 발굴이 이뤄지고 화장 후 새 묘역으로 이장되었다. 정작 문제는 비석 때문에 벌어진다. 원래 4·19 직후 이름들만 새긴 비석을 세웠으나 이듬해 5·16 때 망치에 맞아 부서진 이후, 아예 비석 자체가 없었다. 반세기도 넘어 세상도 달라진 듯하니, 이제는 제대로 된 비석 하나 세우자고 뜻을 모았다. 그러나 뜻밖에도 갈등은 위령비에 새겨 넣게 될 학살의 억울한 내력의 문구를 놓고 폭발한다. 이른바 4·3체험세대와 미체험세대 간의 갈등이다. 전자는 아직 때가 아니라고, 너희는 아직 무서움을 알지 못한다고,

세상이 언제 또 뒤바뀔지 모른다고 반대한다. 후자는 지금은 그런 세상이 아니라고, 이제는 제대로 된 역사를 새겨 넣어야 할 때라고 맞선다.

어쨌거나 이 같은 온갖 우여곡절 끝에, 새롭게 단장된 현의합장묘 묘역엔 마침내 추모비가 세워지게 된다. 그래서 이제는 언제라도 가슴 절절한 추모시와 함께 새겨진 비문을 사람들은 읽을 수 있다. 하지만 그렇듯 한바탕 진통을 겪어낸 마을 사람들이 2012년 오늘, 수백 년 역사를 담은 〈마을향토지〉 내용 가운데 김장수가 집필한 '4·3 부분'을 놓고 또 한 차례 심각한 갈등과 대립을 반복하고 있는 것이다.

현기영은 『계명의 도시』 서평에서, 제주섬이 처한 이 같은 현실에 대하여 일찍이 다음과 같은 진중하고도 냉철한 비판을 표한 바 있다.

4·3은 동전의 양면처럼 항쟁과 수난으로 표리일체를 이루고 있다. 참담한 수난이 불가피하게 항쟁을 낳았고, 그것은 결국 대학살에 의한 전대미문의 대수난으로 마감되고 만 것이다. 그러므로 이념적 시각의 편차에 따라 어느 한 면만 강조한 나머지 다른 한 면을 등한히 한다면 그것은 어디까지나 반쪽 진실일 뿐이다. (중략) 항쟁 이데올로기에 대한 체험세대의 기피증은 거의 병적일 정도로 완강한 게 사실이다. 항쟁의 의미를 압도할 지경으로 수난은 엄청났던 것이다. 그 수난이 오죽 참담했으면 "덜 서러워야 눈물 난다"라고 탄식할까. 덜 서러워야 눈물 나고 덜 무서워야 분노도 느끼는 법이다. 그것은 막연한 피해의식이 아니라, 공포는 40여 년 지난 지금에도 엄연히 존재하고 있음을 『계명의 도시』는 입증해 보인다. (중략)

그러나 4·3원혼을 공개적으로 떳떳하게 진혼하는 일은 더 이상 미룰 수 없는 산 자의 책무가 아닌가. 체험세대는 미체험세대가 현실 정황을 훨씬 앞지른 급진적 사고·행동을 한다고 하지만, 현상을 앞지르는 힘 없이 어찌 현상 타개가 가능할 것인가. 양자의 상호 배타적 인식들은 서로에 의해 조절되어야 옳다. 그래야만 체험세대는 전망 없이 눈먼 집단적 피해의식으로부터, 미체험 세대는 토대가 부실한 관념적 급진성에서 자유로워져 수난과 항쟁의 총체적 의미로서의 4·3을 함께 껴안을 수 있을 것이다.[10)]

7

의귀리의 '무장대 묘'는 버려진 채로 있다. 반세기 훨씬 전에도 그랬듯이, 지금도 그것은 공식적으로 아예 존재하지 않는다. 1994년 그 존재가 처음 세상에 드러난 지 수십 년이 흘렀지만, 그곳의 시신들은 아직도 버려진 채 국외자로 남아 있다.

1949년 1월 한날한시에 사살된 51구의 시신들은 한 구덩이에 쓸려서 묻히고 난 그날 이후, 여전히 한 덩어리로 뒤엉킨 채 길고 긴 잠에 빠져 있다. 아무도 그들이 누구인지 알지 못하고, 또 알려 하지도 않는다. 그러므로 그들은 '존재가 아닌 채로' 존재한다. 이를테면 그것은 '침묵의 무덤'이다. 산 자들의 침묵이 공모하여 암매장해버린 '침묵의 무덤' '망각의 무덤'이다. 그러므로 그것은 지도에도 없는, 애초에 존재하지 않는 무덤이다.

하지만 김장수에겐 다르다. 그것은 실재하는 무덤이다. 그에게 '의귀리 현의합장묘, 그리고 무연묘 상태의 송령이골 무장대 합장묘는 양달과 응달과도 같은 존재이다.' 이제 한쪽은 뒤늦게나마 격식을 갖춘 묘역에 자리를 잡아 다행이지만, 송령이골 합장묘는 여전히 욕되고 부

10) 현기영, 앞의 책, 228쪽.

끄러운 이름으로 남아 있다.[11] 그러므로 당연히 김장수에게는 뭔가 할 일이 남아 있다.

그 어둠 속에 잠들어 있는 젊은이들에게 제 이름을 찾아주는 일. 그들을 기억하는 가족한테 그들의 삭은 뼛조각 하나만이라도 되돌려주는 일. 그리하여 그들의 고향, 여기 제주섬의 검은 흙을 덮고 마침내 평안한 잠에 들도록 해주는 일….

바로 이것이 작가 고시홍이 『침묵의 비망록』을 써야 했던 이유이다. 이 소설의 제목이 애초에 '송령이골 동지들'이 될 뻔한 것도 그래서였고….

"모든 생명은 존엄하다. 해방공간과 한국전쟁 때 희생된 민간인, 군경과 무장대 등 그 모두는 이념 대립의 희생자이다. 평화의 섬을 꿈꾸는 제주도에서부터 대립과 갈등의 고리를 끊어야 한다. 우리 순례단은 생명, 평화의 통일시대를 간절히 염원하며 모성의 산인 지리산과 한라산의 이름으로 방치된 묘역을 다듬고 천도재를 올리며 이 푯말을 세운다…."

이는 의귀리 무장대 묘역에 현재도 서 있는 안내판의 글이자 이 소설의 간절한 메시지이기도 하다. 그것은 2004년 5월 실상사의 도법 스님이 이끄는 '생명평화탁발순례단'이 이곳을 찾아 천도재를 지내고 남긴 족적이다. 그 스님 역시 제주섬(명월리 상동) 사람이다.

몇 해 전, 나는 고시홍 작가와 둘이서 송령이골을 찾은 적이 있다. 의외로 그에겐 초행길이어서 내가 길잡이를 했다. 황량한 묘역을 서성

---

11) 고시홍, 『침묵의 비망록』, 312쪽.

이다가 저만치 혼자 그 안내판 앞에서 한참을 우두커니 서 있던 그의 모습이 기억난다. 그때 아마도 이 백발의 노작가는 마음속으로 이런 질문을 던지고 있지 않았을까.

'이 순간 우리는 진정 어디에 서 있는가? 이 작은 무덤 하나조차 외면하고 아예 존재하지 않는 양 고개 돌린 채 살아가는 우리는….'

김장수는 〈마을 향토지〉 발간 소식을 뒤늦게야 신문 뉴스를 통해 접한다. 그러나 이미 주민들에게 배부가 끝난 책을 갑자기 회수하는 소동이 벌어진다. 역시 자신이 집필을 맡은 4·3 관련 부분 때문이었다. 그는 사람들의 내면에 자리한 거대한 트라우마의 골을 새삼 확인하며 절망한다.

혼자서 송령이골 묘역을 찾은 김장수는 무덤 앞에서, 문득 그들 젊은 영혼들에게 이름을 찾아줘야 한다고 생각한다. 어쩌면 그것이 사람들의 마음속 족쇄를 푸는 열쇠가 될지도 모른다는 생각과 함께. "쇠뿔도 단김에 빼랬다고, 김장수는 송령이골 무장대 합장묘의 유족 찾기를 서두르기로 작심했다. 열 마디의 웅변보다 행동이 필요했다…. 당장 '사단법인 송령이골' 설립에 착수하기로 했다."

그리고 김장수는 조만간 언론에 낼 광고문의 초안을 이렇게 잡는다.

"사람들이 침묵하면 돌들이 소리지를 것이다."

사람들이 침묵하면 돌들이 소리지를 것이다

내가 처음 송령이골 무장대 묘역을 탐방한 것은 2021년 11월 24일이었다. 여기에는 오십여 구의 유해가 한 구덩이에 묻혀 있다. 1949년 1월 12일 새벽 '의귀리 전투'에서 희생된 영령이다. 유일한 무장대(유격대) 4·3 유적지다. '산사람'이라고도 부르는 '폭도' 무덤으로 아직도 무연묘無緣墓로 남았다. 지금 4·3 희생자에서 제외된 '수뇌급' 인물들도 이들과 동지였다. 현장에 머무는 동안 중편소설을 쓰기로 마음먹었다. '송령이골 동지들'이란 제목도 정했다. 오후에는 임철우 작가와 성산포 '터진목' 학살터 부근에서 저녁때까지 시간을 보냈다. 그런 뒤 그는 망장포 방면의 버스를, 나는 제주시행 버스를 탔다. 나는 제주시에 도착해 혼자 장소를 옮기며 폭음했다. 송령이골 묘지기 역할을 하는 글쟁이 두 분에게 무장대 무덤 가족 찾기를 시도하자는 전화질도 했다. 저어하는 반응이었다.

그리고 이틀 뒤부터 버스를 갈아타며 수시로 의귀 마을을 찾았다. '4·3' 이야기의 이삭줍기였다. 다리품을 팔며 주민을 만나고 전화 인터뷰를 지속했다. 1990년대에 십여 년 동안 해녀, 어부의 생애담 채록에 미쳐 살 때의 '4·3'과는 사뭇 울림이 달랐다.

'옷귀'라고도 하는 의귀리는 서귀포시 남원읍 중산간 마을이다. 김만덕과 함께 우국충정憂國衷情의 전설적 인물인 헌마공신 김만일 고향이다. 정의현 서중면 때부터 1920년대 중반까지 남원면 소재지였다. '장판거리'의 유래가 된 5일장터도 있다. 의귀천 한 가닥이 관통하는 마을 한가운데에는 넉시오름이 자리잡고 있다.

8·15 광복 직후만 하더라도 남원면(현 남원읍) 청년 활동은 이 마을 출신이 주도했다 한다. 총파업, '4·3' 정국으로 급변하면서 이들은 도피하거나 입산했고, 총살당했다. 이덕구 사령관 이후 남원면·표선면 지구의 면의원장, 남원면당책도 이곳 출신이다.

옷귀 마을의 '4·3'은 제2연대 제1대대 제2중대가 주둔한 의귀국민학교에서 시작되고 끝났다 해도 과언이 아니다. 학교 창고는 그날그날 토벌작전 과정에 체포된 지역 주민들을 하룻밤씩 가두는 유치장이었다. 이들 중 일부는 이백여 미터 떨어진 '학교 동녘밭'에서 집단학살됐다. 현의합장묘, 송령이골 무장대 무덤은 주둔군이 남긴 상흔이다.

몇 달 동안 기억, 기록 추적을 마쳤다. 사건 당시 10대 소년이었던 노인들 기억은 제주4·3의 축소판이었다. 장편소설을 쓰기로 마음을 바꾼 이유였다. 매몰된 과거와 현재의 기억, 기록의 숨은 그림자 찾기였다.

처음에는 베트남 전적지 탐방 이야기도 연리지連理枝로 엮었다. 2019년 일주일 동안의 여행 여운이 가시지 않은 상태였다.

한반도와 인도차이나반도의 베트남 역사가 닮았다. 특히 미국이 베트남의 이승만으로 추켜세운 디엠의 철권정치, 날조된 통킹만 사건은 해방공간의 한반도, 제주섬 상황과 판박이다. 전략촌을 건설, 강제수용된 농민을 베트콩 통비분자, 적으로 간주한 평정작전은 '4·3' 당시 초토화 작전을 방불케 한다. 파월 청룡부대의 하미 마을, 퐁니 · 퐁넛 마을 학살 사건 때 살아남은 유족 이야기는 시공을 달리한 '4·3'의 현장이었다. 또한 이덕구 사령관과 '의귀리 전투'도 끌어들였다. 그렇게 원고 천칠백육십여 매 분량의 초고가 나왔다. 하지만 이건 아니다 싶어, 베트남 전쟁의 칠백여 매를 도려내고 다시 시작했다. 오직 의귀 마을의 '4·3' 화두로 한정했다.

의귀리에서는 2012년 수백 년 역사를 담은 마을향토지가 발간됐다. 하지만 이내 주민들에게 배부된 책이 회수됐다. 그 무렵 제주MBC 4·3 특집 다큐멘터리 '넉시오름의 세 가지 이야기'(2013. 4. 5.)의 육성이 그 이유를 대변한다. 그만큼 의귀 마을은 기억의 공포, 강요된 은폐와 망각, 침묵의 트라우마 골이 깊었다.

이는 작품의 현재 시점, 기본틀의 설정 배경이기도 하다. 하지만 어디까지나 가공적架空的 현실이다. 마을지 '4·3' 집필자인 김장수와 송령이골 무장대 합장묘의 종손 역할을 하는 아들 송철을 앞세운 시간 여행이다. 김장수, 그리고 4촌 형 김장원과 그 가족, 무장대 무덤과 현의합장묘, 국외자局外者로 내몰린 수뇌급 인물 이야기가 중심축이다.

그런데 집필 과정에는 과거 악몽이 상상력과 감성의 거미줄이 됐다. 1997년 고향에서도 마을지 소동이 있었다. 내가 두 해 남짓 열정을 쏟은 책인데 주민에게 배부되지 않았다. 몇몇 4·3 희생자 유족의 거센 몸짓 때문이었다. 당시 이웃마을에 주둔한 토벌군(특별중대)에게 총살당한, 치욕적인 이름을 까발렸다는 이유였다. 서귀포시 어느 마을의 '4·3'을 채록해 제주학연구소 기관지 『濟州學』 제3호(1999년 여름호)에 게재했다가 심한 후유증에 시달린 적도 있다. 고향 마을지 소동과 닮은꼴이었다. 어느 지방지에 '4·3' 관련 칼럼을 썼다가 독자의 협박 전화를 받기도 했고….

어쨌거나 '소설은 소설일 뿐이야….' 하는 자기최면으로 여기까지 왔다. 뒤늦게 확인해 보니 『계명의 도시』(현암사, 1991)에 실린 '유령들의 친목회'는 '침묵의 비망록'에 대한 프롤로그였다. 현의합장묘 이야기를 다룬 단편이다. 당시 증언자를 이번에 또 만난 것도 운명인가 싶다.

2년하고 한 계절이 넘는 시간 여행에서 남은 물음표는 '4·3 정신'으로 포장된 '화해, 상생, 인권, 평화'는 어디까지 와 있을까였다. 실상사에서 대면한 도법 스님의 육성이 쟁쟁하다. '언제까지 핏발선 눈으로 때려잡자 좌익, 우익 하며 누구는 태극기를 들고 누구는 촛불 들어 고함을 내질러야 합니까….'

『침묵의 비망록』은 많은 분의 도움으로 탄생됐다. 말꼭지의 무게, 부피에 따라 작중인물의 증명사진, 실루엣으로 삼기도 했다. 특히 김경훈 시인은 귀중한 자료들을 서슴없이 내줬다. 그게 상상력을 자극하는 마중물이자 용천수가 됐다. 그리고 송령이골에서부터 여기까지 동행한 임철우 작가를 만난 것은 크나큰 행운이었다.

2024년 5월

고 시 홍

침묵의 비망록

초판 1쇄인쇄 2024년 7월 8일
초판 1쇄발행 2024년 7월 10일

저 자 고시홍
발행인 박지연
발행처 도서출판 도화
등 록 2013년 11월 19일 제2013-000124호
주 소 서울시 송파구 중대로34길 9-3
전 화 02) 3012-1030
팩 스 02) 3012-1031
전자우편 dohwa1030@daum.net
인 쇄 유진보라

ISBN | 979-11-92828-58-9 *03810
정가 15,000원

* 이 책은 제주특별자치도와 제주문화예술재단의 2024년도 지원사업 후원을 받아 발간되었습니다.

도화道化, fool는

고정적인 질서에 대한 익살맞은 비판자,
고정화된 사고의 틀을 해체한다는 뜻입니다.